한권으로 보는
세계명작 111선

가람기획 편집부 엮음

초판 1쇄 펴낸 날 _ 1993. 8. 20
초판 10쇄 펴낸 날 _ 2003. 6. 12

엮은이 _ 가람기획 편집부 엮음
펴낸이 _ 이광식
편집부 _ 이둘숙 · 김지연
디자인 _ 오경화
영업부 _ 윤영민 · 문은정

펴낸데 _ 도서출판 가람기획
등록번호 _ 제13-241(1990. 3. 24)
주소 _ (우 121-130)서울 마포구 구수동 68-8 진영빌딩 4F
전화 _ (02)3275-2915~7   **팩스** _ (02)3275-2918
http://www.garambooks.co.kr
e-mail _ garam815@chollian.net

ISBN 89-8435-152-0 (03800)
ⓒ 가람기획. 1993

* 값 · 뒤표지에 있음.
* 잘못된 책은 구입한 서점에서 바꿔드립니다.

서점에서 책을 살 수 없는 독자들을 위해 우편판매를 하고 있습니다.
수빛은협 093-62-112061 (예금주: 이광식)
농협은협 374-02-045616 (예금주: 이광식)
국민은행 822-21-0090-623 (예금주: 이광식)

명작 산책에 나서기 전에

　세계문학이란 큰 바다에서 우뚝한 봉우리를 이루고 있는 걸작품들을 손꼽을라 치면 아마 족히 수백을 헤아리게 될 것이다. 이런 인류의 위대한 문화유산들을 빠짐없이 섭렵하고자 한다면 아마 평생을 바치더라도 다 마무리하지 못할 것은 뻔한 일이다.
　그러니 우리는 자연 평판 높은 작품들을, 그것도 우리의 이해범위 내에 든다고 보여지는 것들을 골라서 읽을 도리밖에 없다. 그러면 우리는 어떤 작품들을, 어떤 척도로 재고 선택해서 읽어야만 할까? 이 〈한 권으로 보는 세계명작 111선〉은 바로 그러한 명작들로 여러분을 잘 안내하려는 목적으로 엮어진 것이다.
　우리가 익히 들은 바 있는 세계의 고전은 말할 것도 없고, 세계 각 언어권의 문제작까지 거의 망라해서 모두 111편에 이르는 작품들이 여기에 자세히 소개되어 있다.
　특히 독자들의 흥미를 북돋워 주기 위해 작품 내용을 설명하는 것에 곁들여 주인공의 성격과 삶의 방식, 그리고 작품 속에 보석처럼 박혀서 그 찬연한 빛을 내는 명문장과 명대사를 재미있게 소개해 두었다. 충분히 일세의 잠언이 되고, 삶의 지표가 될 수 있는 그런 문장들이므로 두 번 세 번 읽어 그 뜻을 깊이 새기는 것도 나쁘지 않을 것이다.
　또한 각 명작에 대한 균형잡힌 비평도 독자의 문학적인 안목을 높여 주는 데 한몫을 하리라 믿는다.
　어쨌든 이 책은 세계 명작의 보고라 할 만큼 뛰어난 작품들의 세계로, 되도록이면 친절하고 지루하지 않게 여러분을 안내하려는 목적으로 나름대로 최선을 다해 엮은 것이라 할 수 있다. 말하자면 이〈한 권으로 보는 세계명작 111선〉은 서양문학의 진수를 담고 있는 '명작 복덕방'이라 할 수 있는 것이다.

따라서 문학을 사랑하는 독자는 물론, 앞으로 대학의 수학능력시험을 준비하는 입시생들에게도 세계문학을 짧은 시간 안에 이해하고 감상하는 데 나름대로 꽤 능력 있는 벗이 되어 주리라 생각한다.

아무쪼록 이 책이 문학과 삶을 이해하는 데 조그만 힘이 될 수 있다면 무척 기쁘겠다.

1993. 한여름날에 엮은이 씀

한 권으로 보는 세계명작 111선
• 차 례 •

• 명작 산책에 나서기 전에 3

프랑스 문학

1 타르튀프—몰리에르 11
2 마농 레스코—프레보 16
3 위험한 관계—라클로 19
4 적과 흑—스탕달 22
5 파르므의 수도원—스탕달 26
6 고리오 영감—발자크 29
7 골짜기의 백합—발자크 34
8 몽테크리스토 백작—뒤마 37
9 카르멘—메리메 42
10 춘희—뒤마 46
11 보바리 부인—플로베르 50
12 레 미제라블—위고 55
13 목로주점—졸라 60
14 여자의 일생—모파상 64
15 홍당무—르나르 68
16 장 크리스토프—로맹 롤랑 70
17 좁은문—지드 74
18 잃어버린 시간을 찾아서—프루스트 78
19 티보 가의 사람들—마르탱 뒤 가르 82
20 야간비행—생텍쥐페리 87
21 인간의 조건—말로 91
22 구토—사르트르 95
23 이방인—카뮈 99
24 초대받은 여자—보부아르 104
25 도둑일기—주네 107

26 고도를 기다리며 — 베켓 110
27 슬픔이여 안녕 — 사강 113
28 코뿔소 — 이오네스코 116

영국 문학

29 캔터베리 이야기 — 초서 121
30 햄릿 — 셰익스피어 124
31 로미오와 줄리엣 — 셰익스피어 128
32 오셀로 — 셰익스피어 130
33 맥베스 — 셰익스피어 132
34 실락원 — 밀턴 135
35 천로역정 — 버니언 138
36 로빈슨 크루소 — 디포 140
37 걸리버 여행기 — 스위프트 144
38 오만과 편견 — 오스틴 148
39 아이반호 — 스콧 151
40 폭풍의 언덕 — 에밀리 브론테 154
41 제인 에어 — 샬롯 브론테 158
42 두 도시 이야기 — 디킨스 161
43 지킬 박사와 하이드 씨 — 스티븐슨 165
44 도리언 그레이의 초상 — 와일드 169
45 테스 — 하디 173
46 아들과 연인 — 로렌스 176
47 인간의 굴레 — 서머싯 몸 180
48 달과 6펜스 — 서머싯 몸 184
49 율리시스 — 조이스 187
50 댈러웨이 부인 — 버지니아 울프 191
51 채털리 부인의 연인 — 로렌스 194
52 성채 — 크로닌 197
53 레베카 — 듀 모리아 200
54 동물농장 — 오웰 203
55 제3의 사나이 — 그린 206

미국문학

56 스케치북 — 어빙 211
57 검은 고양이 — 에드거 앨런 포 213

58 주홍글씨―호손 215
59 백경―멜빌 219
60 톰 아저씨의 오두막―스토 223
61 숲의 생활―소로 226
62 허클베리 핀의 모험―트웨인 229
63 야성의 부름소리―런던 233
64 마지막 잎새―O. 헨리 236
65 위대한 개츠비―피츠제럴드 239
66 무기여 잘 있거라―헤밍웨이 242
67 누구를 위하여 종은 울리나―헤밍웨이 246
68 대지―펄 벅 248
69 바람과 함께 사라지다―미첼 252
70 분노의 포도―스타인벡 256
71 남회귀선―헨리 밀러 261
72 욕망이라는 이름의 전차―테네시 윌리엄스 264
73 세일즈맨의 죽음―아서 밀러 267
74 호밀밭의 파수꾼―샐린저 270
75 달려라 토끼―업다이크 273
76 누가 버지니아 울프를 두려워하랴―올비 276

독일 문학

77 바보 이야기―그리멜스하우젠 281
78 젊은 베르테르의 슬픔―괴테 283
79 파우스트―괴테 287
80 군도―실러 292
81 황금 단지―호프만 295
82 수레바퀴 밑에서―헤세 298
83 말테의 수기―릴케 302
84 변신―카프카 307
85 마의 산―토마스 만 311
86 개선문―레마르크 315
87 베르길리우스의 죽음―브로흐 318
88 양철북―그라스 321
89 카타리나 블룸의 잃어버린 명예―하인리히 뵐 324

러시아 문학	90 예프게니 오네긴 — 푸슈킨 329
	91 검찰관 — 고골리 333
	92 아버지와 아들 — 투르게네프 336
	93 오블로모프 — 곤차로프 340
	94 죄와 벌 — 도스토예프스키 343
	95 카라마조프의 형제들 — 도스토예프스키 347
	96 전쟁과 평화 — 톨스토이 351
	97 안나 카레니나 — 톨스토이 356
	98 부활 — 톨스토이 360
	99 고요한 돈 강 — 숄로호프 363
	100 도둑 — 레오노프 367
	101 닥터 지바고 — 파스테르나크 370
	102 이반 데니소비치의 하루 — 솔제니친 374
	103 암병동 — 솔제니친 378

그 밖의 여러나라 문학	104 일리아스·오디세이 — 호메로스 383
	105 오이디푸스 왕 — 소포클레스 388
	106 아라비안 나이트 — 작자 미상 391
	107 신곡 — 단테 395
	108 데카메론 — 보카치오 400
	109 돈 키호테 — 세르반테스 404
	110 인형의 집 — 입센 408
	111 쿼 바디스 — 솅키에비치 412

• 부록 1 — 노벨 문학상 수상자 열람표 415
• 부록 2 — 문학사 연표 419
• 부록 3 — 찾아보기 430

프랑스 문학

> "
> 소설이란 큰 길을 따라 운반되는 거울이다.
> 그것은 그대들의 눈에 푸른 하늘을 비출 때도 있고, 진흙탕을
> 비출 때도 있다.
> 하지만 그 거울을 등에 지고 가는 자는
> 그대들로부터 부도덕하다는 비난을 면치 못할 것이다!
> 스탕달
> "

1 타르튀프(Le Tartuffe)
몰리에르 (1622~1673)

● **작**품의 줄거리

　제1막. 파리의 부유한 시민 중 한 사람인 오르공은 전처 소생의 두 아이를 데리고 젊은 에밀과 재혼했다. 오르공의 집에는 얼마 전부터 종교가임을 자처하는 타르튀프가 함께 살고 있다. 그는 거지나 다름없이 그 집에 굴러 들어왔지만, 오르공과 그의 어머니는 타르튀프를 성인군자라고 굳게 믿고 '마치 간이라도 빼줄 듯한 태도로 받들어 모시고' 있다. 하지만 다른 사람들의 눈에 그는 위선자로밖에 비치지 않는다. 오르공은 시골에 갔다 오랜만에 돌아와서도 가족의 안부보다는 타르튀프의 안녕을 염려할 정도다. 주위 사람들이 무슨 이야기를 해도 오르공의 마음은 좀처럼 달라지지 않는다.

　제2막. 타르튀프에게 광신적인 믿음을 갖게 된 나머지, 오르공은 이미 애인이 있는 자신의 딸 마리안느를 타르튀프에게 시집보내려고 생각한다. 마리안느가 매일 비탄에 젖어 울기만 하자, 하녀인 도린느는 나약한 그녀에게 저항하라고 충고하며 용기를 북돋워 준다.

　제3막. 후처인 에밀도 타르튀프에게 마리안느와의 결혼을 재고해 보라고 권고하는데, 평소 딴 마음을 먹고 있던 타르튀프는 둘만 있게 된 것을 기뻐하며 그녀에게 수작을 붙인다. 뒤에서 우연히 이 모습을 보게 된 아들 다미스가 달려나가 타르튀프에게 비난을 가하며, 아버지에게 이 모든 것을 폭로한다. 하지만 오르공은 아들의 말도 믿지 않았으며, 타르튀프의 비열한 거짓말과 속임수에 넘어가 거꾸로 그의 아들을 벌하고, 한술 더 떠 자신의 전재산을 타르튀프에게 맡기려고 한다.

제4막. 마리안느와 타르튀프의 결혼을 서두르는 남편 오르공의 태도에 에밀은 한 가지 꾀를 생각해 낸다. 남편을 테이블 밑으로 들어가게 한 다음 타르튀프를 불러 그의 구애에 응한 척한 것이다. 처음에는 의심하던 타르튀프도 에밀의 뛰어난 연기에 넘어가 그만 자신의 흑심을 드러내고 만다. 이렇게 해서 오르공은 그제야 자신이 속았다는 것을 깨닫고 이 사기꾼을 쫓아내려고 한다. 하지만 타르튀프는 정색을 하며, "나가야 할 사람은 바로 당신!"이라고 말한다. 그의 전재산은 이미 타르튀프의 손에 넘어간 뒤였다.

제5막. 오르공은 자신의 입장이 난처해질 수 있는 정치적인 비밀문서함까지도 타르튀프에게 맡기고 있었다. 사기꾼 타르튀프는 국왕을 찾아가 그 문서를 보이고 오르공을 고소했다. 오르공은 체포당하기 전에 도망을 치기로 결심한다. 그런 자리에 타르튀프가 경찰들을 데리고 유유히 나타나 오르공을 죄인 다루듯 한다. 하지만 경찰이 체포한 사람은 뜻밖에도 타르튀프였다. "국왕폐하께서는 사람을 꿰뚫어보는 힘이 있으시어, 어떤 사기꾼의 술책에도 넘어가지 않습니다."라고 경찰은 말한다. 왕의 배려에 크게 감격한 오르공이 딸에게 사랑하는 사람과 결혼을 해도 좋다는 선포를 하면서 〈타르튀프〉는 막을 내린다.

5막짜리 운문희극인 이 작품은 1664년 베르사유 궁전에서 초연되었으나, 교회 고위 성직자들의 부패와 타락상을 폭로한 대담한 내용 때문에 상연되자마자 곧 공개 금지되었다. 개작을 행한 뒤 67년 재상연을 하였으나 다시 공개 금지, 이후 몰리에르는 국왕에게 탄원하여 69년에야 겨우 공개 상연을 정식으로 허가받았다. 그리하여 막을 올린 이 작품은 전대미문의 대성공을 거두었다.

● 주인공 하이라이트

타르튀프는 처음 1, 2막까지는 얼굴을 내밀지 않으며, 3막에서야

"누가 날 찾아오거든 시혜施惠로 받은 돈을 수인(죄수)들에게 나눠 주기 위해 나갔다고 전해 주시오."라고 말하며 처음으로 등장한다. 하지만 관객들은 이미 타르튀프에 대해 충분히 알고 있다. 괴테는 이에 대해 "〈타르튀프〉의 도입부는 세계에서 그 유례를 찾아볼 수 없을 만큼 독특한 것으로 최대·최량의 것이다."라고 상찬하고 있다.

타르튀프는 '굴러 들어왔을 때는 신발도 신지 않고 너덜너덜한 넝마를 걸친 거지'나 다름없었으나, 지금은 마치 오르공 가의 주인이라도 된 양 '피둥피둥 살이 찌고, 얼굴에는 기름이 흐르며, 입술은 새빨간 것이……. 혼자서 저녁을 드셨는데, 무척이나 신심이 깊은 듯 자고새 두 마리와 양의 넓적다리 살을 반이나 먹어 치우고' 있다. 아침식사 때부터 큰 컵으로 포도주를 넉 잔이나 마시는 인물이지만, 오르공의 눈에는 '신을 향한 그 열렬한 기도……, 가슴에서 솟아오르는 법열에 한숨을 지으며 쉴새없이 엄숙하게 바닥에 입을 맞추는' 거짓된 모습밖에 보이지 않는다.

그렇기 때문에 관객들은 타르튀프가 처음으로 등장하여 가슴이 드러난 옷을 입은 하녀를 보고, "차마 볼 수 없는 그 가슴을 숨기시오. 그러한 것에 의해 내 영혼은 상처받고, 죄많은 생각을 떠올리는 것이오."라고 말하며 손수건을 건네는 대목에서 위선자를 향해 마음껏 웃어 줄 수 있는 것이다.

최근에는 오르공과 타르튀프 사이에 무의식적인 남색 관계를 인정하는 연출 해석도 나오고 있다. 어쨌든 타르튀프의 이름은, 현대 프랑스 어에서 위선자를 나타내는 보통명사로 사용될 만큼 일반 사람들에게 널리 알려져 있다.

● **작가의 생애**

몰리에르(Moliére), 극작가이며 배우. 본명은 장 바티스트 포클랭. 코르네유, 라신과 나란히 3대 고전극작가로 일컬어진다. 1622년 파리의 부유한 실내장식업자 집안에서 태어났으며, 10살 때 어머니를 잃었고 이듬해 새로 들어온 새어머니도 3년 뒤에 세상을 떠났다. 외조부가 연극을 무척 좋아했는데, 그에게서 연극에 대한 열정을 물려받은 듯하다. 중학교에서 고전을 배웠으며, 후일 후원자가 되는 콩티와도 이때 알게 되었다.

1643년 가업의 상속권을 동생에게 물려주고, 당시 유명했던 여배우 마들렌 베자르와 〈성명盛名 극단〉을 창립한 뒤 예명을 몰리에르라고 지었다. 이 극단은 44년 1월 처녀공연을 하였으나 관객 유치에 실패, 많은 빚을 지게 되어 투옥되기에 이르렀다. 극단은 남프랑스 전역을 돌며 재기를 위한 순회공연을 펼쳤고, 이 사이 극단도 몰리에르도 크게 성장했다.

1658년, 이윽고 파리로 나와 루이 14세 앞에서 행한 공연이 인정을 받아 왕실 소유의 프티 부르봉 극장의 사용을 허락받았다. 이듬해 풍속풍자희극 〈웃음거리 재녀才女〉를 히트시켜 파리에서 발판을 굳혔다. 62년 마들렌의 여동생 아르망드 베자르와 결혼했는데, 21년이나 연하인 젊은 아내와의 가정생활은 불안과 고통으로 점철되어 한때 별거에 들어가기도 했으나 만년에는 화해했다. 같은 해 발표한 〈여인 학교〉도 대성공을 거두었으며, 64년에 발표한 〈타르튀프〉는 종교를 모독했다고 하여 신자들로부터 비난을 받아 상연금지, 그 대신 발표한 〈돈 환〉도 종교계의 반대에 부딪혀 단기간에 막을 내렸다. 66년에 대표작인 〈인간 혐오자〉를 발표했고, 그 이후에도 잇달아 〈앙피트리온〉 〈조르주 당댕〉 〈수전노〉 등을 발표했다.

1673년 희극 〈병은 마음에서〉를 공연중 무대에서 쓰러져 세상을 떠났다. 임종의 자리에는 아내 아르망드의 모습이 보이지 않았고, 신을 공경하지 않는 자라는 낙인이 찍혀 사제의 입회도 없었으며, 매장도 왕의 개입으로 겨우 치러졌을 정도였다.

신랄한 현실 관찰에 기초한 사회 풍속의 묘사, 보편적인 인간 심리의 전개, 본격적인 성격 희극의 창조 등을 몰리에르의 공적으로 들 수 있다. 사후, 그의 극단을 중심으로 프랑스 국립극장 콩티 프랑세즈가 창설되어 오늘에 이르고 있다.

●기억할 만한 명구

아아, 신심이 깊다고는 하지만, 저도 역시 남자는 남자지요.
(타르튀프가 오르공의 부인인 에밀을 설득할 때 했던 말. 성인인 척 하며 속물적인 욕망을 위장하고 있는 타르튀프의 위선이 잘 드러난 대사이다.)

희극은 유쾌한 교훈에 의해 인간의 결점을 질타하는 정교한 시다.
(당시 비극보다 한 단계 아래로 취급되던 희극을 무기로 사회와 대적한 몰리에르의 희극관을 나타내 주는 대사이다.)

✽ 몰리에르는 생전에 많은 적들을 두고 살았다고 한다. 〈여인 학교〉가 성공을 거둔 뒤 일어난 '희극적인 싸움' 때도 길거리에서 조끼에 바늘을 잔뜩 단 옷을 입은 모 공작에게 포옹을 받고 피투성이가 된 일이 있다고 한다.
✽ 몰리에르는 평생 근친상간의 비난을 면치 못했다. 아내 아르망드의 출생이 불분명했기 때문이다. 아르망드는, 대외적으로는 극단에서 함께 일했던 마들렌 베자르의 막내동생으로 되어 있었지만 그녀와의 나이차가 무려 21살이나 났다. 만약 아르망드가 마들렌의 딸이라고 한다면, 마들렌의 오랜 연인이었던 몰리에르의 아이일 가능성이 크다는 추측이……

2 마농 레스코(Manon Lescaut)
프레보 (1697~1763)

● **작품의 줄거리**

프레보의 연작인 〈어느 귀인貴人의 회상〉에 등장하는 어느 후작은 2년 전, 북미로 유형을 떠나는 여인의 마차에 매달려 있는 젊은이(드 그뤼)를 목격한 적이 있었다. 그리고 2년 뒤, 그때의 그 젊은이와 다시 만나게 되어 그로부터 그동안의 일에 대해 듣게 된다.

아미앙 근교의 명문가 출신 슈발리에 드 그뤼는 고등학교 과정을 마치고 고향으로 돌아가기 전날 밤 한 여인과 만나게 되고, 그녀에게 첫눈에 반하고 만다. 맹목적인 사랑에 빠진 순진한 청년은 그녀와 함께 파리로 사랑의 도피를 단행한다. 파리에 몸을 숨긴 두 사람은 처음 얼마 동안은 꿈결 같은 생활을 하지만, 얼마 안 있어 본래 사치하고 방탕한 마농의 기질이 드러나게 된다. 마농은 드 그뤼 몰래 부자 노인과 정을 통한 뒤 그에게서 금품을 우려낸다. 마침내 드 그뤼도 마농의 부정을 알게 되고, 동시에 아버지의 심복에 의해 강제로 끌려가게 된다. 마농이 그의 아버지에게 은거지를 알려 주었던 것이다. 이중의 배반에 절망한 드 그뤼는 상심한 채 수도원으로 들어간다. 그러나 1년 뒤 그를 만나러 온 마농에게 또다시 마음을 빼앗긴 드 그뤼는 재차 사랑의 도피를 벌이지만, 시골 생활에 염증을 느낀 마농은 파리로 나와 버린다. 그리고 파리에서 근위기병인 드 그뤼의 형과 만난다.

드 그뤼는 형의 지시로 부자 노인으로부터 돈을 우려내려 하지만, 계획이 사전에 발각되어 두 사람은 투옥되었다가 가까스로 도망을 친다. 그런데 노인의 아들이 마농에게 반하게 되고, 두 사람은 다시 체포된다. 드 그뤼의 아버지는 아들을 석방시켜 주지만, 마농은 북미로 유형을 떠나 보낸다. 절망한 드 그뤼는 수송차를 습격하여 마농을 구해 내려 했으나 실패하고, 마농을 쫓아 뉴 올리온스로 떠난다. 그곳에서 두 사람은 새로운 생활을 시작해 보려 하지만, 지사의 아들이 마농에게 반하여 일이 복잡하게 얽힌다. 결국 드 그뤼는 그와 결투를 벌이게 되고, 그에게 중상을 입힌 뒤 두 사람은 사막으로 도망친다. 하지만 지치고 쇠약해진 마농은 결국 그의 품 안에서 숨을 거두고, 드 그뤼는 그녀의 시체를 모래 속에 파묻고 혼자 프랑스로 돌아온다.

● 주인공 하이라이트

마농은 드 그뤼를 사랑하면서도 돈이 떨어지면 자신의 미모를 미끼로 부자를 찾아가 스스로 몸을 맡기면서까지 사치스러운 생활을 영위해야 하는 허영끼 많은 여성의 전형이다. 악마적인 아름다움을 지니고 있는 마농임에도 불구하고, 그녀의 묘사에는 육체적인 특징이 결여되어 있는데, 여기에서 수도사였던 프레보의 일면을 엿볼 수 있다.

● 작가의 생애

프레보(L'abbé Prévost), 소설가. 1697년 아르트와에서 태어났다. 16살 때 군에 입대했지만, 곧 군대생활에 환멸을 느끼고 수도사가 된다. 하지만 수도사로서도 적응하지 못해 그후 각지를 떠돌아다니게 된다. 수도원에서 생활하며 연작인 〈어느 귀인의 회상〉을 집필했으며, 그 중 〈기사 드 그뤼와 마농 레스코의 실화〉(마농 레스코, 1731년)를 간행하여 문학사에 찬란한 빛으로 자리잡았다.

영국에 머무는 동안에는 파리의 문예신문에 작품을 기고하는 한편 드라이덴, 셰익스피어 등의 작품을 불어로 번역했는데, 번역자로서의 프레보는 리처드슨의 소개자로 알려져 있다. 〈파멜라〉 〈클라리스 파로〉를 번역했고, 디드로나 루소에게 커다란 영향을 미쳐, 후일 낭만주의 문학의 길을 열었다. 만년에는 샹티 부근의 수도원으로 되돌아왔으며, 1763년에 죽었다.

● 기억할 만한 명구

아, 이 어쩔 수 없는 정열! 아버지는 정녕 사랑의 힘을 모르신단 말입니까. 저를 낳아 주신 아버지의 피가 지금까지 저와 같은 열정을 느끼지 못하신다니, 어찌 그런 일이 있을 수 있습니까!

(마농과 맹목적인 사랑에 빠진 드 그뤼는, 부모의 얼굴에 먹칠을 했다고 힐난하는 아버지를 향해 이렇게 따진다.)

3 위험한 관계(Les Liaisons dangereuses)
라클로 (1741~1803)

● **작**품의 줄거리

무대는 18세기 프랑스의 상류사회 사교계이다. 발몽 자작과 메르티유 후작 부인은 공통의 복수를 동기로 서로 맺어져 있다. 후작 부인은 젤크루 백작에게 배신을 당한 일이 있었다. 젤크루는 메르티유 후작 부인을 버리고 미모의 지방장관 부인에게 달려갔고, 그 장관 부인은 젤크루를 위해 발몽을 버렸던 것이다. 이윽고 복수의 기회가 찾아온다. 젤크루가 6만 프랑의 연금이 지급되는 15세의 '장미 봉오리' 세실과 결혼을 하기로 한 것이다. 후작 부인은 젤크루에게 복수하기 위해 발몽으로 하여금 세실을 유혹하도록 부추긴다.

그런데 발몽에게 또 하나의 목표물이 나타난다. 그것은 신앙심 깊은 트루벨 법원장 부인이었다. 그녀는 자신의 아름다움을 전혀 의식하지 못하고 있었으며, 연애 감정 같은 것조차도 경멸하고 있었다. 흔하디 흔한 연애 놀음에 싫증이 나 있던 발몽에게 그녀는 색다른 욕망을 느끼게 해주는 사냥감이었다.

그러는 한편으로 교묘하게 세실을 유혹하던 발몽은 마침내 법원장 부인을 정복한다. 이 사실을 알게 된 세실은 수도원으로 들어가고, 법원장 부인은 발작을 일으켜 죽고 만다. 그러나 발몽도 세실의 연인인 당스니 기사와의 결투에서 목숨을 잃고 말며, 메르티유 후작 부인은 천연두에 걸린데다 피소되어 파산하고 네덜란드로 도망친다.

● 주인공 하이라이트

이 작품에서 메르티유 부인이 여자 타르튀프의 대명사가 되어 있는 것처럼 발몽은 돈 환의 대명사가 되어 있다. 그가 최초에 이른 애정의 정류장은 환멸이었고, 두 번째는 테크닉의 승리, 세 번째는 권태였다. 단조로운 쾌락에 염증을 느낀 발몽은 정숙한 여인의 잔혹한 고뇌를 향락하기 위해 아름답고도 순진한 법원장 부인을 유혹하는 데 성공하게 되지만, 어느새 그 마음속에서는 진실한 사랑과 방종한 목소리의 구별이 애매해져 있었다. 결국 발몽은 돈 환을 지향하지만 그것마저도 좌절되고 만 희생자인 것이다.

● 작가의 생애

라클로(Laclos, Pierre Ambroise François choderlos de), 군인·소설가. 1741년 아미앵에서 출생했으며, 1803년 병에 걸려 이탈리아에서 객사했다. 그는 1761년에 인도, 캐나다 원정군에 포병 소위로 참가하였으며, 이후 군생활을 통한 출세를 꿈꾸기도 했으나 결국 뛰어난 재능을 발휘할 기회를 얻지 못했다. 1769년부터 6년 동안 그르노블에 주둔한 라클로는 이 시기에 〈위험한 관계〉의 소재를 얻게 된다. 이 소설은 80년 여름부터 이듬해 가을에 걸쳐 집필되었으며, 82년에 간행되었다. 라클로는 이밖에도 여러 편의 시와 오페라 대본, 그리고 〈여자 교육론〉 등을 썼으나 거의 빛을 보지 못했는데, 실로 이 한 편의 소설로 그의 이름을 후세에 남기게 되었다. 또한 대혁명기에는 자코뱅 파에 속해 오를레앙 공의 음모에 가담했으며, 로베스피에르나 나폴레옹의 후원을 받았다. 그가 마키아벨리스트라 평해지는 이유도 여기에 있다.

● 기억할 만한 명구

그럼 안녕, 나의 천사여. 나는 기쁜 마음으로 그대를 손에 넣었소.

하지만 지금은 아무 미련 없이 그대를 떠나오. 어쩌면 다시 그대 품으로 돌아올지도 모르지. 그렇다고 해도 그것 역시 덧없는 이 세상에서 늘상 있는 일, 나의 탓은 아니라오.

(메르티유 후작 부인은 발몽이 투르벨 법원장 부인을 정복한 뒤에도 여전히 그녀를 사랑하고 있는 데 대해 질투를 느끼고는, 직접 법원장 부인에게 보내는 절교장을 써서, 이를 발몽의 이름으로 보낸다. 구절 구절마다 '나의 탓은 아니라오.'를 덧붙인 이 편지는 여자 타르튀프의 진면목을 적나라하게 보여 주고 있다. 그녀의 뜻대로 이 편지는 후작 부인과 발몽의 관계에 치명적인 영향을 미치게 된다.)

✻ 〈위험한 관계〉는 출판 당시 일대 센세이션을 불러일으켰으며, 잘못 전해져 〈연애기술 지도서〉로 읽힐 정도였다. 그러나 작가 라클로 자신은 평생 좋은 아들, 좋은 아버지, 더할 나위 없는 남편으로 살았다고 전한다.

4 적과 흑 *(Le Rouge et le Noir)*
스탕달 (1783~1842)

● **작**품의 줄거리

스위스 국경에 인접한 가공의 도시 베리에르에서 목재상의 아들로 태어난 야심가 쥘리앙 소렐은, 나폴레옹을 열렬히 숭배하면서도 왕정복고의 세상에서 평민에게 남겨진 유일한 길인 성직에 몸담기로 결심한다.

아버지와 형에게 학대를 받으며 자란 그는 라틴 어를 잘한 덕에 부유한 레날 시장 가의 아이들을 가르치는 가정교사가 된다. 처음에는 특권계급에 대한 증오심에서 신앙심이 두텁고 정숙한 레날 부인을 유혹하지만, 그녀의 순정에 이끌려 열렬한 사랑에 빠지게 된다. 하지만 이러한 소문이 퍼지게 되자 쥘리앙은 브장송 신학교에 들어간다. 그곳에서 그는 교장인 피라르 사제에게서 추천을 받아 파리 대귀족이며 정계의 실력자인 라 몰 후작의 비서가 된다.

파리로 나온 쥘리앙은 공화주의적인 본심을 교묘하게 숨긴 채 사교계에서 활동하며 점차 세련되어 간다. 후작의 집에 들어간 그는 자존심이 무척이나 강한 후작의 딸 마틸드의 도전을 받게 된다. 그녀는 신분은 낮지만 긍지가 높고 에너지가 넘치는 쥘리앙에게 이끌려 그에게 몸을 허락하여 이윽고 임신을 한다. 그녀는 아버지에게 이 사실을 알리고 그와의 결혼을 허락해 줄 것을 조른다.

쥘리앙은 딸을 지극히 사랑하는 후작의 도움으로 경기병 중위로 임명되고, 그녀와의 결혼도 뜻을 이루는 것처럼 보였다. 하지만 후작의 품행 조회에 응한 레날 부인이 본의 아니게 진상을 말함으로써, 귀족 딸과의 결혼을 통해 신분상승을 꿈꾸던 쥘리앙의 꿈은 산산히 깨어지고 만다. 순간적으로 격분한 쥘리앙은 베리에르로 달려가 마침 교회에서 기도를 하고 있던 레날 부인을 총으로 쏘고, 그 자리에서 체포된다. 감옥에 갇힌 쥘리앙은 그 안에서 자신의 지난날을 뒤돌아보며, 이윽고 모든 세속적인 야심에서 놓여나게 된다. 또한 병상에서 일어난 레날 부인과 재회하여 지난날의 사랑을 되찾게 되며, 깊은 행복감에 젖는다. 이윽고 법정으로 끌려간 그는 자신은 당연히 사형에 처해져야 마땅하다고 말하고, 가난한 자가 탄압받는 사회의 희생양으로서 지배계급인 배심원들을 고발하여 그들의 분노를 삼으로써 사형을 선고받는다. 마틸드는 기요틴에 잘린 쥘리앙의 목을 끌어안고 성대한 장례식을 치러 주며, 레날드 부인은 자식들을 품에 안은 채 사흘 뒤에 숨을 거둔다.

〈적과 흑〉은 '1830년 연대기'라는 부제가 말하여 주듯 7월혁명 전의 격동의 시대를 살아가는 한 평민 청년의 야심을 통해 귀족과 승려, 대부르주아지 세 계급이 격전을 벌이는, 그 당시 사회의 반동성을 철저하게 비판적으로 묘사한 작품이다. 주인공 쥘리앙 소렐의 야심과 좌절, 옥중에서 성취한 그의 내적 구제와 더불어, 역사를 꿰뚫는 작가의 리얼리즘과 역사를 뛰어넘는 로맨티시즘이 명확하게 표현되어 있다.

'적'은 나폴레옹 시대의 군인의 영광이나 혹은 공화주의의 열렬한 에너지를 상징하며, '흑'은 왕정복고 시대에 세력을 떨친 사제 계급의 옷을 나타낸다는 것이 일반적인 설이나, 적과 흑에 의해 운명이 결정되는 룰렛 게임에 인생을 비유한 것이라는 설도 있다.

● 주인공 하이라이트

쥘리앙 소렐은 여자와 같은 섬세한 얼굴과 훤칠한 용모에 극도로 예민한 감수성과 불굴의 의지를 지녔으며, 거기에 놀랄 만한 기억력을 겸비한 청년이다. 주위 사람들로부터 학대를 받으며 자란 그는 나폴레옹을 찬미하면서도 위선을 유일한 수단으로 삼아 계급상승을 꾀한다.

하지만 그의 본질은 출세를 위해 위선을 행하는 자신을 명철하게 주시하고 있는 데 있으며, 또한 자신이 결의한 행위를 감행하지 못한다면 총으로 머리를 쏘는 일도 마다하지 않겠다는 자존에 있다. 남에게 경멸당하는 것, 그리고 그 무엇보다 자신에게 경멸당하는 일이 이 자존심 강한 청년이 가장 두려워하는 것이다. 나폴레옹을 모방하여 끊임없이 자신에게 '무기를 들어라!'라고 명령하는 그에게는 싸움에 승리하는 것만이 목적이며, 그 승리는 최종적으로 자기 자신에 대한 승리였다.

쥘리앙 소렐은 세상 사람들이 말하는 단순한 출세주의자는 아니다. 그는 어느 순간에나 자신의 존엄성을 중시하고, 그러한 자기를 긍정하는 것을 최대의 목적으로 한 정신적인 귀족이었으며, 바로 그점 때문에도 그는 편안한 심정으로 단두대에 오를 수 있었던 것이다.

● **작가의 생애**

스탕달(Stendhal), 작가. 본명은 앙리 베일레. 1783년 그르노블에서 출생. 아버지는 고등법원 변호사였으며, 어머니는 스탕달이 7살 되던 해 병사했다. 그는 위선가인 아버지와 승려인 가정교사, 올드 미스인 고모에게 둘러싸여 교육을 받아 온 탓에 압제와 위선에 대한 반항심이 일찍부터 싹트게 되었다. 학생 시절에는 '위선이 허락되지 않는 유일한 것'으로서 수학에 열중하여 좋은 성적을 얻었으며, 1799년 이공과 학교에 입학할 것을 목표로 파리에 나왔으나 결국 수업을 포기하고 말았다.

1800년 육군성에 들어갔으며, 나폴레옹을 따라 밀라노에 입성. 이듬해 파리로 나와 제2의 몰리에르를 자처하며 관극과 독서에 열중했다. 다시 육군성에 들어가서 모스크바 원정 때는 식량조달의 솜씨를 보였으나, 14년 나폴레옹의 실각과 동시에 생활비가 싼 밀라노로 이주했으며, 표절작인 〈하이든·모차르트·메타스타지오 전傳〉〈이탈리아 회화사〉를 출판했다. 영원한 여인 틴보흐스키 부인에게 실연당해 21년 파리로 돌아왔으며, 〈연애론〉〈라신느와 셰익스피어〉 등을 냈으나 명성을 얻지는 못했다. 생활이 어려워지자 종종 자살을 생각했으며, 6번이나 유서를 쓰기도 했다.

〈적과 흑〉을 간행한 이듬해인 1831년, 새로 들어선 정부에 의해 치비타비키아 영사로 임명되었으며, 평생 그 지위에 있었다. 그동안 〈에고티즘의 회상〉〈뤼시앙·루뱅〉〈파르므의 수도원〉〈라미엘〉 등을 썼으며, 42년 휴가차 돌아간 파리의 거리에서 쓰러져 숨을 거두었다. 몽마르트에 있는 그의 무덤 앞에는 '살았노라, 썼노라, 사랑했노라'라는 그의 글귀가 새겨진 비석이 서 있다.

그가 쓴 작품의 진가는 생전엔 거의 인정을 받지 못했으며, 1세기 뒤에야 겨우 빛을 보기 시작했다. 발자크와 함께 19세기 프랑스 소설가의 2대 거봉으로 꼽힌다.

● *기억할 만한 명구*

소설이란 큰 길을 따라 운반되는 거울이다. 그것은 그대들의 눈에 푸른 하늘을 비출 때도 있고, 길거리의 진흙탕을 비출 때도 있을 것이다. 하지만 그 거울을 등에 지고 가는 자는 그대들로부터 부도덕하다는 비난을 면치 못할 것이다! *(제2부 19장에서)*

(소설은 곧 세상을 비추는 거울이라는 스탕달의 리얼리즘 이론을 나타낸 말인데, 이 말은 사회의 부정과 추악함을 그리더라도 그것은 작가의 책임이 아니며, 바로 위정자들의 책임이라는 비판이기도 하다.)

5 파르므의 수도원(La Chartreuse de Parme)
스탕달 (1783~1842)

●**작**품의 줄거리

밀라노의 대귀족 델 돈고 후작의 차남으로 태어난 파브리스는 나폴레옹을 숭배하는 미소년이었다. 어머니와 고모 지나의 극진한 사랑을 받으며 성장한 그는 16세 때 나폴레옹이 엘바 섬을 탈출하자 가출하여 워털루 전투에 참가하지만, 막상 전장에서는 우왕좌왕할 뿐 전쟁에 환멸을 느끼고 게다가 부상까지 당하게 된다. 이 모험으로 인해 자유주의를 증오하는 형에게 고발되어 쫓기는 몸이 된 그는, 공작 부인이 된 산세베리나 고모와 그의 연인 모스카 백작의 도움을 얻어 수도원으로 들어간다.

그리고 우연한 기회에 알게 된 여배우 마리에타로 인해 그의 정부를 죽이고 붙잡혀 파르네제 탑에 유폐된다. 여기서 그는 형무소장인 콘티 장군의 딸 클레리아와 재회하고, 두 사람 사이에는 뜨거운 사랑이 불타오른다. 파브리스에게 독살의 위험이 닥치자 고모는 그를 탈옥케 하는데, 이때 그를 도와준 클레리아는 두 번 다시 그와 만나지 않을 것을 성모께 맹세한다. 하지만 그는 클레리아를 잊지 못해 다시 탑으로 돌아와 자수하고, 클레리아 역시 맹세를 잊은 채 그에게 몸을 맡긴다.

그후 파브리스는 무죄 석방되어 파르므의 대주교 보좌에 임명되고, 클레리아는 크레센티 후작과 결혼한다. 그리고 두 사람은 사람들의 눈을 피해 밀회를 거듭하며 아이까지 낳게 된다. 하지만 애달픈 사랑의 결과인 아기 산도리노는 곧 생명을 잃게 되고, 이를 신이 내린 벌이라

믿은 클레리아는 충격에서 벗어나지 못한 채 연인의 품에 안겨 숨을 거둔다. 그리고 절망 속에 갇힌 채 수도원에서 은거하던 파브리스 역시 얼마 후 세상을 하직한다.

● 주인공 하이라이트

파브리스는 호적상 델 돈고 후작의 아들로 되어 있으나, 실은 나폴레옹 휘하의 프랑스 군 중위와 후작 부인 사이에서 태어난 사생아라 여겨진다. 그러한 의미에서 파브리스는 무한히 이탈리아를 찬미하고 사랑해 마지않던 스탕달의 픽션상의 아들이었던 셈이다. 이 무구하고 여린 사랑스러운 청년은 어릴 적부터 미신을 믿었고, 특히 워털루 전투 직전에 스파이로 오인되어 투옥되는 데서부터 끊임없이 감옥을 두려워하게 된다. 이러한 상황을 앞날에 대한 불안한 전조로 받아들이는 점에서, 그는 감연히 미래를 향해 자신을 내던진 쥘리앙 소렐과는 근본적으로 다르다고 볼 수 있다.

이러한 전조는 실제 파르네제 탑에 투옥됨으로써 현실이 되지만, 이 탑 안에서 그는 워털루 전투 이후의, 이른바 주체성을 상실한 인간에서 벗어나 진정한 자신을 파악하게 되고, 그때까지 '나는 선천적으로 여자를 사랑할 수 없도록 되어 있는 게 아닐까?' 하고 여기고 있던 그가 클레리아 콘티를 진심으로 사랑하게 된다. '정말로 이곳이 감옥 안이란 말인가?' 하고 스스로에게 반문하듯, 그가 감옥 안에서 진정한 평화와 감미로운 심정에 잠기게 되는 데에 이 작품의 본질이 드러나고 있다. 행복은 감옥 안에서만 존재한다는 것, 이것이 바로 부르주아적 현실에 들이댄 스탕달의 비판인 셈이다.

● 기억할 만한 명구

사람이 현실을 직시하고 싶어하지 않는 것도 충분히 이해할 수 있다. 하지만 그렇다면 그때는 현실에 대해 이러니저러니 생각하지 않

아야 한다. 자신의 무지를 방패삼아 현실에 항거하려는 것은 더더욱 좋지 않다. *(제1부 8절에서)*

(현실에 대해 무지한 인간이 현실을 비판하는 우를 범하지 않도록 경계하는 말. 냉철한 현실 관찰자의 얼굴이 엿보인다.)

✱ 스탕달은 〈파르므의 수도원〉을 불과 52일 만에 구술 필기로 완성했으며, 그후 거의 원고를 고치지 않고 인쇄소에 넘겼다. 게다가 발행처의 요청으로 뒷부분을 대폭 삭제해 버렸다. 결말이 부자연스럽게 끝나는 것은 바로 그 때문이다.

6 고리오 영감(Le Père Goriot)
발자크 (1799~1850)

● **작품의 줄거리**

파리의 초라한 하숙집 보켈 장에는 여러 하숙생들이 살고 있는데, 그 가운데 고리오 영감이라 불리는 노인과 라스티냐크라는 학생이 있다. 고리오는 제분업을 하여 많은 돈을 벌었으나 지금은 은퇴하여, 귀족에게 시집보낸 지극히 사랑하는 두 딸 아나스타지와 델피느에게 생의 보람을 찾고 있다. 하지만 허영에 가득 찬 두 딸은 평민인 아버지를 부끄럽게 여겨 늘 피해 다니면서도, 아버지에게서 자신들의 사치와 방종에 드는 돈을 충당받는다. 이렇게 해서 고리오 영감은 드러내 놓고 딸들의 집에는 찾아갈 수 없는 처지이면서도, 그녀들에게 돈을 주기 위해 점점 자신이 갖고 있는 돈이나 물건들을 소진해 간다.

한편 젊은 라스티냐크는 성공을 꿈꾸는 야심가이다. 상류사회를 흠모하며 '성공이야말로 최고의 미덕'이라고 생각하는 그는 학문과 여자라는 두 가지 수단을 통해 자신의 꿈을 이뤄 내려 결심한다. 그는 사촌누이 보세앙 부인을 통해 사교계에 들어가 고리오의 두 딸과 알게 되고, 동생인 누싱겐 남작 부인을 연인으로 삼으려 한다. 이때 그의 이런 태도를 지켜 보던 같은 하숙집에 사는 수수께끼 인물 보트랑이 그의 야심에 개입하게 된다. 보트랑은 '정직한 수단으로는 출세를 하기 어렵다. 맛있는 국물을 빨아먹고 싶다면 어차피 손을 더럽힐 수밖에 없다.'는 시니컬한 철학을 늘어놓으며, 라스티냐크에게 백만장자가 되게 해줄 테니 자신을 도우라고 부추긴다. 하지만 보트랑의 실체는 수배중인 도주범이었고, 얼마 안 있어 그는 체포되고 만다.

라스티냐크는 다행히 위험한 책략에서 벗어나기는 했지만, 이미 그의 마음속에는 보트랭의 철학이 자리를 잡게 된다. 한편 고리오 영감은 딸들로 인해 마침내 무일푼이 되고, 돈 때문에 싸우는 두 딸들의 모습을 보다 못해 충격으로 쓰러지고 만다. 끝내 회생하지 못한 고리오 영감의 임종의 자리에는 아버지가 그토록 원했음에도 두 딸의 모습은 나타나지 않는다. 그는 딸들을 원망하긴 했지만 그래도 용서하고 축복해 주며, 그를 간호하던 라스티냐크와 그의 친구를 딸로 혼동하여 '아아, 나의 천사들'이라는 말을 남기고 죽어간다. 딸들은 아버지의 장례식에조차 오지 않는다. 그로 인해 라스티냐크와 그의 친구는 시계를 전당포에 잡혀 두고 장례를 치르고, 라스티냐크는 혼자서 고리오 영감의 유해를 묘지로 운반한다. 그리고 그의 묘를 바라보며 청춘의 마지막 눈물을 묻는다. 이렇게 해서 그의 교육은 끝이 난다. 이제 그는 새롭게 눈을 뜨고 사회와의 '투쟁'을 선택한 것이다. 묘지의 언덕에서, 이윽고 불이 켜지기 시작하는 파리 시가를 내려다보며 그는 '자, 이제 파리와의 한판 승부다.'라며 사회에 도전할 뜻을 명백하게 밝힌다. 그리고 그 일보로서 누싱겐 남작 부인의 저택으로 만찬을 들기 위해 출발한다.

이 작품은 근대 시민사회를 움직이고 있는 '금전'을 둘러싸고 엮어지는 인간 정열의 드라마를, 부성애와 입신출세라는 축에 끼워 치밀한 관찰과 투철한 분석을 통해 묘사해 가고 있는데, 극사실주의 소설의 시조로서 '금전의 시인'이라 일컬어지는 발자크의 대표작 중 하나이다. 또한 이 작품은 다른 소설에 나온 등장인물들을 재등장시켜 소설을 연결해 가는 수법을 구사한 것으로도 유명하다.

● **주인공 하이라이트**

이 소설의 주인공은 고리오 영감과 라스티냐크 두 사람이다. 본문

가운데서 '부성애의 그리스도'처럼 묘사되고 있는 골리오 영감은 딸들을 열렬히 사랑했고, 그런 까닭에 애정과 금전을 끊임없이 쏟아붓고 목숨까지도 희생하지만, 그 숭고하고 맹목적이기까지 한 애정으로 인해 끝내 보상받지 못하는 비극적인 아버지의 전형이 되고 있다. 고리오 영감은 셰익스피어의 '리어 왕'과도 자주 비교되는 인물이다. 동시에 그는 발자크가 즐겨 그린 인간의 열정──자신도 주위 사람들도 (여기서는 딸들) 결국 파멸로 이끌고 마는 '열정에 이끌린' 인간이며, 〈인간 희극〉을 대표하는 인물의 하나가 되고 있다. 라스티냐크는 19세기 프랑스 소설 가운데 〈적과 흑〉의 쥘리앙 소렐, 〈감정 교육〉의 프레데릭 모로와 나란히 19세기 부르주아 사회에서 입신출세를 꿈꾸는 청년의 전형을 대표하고 있다. 그가 두 사람과 다른 점은, 선과 악을 가리지 않고 타협의 길로 나아감으로써 마침내는 공직에 올라 일단의 목적을 달성하는 데 있다. '장어처럼 유연해질 수 있는 까닭에 출세도 할 수 있을 테지요.' 하고 작중 인물도 그를 평하고 있다. 그는 명민한 통찰력과 적응력이 뛰어난 성격을 소유한 반면, 감연히 악을 거부할 수 있을 만큼의 절제력을 갖지 못한 인간이다. 즉 타협에 의해 교묘하게 인생을 헤쳐나가려는 입신출세주의자의 전형인 것이다.

• 작가의 생애

오노르 드 발자크(Honoré de Balzac), 작가. 1799년 투르에서 출생. 아버지는 본래 농민이었으나 프랑스 혁명기의 혼란을 틈타 관리로서 출세하였으며, 파리의 상인 집안 출신인 어머니는 차갑고 신경질적인 성격을 지니고 있었다. 이로 인해 발자크는 부모로부터 차가운 대우를 받으며 고독한 소년 시절을 보내야 했으며, 소르본에서 법률을 공부하여 파리로 나와 법률사무소의 견습사원이 된다.

한편 그가 소년기를 보내던 무렵은 나폴레옹이 전 유럽에 군림하던 시기였으며, 그가 16살 때 나폴레옹은 이미 권좌에서 물러났지만, 낭만주의 시대의 문인들이 대부분 그러했듯이 발자크도 나폴레옹의 숭배자가 된다. 그리고 '나폴레옹이 칼로써 이룩한 것을 자신은 펜으로 이룩하겠다.'는 결심 아래, 20살이 되자 문필로 자립할 것을 선언한다. 이렇게 해서 2년간의 유예를 얻어 비극을 쓰지만 가능성이 없다는 판정을 받는다. 하지만 이에 굴하지 않고 이후 생활비를 벌기 위해 익명으로 통속소설을 쓴다. 그리고 경제적 안정을 꾀하기 위해 출판업과 인쇄업, 활자 주조업에 손을 대나 잇달아 실패하고, 6만 프랑의 막대한 부채를 떠안게 된다. 이러한 처지에 놓인 그를 격려하고 위로해 준 사람은 22살이나 연상인 베르니 부인이었다. 그리고 그가 쓴 〈골짜기의 백합〉은 베르니 부인에게 바치는 그의 연가였다.

발자크는 30살 때 새로운 결심으로 집필한 역사소설 〈올빼미 당원〉으로 정식 데뷔한다. 이후 그는 죽을 때까지 근 20년의 세월 동안 진한 커피를 들이키며 하루에 많을 때는 18시간, 평균 12시간씩 집필에 몰두하며 소설, 희곡, 평론, 잡문 등을 초인적인 힘으로 써내려 갔다. 1834년 〈고리오 영감〉을 집필할 때 '인물 재등장'의 수법을 창안했고, 이윽고 '19세기 프랑스 사회사'를 그린다는 의도를 체계화하기 위해 모든 소설 작품을 하나의 종합 제목 〈인간 희극〉으로 묶기로 결정했다. 그 결과 〈인간 희극〉은 프랑스 전역을 무대로 활약한 약 2000여 명의 등장인물이 나오며, 장단편 약 90여 편의 소설을 총괄하는 막대한 소설집이 되었다. 대표작으로는 〈골짜기의 백합〉〈외제니 그랑데〉〈사촌누이 베트〉 등이 있다.

동시대의 다른 대작가들과 마찬가지로 여성 편력이 화려한 것으로도 유명한데, 특히 깊은 영향을 주고받았던 여성으로는 앞에서 든 베르니 부인과 후일 그의 아내가 된 폴란드의 귀족 한스카 부인이 있다. 한스카 부인과는 펜레터로 인연을 맺게 되었는데, 발자크가 18년 동안 그녀에게 보낸 편지는 수천 페이지에 이른다고 한다.

과로로 인해 건강을 잃게 된 만년에 이르러서야 겨우 한스카 부인과

프랑스 문학

결혼의 뜻을 이루지만 기쁨도 잠깐, 불과 다섯 달 뒤에 그는 〈인간 희극〉에 포함될 예정인 약 30편의 미완성 작품을 남겨 둔 채 집필과 사업, 여행, 정치, 연애로 다망했던 삶을 마감하고 골리오 영감을 묻었던 베일 라센즈에 묻힌다.

• **기억할 만한 명구**

인간의 마음은 애정의 오르막길을 모두 오르면 휴식을 발견하지만, 증오라는 감정의 내리막길을 내려갈 때는 좀처럼 멈출 줄을 모른다.

(발자크는 다른 소설에서, 사랑은 소비이지만 미움은 축적이라고 설명하고 있다.)

여자라는 것은 비록 그 어떤 극단적인 거짓말을 하고 있을 때라도 항상 진실하다. 왜냐하면 그럴 때에도 그녀들은 어떤 자연적인 감정에 움직여지고 있기 때문이다.

(또한 발자크는 여자의 나이에 대해, 얼른 봤을 때 보이는 나이가 여자의 진짜 나이이며, 호적상의 나이는 여자에게 존재하지 않는 것이라고도 말했다.)

✷ 〈인간 희극〉의 2000명이 넘는 등장인물 가운데 재등장하는 사람은 약 600명이며, 예를 들어 〈외제니 그랑데〉 속에는 50여 명의 인물이 재등장한다. 이러한 등장인물들을 쉽게 알아보기 위해 〈등장인물 사전〉이란 편리한 책도 나와 있다.

7 골짜기의 백합(Le Lys dans la Vallée)
발자크 (1799~1850)

● **작**품의 줄거리

어린 시절 여러 형제들 가운데서 유독 혼자만 어머니로부터 냉대를 받고 자란 고독한 청년 펠릭스는, 처음으로 나간 무도회에서 만난 미지의 여인에게 마음을 빼앗기고 만다. 그러다 자신도 모르게 그녀의 어깨에 키스를 하게 되고, 잔뜩 화를 내며 그 자리를 떠난 여인의 모습을 내내 못 잊어 한다. 결국 마음의 병까지 얻게 된 펠릭스는 프랑스에게 가장 풍요롭다고 일컬어지는 곳으로 요양을 떠난다. 그곳에서 아름다운 앵드르 강 근처를 산책하던 그는 '여인 중의 꽃인 그녀가 이 세상 어딘가에 살고 있다면 그곳은 틀림없이 여기일 것'이라고 생각한다.

정말 그녀는 그 골짜기에 살고 있었다. 망명 귀족인 모르소프 백작의 아내인 그녀의 이름은 앙리에트이며, 포악한 남편과 병약한 아이들에게 헌신하고 있었다. 이윽고 펠릭스는 부인의 집에 가족처럼 맞아들여지게 된다. 펠릭스는 부인에게 열렬한 사랑을 바치며 살아가지만, 순결한 앙리에트에게서는 어머니처럼 순수하고 정신적인 사랑밖에 얻지 못한다. 그후 그는 파리로 나와 부인의 후원으로 높은 사회적 지위를 얻지만, 그의 온 정열은 여전히 '골짜기의 백합'에게 향해져 있었다. 하지만 충족되지 않는 육체적 사랑의 유혹에 굴복하게 된 펠릭스는, 파리 사교계의 분방한 여인 대들레이 부인과 관능적인 사랑에 빠지게 된다. 이 소문은 결국 앙리에트의 귀에까지 들어가게 되며, 골짜기로 부인을 방문한 펠릭스는 그녀에게서 질투와 체념의 그림자를 발견한다.

이윽고 부인이 위독하다는 전갈을 받고 다시 골짜기로 돌아간 그에게, 그녀는 가을 내음이 향기롭게 떠도는 자연 속에서 병마와 목마름에 괴로워하면서 결코 채워지지 못했던 사랑의 원망과 추억을 적나라하게 호소한다. 하지만 죽음을 목전에 두고 다시 정결한 골짜기의 백합으로 되돌아간 부인은 펠릭스에게, 자신은 안으로 감춘 그에 대한 깊은 애정과 정결함과 관능의 극심한 싸움에 지쳐 죽어간다는 유서를 남기고 세상을 떠난다.

발자크의 소년 시절이 거의 그대로 묘사되어 있는 이 작품은, 여주인공 역시 그의 첫사랑의 여인이었던 베르니 부인이 모델이 되고 있다. 발자크의 어머니는 그에게 따뜻한 애정을 베풀 줄 몰랐으며, 그로 인해 그는 평생 모성적 애정을 동경해야 했고, 종종 그것을 사랑의 이상적인 형태로서 작품에 그리고 있다. 실제로 그가 22살이나 연상인 베르니 부인에게서 구하고자 한 것도 바로 그러한 모성적 애정이었다. 이렇게 고백적인 요소를 이상화해 가는 가운데 정신과 관능이라는 상극의 드라마를 자연과의 교신 가운데서 발전시켜 나가며, 불운한 입장에 처한 두 남녀의 숙명적 비극을 낭만주의적인 서정과 잔혹한 리얼리즘으로 묘사한 이 작품은 발자크의 대표적 명작으로 사랑받고 있다.

● **주인공 하이라이트**

완벽한 아름다움을 지닌 육체를 흰 드레스로 감싸고, 항상 주위에 정신적 분위기를 자아내는 주인공 앙리에트 모르소프 부인은 실로 앵드르 강가의 아름다운 골짜기에 청초하게 피어 있는 한 송이 '흰 백합화'였다. 하지만 그것은 그녀의 정결함이나 높은 덕, 단순한 종교적 체념이나 인종에 의한 것은 아니었다. 섬세하고 나약한 피보호자들을 감싸고 이끌어가는 마음의 커다란 그늘 뒤에는, 펠릭스의 출현에 의해 비로소 눈을 뜬 무구하고 풍요로운 정열이 들끓고 있었다. 이 새롭게 피어난 격렬한 열정이 그녀를 끊임없이 쾌락의 길로 유혹함으로써 평온함 뒤에서는 늘 치열한 투쟁이 벌어지고 있었던 것이다. 그렇기 때문에 그녀의 빛나는 덕과 정숙은 숭고함을 더하는 것이며, 또 그로 인해 죽음까지도 피하지 못하는 그녀의 운명이야말로 더 한층 비극적인 것이다.

● 기억할 만한 명구

자기 자신만의 앙리에트를 가져 본 적 없는 남자야말로 불행하지요! 그리고 대들레이 부인과 같은 여성을 모르는 남자 또한 불행합니다. 그러한 남자가 결혼을 한다면, 후자는 아내의 마음을 붙들어 둘 수 없을 것이며, 전자는 연인에게 버림을 받을 테지요. 하지만 이 둘을 한 사람의 여성 안에서 찾으려 한다면 그것이야말로 가장 큰 불행일 것입니다.   (제3장에서)

✻ 어떤 기회에 발자크를 혹평했던 동시대의 소설가 상트 뵈브가 〈애욕〉을 출판했을 때, 발자크는 그에 대한 보답으로 "〈애욕〉을 내가 다시 한 번 써보이겠다."고 하여 〈골짜기의 백합〉을 출판했다고 한다. 그의 의도대로 지금은, 주제는 같지만 〈애욕〉을 읽는 사람을 찾아보기 힘들게 되었다.

8 몽테크리스토 백작(Le Comte de Monte-Christo)
뒤마 (1802~1870)

● **작품의 줄거리**

1등 항해사인 에드몽 당테스는 선장의 갑작스런 죽음으로 인해 약관 19세의 나이에 그의 후계자가 된다. 이를 시기한 이 배의 회계사 당그라르는, 당테스의 약혼녀 메르세데스를 짝사랑하는 페르낭을 부추겨 당테스를 나폴레옹 파의 스파이로 몰아 밀고한다. 당테스는 약혼 피로연 파티에서 체포되고, 거기에 다시 검사대리 비르포르의 음모가 더해져 마르세유 앞바다의 고독한 섬 이프의 감옥에 갇히게 된다. 그는 감옥에서 파리아 신부라는 늙은 수인과 알게 되고, 그로부터 음모의 전말에 대한 설명을 듣게 된다. 복수를 불태우며 오랫동안 감옥 생활을 한 신부로부터 여러 가지 교육을 받는 당테스는, 또 몽테크리스토 섬에 매장되어 있는 보물에 대한 비밀을 듣게 된다. 파리아 신부가 운명했을 때 관 속에 대신 들어가 탈옥하게 된 당테스는, 섬에 숨겨져 있던 보물을 찾아낸 뒤 이름을 바꾸고 고향으로 간다.

그때는 이미 14년이라는 세월이 흐른 뒤였다. 아버지는 가난과 굶주림으로 이미 세상을 떠났고, 은혜를 베풀었던 선주 모렐은 파산 직전에 놓여 있었다. 한편 그의 원수인 세 사람 중 당그라르는 대은행가가 되어 있었고, 페르낭은 메르세데스를 아내로 맞이하여 육군 중령이 되어 있었으며, 비르포르는 검찰총장의 자리에 올라 파리로 이주해 있었다. 아버지의 죽음을 접하고 더욱 쓰라린 통한을 맛본 그는 복수의 화신이 되어, 파리아의 도움으로 얻게 된 막대한 재산과 교양을 무기삼아 브조니 신부, 윌모어 경, 선원 신밧드, 몽테크리스토 백작 등의 인물로 변장하여 신출귀몰, 은인 모렐을 파산에서 구하는 동시에 세 사람에 대한 완벽한 복수의 준비를 갖춘다.

파리 사교계의 명사가 된 몽테크리스토 백작은 세 사람의 가족을 둘러싸고 물샐 틈 없는 계획을 실현시켜 나간다. 세 사람은 이유를 모른 채 자신들이 점점 궁지에 몰리고 있음을 느낀다. 그리고 마침내, 세 사람은 몽테크리스토가 펼친 복수의 손아귀에 들게 되어, 과거에 그들이 저지른 여러 가지 범죄들이 차례로 폭로되며 몰락의 길을 걸어간다. 남편의 죄상을 알게 된 메르세데스는 그와 헤어지고, 페르낭은 스스로 목숨을 끊는다.

이렇게 복수극을 펼치는 가운데서도 백작은, 비록 죄많은 아버지를 두었지만 그 자신만은 순결한 영혼을 지닌 페르낭의 아들과 모친을 구하고, 비르포르의 딸과 인연을 맺게 하여 엄청난 재산을 물려준 다음 그 자신은 바다 멀리 떠나간다.

"뒤마의 전 작품을 모두 읽은 이는 아무도 없지만, 전세계 사람들이 뒤마의 작품을 읽는다."고 일컬어질 정도로 그는 대중의 꿈이 무엇인지 정확히 포착하여, 정교한 구성과 폭발적인 전개, 그리고 곳곳에서 발견되는 로맨틱한 감동을 바탕으로 파란만장한 모험담을 그려내는 데 뛰어난 재능을 가지고 있었다. 〈몽테크리스토 백작〉은 〈삼총사〉와 나란히 뒤마의 최고의 걸작으로 꼽히는데, 이 작품이 발표되었을 때는 온 파리가 들끓었다고 한다.

● **주인공 하이라이트**

순수하고 남을 의심할 줄 모르는 다정다감한 청년 에드몽 당테스. 그러한 그가 일변하여, 창백한 음모가 서린 얼굴, 엄청난 증오와 고뇌에 시달리고 있음을 말해 주는 주름진 이마, 가슴 저 밑바닥까지 그대로 들여다보이는 맑게 빛나는 눈, 독특한 울림을 지닌 말들을 내뱉는 거만하고 자조적인 입술, 조금도 자신의 감정을 드러내지 않는 차가운 표정, 그리고 완벽한 매너와 교양을 지닌 몽테크리스토 백작으로 변신하여 부친의 목숨과 자신의 청춘을 앗아간 원한을 막대한 재산을 무기 삼아 풀어가는 냉혹한 복수의 화신이 된다. 복수담의 주인공으로서 이만큼 완벽한 조건과 매력을 겸비한 인물은 두 번 다시 창조되기 어려울 것이며, 그는 실로 멋진 복수 혼魂의 대명사로 일컬어지고 있다. 하지만 그가 벌이는 복수극에서 불쾌한 암울함을 찾아보기 힘든 이유는, 자신의 손으로 결코 피를 흘리지 않는다는 원칙과 가족들이 연루되는 데 대해 괴로움을 느끼며, 비록 악인의 자식일지라도 선한 인간일 경우에는 구제의 손길을 내밀어 장본인만을 응징한다는 정의감이 작품 전체에 면면이 흐르고 있기 때문일 것이다.

● **작가의 생애**

알렉상드르 뒤마(Alexandre Dumas), 소설가·극작가. 일반적으로 그의 아들 뒤마(소 뒤마, 〈춘희〉의 작가)와 구별하기 위해 대 뒤마라고 부른다. 1802년 파리 북쪽의 작은 도시 비레르 코틀레에서 태어났다. 아버지는 생트 도밍고 섬의 흑인 노예였던 어머니의 피를 물려받은 혼혈로, 나폴레옹 시대의 유명한 장군이었다. 용맹한 성품을 지닌 호걸이었으나 나폴레옹과의 알력으로 불운한 처지에 놓이게 되고, 44살의 나이로 사망한다. 이로 인해 뒤마는 어린시절부터 생활의 고통을 맛보아야 했다. 뒤마는 읽고 쓰는 것 이외의 공부를 무척 싫어했으며, 검술이나 사격 연습에 열중했고, 숲속을 헤매고 다니며 사냥하는 소년 시절을 보냈다. 15살 때 공증인 사무실에서 일했으며, 주변 친구들의 영향으로 소설을 읽고 어학을 공부하며 연극에 관심을 갖는다. 파리로 여행을 갔다가 그곳에서 본 연극에 큰 감명을 받고 파리에서 살기로 결심, 아버지 친구의 소개로 오를레앙 공의 비서로 들어간다. 교양을 쌓기 위해 상사의 지도 아래 독서에 열중하는 한편으로 희곡을 습작하고, 아파트 옆방에 사는 카트린과 관계를 맺는다. 그녀와는 끝내 결혼하지 않았으나, 이때 태어난 아들이 사생아인 소 뒤마이다.

1825년 1막짜리 희곡 〈사냥과 연애〉를 합작으로 상연했으며, 이듬해에 발표한 〈혼례와 매장〉이 호평을 얻었다. 28년 〈앙리 3세와 그 궁정〉으로 대성공을 거두었으며, 27살 때 일약 명성을 얻는다. 이어 낭만파극의 첫작인 〈앙토니〉에 의해 극단의 중진이 되며, 잇달아 많은 작품을 발표했다. 그후 소설도 쓰기 시작해 44년 〈삼총사〉를 발표, 이것이 커다란 인기를 얻었으며, 이후 〈20년 후〉 〈몽테크리스토 백작〉 등 수많은 소설을 집필한다.

그의 작품수는 무려 250편이 넘는데 극적인 장면 전환과 등장인물의 생기 넘치는 성격묘사 등, 그는 스토리 작가로서의 천부적인 재질을 유감없이 발휘했다. 그는 극장과 신문소설을 지배하는 왕좌에 올라 들어오는 막대한 수입을 호탕하게 썼으며, 돈 환적인 생활을 추구하여 호화로운 별장을 짓는가 하면 극장을 설립하고, 신문을 창간했으며, 혁명에 참가하고, 사치스러운 여행을 하는 등 실로 로맨틱한 생활을 영위한다.

그러나 결국에는 지나친 낭비벽과 사업 실패, 방탕한 생활로 인해 재정적 파탄을 맞이하자 그의 왕성한 에너지도 점차 쇠퇴했으며, 중풍에 걸려 피폐해진 육신을 이끌고 아들의 집 문을 두드린다.

"너의 집에 죽으러 왔노라."고 말하는 그는, 이렇게 해서 1870년 68세의 나이로 마침내 '거인의 생애'를 마감하게 된다.

●기억할 만한 명구

지극히 단순한, 해도 무방한 일일지라도 우리들의 자연적 욕구는 그러한 것의 경계를 잘못 넘어서지 않도록 우리들에게 주의력을 갖게 해준다.……천성적으로 나쁜 소질을 타고 난 사람이 아닌 한, 인

프랑스 문학

간의 본질은 죄를 싫어하게 마련이다. 그렇지만 문명은 우리들에게 욕망과 악덕, 부자연스러운 욕망을 갖게 하며, 때론 우리의 선량한 본질을 깔아뭉개고 우리를 나쁜 쪽으로 인도하는 것이다.

(파리아 신부의 말 중에서)

✻ 뒤마는 파리 교외에 〈몽테크리스토 백작〉에서 이름을 따온 몽테크리스토 별장을 지었는데, 역시 낭비가로 명성이 높았던 발자크의 불 같은 질투를 불러일으켰다고 한다. 그는 그곳에서 왕족과 같은 호화로운 생활을 영위했으나, 결국 파산하는 바람에 별장도 차압을 당하고 말았다.

9 카르멘(Carmen)
메리메 (1803~1870)

● **작품의 줄거리**

바스크 지방 출신인 기병 하사 돈 호세는 순진하고 우직한 청년이다. 그런데 어느 날, 세빌랴의 담배공장 앞에서 보초 근무를 서던 중 운명의 덫에 걸리고 만다. 집시 여자 카르멘이 입에 문 아카시아 꽃을 가벼운 농담과 함께 그에게 던진 것이다. 그후 카르멘은 공장 안에서 일어난 칼부림 사건으로 감옥에 가게 되고, 호세가 그녀를 호송하게 된다. 이때 카르멘은 호세를 감언이설로 꾀어, 호세로 하여금 달아날 길을 열어 주게 한다. 이 일로 인해 호세는 졸병으로 강등당하는 신세가 되고, 카르멘은 그에 대한 답례라며 광기 어린 미소를 피우며 호세에게 몸을 맡긴다. 그가 다시 만나 줄 것을 조르자 카르멘은, "전 악마예요. 저와 함께 있으면 당신까지도 목숨이 위태로워질지 몰라요." 하며 그를 밀쳐낸다.

그후 카르멘의 부탁으로 호세는 밀수업을 묵인하게 되고, 또한 카르멘에 대한 질투로 인해 라이벌인 중위까지 칼로 찌르지만, 여전히 자유분방한 카르멘의 사랑을 독점하지 못해 안절부절 못한다. 카르멘은 자신의 미모를 이용하여 수많은 남자들을 속이며 교묘하게 밀무역의 길잡이 노릇을 한다. 이윽고 카르멘의 정부인 애꾸눈 가르시아가 탈옥해 나오자, 질투에 눈이 먼 호세는 속임수 트럼프 놀이에 걸려들어 결투에서 그를 죽이고 만다.

이제 명실공히 카르멘의 남편이 된 호세는 걷잡을 수 없는 사랑과 독점욕에 몸부림을 치지만, 그럴수록 카르멘의 마음은 식어만 간다. 그렇지만 카르멘은 호세가 위병과의 싸움에서 부상을 입자 곁을 떠나지 않으며 그를 간호하는 순정적인 일면도 지닌 여자였다. 밀수업자 패거리와 어울려야 하는 현재의 생활에 염증을 느낀 호세가 함께 미국으로 건너가 사람답게 살아 보자고 간청하지만 카르멘은 이를 냉정하게 거절한다. 그리고 그녀의 마음이 이미 젊은 투우사인 루카스에게 옮겨간 것을 안 호세는 질투에 불타 몸부림친다. 루카스가 소에게 받쳐 부상을 입은 날 밤, 카르멘을 산 속으로 불러낸 호세는 비수를 들이댄 채 눈물을 흘리며 다시 자신과 미국으로 떠나자고 애원한다. 하지만 그녀의 마음은 움직일 줄 몰랐다. 결국, "당신이 내 남편이라면 나를 죽일 권리가 있을 테지. 하지만 나 카르멘은 어디까지나 자유로운 카르멘일 뿐이야."라고 차갑게 말하는 그녀를 호세는 비수로 찌르고 만다.

● 주인공 하이라이트

카르멘은 '자그마한 멋진 몸매에, 욕정적인 커다란 눈을 갖고 있으며, 때로 그 눈에 흉포한 빛이 어리기도 하는' 집시 여인이다. 아카시아 꽃을 물고, 잘록한 허리에 두 손을 얹은 채 마치 '코르도바 목장의 암말처럼 허리를 살레살레 흔들며' 걸어다니는 그녀는 야성적이고 관능적이다. 그러나 무엇보다 자유를 사랑하는 이 여인은 일단 마음에 드는 남자가 나타나면 거침없이 몸을 맡기지만, 싫증이 나면 아무리 상대가 애원하고 매달려도 차갑게 떨쳐 버린다.

분명 그녀는 요부요, 탕녀요, 범죄자였다. 남자에게 있어서는 그저 재앙을 불러일으킬 뿐인 위험한 여자이다. 어쩌면 악마의 화신이라고 해야 어울릴지도 모른다. 하지만 그러한 그녀를 미워할 마음은 생기지 않는다. 그것은 무엇보다 이 여인이 자기 자신에 대해서뿐만 아니라 호세에게도 어떤 의미에서는 철저히 성실했기 때문이다. 처음에는 "당신 같은 애송이는 번지수를 잘못 찾아온 것 같은데요". 하면서도, 일단 관계가 맺어지자 아내로서 성심성의를 다해 섬겼으며, 그리고 상대에 대해 싫증을 느끼게 되고 자신이 한 거짓말이 탄로나자 모든 것을 고백한 채 달아나려고도 숨으려고도 하지 않는다. 호세의 손에 죽을지도 모른다는 것을 알면서도 결코 거짓말로 순간을 모면하려고는 하지 않는다. 호세가 자신에게 있어 운명의 남자임을 알고 있던 그녀는 그 운명을 순순히 받아들인다. "비록 죽는 한이 있더라도 당신과는 함께 살 수 없어요."라고 딱 잘라 말하는 그녀에게서는 일종의 고귀함마저 느껴진다.

메리메는 카르멘을 집시 여자의 전형으로 받아들였던 것은 아니다. 그는 위선이나 허식 없는 자연의 여인을 그녀 속에서 그려내려 했으며, 그것은 이른바 문명사회에 가한 작가의 비판이었던 것이다.

● 작가의 생애

메리메(Mérimé), 작가이며 고고학자・언어학자・사적史跡감독관. 파리에서 출생. 법률학을 공부한 뒤, 스탕달 등의 작가와 교류를 갖게 되었으며, 독특한 재기와 박식함으로 인해 사람들에게 인기를 얻었다. 1825년, 어느 스페인 여배우의 작품을 번역한 것이라 칭하며 희곡집 〈클라라 가즈르의 희곡〉을 출판했는데, 이것이 호평을 얻어 세인들의 주목을 받게 된다.

그후 역사소설 〈샤를르 9세의 연대기〉를 비롯하여 〈라테오 파르코네〉〈에트루리아의 항아리〉를 간행했다. 1830년 스페인을 여행하다가 후일 나폴레옹 3세의 비가 되는 에우헤니아의 어머니와 알게 되고, 이 때의 인연으로 제2제정 시대에는 황비의 측근이 된다.

1832년에 사적감독관에 임명되어 붕괴에 직면한 유럽 각지의 역사 건조물 조사를 행하였으며, 그 복구를 위해 노력했다. 그의 대표작으로는 45년에 발표한 〈카르멘〉과 코르시카 섬을 무대로 이듬해에 발표한 〈콜롱바〉를 꼽을 수 있다. 만년에는 러시아 문학의 연구와 소개에 전념했으며, 70년에 세상을 떠났다.

●기억할 만한 명구

비록 그것이 뒤틀린 정열이라 할지라도, 에너지는 항상 우리의 마음속에 일종의 놀라움과 감탄을 불러일으키지요.

(〈이르의 비너스〉에서)

(이 말은 그 자신이 사교계의 꽃이면서도 거세된 듯 살아가는 파리 인사들을 조소했던 메리메의 태도를 잘 나타내고 있다.)

친구를 잃는 것은 커다란 불행이다. 하지만 이 재앙은 그보다 훨씬 큰 하나의 재앙에 의해서만 피할 수 있다. 그것은 아무것도 사랑하지 않는 것이다. (〈머지의 여인에 대한 편지 162〉에서)

(아무것도 사랑하지 않는다면 친구를 잃는 일도 생기지 않는다. 이는 냉정하고 시니컬한 남자로 알려져 있는 메리메의 일면을 전하는 말이다.)

✱ 메리메가 평소에 끼고 다녔던 반지 뒤에는, '무슨 일이든 경계심을 갖고 대하는 것을 잊지 말자.'라는 말이 새겨져 있었다. 냉소적인 회의주의자로 알려진 작가의 면모가 한눈에 드러나는 구절이다.

10 춘희(La Dame aux Camélias)
뒤마 (1824~1895)

● **작품의 줄거리**

    저자는 우연한 기회에 젊어서 죽은 고급 창부 마르그리트 코티에의 유품이 경매에 붙여지는 자리에 가게 되고, 아르망 뒤발이라고 서명이 된 한 권의 책을 손에 넣는다. 저자는 평소 이러한 가엾은 여인들에게 깊은 동정을 느끼고 있었으며, 진한 슬픔을 아는 마음과 진실한 사랑만이 그녀들을 구원할 수 있다고 여기고 있었다.
    한편, 저자가 자신이 선물한 책을 입수했다는 소식을 전해 들은 아르망이 저자를 찾아온다. 이 청년은 마르그리트를 만날 생각으로 이제 막 알렉산드리아에서 돌아왔지만 그만 때를 놓쳐 그녀의 임종의 자리에도, 또 경매에도 입회하지 못한 것이다. 저자는 아르망으로부터 마르그리트와의 사랑 이야기를 모두 듣게 된다.
    어느 날, 청년 아르망은 미모의 젊은 여성에게 첫눈에 마음을 빼앗기게 되고, 그녀가 동백꽃으로 항상 몸을 치장하고 다녀 '춘희'라는 별명을 얻고 있는 사교계의 고급 창부 마르그리트 코티에임을 알게 된다. 그녀는 한 달 중 25일은 흰 동백꽃을, 나머지 5일은 붉은 동백꽃을 들고 다닌다. 아르망의 친구가 그들 두 사람을 인사시켜 주지만, 마르그리트는 그를 눈여겨보지 않는다.
    그리고 마르그리트는 지병인 폐병이 악화되어 요양차 여행을 떠난다. 2년 뒤 파리로 돌아온 마르그리트는 아르망과 재회한다. 마르그리트는 그를 기억하지 못했고, 아르망 또한 그녀가 자신의 마음을 조금도 모르고 있다는 걸 느낀다. 어느 날 밤, 마르그리트의 친구들을 소개하는 저녁 모임에서 그녀는 발작을 일으키고, 아르망은 그녀의 뒤를 쫓아가 자신이 그녀를 진심으로 걱정하고 있음을 보이고, 또 자신의 오래 묵은 연모의 정을 털어놓는다. 오랫동안 화류계의 정서에 젖어 있던 그녀는 그의 마음이 진심임을 깨닫고 깊은 감명을 받게 된다.

진실한 사랑에 눈을 뜬 마르그리트는, 다른 사람들의 눈에서 벗어나 두 사람만의 사랑의 생활을 영위할 수 있는 면밀한 준비를 갖추고, 파리 교외에 시골집을 빌려서 행복한 사랑의 나날을 보낸다.

하지만 이 사실은 얼마 못 가 엄격한 성품을 지닌 아르망의 아버지에게 알려진다. 그들 앞에 나타난 부친은 두 사람의 사랑을 인정하면서도 그녀에게 아들의 장래를 위해 떠나 줄 것을 부탁한다. 이를 받아들인 마르그리트는 그에게 싫증이 난 척 연극을 한다.

마르그리트가 파리로 돌아와 다시 예전의 생활로 돌아간 것을 본 아르망은, 그녀의 마음이 변한 것으로 오해하고 그녀에게 욕을 퍼부어 주고는 상심한 마음을 달래기 위해 여행을 떠난다. 실의와 슬픔에 빠진 마르그리트는 폐병이 날로 악화되어 갔다.

한편 뒤늦게 이 사실을 알게 된 아르망의 아버지는 죄책감을 느끼고 편지로 아들에게 그간의 경위를 알려 준다. 진실을 알게 된 아르망이 미친 듯이 달려왔지만 그녀는 이미 세상을 떠난 뒤였다.

●주인공 하이라이트

창부이면서도 가슴 저 밑바닥에는 결코 더럽혀지지 않은 순정을 지니고 있으며, 진실한 사랑에 눈을 뜨자 모든 것을 버리고 오로지 그 사랑을 위해 살려는 마르그리트에게 누구나 깊은 애정을 느낄 것이다. 하지만 이 여성은 작가가 만들어 낸 완전한 픽션만은 아니며, 춘희라는 별명으로 불렸던 여성이 있었다. 소 뒤마와 같은 나이인 1824년 노르망디에서 태어났으며, 47년 파리에서 죽은 마리 뒤 프레시스라는 여인이 그 모델이다. 그녀는 소설 속에 묘사된 대로 아름다운 미모와 더불어 우아한 의상과 화장법, 기품 있는 행실과 재기를 겸비하고 있었다고 당시의 언론들도 전하고 있다. 그리고 그녀는 18살의 뒤마가 첫눈에 사랑에 빠졌던 당사자이기도 하다.

지체 높고 부유한 이들을 차례차례 연인으로 만들며 세상을 살아가는 마리를 소개받은 뒤마는, 왠지 주눅이 들어 가까이 다가가지도 못했지만 이윽고 그녀와 허물없는 이야기를 주고받는 친구 사이가 된다. 하지만 결국에는 헤어지게 되며, 그녀에 대한 식지 않는 연모의 정을 삭이기 위해 시와 소설을 쓰기 시작한다. 그리고 마리가 죽은 그 이듬해 시골에 틀어박혀 과거에 읽었던 〈마농 레스코〉를 다시 읽으며, 그녀에 대한 추억을 떠올리며 단숨에 써내려 간 것이 이 소설이다. 진실한 사랑은 인간을 고귀하게 하고 영혼을 구원한다는 주제가 소박하게 전해져 오는 것은, 그러한 작가 자신의 심경이 주인공에게 스며 있기 때문일 것이다.

• 작가의 생애

알렉상드르 뒤마(Alexandre Dumas), 소설가이며 극작가. 〈몽테크리스토 백작〉을 쓴 동명의 아버지와 구별하기 위해 뒤마 피스(fils, 아들이란 뜻) 혹은 소 뒤마라 부른다.

1824년, 대 뒤마의 사생아로 파리에서 출생했으나 화려한 것을 좋아하고 낭만파 연극에서 대활약을 보인 아버지 곁을 떠나 어머니와 둘이서 조용한 유아기를 보낸다. 그리고 어두운 출생 배경과 불안정한 생활 환경은 후일 그의 생애와 작품에 깊은 그림자를 남긴다.

하지만 '공부에도 노는 일에도 흥미를 느끼지 못했던' 소 뒤마는 대범한 미소년으로 성장하게 되고, 이윽고 18세 때 남의 아내를 정부로 거느린 생활에 들어간다. 그런 한편으로 아버지를 모범삼아 문학에서 이름을 얻기 위해 낭만주의 계열의 시와 소설을 습작하며, 드디어 소설 〈춘희〉의 성공을 토대로 현실의 경험을 바탕으로 한 사실적 문제소설을 쓰게 된다. 또한 〈춘희〉를 5막의 희곡으로 극화하는 데 성공한 그는 극작가로서의 재능도 인정받게 되며, 이후 오로지 희곡을 쓰는 일에만 전념한다.

〈사생아〉〈돈 문제〉, 더 나아가 사교계와 연관을 맺은 고급 창부들을 일컬어 그가 말을 만들어 낸 〈반사교계〉 등의 희곡은 모두 사회문제를 다룬 것으로 모자의 보호, 이혼, 간통, 색정과 타락 등을 다루고 있다. 이러한 작품은 연극계에 사실적 풍속극이라는 새로운 바람을 불어넣기도 했다. 19세기 후반의 안정기로 향하고 있던 당시의 시대적 상황을 배경으로, 새로운 예술 표현과 풍속의 모럴을 요구하는 사람들에게 있어 사실과 사회 도덕을 내건 소 뒤마의 작품이 항상 커다란 반향을 불러일으켰던 것은 당연한 결과였다고 볼 수 있다. 아카데미 회원으로서 이름을 떨쳤던 그는 1895년, 71세를 일기로 세상을 떠났다.

● **기억할 만한 명구**

진실한 사랑만 있다면 상대가 어떤 여성이든, 남성을 고양시킬 수 있다.　　　　　　　　　　　　　　　　　　　　　　　(〈춘희〉 20장)

(영혼을 정화받은 데 그치지 않고, 상대 남성 또한 그러한 은혜를 입었다는 사실을 작가는 아르망의 입을 통해 말하고 있다. 이는 젊은 작가의 내면에 담긴 열정의 말일 뿐 아니라, 사회의 위선에 대해 문제를 제기한 소 뒤마의 일면이기도 하다.)

난 결코 악덕을 전파하려는 것이 아니다. 다만 고귀한 마음을 지닌 이가 불행 속에서 울리는 기도소리가 들릴 때면, 언제든 그것을 전파하려는 것뿐이다.　　　　　　　　　　　　　　　　(〈춘희〉 27장)

(이 역시 세상에 존재하는 불행한 자들, 멸시받은 자들, 그리고 억압받는 자들 편에 서겠다는 작자 자신의 선언이라고 볼 수 있다.)

11 보바리 부인(*Madame Bovary*)
플로베르 (1821~1880)

● **작품의 줄거리**

　평범한 의학생 샤를르 보바리는 준의사 시험에 가까스로 합격하여 노르망디 지방의 루앙 근교에 있는 작은 마을에서 자리를 잡고, 여기에서 연상의 미망인과 결혼하여 병원을 개업한다. 돈많은 농장주 루오를 진찰하면서 만나게 된 그의 딸 엠마에게 연정을 느낀 샤를르는 아내가 죽자 그녀와 결혼한다.
　수도원에서 지내던 시절부터 귀족들의 화려한 생활을 동경하고 매혹적인 결혼생활을 꿈꾸어 왔던 엠마는, 단조로운 일상과 멋없는 남편에게 불만을 품는다. 그리고 우연히 귀족의 별장에서 벌어진 파티에 초대받아, 그곳에서 이제까지 그녀가 꿈꿔 왔던 화려한 생활을 접해 본 뒤에는 더더욱 자신의 생활에 염증을 느끼며 우울한 나날을 보낸다. 아내의 그러한 모습을 지켜 보던 샤를르는 환경을 바꿔 보려고 이사를 가기로 마음먹는다.
　하지만 그들이 새로 이사를 한 곳 역시 이전의 환경과 거의 다를 바가 없었으나, 엠마는 이곳에서 공증인 서기 레옹과 진한 연정을 느끼게 된다. 하지만 서로에 대한 사랑을 고백하지 못한 채 레옹은 공부를 더 하기 위해 파리로 떠나 버린다. 다시 고독해진 엠마 앞에 색정가인 홀아비 지주 로돌프가 나타나고, 그는 교묘한 언변으로 그녀를 정복한다. 육체적인 쾌락에 자극을 받은 엠마는 로돌프에게 함께 달아날 것을 조른다. 그러자 로돌프는 오히려 이러한 엠마에게 두려움을 느끼게 되고, 그녀에게 싫증이 나자 가차없이 그녀를 버린다.
　상심한 엠마는 자리에 눕는다. 겨우 병상에서 일어날 무렵 그녀는 루앙의 극장에서 파리에서 막 돌아온 레옹과 재회하고, 그동안 잊고 지냈던 연정이 다시 두 사람 사이에서 불타오른다. 그리고 항상 충족되지 않는 감정에 애를 태우던 그녀는 타락된 쾌락에 몸을 맡겨 간다.
　이윽고 엠마에게 경제적인 면에서부터 파국이 찾아온다. 남편 몰래 밀회를 거듭하면서 사치스러운 생활을 일삼느라 빚을 져왔던 엠마는, 결국 비소를 먹고 스스로 목숨을 끊어 버린다.

　〈보바리 부인〉은 평범한 시골 여인의 생애를 냉정하고 객관적인 수법으로 그린 리얼리즘 소설의 대표작으로 꼽히고 있는데, 그렇다고 그것이 작가 플로베르의 감정이나 세계관의 바깥에 있는 것은 아니다. 속물 약제사와 신부, 공증인, 고리대금업자 등등의 등장인물은 작가가 혐오하던 당시의 부르주아 사회의 축도를 보여 주고 있다.
　이 소설은 당시로서는 놀랄 만큼의 대담한 묘사로 엠마의 행동을 그려 나갔던 까닭에 잡지에 연재되는 동안 내내 커다란 화제를 불러일으켰다. 그리고 마침내 1857년 풍기문란 혐의로 기소되기까지 했으나 무죄 판결을 받았다.

●주인공 하이라이트
　엠마 보바리의 모델은 루앙 근교의 작은 마을에 살았던 젊은 의사 외젠느 드레멀(플로베르의 아버지의 제자)의 아내로, 그녀는 이룰 수 없는 사랑 때문에 많은 빚을 진 뒤 음독자살한 델핀이었다고 일컬어진다. 하지만 작가가 "나의 가엾은 보바리는 지금 이 순간에도 프랑스 곳곳의 작은 마을에서 괴로워하며 울고 있다."고 말한 것처럼, 엠마는 드레멀 부인이란 개별적 존재를 그린 것이 아니라 프랑스의 전원에 사는 평범한 여성들의 종합체라 볼 수 있다.

그녀는 자신을 둘러싸고 있는 변화 없고 단조로운 시골 일상과 우둔하고 속물적인 프티 부르주아들, 좀처럼 달라질 것 같지 않은 일상생활, '평평한 길처럼 평범하기 짝이 없는' 생각밖에 하지 못하는 틀에 박힌 남편 등의 갑갑한 현실을 혐오했으며, '어떤 땅 이외의 다른 곳에서는 자라지 않는 식물이 있는 것처럼 지상의 어딘가에는 행복을 자라게 하는 곳이 있다.'고 굳게 믿고 늘 그곳으로 가는 것을 꿈꾸며 사는 여인이었다. 이러한 엠마의 성격을 한 평론가는 '보바리즘'이라고 명명하여 일반화하기도 했다.

엠마의 생애는 지금 자신이 처해 있는 곳으로부터 시간적·공간적으로 멀리 떨어진 몽상의 세계를 현실의 것으로 만들려고 시도하는 과정에서 늘 실패를 맛보아야 했다. 어느 경우든, 예를 들면 로돌프와 같이 천박하고 비속한 남자일지라도 멋진 남성이라 굳게 믿는 데서도 분명히 나타나는 것처럼, 그녀의 몽상은 범용하고 우스꽝스럽기조차 한 것이었으며, 그녀의 행위 또한 비속한 정사에 지나지 않았다고 볼 수 있다. 이러한 맥락에서 몽상가였던 엠마 역시 작자의 단죄의 대상이 되고 있는 것이다.

하지만 그와 동시에, "보바리 부인은 나 자신이기도 하다."라고 플로베르가 말한 데에 상징적으로 나타나 있듯이, 협소하고 비속한 부르주아지가 지배하는 세계에 대한 깊은 절망감과, 상처받기 쉬운 예민한 감수성을 지녔다는 점에서 엠마는 성격적으로 플로베르의 분신이었으며, 프랑스 문학에서 독자적인 개성을 지닌 한 인물로 전형화되었다.

● 작가의 생애

구스타프 플로베르(Gustave Flaubert), 작가. 1821년 아버지가 외과과장을 지냈던 루앙 시립병원에서 태어났다. 이 병원은 어린 플로베르의 생활무대였으며, 그는 누이동생 캐롤린과 함께 호기심어린 눈으로 사체들을 지켜 보면서 자란다. 이 일은 후일 그로 하여금, '여자를 보면 그 모습이 해골이 되어 떠오르는' 증상을 갖게 했다. 그러한 것들을 소재로 누이동생이나 친구들과 '당구대 위의 무대'에서 그가 주도하여 공연했던 연극들은, 그에게 페시미즘과 더불어 골계滑稽와 해학의 정신이 싹트고 있었음을 보여 준다. 이러한 페시미즘과 골계 정신은 마지막까지 그의 인식의 근저에서 커다란 두 축을 이룬다.

1832년 루앙 고등학교에 입학하여 바이런, 뮈세 등 당시 유행하던 우울한 낭만주의에 중독되면서 '광기와 자살 사이를 오가는' 소년 중의 하나가 되며, 이 시기부터 수많은 모작과 습작을 시작한다. 그 중에는 〈보바리 부인〉의 원형이라 할 수 있는 〈정열과 미덕〉 같은 작품도 있다. 36년 트루빌에서 그는 평생 동안 진정으로 사랑했던 유일한 여성 엘리제 쉴레징거 부인과 만난다. 그녀의 이미지는 일단 〈광인 일기〉에 그려졌으며, 20세 때의 작품 〈11월〉을 거쳐, 결정판 〈감정 교육〉의 아르누 부인으로 결실을 맺는다.

1842년에는 파리 대학 법학부에 입학하지만 적성에 맞지 않아 우울한 날들을 보낸다. 이러한 경험을 토대로 이듬해 〈감정 교육〉을 집필하기 시작했으며, 도중에 간질 발작으로 쓰러진다. 그로 인해 문학에 일생을 바칠 것을 굳게 결심한 그는, 루앙 근교의 크로와세로 이주하여 생애의 대부분을 이곳에서 집필에 몰두하며 조용한 나날을 보낸다.

1856년에 탈고한 〈보바리 부인〉의 성공에 의해 리얼리즘 거장으로서의 확고한 지위를 확립, 이후 〈살람보〉〈감정 교육〉〈성 앙트완의 유혹〉 등을 발표했으며, 〈부바르와 페퀴세〉를 미완성으로 남긴 채 80년 급서했다.

• 기억할 만한 명구

공리와 영예는 체면을 손상시키고, 작위는 품위를 떨어뜨린다. 그리고 지위는 이성을 마비시킨다. 부디 벽에 이렇게 적어 두게나.

(플로베르는 친구의 아들인 모파상에게 깊은 애정을 갖고, 인생과

문학에 대한 지도와 조언을 아끼지 않았다. 이 편지 안에서는 일체의 권위와 가치에 대해 부정적인 견해를 지녔던 페시미스트의 일면이 엿보인다.)

이 하찮고 비속한 세상에서는 웃는 일만큼 진지한 일도 없다네.
(루이즈 코레에게 보내는 편지 중에서)
(그의 페시미즘은 나약한 정신이 아닌, 철저한 절망의 깊이에 대응하는 강인한 골계정신이며, 이를 방패로 우울과 맞섰다.)

모든 정부는 문학을 증오한다. 권력이란 것은 또 다른 권력을 좋아하지 않기 때문이다. (조르주 상드에게 보낸 편지 중에서)
(페시미즘도 골계도 그저 그것만으로는 부정적 의미밖에 갖지 못한다. 그는 최후의 거점으로 문학을 믿고, 온몸으로 실천한 인물이다.)

✱ 플로베르는 조숙한 편이었지만, 유년 시절에는 아둔한 면이 있었다고 전해진다. 사르트르가 플로베르 론을 쓰면서 그 제목을 〈우리집의 아둔아〉라고 했던 것도 여기에 유래한다.

12 레 미제라블 (Les Misérables)
위고 (1802~1885)

● **작품의 줄거리**

배고파 우는 어린 조카들을 위해 한 조각의 빵을 훔친 죄로 감옥에 들어간 장 발장은, 19년이란 세월을 그곳에서 지내다 46살이 되어서야 겨우 석방된다. 비참한 몰골에 수상쩍은 행색을 한 나그네를 보고 사람들은 집집마다 문을 굳게 걸어 잠근다. 모두가 외면해 버린 그에게 하룻밤 은혜를 베풀어 준 사람은 밀리에르 신부였다. 하지만 오랜 감옥 생활을 통해 악습에 물들어 버린 장 발장은 그만 신부의 은식기를 훔치고, 다시 체포되어 끌려가는 신세가 된다. 그러나 밀리에르 신부는 자비로운 마음으로 그 은식기는 자기가 장에서 내준 것이라고 증언하여 그를 풀려나게 해주고, 정말로 그에게 은식기를 선물한다. 이를 계기로 새로운 삶에 눈뜨게 된 장은 다시는 죄를 짓지 않기로 굳게 결심한다.

이름을 마들렌으로 바꾸고 북부 프랑스로 건너간 장은, 그곳에서 사업에 성공하여 마을의 발전에 이바지하고 인망을 쌓아 시장의 자리에까지 오른다. 하지만 당시의 사회는 전과자의 사회 복귀가 인정되지 않고 있었다. 과거의 장을 알고 있던 냉혹한 경감 자베르는 계속 그의 뒤를 쫓아다닌다. 때마침 장발장으로 오인받아 체포되는 사람이 생기자, 이 사실을 알게 된 장은 고민 끝에 스스로 경찰서를 찾아가 자신의 정체를 밝힌다. 그동안에 모아 둔 재산을 숨긴 뒤 다시 체포되어 수인의 몸이 되지만, 장은 그곳을 도망쳐 과거 시장을 할 때 불행한 여인

판틴의 병상에서 했던 약속을 이행하기 위해 어려움에 처해 있는 그녀의 딸 코제트를 구해 낸다. 장은 파리에서 코제트와 함께 생활하며 비로소 사람과 사람 사이의 훈훈한 애정에 대해 배우게 된다.

하지만 자베르의 추적의 손길은 여기까지 뻗쳐 오며, 두 사람은 어느 수도원에 몸을 숨기게 된다. 이곳에서 코제트는 아름다운 아가씨로 성장한다. 이윽고 두 사람은 수도원을 나와 도시에서 조용히 살아가고, 코제트는 산책길에 만난 청년 마리우스와 사랑에 빠지게 된다. 뒤늦게 이 사실을 알게 된 장은 질투로 괴로워한다.

때는 1832년 6월, 공화파의 반란이 일어나자 마리우스도 거기에 가담한다. 마리우스는 여기서 부상을 입게 되나 장의 도움으로 무사히 도망쳐 나와 코제트와 결혼한다. 장발장의 신분을 알게 된 마리우스는 한때 그를 멀리하지만, 그가 자신과 코제트에게 베풀어 준 은혜를 생각하고 다시 돌아와 용서를 구한다. 두 사람이 지켜 보는 가운데 장은 고달팠던 인생을 마감하는데, 그의 머리맡에는 과거 밀리에르 신부한테서 받은 은식기가 놓여져 있었다.

1845년부터 62년까지 오랜 세월에 걸쳐 완성된 이 작품은 5부로 나뉘어져 있으며, 질적인 면에서나 양적인 면으로도 위고의 대표작으로 꼽힌다. 제목의 〈레 미제라블〉은 '비참한 사람들'을 의미하는데, 이는 그러한 사람들이 생겨날 수밖에 없는 사회의 부조리, 비합리에 대한 작가의 분노를 전하고 있다. 또한 이 작품은 사회의 부조리와 악덕을 고발하고 선한 인간성의 성장을 추구하는 가운데, 그 시대 사회상을 성공적으로 담아내고 있다.

● 주인공 하이라이트

"법률과 습속이 있는 탓에 사회적 처벌이 생겨나고, 그것에 의해 문명의 한복판에 인공적인 지옥이 생겨나며, 신이 만드신 숙명이 인간이 만든 운명에 의해 뒤틀리고 있다."고 위고는 말한다. 그것은 인간이 인간에게 짓는 죄악이라고 볼 수 있다. 위고는 그와 같은 악을 이 작품을 통해 고발한 것이며, 장 발장이란 인물을 통해 악과 맞서는 양심의 탄생과 성장을 그려 보려고 했다. 이는 곧 인간이 지닌 선한 양심의 발전과 그 완성의 이야기인 셈이다.

하지만 그러한 성장은 결코 쉬운 일이 아니다. 장은 자기 대신 잘못 잡혀온 사람을 구해 낼 결심에 이르기까지, 하룻밤 동안 '머릿속의 광풍'을 경험한다. 그리고 코제트에 대한 부성애로 인해 마리우스를 미워하기도 한다. 사회의 악에 의해 한 차례 비인간화를 겪은 인간이 어떻게 그 영혼 속의 선한 씨앗을 지키고 성장시키며, 시련을 헤쳐나가는가 하는 모습이 이 안에 담겨 있다. 장 발장은 또한 '민중'을 대표하기도 한다. 〈레 미제라블〉은 민중을 믿는 작가에 의해서 민중을 위해 씌어졌고, 민중에 의해 이해된 작품인 것이다.

이 소설의 주인공은 물론 장 발장이지만, 다른 인물들의 역할도 간과할 수 없다. 이 작품의 구상 초기에 위고는, '성인聖人의 이야기, 남자의 이야기, 여자의 이야기, 인형의 이야기'라는 메모를 남기고 있다. 이는 각기 밀리에르, 장, 판틴, 코제트로 형상화되었는데, 신부는 장에게 인간으로의 개화의 계기를 마련해 주며, 매춘부는 장에게 코제트와 생활할 기회를 마련해 주고, 코제트는 장에게 인간에 대한 사랑을 가르쳐 주었다. 이들은 모두 어떻게든 선한 양심의 싹을 지키고 키워 가려는 장에게 깊은 영향을 미쳤으며, 모두 각각의 자리에서 무아無我의 사랑을 보여 준 이들이다.

• 작가의 생애

빅토르 위고(Victor Hugo), 시인이며 극작가, 소설가. 1802년, 나폴레옹 휘하의 장군이었던 아버지와 왕당파 집안 출신의 어머니 사이에서 태어났다. 유년 시절부터 각지를 여행할 기회를 가졌으며, 이후 줄곧 파리에서 살았다. 일찍부터 문학으로 성공할 것을 결심, 20살 때 처녀시집〈오드와 기타〉를 발표, 이후 본격적인 작가생활로 들어간다. 초기에는 당시 문학계를 석권하고 있던 낭만주의에 경도되어〈동방 시집〉, 소설〈아이슬랜드의 한〉, 희곡〈크롬웰〉등을 발표했다.

이후 점차 인도주의적 경향을 짙게 풍기며〈사형수 최후의 날〉등을 집필했다. 시집도〈가을의 나뭇잎〉〈박명의 노래〉등 내면화 경향이 짙어지게 된다. 한편 낭만주의적 역사소설로서 중세 가람의 아름다움과 민중의 힘을 노래한〈파리의 노트르담〉을 썼으며, 한편으로 낭만극을 잇달아 세상에 내놓는다. 하지만 아내와의 불화, 딸의 익사 등 가정적인 어려움이 거듭되자 아름다운 여배우 줄리에트의 헌신적인 사랑에서 안식을 찾으려고 한다.

1840년경부터 정치에 관심을 갖게 되어 45년에는 상원의원에 임명된다. 51년 나폴레옹 3세의 쿠데타에 반대하여 국외로 추방되며, 이후 19년간 영불해협에 인접한 섬에서 생활한다. 웅대한 자연의 품에 안긴 생활은 그에게 많은 작가적 결실을 얻게 하여〈정관靜觀 시집〉〈여러 세기의 전설〉등의 시집과, 장편소설〈레 미제라블〉〈바다의 노동자〉〈웃는 사나이〉등을 발표하게 했다.

1870년 제정 붕괴 후 조국으로 돌아왔으며, 이후 조용한 만년을 보내는 가운데 철학적 경향이 강한 시들과 역사소설〈93년〉을 발표했다. 1885년 세상을 떠났으며, 그의 장례는 국장으로 치러졌다.

• *기억할 만한 명구*

감옥은 범죄자를 만들어 낸다.
사랑은 확신이다.
평등의 첫번째는 공정함이다.
개혁 의식은 일종의 도덕 의식이다.
진보야말로 인간이 나아가야 할 길이다. (〈레 미제라블〉가운데서)

프랑스 문학

(위고는 사회의 악과 불공정을 단죄하면서, 미래를 향해 향상될 인간의 선을 확신하고 있었다.)

빈곤에 의한 남자의 쇠락, 굶주림에 의한 여자의 타락, 어둠에 의한 아이들의 쇠약이란 현대의 세 가지 문제가 해결되지 않는 한……, 지상에 무지와 비참함이 존재하는 한……, 이런 종류의 책은 무용하지 않을 것이다.　　　　　　　　　(〈레 미제라블〉전문에서)

✱ 〈레 미제라블〉을 출판한 것은 벨기에 인 라클로와였다. 향후 12년간의 출판권으로 지불된 것은 24만 프랑으로 현재의 가치로 따지면 100만 프랑을 넘지 않는데, 발매 즉시 경이적인 판매부수를 기록하여 라클로와는 많은 돈을 벌게 되었다.
✱ 위고의 생활과 사상의 기조를 이룬 것은 웅대한 스케일과 낙천적인 성격이었다. 다른 낭만파 시인들에게서 강하게 나타나는 감상적인 요소는 그의 작품에서는 부수적인 것에 지나지 않았으며, 그는 평생 인류의 무한한 진보와 이상적인 사회건설의 꿈을 잃지 않았다.

13 목로주점(L'Assommoir)
졸라 (1840~1902)

● **작**품의 줄거리

제르베즈와 랑체는 살 길을 찾아, 두 아이들을 데리고 남불의 소도시에서 도망치듯 파리로 상경한다. 모자 기술자인 랑체는 그곳에서 술과 여자를 알게 되어 함부로 돈을 낭비하더니, 결국 제르베즈를 버리고 다른 여자와 증발해 버린다. 그녀는 남편이 자신에게 행한 일을 애써 삭이며, 세탁부로 취직하여 두 아이들과 어렵지만 꿋꿋하게 살아간다. 그러한 제르베즈의 태도에 감동한 함석장이 쿠포가 어느 날 그녀에게 청혼을 한다. 처음에는 쿠포의 청혼을 거절했던 제르베즈도 드디어 그의 열의에 꺾여 두 사람은 결혼하게 되고, 열심히 일해서 얼마간의 돈도 저축하게 된다.

제르베즈는 돈이 어느 정도 모이면 가게를 빌려 세탁소를 차려야겠다는 꿈을 갖지만, 일을 하러 지붕에 올라갔던 쿠포가 발을 헛딛어 큰 부상을 당하게 되자 그동안 애써 모은 돈을 결국 치료비로 모두 써버린다. 제르베즈에게 호의를 품고 있던 이웃 청년 구제가 이 사실을 알게 되어 그녀의 꿈이 이루어지도록 자신이 개점 비용을 대겠노라고 제안한다. 그의 도움으로 세탁소를 연 제르베즈는 열심히 일해 사람들의 신용을 얻게 되고 가게는 날로 번창한다. 하지만 사고 이후 게으름이 몸에 붙어 버린 남편 쿠포는 술로 날을 지새우며, 가게에서 들어오는 돈을 모두 술값으로 탕진한다. 게다가 마을로 돌아온 전남편 랑체가 쿠포에게 접근하고, 이윽고 그는 집에 눌러사는 지경에 이른다. 제르베즈 역시 집요한 랑체의 유혹에 넘어가 다시 그와 관계를 맺고 만다.
 이렇게 해서 두 남자와의 방종한 생활을 시작한 제르베즈는, 과거의 부지런함을 잊어버린 채 급속히 타락의 길로 빠져들다가 급기야는 가게까지 남의 손에 넘기게 된다. 술에 절은 쿠포는 결국 알코올 중독에 걸려 무참하게 죽고, 이제 몸을 파는 지경에까지 이른 제르베즈도 마지막 남은 삶의 의미인 술을 들이키며 쿠포의 뒤를 좇듯 비참한 생을 마감한다.

 이 책의 제목인 〈목로주점〉은 어원이 '때려눕히다'라는 동사에서 파생된 속어이며, 이 이야기는 흡사 〈목로주점〉에 놓인 알코올 증류기로 인해 때려눕혀지듯 파멸의 길로 굴러떨어진 인간들의 드라마임을 상징하고 있다.
 파리에서의 곤궁한 생활을 통해 노동자의 삶을 알게 된 작가 졸라는 그들의 말과 속어를 대화뿐 아니라 다른 지문 곳곳에서도 널리 사용하여, 제2제정시대의 파리 민중 생활을 생생하게 담아내는 데 성공하고 있다.

● 주인공 하이라이트

 졸라가 맨 처음 〈목로주점〉이란 제목 대신 〈제르비제의 흔해빠진 일생〉이라고 생각하고 있었던 데서 알 수 있듯이 이 이야기는 제르비제를 중심으로 전개되고 있다. 제르비제는 졸라 이외에 〈여자의 일생〉의 잔느, 〈보바리 부인〉의 엠마 등 이 시기의 다른 자연주의 작가들이 그려냈던 여성상과 여러 점에서 닮아 있으며, 어차피 여자는 흔들리는 감각세계의 포로가 되어 살 수밖에 없다는 '자연주의적' 여성의 한 전형을 보여 주고 있다.

● 작가의 생애

에밀 졸라(Emile Zola), 소설가. 1840년 파리에서 출생. 3살 때 토목기사인 아버지를 따라 남불의 작은 도시 엑상프로방스로 이주하였으며, 부친 사후에도 외할머니와 함께 18살 때 파리로 옮겨 오기까지 밝은 햇살에 감싸인 남불의 자연 속에서 청소년기를 보냈다. 이 시기에 졸라가 좋아했던 작가는 위고나 뮈세 등의 낭만주의 시인이었으며, 시작에 뜻을 둔 그는 자연과의 교감을 통한 몽상의 세계에 잠기는 것을 즐겼다. 그리고 중학교에 들어가서는 훗날 대화가가 되는 세잔과 사귀게 되어 시와 예술을 논할 수 있는 좋은 벗을 갖게 된다.

파리로 이사와 궁핍한 생활 속에서 점차 현실에 눈을 뜨게 된 졸라는 아는 사람의 소개로 아세트 출판사에 입사한 뒤, 처음으로 과학적·실증주의적 사상과 연결된 사실주의적 문학 흐름에 눈을 떠 콩트나 평론 등의 산문에 의한 문학 표현으로 나아가게 된다.

1868년 몽상과 현실의 갈등 속에서 단편집〈니농에게 바치는 콩트〉를 발표, 이후 신문이나 잡지 등에 평론작품을 발표하며〈클로드의 고백〉〈마르세유의 신비〉〈테레즈 라캥〉〈마들렌 페라〉등의 소설을 완성했다.

또한 발자크의〈인간 희극〉에 영향을 받은 졸라는 1869년, 제2제정하의 프랑스 사회 전체상의 묘사를 목표로 한〈루공·마카르 총서〉집필 계획을 세워, 제1권〈루공 가家의 운명〉이후 93년 제20권〈파스칼 박사〉로 완결을 보기까지 무려 24년간이나 이를 위해 정력적인 집필활동을 전개한다.

다윈의 진화론 제창 이후 많은 연구가 행해진 유전 이론, 그리고 텐에 의한 '환경론'에 근거하여 졸라는 루공 가와 마카르 가 두 가족의 '혈연과 환경의 문제'를 전권에 흐르는 중심 테마로 삼고, 이러한 가족에게서 파생된 등장인물을 노동자, 농민, 상인, 부르주아 등 사회 각계각층에 배치하여, 그들이 지닌 성격이나 행동의 유사성을 통해 삶의 모습을 엮어내려고 시도했다. 그는 이러한 문학적 입장을 '자연주의'라 명명하며, 그 과학적·이성적 성격을 강조했다.

1880년 졸라는 클로드 베르나르의 〈실험의학 서설〉에서 착상을 얻어 〈실험소설론〉을 저술했으며, 이를 통해 '자연주의'란 단순한 현실의 반영을 시도한 것에 지나지 않는다는 비판에 답했다. 더불어 과학에서의 실험의 개념을 방법론으로 받아들여, 자연주의 소설은 작가의 주체적인 역할을 동반한 실험소설이며 결코 현실에 예속되는 것이 아니라는 반론을 폈다. 〈루공·마카르 총서〉를 완간한 뒤 〈세 도시 이야기〉를 3부작으로 집필한 졸라는, 다시 4부작의 〈복음총서〉의 완성을 목표했으나 3부까지밖에 쓰지 못하고 1902년 가스 중독으로 생을 마감했다.

●기억할 만한 명구

나는 고발한다.　　　　　　　(1898년 1월 13일 〈로록〉지에서)

(독일에 대한 이적행위 명목으로 재판에 회부된 드레퓌스에 대한 공격이 사실에 근거한 것이 아니라, 반유태주의에 기인한 왜곡된 사실임을 알게 된 졸라는 드레퓌스 변호를 위해 일대 캠페인을 전개한다. 그러나 군부와 우파 등의 반유태 선전활동을 격하게 비난한 것이 발단이 돼 그해 7월 영국으로의 망명길에 오른다. 하지만 '진실과 정의'를 위한 졸라의 싸움은 마침내 폭넓은 지지를 얻기 시작했으며, 졸라의 사후인 1906년 드레퓌스는 정식으로 명예를 회복했다.

14 여자의 일생(Une Vie)
모파상(1850~1893)

●**작**품의 줄거리

　노르망에서 귀족의 딸로 태어난 잔느는, 그녀를 청순무구하게 키우고 싶어하는 아버지의 방침에 따라 17살까지 수도원에서 생활하며 교양을 쌓는다. 그리고 그곳을 나온 뒤에는 다정하고 온화한 양친과, 그녀와 젖을 함께 먹고 자란 하녀 로잘리와 함께 평온하고 행복한 나날을 보낸다. 그러던 어느 날 그녀 앞에 젊은 자작 쥘리앙이 나타난다. 세상일에 전혀 무지한 채 연애에 대한 커다란 동경을 품고 있던 순진한 잔느는 곧 그에게 매료되고, 두 사람은 결혼식을 올린다.
　하지만 현실의 결혼생활은 잔느의 고운 꿈들을 무참하게 배반했으며, 오로지 실망과 고뇌가 이어지는 나날을 보낸다. 알고 보니 쥘리앙은 뻔뻔스런 호색가로서, 일찌감치 잔느와 형제나 다름없이 지낸 하녀 로잘리와 관계를 맺고 있었으며 그녀에게 아이까지 낳게 한다. 또한 잔느가 친구라 믿고 있었던 피르빌 백작 부인과 정을 통한 쥘리앙은, 아내의 부정을 알게 된 백작의 손에 의해 무참히 살해된다.
　잔느가 처한 잔혹한 현실은 어머니의 죽음 앞에서도 그녀에게 깊은 상처를 남긴다. 잔느는 어머니의 죽음의 침상에서 평소 그녀가 소중히 간직해 왔던 편지를 읽게 되는데, 거기에는 이제까지 정숙한 아내요, 선량한 어머니로만 알았던 모친이 젊은 시절 부정을 저질렀던 내용이 적혀 있었다. 잔느의 기구한 운명은 거기에서 그치지 않는다. 남편이 죽은 뒤 그녀는 아버지와 이모와 함께 살며, 유일하게 남겨진 외동 아들 폴의 성장을 지켜 보는 것을 한가닥 낙으로 삼아 살아가는데, 너무 응석받이로 키운 탓인지 폴은 어느 날 여자와 사랑의 도피를 해버리고, 돈이 떨어졌을 때만 어머니에게 편지를 보내 온다. 이렇게 해서 결국 잔느 일가는 전재산을 날려 버리고 만다.

아버지와 이모도 돌아가시고 대대로 살아왔던 저택까지 팔아 버린 잔느는, 어느새 늙어 버린 자신을 바라보며 고독과 절망에 잠긴다.

〈여자의 일생〉은 정교한 단편작가로서 알려진 모파상의 첫번째 장편이다. 아무에게도 주목받지 못한 채 일생을 살아온 이모가 약혼중인 잔느의 행복을 시새움하다 설움을 견디지 못해 끝내 오열을 터뜨리는 이야기라든가, 지나치게 엄격한 계율로 인해 괴로워하는 젊은 신부가 연인들의 밀회를 방해하고 새끼 밴 개를 때려죽이는 이야기 등, 단편소설적 구성을 지닌 삽화들이 중첩되며 이야기를 구성하고 있다.

인생의 진실한 단편이라 해야 할 이런 삽화들은 모두 남자들의 뻔뻔스러움, 늙어 가야 하는 인간의 비애, 교육과 종교의 모순 등 작가 자신의 페미니즘이 관통하고 있으며, 그것이 유기적으로 구성됨으로써 잔느라는 한 여성의 이야기에 그치지 않고, 인생의 다양한 모습에 대한 작자의 깊은 절망과 혐오를 집약하여 보여 주고 있다.

• 주인공 하이라이트

품행이 지저분한 남편과 방종한 아들로 인해 깊은 상처를 받고 노르망디 해안에 면한 저택에서 고독하게 살아가는 불행한 여인 잔느. 잔느는 작가 자신의 어머니인 롤을 모델로 쓰여졌다고 하지만, 그녀는 시종 철두철미하게 객관적이고 냉정한 시선으로 관찰되는 가운데 평생 잔혹한 운명에 시달리는 여인으로 그려지고 있다.

잔느의 가혹한 운명은 쥘리앙의 아이를 낳은 로잘리의 생애와 대비되며 부각되어지고 있다. 출산 때에도 '로잘리는 아무런 고통 없이' 낳앉음에도 잔느의 고통은 엄청났으며, 그리고 그녀가 낳은 폴이 방탕한 생활로 잔느를 비참의 나락으로 떨어뜨린 데 반해, 로잘리의 아들은 농장을 물려받아 그것을 훌륭하게 키워 내는 청년으로 자라고 있다. 따라서 인생에 대한 두 사람의 감회도 대조적일 수밖에 없는데, 로잘리는 "인생이란 사람들이 생각하는 것만큼 그렇게 좋지도 나쁘지도 않지요."라고 말한 데 비해, 잔느는 "나는 정말 운이 나빴어. 모든 일들이 나쁜 쪽으로만 풀려 나갔지."라고 술회한다.

두 여인은 단순히 운뿐만 아니라 인생에 대해 태도에서도 대조적인 면을 보인다. 로잘리는 실무능력도 있었고 적극적으로 인생을 개척해 나가려는 자세를 지닌 데 비해, 잔느는 로잘리의 도움으로 겨우 '빈털터리'가 되는 것을 면하는 등 수동적인 자세로만 세상을 살아나가며, 결혼 상대를 선택하는 문제에서도 주체성 없이 운명에만 몸을 맡긴다. 이러한 점에서 잔느는 종종 비교되는 〈보바리 부인〉의 엠마와도 다르다고 할 수 있다. 두 사람 다 가혹한 운명에 희롱당하는 여성이지만, 엠마의 불행은 적극적으로 자기를 살아가려 한 결과이며 그녀 쪽에서 절망으로 뛰어든 데 반해, 잔느는 스스로 자신의 생을 구축하려는 의지를 갖지 못한 상태에서 불운이 그녀를 찾아왔다.

• 작가의 생애

기 드 모파상(Guy de Maupassant), 작가. 1850년 출생. 부모가 이혼한 후 어머니 롤, 남동생 엘베와 함께 에토르타로 이주하여 노르망디 전원의 농민생활과 친숙해진다. 그곳에서 이부토 신학교에 들어갔으나 형식적인 카톨릭 교육에 반감을 느껴 루앙 고등학교로 옮긴다. 이때 시인 루이 부이에와 편지를 주고받으며 시작을 격려받는다.

1870년 보불전쟁이 발발하자 소집영장을 받고 참전, 전쟁의 실상을 직접 확인하고는 전쟁에 대해 극도의 혐오감을 갖는다. 전후 파리로 나와 생활비를 벌기 위해 해군성의 하급관리로 들어갔으며, 이후 문화

프랑스 문학

부로 옮겨가 81년까지 관청 근무를 계속한다. 이 시기는 그의 습작기로 시와 단편소설, 희곡을 썼으며, 어머니의 어릴 적 친구인 플로베르로부터 가르침을 받는다. 플로베르가 파리에 거주하는 동안엔 일요일마다 그를 방문했으며, 그곳에서 투르게네프, 텐, 도데, 졸라 등과 사귀게 된다.

1880년 졸라가 중심이 되어 엮은 자연주의 선언이라 할 만한 단편집 〈메당 야화〉에 수록된 〈비계덩어리〉가 인정을 받았으며, 83년 〈여자의 일생〉으로 비로소 세인의 주목을 받는 작가가 되었다. 이후 91년까지 10년 동안 300여 편의 중·단편과 〈여자의 일생〉〈벨아미〉 등 6권의 장편소설, 〈물 위〉 등 3권의 기행을 쓴다. 왕성한 창작력을 지닌 그는 특히 단편에서 노르망디의 농민생활과 보불전쟁, 파리의 말단 관리나 프티 부르주아 등, 스스로 체험하고 관찰한 것을 소재로 냉소적이고 염세적 분위기를 자아내는 가운데 간결하고 강력한 필치로 작품을 완성해 갔다. 하지만 서서히 광기에 잠식당해 가면서, 그 관찰기록이랄 수 있는 〈오로라〉 등 신비하고 환상적인 작품을 쓴다. 1893년 파리 교외의 한 정신병원에서 사망했다.

• **기억할 만한 명구**

종교란 천국의 금고를 채우기 위해 사람들의 지갑을 열게 하거나, 주머니를 텅 비게 만드는 것이다. (〈아마브르 아저씨〉 중에서)
(모든 가치에 대해 부정적이었던 염세주의자 모파상은 작중인물의 입을 통해 이렇듯 갖가지 권위를 조소하고 공격한다.)

어느 유명한 남자의 말을 빌리면 결혼이란 낮 동안은 악감정의 교환, 그리고 밤에는 악취의 교환 이외에는 아무것도 아니라더군.
(모파상은 여성을 사랑하고 방탕한 생활을 하기도 했으나, 평생 독신을 고집했다.)

15 홍당무(Poil de Carotte)
르나르 (1864~1910)

● 작품의 줄거리

머리털이 빨갛고 주근깨투성이에 귀염성 없는 얼굴을 한 루픽가의 둘째 아들은 '홍당무'라는 별명으로 불리며, 심술궂고 히스테릭한 모친으로부터 의붓자식 취급을 받고 산다. 예컨대 어머니가 한밤중에 닭장문을 닫고 오라는 명령을 내린다. 다른 형제들이 모두 닫으러 가는 것을 싫어하기 때문에 그가 하는 수 없이 무서운 것을 참고 문을 닫고 돌아오면 어머니는 매정하게 이렇게 잘라 말한다. "홍당무야, 앞으로는 매일 네가 닭장문을 닫으러 가는 거다!"

매일 이런 일들이 반복되는 가운데 착한 홍당무도 점차 집을 싫어하게 되고 어머니에 대해 반항적이 되어 간다. 하지만 집에 있는 시간이 적고, 사람이 좋기만 한 아버지는 이러한 홍당무의 괴로움을 전혀 알지 못한다. 홍당무는 점점 염세적이 되어가고, 가출을 계획하는가 하면, 자살을 생각하기도 한다. 그리고 최후에는 아버지를 향해 "나에게는 어머니가 한 사람 있지요. 하지만 그 어머니는 절 사랑해 주지 않고, 저도 그녀를 사랑하지 않아요."라고 말하기에 이른다. "하지만 네 어머니는 네 어머니란다." 하며 아버지가 홍당무를 타이르자 홍당무는 다시 착한 아이로 되돌아간다.

● 주인공 하이라이트

〈홍당무〉는 어머니에게 사랑받지 못하는 아이의 대명사가 되어 있

프랑스 문학

다. 하지만 그는 본질적으로 어머니를 사랑하고 있다. 다만 비정상적인 어머니와 성격적으로 맞지 않았을 뿐이다. 어느 한 평론가는 이를 '숙명적 대립'이라고 말하고 있는데, 철저한 개인주의적 성향을 지닌 서구 사회에서는 이러한 대립이 상상 이상으로 무척 심각하다.

홍당무는 아버지와 다른 형제들에게 이렇게 말하고 있다. "제 생각을 말씀드린다면, 가족이라는 명목은 아무런 의미도 없는 거지요." "형이나 누나들은 우연히 내 형제가 됐을 뿐이야."

● 작가의 생애

줄 르나르(Jules Renard), 소설가이며 극작가. 1864년 중부 프랑스 샬롱에서 출생. 소년기에 어머니로부터 사랑받지 못하는 어두운 나날을 보내는데, 그러한 경험이 〈홍당무〉를 쓰게 한다. 1886년 시집 〈장미〉를 발표했으며, 91년 소설 〈뿌리 없는 덩굴〉에 의해 문단에서 특이한 위치를 차지한다. 〈홍당무〉 발표 이후 유머스럽고 재기발랄한 작품 〈포도밭의 포도만들기〉〈박물지〉 등 잇달아 명작을 내놓는다.

또한 극작가로서도 남다른 재능을 보여 〈이별도 즐거워〉〈나날의 빵〉, 희곡 〈홍당무〉〈베르네 씨〉 등을 발표했다. 르나르는 1910년 46살의 나이로 세상을 뜨는데, 사후에 발표된 24년간의 〈일기〉는 문학적 자료로도 높은 평가를 받고 있다.

● 기억할 만한 명구

평이함은 문학가의 예의이다.　　　　　　　(〈일기〉 중에서)
(이는 쉽고도 소탈한 문장을 썼던 르나르의 신조였다.)

행복이란 찾아내는 것이다.　　　　　(만년의 〈일기〉 중에서)
(인생의 깊은 맛을 느껴 본 사람만이 할 수 있는 말이다.)

16 장 크리스토프 (Jean Christophe)
로맹 롤랑 (1866~1944)

● **작품의 줄거리**

가난과 술주정뱅이 아버지로 인해 비참한 유년 시절을 보내면서도 아름다운 꿈과 힘찬 생명력을 잃지 않는 크리스토프는, 어느 날 할아버지에 의해 자신의 음악적인 재능에 눈을 뜨게 된다. 범용한 음악가인 아버지는 아들의 재능을 무시해 버리려 하고, 그 역시 자만에 의해 점점 망가져 가게 되나 선량한 숙부 고트프리드의 말에 의해 구원을 받는다. 성장과 함께 그는 독일 사회의 여러 가지 허위와 부정을 알게 되고 이것과 승산이 없는 싸움을 벌여 나가는데, 어느 날 산책을 나갔다가 마을 사람들과 군인들의 싸움에 말려들어 국외 망명길에 오를 수밖에 없게 된다.

파리에 도착한 크리스토프는 세기말 대도시의 혼탁한 공기 속에서 또다시 고독한 싸움에 시달리게 된다. 그런데 심신이 지쳐 있는 그 앞에 한 사람의 내성적인 프랑스 청년이 나타난다. 허영의 내부에 숨겨져 있는 진정한 프랑스의 모습을, 그리고 건강한 민중들과 인간미를 크리스토프에게 깨닫게 해주는 것이 바로 이 청년 올리비에였다. 하지만 그와의 우정도 메이데이의 데모 때 그가 죽음으로써 끝나 버리고 크리스토프는 스위스로 도망친다. 옛친구 브라운의 집에 몸을 숨긴 크리스토프는 브라운의 아내 안나와의 열정의 소용돌이에 휩싸인다. 안나와 크리스토프는 함께 자살을 계획하지만 끝내 뜻을 이루지 못하며, 절망에 빠진 크리스토프는 눈 쌓인 줄라 산 속으로 몸을 숨긴다.

이윽고 봄이 찾아오고 크리스토프도 고통에서 놓여난다. 그의 명성은 어느새 흔들리지 않는 것이 되었으며, 고요함 속에서 생애의 마지막 나날들을 보내게 된다. 이탈리아의 청명함을 닮은 여자친구 그라치아와의 재회는 그에게 다시 한 번 정열의 불길을 당겼으나, 그것도 이제는 단순히 정신적인 것에 머물렀으며, 그라치아가 죽은 뒤 그 자신도 새로운 젊은 세대의 성장을 지켜 보며 죽어간다. 한 줄기의 커다란 강물이 바다로 흘러들 듯이.

전 10권으로 이루어진 이 장대한 서사시적 대하소설은 1904부터 12년에 걸쳐 잡지〈반달 수첩〉에 발표되었다. 19세기말부터 금세기 초에 걸쳐 유럽의 예술, 문화, 정치, 사회에 대한 통렬한 비판을 담고 있는 이 작품에는 작가의 늠름한 이상주의가 그대로 그려져 있으며, 일부의 거센 반발에도 불구하고 많은 독자들의 공감을 불러일으켰다.

●주인공 하이라이트
장 크리스토프라고 하는 이 기묘한 인물은 자연의 근원적 힘 그 자체인 듯한 강한 생명력의 소유자이다. 그는 어떤 괴로움이나 고통에도 결코 굴복하는 법이 없다. 작가는 작품의 주인공을 '오늘날의 세계에 살아 있을 듯한 베토벤과 같은 인물'을 모델로 삼았다고 밝히고 있는데, 유년 시절의 크리스토프는 '그에게는 놀이 상대가 없었다. 다른 아이들과 서로 이해나 공감대를 가질 수가 없었던 것이다. 마을의 개구쟁이들은 크리스토프와 놀고 싶어하지 않았다. 그것은 크리스토프가 놀이를 너무 진지하게 받아들여 지나칠 정도로 공격을 가했기 때문이다.' 모든 것을 심각하게 받아들이고, 어떠한 부정도 용서하지 못했으며, 남에게 사랑받기를 원하면서도 결국 고독을 선택할 수밖에 없었던 이 인물의 성격은 평생 달라질 줄 몰랐다.

그는 이런 점에서, 인생이 자신에게 기쁨을 주지 않는다면 스스로 기쁨을 창조해 내야 한다고 말한 베토벤과 비슷한 면을 지니고 있다. 그리고 그는 이윽고 그렇게 되었다. '이렇게 해서 크리스토프는 그가 있는 것만으로, 그가 존재하고 있다는 사실만으로도 상대에게 위로에 가까운 어떤 영향력을 미치게 되었다. 그가 가는 곳에는 어디든 그의 내면에서 발산되는 빛의 흔적을 무의식 속에 남겨 주었다.'

이 '내면의 빛의 흔적'은 그가 걸어온 모든 도정에 남겨져 있다. 그렇기 때문에 이 작품이 완결되었을 때, 즉 "장 크리스토프가 죽었다!는 뉴스가 이 세상에 전해졌을 때 몸을 떨며 울었다고 고백하는 많은 사람들과 만났다."고 프랑스의 작가 장 블록은 적고 있다.

● 작가의 생애

로맹 롤랑(Romain Rolland), 소설가이며 극작가. 음악학자. 1866년 프랑스 중부 니베르네 지방에서 태어났다. 그의 아버지는 여러 대에 걸친 가업을 이어받아 그곳에서 공증인을 했으며, 어머니는 여러 명의 열렬한 카톨릭 신자를 배출한 집안의 딸이었다. 그는 어린 시절 어머니로부터 독일 음악에 대한 깊은 사랑을 물려받았다. 이윽고 그의 가족들은 롤랑의 교육을 위해 파리로 이주했으나, 세기말의 물질주의와 퇴폐적인 대도시의 분위기가 그에게 고통과 번민을 안겨 주었다.

1889년 고등사법대학을 졸업한 롤랑은 로마의 프랑스 학원으로 유학을 갔다. 르네상스 예술의 분위기에 감싸인 이곳은 그에게 커다란 영향을 미쳤다. 또한 니체와 바그너의 여자친구였던 연로한 이상주의자 마르기타와 알게 된 것도 이때였다. 다시 프랑스로 되돌아온 롤랑은 모교의 교단에 섰으며, 프랑스에서 최초의 음악사 강좌를 담당하는 한편 음악평론이나 극작 부문에서 폭넓은 활동을 보였다. 하지만 그의 창작활동에 결정적인 역할을 한 것은 1903년 〈반달 수첩〉에 발표한 〈베토벤의 생애〉였으며, 그뒤 〈장 크리스토프〉를 집필, 간행했다.

제1차 세계대전이 시작되자 그는 스위스에 머물며 잇달아 반전논문을 발표했으며, 그러한 것들은 〈전쟁을 넘어서〉〈선구자들〉 등에 수록되었다. 이렇게 해서 결국 정치문제의 소용돌이 속에 이끌려든 그는 전쟁이 종결된 뒤에도 제국주의나 나치즘, 파시즘 등 새로운 전쟁의 위협에 계속해서 맞서 싸우는 입장을 취한다. 또한 간디의 인도 독립운동을 지지하는 동시에, 인도의 깊은 종교적 혼에 공감을 표시하는 등, 그는 더욱 폭넓은 활동 범위와 시야를 갖게 된다.

제2의 대작 〈매혹된 영혼〉을 완성한 후 3년 뒤, 자신이 태어난 고향 근처인 웨즐레이로 돌아가 만년을 베토벤 연구의 완성과 〈페기〉의 저술에 힘쓰며 살아가는데, 제2차 세계대전이 한창이던 1944년 연말에 세상을 떠났다. 그는 소설, 희곡, 전기, 음악평론 등의 다양한 창작활동에 몰두했을 뿐 아니라, 항상 자신의 시대에 성실하게 대처한 지성인으로서 특징적인 생애를 살았다고 말할 수 있다.

●기억할 만한 명구

나는 사상이나 힘에 의해 승리한 사람들을 영웅이라 부르지 않는다. 마음이 위대했던 이들, 난 그들만을 영웅이라 부른다.

(이 유명한 말은 롤랑의 이상주의와 인간관을 잘 나타내고 있다. 이는 1908년에 씌어진 〈서문〉에 나오는 말인데, 모든 예술이나 행위 가운데 그가 가장 높이 평가하는 것의 본질을 지적하고 있다.)

사랑이 닿은 것은 모두 죽음으로부터 구원된다.

(〈장 크리스토프〉 중에서)

(인생에 대한 최초의 인상은 '나는 갇힌 몸이다.'라는 폐쇄감이었다고 롤랑은 말한다. 이 폐쇄감은 청년기에 경험한 일종의 종교적 체험에 의해 깨지는데, 그는 이 체험을 통해 개체적 존재로서의 인간의 죽음에 대한 공포로부터 해방될 수 있었다. 그의 인생에 있어서 인간에 대한 사랑의 근저에는 항상 이때의 체험이 자리잡고 있었다.)

17 좁은 문(La Porte Étroite)
지드(1869~1951)

● **작품의 줄거리**

제롬은 12살 때, 르아브르에서 의사로 일하던 아버지가 죽자 어머니의 손에 이끌려 파리로 이사하며, 그곳에서 가끔씩 숙부의 집으로 놀러간다. 거기서 그는 어릴 적부터 형제나 다름없이 지냈던 사촌들 가운데 2살 연상인 알리사에게 자신도 모르게 연정을 느끼게 되고, 그녀도 제롬의 사랑에 답하는 것처럼 보인다. 알리사는 신앙심이 깊은 여성이었고, 그녀의 이상은 제롬과 손을 잡고 신이 말하는 '생명의 길'로 나아가는 것이었다. 하지만 그녀는 동생 줄리에트가 은밀히 그를 사랑하고 있다는 사실을 알게 된다. 그 때문인지는 알 수 없지만, 알리사는 차츰 제롬을 멀리하게 된다. 그는 기회를 잡아 알리사에게 자신의 마음을 전하려 하지만, 그녀는 받아들이지 않는다. 이에 절망한 제롬은 아테네 학원의 교사로 추천을 받자 프랑스를 떠나 버린다.

3년 뒤, 그는 숙부의 죽음을 전해 듣고 프랑스로 되돌아와 알리사와 재회한다. 지치고 야윈 그녀의 모습에는 그림자만 남아 있는 듯했다. 여전히 알리사를 사랑하며 독신생활을 계속하고 있던 제롬은 다시 그녀에게 구혼하지만, 그녀는 "옛날 일을 떠올리는 건 좋지 않아요. 이미 페이지는 넘겨졌는걸요." 하며 쓸쓸히 대답한다. 그리고 3개월 후, 그는 줄리에트로부터 알리사의 죽음을 전하는 편지를 받게 된다. 알리사는 아무에게도 알리지 않고 집을 나가 소식이 끊긴 상태였는데, 파리의 한 요양원에서 숨을 거두었던 것이다.

프랑스 문학

알리사의 유언에 따라 그에게 넘겨진 〈일기〉에는, 그와의 만남에서부터 죽음 직전까지의 그녀의 심경이 매우 상세하게 기록되어 있었다. 그와 만났던 날에는 그에게 말하지 않았던 그녀 자신의 기분이나 반성 등이 적혀 있다. "아직 어렸던 그 시절부터 나는 이미 그를 위해 아름다워지려 하고 있었다. 이제 와서 생각해 보면, 내가 '완벽한 덕을 지향한 것'도 모두 그를 위해서였다. 하지만 그 덕을 완벽하게 하는 데 있어 그가 있다는 사실이 오히려 방해가 되다니."라며 성聖과 속俗 간의 모순에 괴로워하면서, 점차 신을 향한 고독한 사랑에 경도되어 가는 모습이 적혀 있었다.

이 일기를 받고 나서 다시 10년의 세월이 흐른 뒤, 제롬은 어느 날 줄리에트를 방문한다. 그녀는 남편과 세 아이들과 함께 남프랑스의 니스에서 살고 있었다. 그녀는 제롬에게 언제까지 독신생활을 계속할 것인지를 묻는다. 그러자 제롬은 "모든 것을 잊을 수 있을 때까지."라고 대답한다. 어느새 날이 저물어 줄리에트의 얼굴도 제대로 보이지 않았다. 그녀는 울고 있는 것 같았다.

• 주인공 하이라이트

〈좁은 문〉이라고 하면, 알리사가 금줄에 매달아 늘 걸고 있던 자수정 목걸이 같은 청순무구하고 아름다운 그녀의 이미지를 떠올리게 된다. 사실 여기서 작가는 자신이 사촌누이 마들렌에게 바쳤던 애정을 어느 면에선 그대로 묘사하고 있다고 할 수도 있다. 지드는 인간에 대한 사랑을 포기하고, 성스러운 것으로 도피하려 한 알리사의 태도를 긍정하는 것처럼 보인다.

〈좁은문〉이라는 제목은 마태복음 제7장 13, 14절 "좁은 문으로 들어가기를 힘쓰라. 멸망으로 인도하는 문은 크고 그 길이 넓어 그리로 들어가는 자가 많고, 생명으로 인도하는 문은 좁고 길이 협착하여 찾는 이가 적음이니라."에서 온 것이며, 교회에서 목사가 설교할 때 이 구절을 인용하는 것을 알리사와 제롬이 함께 듣는 장면이 나온다.

하지만 지드의 다른 여러 작품을 읽어 보면 〈좁은 문〉이 과연 알리사를 '완전한 사랑'으로 나아가는 성녀로 그린 것인지, 아니면 그가 만년에 들어 '인간의 종국의 목적은 신의 문제를 조금씩 인간의 문제로 바꾸어 가는 데 있다'고 한, 기독교에 대한 반항이 아니었을까라고 보는 관점도 있다.

• 작가의 생애

앙드레 지드(André Gide), 작가. 1869년 파리에서 출생했는데 소년 시절부터 무척 병약하여, 이로 인해 대학에는 진학하지 못했다. 그의 청년 시절의 작품 〈앙드레 왈테르의 일기〉〈지상의 양식〉 등은 간행 당시 전혀 팔리지 않았으나 제1차 세계대전 이후 젊은 사람들에게 널리 애독되게 되었으며, 그의 불안한 사상이나 나그네 사상은 제1차 세계대전 후의 젊은 세대를 지배했다. 유년 시절에 받은 엄격한 기독교적 모럴과 그에게 내재했던 육욕의 갈등이 오랫동안 그를 괴롭혔는데, 1895년 그는 전부터 청순한 사랑을 바쳤던 사촌누이 마들렌과 결혼했으나, 여전히 그의 괴로움은 해소되지 못한다. 왜냐하면 그녀에게는 신앙의 대상이라고밖에 할 수 없는 정신적 사랑만을 느꼈고, 이미 결혼 전에 알제리에서 소년의 육체를 경험, 자신에게서 동성애적 경향을 자각하고 있었기 때문이다. 그 이후 기독교적 소설과 육욕의 대립뿐 아니라, 아내에게서는 정신적 사랑을 구하고 동성에게는 육체적 사랑을 느끼는 새로운 대립이 시작되었다. 이렇듯 복잡한 대립은 그의 작품 곳곳에 표출되고 있다.

하지만 그는 쉬지 않고 작품을 발표했다. 소설로서는 대작인 〈위조지폐 사용자〉를 시작으로 〈좁은문〉〈배덕자〉〈교황청의 지하도〉〈전원 교향곡〉 등이 사람들에게 폭넓게 읽혔으며, 문학평론이나 희곡 등에도 손을 댔다. 이윽고 그는 이러한 개인적 고뇌로부터 점차 눈을 돌

프랑스 문학

려 1927년경부터 식민지주의를 고발하고, 더불어 공산당에 입당하여 소련도 방문했으나 귀국 후 공산당에서 탈퇴한다. 제2차 세계대전이 일어난 뒤에는 주로 아프리카에 머물렀으며, 전후에 파리로 돌아온다. 1951년 2월 19일 파리에서 사망, 이때 그의 나이 82살이었다.

그리고 그의 사후에 방대한 양의 〈일기〉가 발표되었다. 이는 1943년부터 53년에 걸쳐 출판되었는데, 내용은 그가 1889년부터 쓴 것이므로 그의 자전적 이야기인 〈한 알의 밀도 썩지 않으면〉에서와 마찬가지로 주로 정신생활, 문학사상을 폭넓게 보여 주고 있다.

● 기억할 만한 명구

"당신"이라고 그녀는 말했다. 그리고 내 쪽을 보지 않고 "전 당신 곁에 있으면 더이상의 행복은 없다고 여겨질 만큼 행복한 기분이 돼요……. 그러나 실은, 우리들은 행복해지기 위해 태어난 것은 아니에요." 그럼 우리의 영혼은 행복 이외에 무엇을 바란단 말인가?

(〈좁은 문〉 중에서)

✱ 1615년 연말에 지드가 프랑스의 작가 폴 브르제(〈제자〉의 작가)를 처음으로 방문했을 때, 브르제는 지드를 환영하며 "이제부턴 사양하지 말고 자주 놀러오시오. 내 집은 '좁은 문'이 아니니까요."라고 말했다고 한다.
✱ 〈배덕자〉를 쓰고 난 뒤 슬럼프에 빠져든 지드는 아무것도 하지 않고, 아무것도 읽지 않고, 아무것도 쓰지 않은 상태로 오랜 시간을 보내면서 봄에는 여름이 오기를 기다리고, 여름에는 가을이 오기를 기다리며 지냈다고 한다.

18 잃어버린 시간을 찾아서
(A la Recherche du Temps Perdu)
프루스트(1871~1922)

●**작**품의 줄거리

이 작품은 파리의 부르주아 출신으로, 뛰어난 지성과 섬세한 감성을 소유한 문학 청년 '나(마르셀)'의 1인칭 고백 형식으로 된 대하소설이다.

한잔의 홍차에 입술을 적신 프티드 마들렌이 화자인 '나'에게 상기시키는 어린 시절의 회상에서 이 소설은 시작된다. 소년이 매년 휴가를 보내러 갔던 전원마을 콩블레이에는 두 개의 산책로가 있었다. 하나는 파리의 부르주아인 스왕 가의 별장으로 향하는 길인데, 그곳에는 아름다운 딸 질베르트가 있다. 또 하나의 길은 중세 이래의 명문가 게르망트 공작 부인의 저택으로 향하는 길이다. 그러한 것들은 소년인 '나'의 마음에 깃들여 있는 두 갈래의 동경의 방향인데, 소설은 이 두 가지의 세계가 세기말에서 제1차 세계대전 직후까지의 시대를 배경으로 서로 융합되고 교차해 가는 모습을 축으로 하여 전개되고 있다.

화자는 파리에서 재회한 질베르트와의 아련한 첫사랑이 깨진 후 할머니와 노르망디 해안으로 떠나고, 그곳에서 알게 된 '꽃피는 처녀들' 중 하나인 알베르틴에게 끌리게 된다. 사교계에 몸담은 많은 사람들이 모이는 이 휴양지에서 '나'는 또 게르망트 일족의 생 루나 샤르뤼스와 같은 다정한 친구들을 사귀게 된다. 파리로 돌아온 '나'는 그들에게 이끌려 동경의 대상이었던 생 제르망 가의 귀족사회에 조금씩 발을 들여놓게 되며, 또한 샤르뤼스를 중심으로 한 괴기한 소돔의 마을에도 가

보게 된다.

한편 '나'는 휴양지에서 만나게 된 알베르틴과 사이가 깊어짐에 따라 그녀가 고모라의 여자가 아닐까 의심하게 되고, 질투심에 불타 그녀를 집에 가둬 두고 진상을 캐려 하지만, 이윽고 알베르틴의 죽음으로 인해 그 지옥 같은 동거생활도 막을 내리게 된다.

인생에 대한 꿈도, 작가가 되려는 희망도 잃고 삭막한 기분으로 두 번째의 요양으로부터 파리로 돌아온 '나'는, 게르망트 공작의 초대를 받고 안으로 들어가다가 정원의 돌부리에 걸려 넘어진다. 그러자 갑자기 말로 표현할 길 없는 행복감이 온몸을 감싸면서 생 마르코 사원에서 느꼈던 감각과 함께 베네치아의 도시가 머릿속에서 되살아난다. 그것은 마들렌의 체험과 마찬가지로 무의식적 기억의 출현이었으며, '나'는 이러한 과거와 현재에 공통된 초시간적 인상이야말로 존재의 본질임을 깨달으며, 이 기적만이 '잃어버린 시간'을 찾게 해줄 힘을 지니고 있다는 걸 이해한다.

살롱에서 만난 옛친구들은 모두 놀랄 만큼 늙어 있었다. 죽은 생 루와 질베르트 사이에서 태어난 딸이 그의 눈앞에 나타났을 때, '나'는 이 소녀 안에 자신의 소년 시대의 동경이었던 두 가지의 '방향'이 하나로 합쳐져 있음을 보게 된다. 이렇게 해서 '나'는 '시간'의 파괴를 초월한 영겁불변의 세계가 존재함을 느끼게 되며, 드디어는 그토록 바라던 작품을 쓰는 일에 착수하기로 결심한다.

● 주인공 하이라이트

발자크나 스탕달의 소설에 익숙해진 독자는 〈잃어버린 시간을 찾아서〉를 대하고 분명 놀라움이나 생경함을 느끼게 될 것이다. 왜냐하면 이 작품에는 〈환멸〉의 보드랑이나 〈파르므의 수도원〉의 파브리스처럼 격정적인 행동에 의해 스토리를 전개해 나가는 사람이 하나도 없기 때문이다. 게르망트 공작 부인이나 샤르뤼스, 블로크 등과 같이 각별한 인상을 남기는 인물도 등장하지만, 그들 역시 행동에 의해 성격을 나타내는 것이 아니라, 이른바 인상파의 그림처럼 다양한 시간과 공간 속에서 조금씩 묘사되며 점차 복잡한 전체상을 나타내 간다.

주인공인 '나'도 작품 속에서 살아서 행동하기보다는 관찰하고 탐색한다는 취지 아래, 마음에 비치는 자연계의 관능적 아름다움이나 사교계의 다양하고 추악한 인간 군상들을 정교한 렌즈처럼 묘사해 내거나, 자신의 내면에 비추어진 감정이나 감각의 기복을 찬찬히 음미해 가는 것을 주요한 임무로 삼는 일종의 반주인공이라고 할 수 있다.

즉, 이 소설의 시선은 현실 세계에서 일어나는 여러 가지 사건을 그대로 표출하는 것이 아니라, 주인공이라는 관측기계를 통해 체험되고, 언어로 표현해 내기 힘든 감각이나 심리를 대단히 긴 호흡의 문체로 이끌어내고 있다.

이 작품은 제임스 조이스나 프란츠 카프카의 작품과 더불어 현대문학에 새로운 길을 제시한 20세기 최고, 최대의 소설로 꼽힌다.

● 작가의 생애

마르셀 프루스트(Marcel Proust), 작가. 1871년 파리 근교에서 출생. 아버지 아드리언 프루스트는 위생학의 대가로 후일 파리 대학 의학부 교수가 되며, 어머니는 유태계 부르주아 집안의 딸이었다. 프루스트는 어릴 적부터 병약했으며, 9살 때 신경성 천식의 발작을 일으키는데, 이는 평생의 지병이 되어 그를 괴롭히게 된다.

콩도르세 고등학교를 졸업하고 파리 대학 법학부에 진학, 그 사이 일찍부터 문재를 드러내어 동인지나 상징파의 문예지 등에 시나 에세이, 단편소설 등을 발표하며, 유복한 급우들이나 친척들의 소개로 사교계와 문학 살롱에 출입하게 된다.

1895년 친구와 브루타뉴에 머물며 삼인칭 자전소설 〈장 상퇴유〉에 착수하는데, 이 글은 여러 해에 걸쳐 단속적으로 집필된다. 그후 〈잃어

버린 시간을 찾아서〉에 착수하기까지 여러 해 동안 존 러스킨의 연구와 번역, 프랑스 작가들의 모작에 의한 문체 비평과 소설 형식의 평론들을 발표하다가 이윽고 〈잃어버린 시간을 찾아서〉에 수렴될 사색과 모색을 거듭한다.

1909년 건강이 악화된 가운데서도 〈잃어버린 시간을 찾아서〉에 착수하며, 11년에 제1편 〈스왕 가家 쪽으로〉를 탈고했으나 출판사를 찾지 못해 2년 뒤 자비 출판에 나선다. 제2편 〈꽃피는 아가씨들의 그늘에〉는 제1차 세계대전으로 인해 1919년에 출판되었으며, 이것으로 이듬해 콩구르 상을 수상한다. 이후 프루스트는 서서히 다가오는 죽음의 그림자와 싸우며 작품의 완성을 서둘렀으나, 1922년 11월, 제5편 〈붙들린 여자〉를 다듬던 중 폐렴으로 세상을 떠났다.

• **기억할 만한 명구**

작품이란 작가가 독자에게 제공하는 일종의 광학기기라고 할 수 있다. 이 책을 읽지 않으면 아마도 자기 안에서 영원히 발견할 수 없었을 그런 것을 식별하게 해주는 기계인 것이다.

(최종편 〈발견된 시간〉 중에서)

(작품이란 현실의 정직한 거울이 아니라 만화경처럼 인생을 확산시키기도, 때로는 망원경처럼 멀리 있는 한 점을 확대시키기도 하면서 현실에 대해 새로운 시각을 열어 주는 것이라는 사고방식은, 은유의 이론과 함께 현대문학에 커다란 영향을 미쳤다. 조이스와 나란히 그가 현대문학의 시조로 꼽히는 것은 이러한 언어의 마술적 기능에 주목한 점이 높이 평가받은 데 있다.)

19 티보 가의 사람들(Les Thibault)
마르탱 뒤 가르(1881~1958)

●**작품의 줄거리**
　이야기는 티보 가家의 차남 자크의 가출로부터 시작된다. 그는 학교 친구인 다니엘 드 퐁타나와 열정적으로 교환 일기를 써내려가는데, 이를 기숙사의 사제에게 들키게 된 데 반발하여 친구와 둘이서 그곳을 도망친 것이다.
　이 사건은 엄격한 카톨릭 전통을 지닌 티보 가와 그와는 대조적인 분위기를 지닌 프로테스탄트인 퐁타나 가 사이에 팽팽한 긴장감이 감돌게 만든다. 사회교정위원회의 회장을 맡은 가부장적인 아버지 오스칼 티보는 자신이 창설한 소년원에 자크를 집어넣어 반항적인 영혼을 교정해 보려고 시도한다. 이때 자크의 형인 앙트완은 아버지의 허락 없이 소년원의 동생을 찾아가고, 이 일로 아버지와 격렬한 논쟁을 벌인 끝에 사제의 힘을 빌려 자크를 석방시키도록 한다.('회색노트', '소년원')
　자크는 아버지로부터 독립을 얻은 형 밑에서 새로운 생활을 시작하는데, 부르주아 사회에 대한 반역의 의지는 더욱 강해져만 간다. 퐁타나 가와의 교제가 다시 재개되고, 자크의 고독한 마음은 다니엘의 여동생 젠니에게 향해진다. 에콜 노르망에 합격한 자크는 여름 별장에서 함께 생활하며 그녀에게 더욱 강하게 끌리게 된다. 젠니도 그의 내부에서 자신과 비슷한 점을 발견하지만, 미지의 감정이 일어난 데 대해 공포를 느낀다. 자크는 입학을 포기한 채 다시 실종되어 소설의 무대

로부터 사라진다.('아름다운 계절')

　형인 앙트완은 유능하고 자신에 찬 소아과 의사로서 정력적으로 활동하며, 또한 사랑에 대한 태도도 자크의 그것과는 전혀 달랐다. 자크가 모습을 감추고 3년 뒤인 1913년 11월, 아버지는 병으로 자리에 눕는다. 앙트완은 동생이 쓴 소설을 단서로 삼아 그와 스위스에서 재회하며, 아버지의 용태를 들은 자크는 할 수 없이 집으로 돌아온다. 아버지의 처절한 죽음에 뒤이어 소년원에서 장례식을 치르고 돌아오는 길에, 앙트완은 사제에게 종교의 무용함을 이야기한다.('진찰', '라 솔레리나', '아버지의 죽음')

　'1914년 여름'은, 혁명운동에 투신한 자크가 평화를 위한 싸움을 통해 생명을 연소시켜 나가는 모습을, 역사의 가차없는 진행 앞에서 선명하게 부각시켜 이 소설의 압권을 이룬다. 사라예보 사건에서부터 프랑스의 동원에 이르는 유럽 사회의 가속화된 파국으로의 치달음이 허구의 인물들에 의해 그려지며, 다니엘의 아버지 제롬의 권총 자살, 자크와 젠니의 운명적인 합류, 자크가 반전 삐라를 뿌리려다가 어처구니 없는 죽음에 이르는 소설적 전개는 곳곳에서 역사 그 자체의 중량에 의해서도 뒷받침되고 있다.

　에필로그에서 그려지는 것은 전쟁도 종반으로 치달은 1918년, 독가스에 중독되어 요양중인 앙트완이 자신에게 다가올 죽음을 직시하며 스스로의 인생을 돌아보고, 인간 존재의 조건에 대해 사색해 가는 모습을 그리고 있다. 티보 가의 피는 젠니가 낳은 자크의 아들 장 폴에게 이어진다.

　앙트완에게 있어 이러한 생명의 연결줄은 우주적으로 볼 때 한순간의 작은 불꽃에 지나지 않는 인간활동의 의미를 지탱하는 것이라 여겨진다. 이렇게 해서 이야기는 앙트완이 다음 세대를 위해 남겨 둔 일기를, 작가에게 있어서의 문학행위 그 자체의 의미로 되돌리며 끝맺고 있다.

● **주인공 하이라이트**

　티보 가의 세 사람 중 아버지 오스칼이 질서와 명예와 권력에 집착하는 구세대 부르주아의 전형이라고 하면, 그의 두 아들들에 의해 새로운 세대의 두 대조적 인간상이 묘사되고 있다고 할 수 있다. 앙트완은 '빽빽이 난 구레나룻과 사려깊게 보이는 이마의 주름'에 의해 정력적이며 침착한 청년의사로 묘사되고 있으나, 그의 동생 자크는 '주근깨투성이의 얼굴, 갈라진 입술'에 의해 고독하고 순수한, 그러면서도 타협을 모르는 반항적인 젊은이로 등장한다. 동시에 두 형제는 '유난히 큰 두개골, 티보 가 특유의 턱'이라는 공통점에 의해 표현되는 혈통적인 강한 끈기와 자부심을 지니고 있다.

　형은 과학의 요구에 자신을 적응시킨 합리적이고 실증적인 정신의 소유자이며, 9살 연하의 동생은 사회 변혁을 통해 자아를 실현하려는 열정적 이상가로서, 둘 다 20세기 문학의 주인공이 될 만한 개성적인 인물들이라고 할 수 있다.

　자크에게 있어 기성사회의 속박은 굴종이냐 반항이냐 하는 양자택일을 요구했으나, 앙트완에게 있어서는 구습으로 이루어진 도덕은 아무 문제가 되지 않았으며, 니체 풍의 '절대 자유' 속에서 성찰에 대한 욕구만이 자신을 인도하는 길잡이라고 생각한다. 한편 앙트완에게 있어 사적 소유에 기초한 생활의 편익과 능력의 개발을 통한 직업적 성취는 자명한 원리였으나, 이러한 점을 자크는 절대로 용인하지 않는다. 결국 동포들의 전체 운명을 위해 싸울 것을 선택한 자크는 병역거부 사상을 자기 희생을 통해 종결짓는다. 반면 의사로서 개개 인간의 고통을 치료하기 위해 일할 것을 자신의 임무로 삼은 앙트완은 국가공동체에 대한 의무감에 전쟁터로 나간다.

　여기에는 분명 실존주의 세대를 예고하고 준비하는 작가의 태도가 내포되어 있으며, 카뮈가 〈티보 가의 사람들〉의 작가를 '우리들의 불멸의 동시대인'이라 평한 것도 이에 연유한 것이다.

프랑스 문학

● **작가의 생애**

마르탱 뒤 가르(Martin du Gard), 작가. 1881년 파리 근교에서 출생했다. 마르탱 뒤 가르 가문은 대대로 사법관이나 재무관을 여러 명 배출한 부유한 카톨릭 가문이다. 1905년 고문서 학교를 졸업한 그는 이듬해 결혼하여 북아프리카로 장기간 여행을 떠난다. 톨스토이의 영향으로 소설가를 지망한 그는 〈어느 성자의 생애〉라는 전기적 소설에 착수했으나 완성을 보지 못했으며, 정신적으로 불안정한 시기가 이어진다.

1908년 처녀작 〈생성〉을 발표, 이듬해에는 두 번째 작품에 손을 댔으나 그 역시 햇빛을 보지 못하고 끝났다. 13년, 최초의 대작인 〈장 발로아〉는 드레퓌스 사건 전후 프랑스 청년의 정신적 상황을 잡지 〈NRF〉의 지드나 쉴랑베르제 등과 같은 지도자들에게 주목을 받았으며, 또 그 희곡적 양식으로 자크 코포와도 사귀게 된다. 후자의 경향은 이듬해의 소극 〈를뢰 영감님의 유언〉이나 24년의 〈물집〉과 같은 그의 극작으로 연결된다.

1914년 제1차 세계대전 발발과 함께 소집되어 보급반에 들어가 휴전까지 종군했다. 문학생활로 돌아온 그는 클레르몽으로 돌아와 새로운 소설을 위한 노트를 작성하기 위해 사색하면서 20년 〈티보 가의 사람들〉에 착수했다. 22년의 〈회색 노트〉에서부터 29년의 〈아버지의 죽음〉에 이르는 6권에는 〈출범〉 편이 추가될 예정이었으나, 자동차 사고로 인해 미발표분을 포기하기로 하고 소설을 마감했다.

그러는 동안 31년에는 〈아프리카의 비화〉, 33년에는 〈오래된 프랑스〉 등을 발표한다. 〈티보 가 사람들〉의 새로운 후반부는 36년의 '1914년 여름'과 이듬해의 '에필로그'로 완결된다. 37년 〈1914년 여름〉으로 노벨 문학상을 수상하는데, 이를 계기로 유럽 각지를 여행했다. 그후 독일군의 침입과 함께 니스로 피난했으며, 그곳에서 〈모모르 대령의 회상〉과 씨름했으나 이 역시 미완성 작품이 되고 말았다. 58년 사망. 문학을 통한 인류에의 공헌이 그의 생의 주제였다.

●기억할 만한 명구

티보 가라는 나무는 우리들에 의해 꽃피어야만 해.

(소년원에서 막 돌아온 자크에게 앙트완은 티보 가 사람들이 지닌 왕성한 생명력에 대해 힘주어 말한다. '자부심과 거칠음과 집요함의 독특한 결합' 때문에 '티보 가 사람들에겐 희망이 있다.'는 이 부르주아다운 인생에 대한 열의와 힘의 자각, 그것이 이 소설 전체에 활력을 불어넣고 있다.)

✽ 〈티보 가의 사람들〉은 대하소설의 대표작으로 일컬어지는데, 이러한 호칭에서 오는 인상과는 반대로 이야기의 전개는 몇 개의 응축된 시간의 틀 속에 넣어져 있으며, 극의 수법에 가까운 장면으로 소설의 대부분이 구성되어져 있다.
✽ 제1차 세계대전으로 프랑스에 동원령이 내려지기 전날. 사회당의 지도자로 〈유마니테〉지 사주인 장 조레스가 암살된다. 〈티보 가의 사람들〉은 이 사건을 중요한 소재로 다루고 있으며, 자크와 젠니를 그 현장에 입회시키고 있다.

20 야간비행(Vol de Nuit)
생텍쥐페리(1900~1944)

●**작**품의 줄거리

저물녘의 황금빛 하늘 속을 뚫고 남미의 끝 파타고니아에서 출발한 비행기를 조정하며 파비앙은 부에노스아이레스로 향한다. 파비앙은 하늘에서 지상을 내려다본다. 그곳에는 어둠 속에 빛나는 지상의 별이 있다. 그 별 하나하나가 곧 한 생활의 장소를 의미한다.

부에노스아이레스 비행장에서는 지배인 리비에르가 파타고니아와 칠레, 파라과이 등지에서 오는 세 대의 우편기가 도착하기를 기다리고 있다. 그 도착을 기다렸다가 유럽 기가 출발할 것이다. 리비에르의 생각으로는 우편비행 사업을 수행하기 위해서는 절대 감상적인 기분을 가져서는 안 된다. 감독이나 비행사 모두 각자의 역할을 숙지하고 있고, 부하를 사랑하는 데도 그들이 눈치채지 못하는 범주 안에서 해야 할 필요가 있다. 그리고 야간비행을 위해서는 절대로 공포에 져서는 안 된다. 파비앙의 비행기는 폭풍우에 접근하고 있었다. 각지에서 들어오는 무선연락들은 폭풍우에 관한 소식과 파비앙의 비행기가 침묵의 벽에 감싸였음을 전하고 있다.

파비앙의 아내 시몬은 늘 정해진 시간에 공항으로 전화를 한다. 남편은 아직 돌아오지 않았다. 불안에 휩싸인 그녀는 리비에르를 만나기 위해 공항으로 달려나간다. 그녀는 가정적인 행복의 수호자였다. 하지만 리비에르는 그것과는 전혀 다른 것을 찾고 있었다. 개개의 인간의 생명에는 별다른 가치가 없을지도 모른다. 그렇다면 그 개개 인간의 생명이나 덧없는 행복을 뛰어넘을 만한 가치를 찾아낼 수 있는 행위란 과연 어떤 것일까? 리비에르는 페루의 산 위에 있는 고대 잉카 사원의 폐허를 떠올린다. 그 돌기둥은 그 가치를 증명하고 있는 것이 아닐까?

파비앙은 폭풍우의 구름 위로 떠올랐다. 별하늘 속에서 이미 귀환은 불가능해졌음을 깨닫는다. 파라과이 비행기는 도착, 유럽 기는 파비앙의 비행기를 기다리지 못하고 출발한다.

최초의 우편비행 사업은 많은 어려움을 극복해 내야만 했으며, 그 일에 종사하는 것은 항상 최대의 위험과 싸워야 하는 것이었다. 이 작품이 진정한 행동문학으로 높은 평가를 받았던 이유 중 하나가 여기에 있다. 극도로 긴장한 상황 속에서의 인간의 의미 탐구를 밤하늘을 연상시키는 탄탄한 산문시적 아름다움으로 표현하고 있다.

● 주인공 하이라이트

부에노스아이레스 비행장 지배인 리비에르는 고독한 의지의 인간이다. 그는 밤하늘을 올려다보면서 이렇게 생각한다. '내 우편기가 두 대나 날고 있는 오늘밤, 나는 하늘 전체에 대해 책임이 있다. 저 별은 군중 속에서 나를 찾았고, 마침내 나를 발견해 냈다는 신호인 것이다. 내가 다소 다른 사람들과의 관계가 소원하고, 고독한 느낌 속에서 살아가는 것은 바로 그 때문이다.' 그는 전날 몇몇 친구들과 들었던 어떤 소나타의 한 구절을 떠올린다. '오늘밤과 마찬가지로 그때도 그는 고독을 느끼고 있었다. 하지만 곧 그러한 고독 속에서 풍요로운 것을 발견해 낼 수 있었다. 그 음악은 그의 귀에만, 그 많은 평범한 사람들 가운데서 오직 그에게만 일종의 비밀스러움을 지닌 감미로움을 전하고 있었다. 흡사 별이 보내는 신호처럼, 많은 사람들의 어깨 너머로 그만이 이해할 수 있는 언어들로 말을 걸어오고 있었다.'

이렇게 해서 그는 자신의 양어깨에 우편비행 사업의 무게 전체를, 그리고 그 비행기가 나는 하늘 전체를, 또한 이 행위를 통해 개개 인간이 자기라는 한 개체를 너머 실현시킬 수 있는 그 어떤 것의 무게를 떠안고 있었다. 때문에 리비에르는 일상적인 생활이 가져다 주는 행복을 인정하지 않는다. 비행사 파비앙의 아내가 남편의 귀가를 기다리며 준비하는 꽃이나 커피, 따뜻한 식사와 램프, 그리고 그녀 자신의 젊은 육체와 같은 그 모든 것들이 리비에르에게 이의 신청을 제기했으나, 사멸로부터 무엇인가를 구해 내려는 리비에르의 굳은 의지 앞에선 그 모든 것이 헛된 반항이었을 뿐이다.

• 작가의 생애

앙트완 드 생텍쥐페리(Antoine de Sanit-Exupéry), 작가이며 비행가. 1900년 오랜 귀족 가문의 자제로 리옹에서 출생했다. 어릴 적 아버지를 여의었으나, 어머니의 사랑에 감싸여 행복한 유년 시절을 보낸다. 이런 어린 날들의 추억이 그의 작품 곳곳에서 이야기되어지는데, 시와 몽상으로 가득 찬 그의 걸작품 〈어린 왕자〉도 이러한 유년 시절의 경험을 토대로 꽃핀 것이다. 청년기에는 본인의 뜻과 무관한 생활을 강요받는 경우가 많아 항상 일상으로부터의 탈출을 꿈꾸고 있었는데, 1922년 프랑스 항공회사에 들어간 것이 그의 생애와 일에 결정적인 영향을 미치게 된다. 아프리카의 카프 주비 비행장 주임 시절에 〈남방우편기〉를 썼으며, 1929년 이 원고를 들고 파리로 돌아왔다. 그해 가을 남미의 야간 항로 개발을 맡게 되는데, 이때의 경험에서 탄생한 것이 〈야간비행〉이며, 이 작품으로 페미나 상을 받았다. 34년에 행한 파리와 사이공 간 시험비행 도중 리비아 사막에 불시착하여 기적적으로 대상隊商들에게 구조되며, 이후 인간과 인간, 존재와 존재 사이의 관계라는 불가시적인 연결고리의 형성을 작품의 주요 테마로 삼게 된다. '인간'에 대한 깊은 명상적 에세이집 〈인간의 대지〉 이후의 그의 전 작품은 모두 이 테마를 추구하고 있다.

제2차 세계대전이 시작되자, 탑승 부적격 판정을 받았으나 지원하여 군용기 조종사가 되었으며, 44년 7월 지중해 연안 정찰비행에 나갔다가 행방불명되었다. 초기 소설도 그렇고, 〈싸우는 조종사〉와 같은 체험적 증언도 그렇고, 또한 인간과 문명의 본질에 대한 깊은 성찰을 담은 유작 〈성체〉 등, 그의 모든 작품에선 위기감이 도는 시대 속에서의 인간의 본질적인 연대 가능성을 진지하게 탐구하고 있다.

• 기억할 만한 명구

마음으로밖에는 볼 수가 없어. 본질적인 것은 눈에 보이지 않거든.

(〈어린 왕자〉 중에서)

(여우가 어린 왕자에게 하는 말이다. 어린 왕자는 수많은 장미꽃을 보았지만, 그것은 그가 자신의 손으로 정성을 다해 키운 장미와는 같지 않았다. 왜냐하면 그의 별에 있는 그 장미꽃만이 그가 물을 주고, 바람을 막아 주고, 벌레를 잡아 주며 사랑했던 꽃이기 때문이다. '본질적인 것'이란 바로 '관계'를 이루는 것을 가리킨다. 생텍쥐페리가 말하는 것의 중심에는 항상 '관계'의 문제가 놓여 있었다.)

사랑한다는 건 우리가 서로를 마주보는 것이 아니라, 함께 같은 방향을 바라보는 것이다. (〈인간의 대지〉 중에서)

✱ 생텍쥐페리의 조종 솜씨는, 그리 화려한 것이 못 되었다. 그는 기묘한 방심벽의 소유자였으며, 부주의로 여러 차례 추락사고를 일으킨 적이 있다고 한다.

✱ 생텍쥐페리는 제2차 세계대전에서 공군 소령으로 조국해방전에 참가했으며, 코르시카 섬을 비행하던 중 행방불명이 되고 말았다. 독일군에게 격추된 것인지 아니면 사고사였는지, 지금도 여전히 의논만 분분한 채 죽음의 수수께끼가 풀리지 않고 있다. 그를 아끼는 이들에 의해 추적작업이 행해진 적도 있으나, 이렇다 할 성과를 얻진 못했다.

21 인간의 조건(La Condition Humaine)
말로(1901~1976)

●**작품의 줄거리**

1927년 3월, 테러리스트인 첸과 러시아 인 카토프, 북경대학의 사회학 교수였던 프랑스 인 지조르, 그의 아들로 일본인을 어머니로 둔 키요, 그리고 키요의 아내 메이 등은 남경 국민당 정부의 우두머리 장개석과 힘을 합쳐 상해에서 북방군벌 타도를 계획한다. 그들이 노동자의 무장봉기를 지도하고 경찰서와 무기고 점거, 역이나 다리 파괴를 실현시켰을 즈음 장의 군대가 도착하여 정부군의 최후의 저항을 분쇄한다. 폭동은 성공한 것처럼 보였으나, 그 직후 노동자의 태업권과 토지 분배를 목표로 내건 공산당과, 자본가와 손잡은 장개석 사이에 분쟁이 발생하여 국공합작은 결렬될 위기에 놓인다. 키요는 인터내셔널 지부로 가서 공산당의 입장을 설명하지만, 대표부의 기회주의적인 정책은 장을 지지하며 반대로 키요에게 무기 반환을 지시한다.

사태는 급전하여, 코민테른의 명령을 무시한 채 장개석 암살을 계획했던 첸은 실패하여 암살되고, 키요와 카토프는 체포된다. 고문을 받은 뒤 키요는 청산가리를 마시고 자살하며, 카토프는 자신의 약을 동지에게 나눠 준 뒤 처형된다. 메이는 간신히 살아남아, 일본인 화가의 집에 의탁하고 있는 늙은 지조르를 찾아가 다시 싸울 것을 요청하지만, 그가 이를 거부하자 혼자서 싸움터로 돌아간다.

이 소설은 상해의 3·27폭동에서부터 장개석에 의한 4·12쿠데타에 이르기까지, 중국 혁명사에 있어 핵심을 이루었던 사건을 소재로 삼고 있다. 다만 혁명을 그린 작품이라고는 하지만, 여기에서는 혁명을 위해 죽음까지도 두려워하지 않았던 용감한 행동 속에서 인간의 고귀한 모습을 찾아내려 했던 영웅주의적 태도가 주제가 되고 있다.

그리고 이 소설 속에는 일반적으로 이야기되어지는 의미에서의 주인공은 등장하지 않으며, 각각의 인물들이 혁명과 어떻게 연관되어지는가를 군상적으로 그리고 있다. 즉 지조르와 아편, 첸과 살인, 카토프와 혁명, 메이와 연애와 같은, 숙명을 극복하는 인간의 다양한 모습이 영화의 몽타주 같은 수법으로 중첩되어지며, 울림 있는 다음계적多音階的 구조를 만들어 내고 있는 것이다.

• **주인공 하이라이트**

다양한 혁명군상 가운데서 딱히 주인공이라고 말하기 어렵지만, 키요와 그의 아버지 지조르는 각기 인간의 조건을 뛰어넘기 위한 방향을 시사해 주고 있다고 볼 수 있다.

키요는 혁명 속에서 사회적으로 약자를 해방시킨다는 의미와는 별도로, 무엇보다 그것이 자신의 죽음과 맞서야 하는 상황을 제공한다는 점에서 가치를 발견하고 있다. 그는 단순히 사고의 세계 안에 머물러서는 안 되며, 현실적인 행동으로 표출해 내야 한다는 신념을 지니고 있으며, 자연스럽게 죽음을 맞이하는 것은 굴욕이라 여겼다. 의식적인 죽음을 만들어 냄으로써 그것을 극복할 수 있으며, 그것이 곧 인간의 고귀함을 증명하는 것이라고 생각했다. 그에 의하면 '인간이란 그가 이룬 것과 이룰 수 있는 것의 총화'인 것이다. 이와 같은 숙명과 대결하는 자들 사이에 생겨난 우애 또한 인간 존엄성의 증명이다.

한편 지조르는 지성을 중시하며, 의식 속에서는 혁명을 지지하지만 아편에 의한 관대한 무관심에 몸을 맡긴 채 관조의 태도로 일관하고 있다. 하지만 그는 동양적 명상에 의한 고요의 세계를 알게 되며, 무행동 속에서도 또한 죽음을 만들어 낼 가능성이 있음을 깨닫는다.

  작가는 이 작품에서 행동과 명상이란 두 개의 대조적인 길을 통해 인간의 조건을 뛰어넘는 방향을 시사해 주고 있는데, 죽음의 초극이란 주제는 시대를 초월하여 누구나가 직면하고 있는 문제이며, 이 소설이 지금도 감동을 주는 것은 그러한 주제의 보편성과 영원성 때문이다.

● 작가의 생애

  앙드레 말로(André Malraux), 소설가이며 미술사가. 1901년 파리 은행가의 아들로 출생했다. 리세에 입학한 후 양친에게서 떨어져 할머니집에서 자란 탓에 고독한 소년기를 보냈으며, 17살 때 집을 나와 파리에서 헌책방 겸 출판을 하는 곳에서 일했다. 20년경부터 막스 자콥, 앙드레 샤르몽 등과 사귀며 문필활동을 시작한다.

  한편 고미술 연구에도 깊은 관심을 보여, 22년에는 아내 클라라와 함께 캄보디아 밀림을 탐험하여 크메르 신전을 발견하기도 했는데, 석상을 들고 나가려다 도굴 혐의로 체포되어 유죄선고를 받았다. 공소하여 일단 파리로 돌아온 뒤 25년에 다시 인도지나로 건너가 원고 판결 파기를 받아낸 뒤 즉시 일간지를 창간, 부패한 관리의 적발 등 정부에 공격을 가했다. 이러한 체험이 말로에게 정치적 관심을 갖게 하는 계기가 되었다. 그후 서구 지성의 한계를 문제삼은 〈서구의 유혹〉, 광동 혁명을 취재한 〈정복자〉, 인도지나 유적 탐험을 다룬 〈왕도〉를 잇달아 발표했으며, 이어 〈인간의 조건〉으로 콩구르 상을 수상하여 작가로서의 부동의 지위를 확립하는 동시에 행동주의의 대표 작가로 일컬어지게 된다. 다만 종래에 이야기되어진 것처럼 말로가 중국 혁명에 참가했다는 것은 사실과 다르며, 광동과 상해혁명 당시 그는 홍콩에 머물고 있었다. 나치 태두 후에는 죄없는 방화범 디미트로프를 옹호, 반유태주의에 반대해 세계동맹을 설립하며 소비에트 작가 동맹에 출석하는 등 반파시즘 운동에 참가한다. 36년의 스페인 내란시에는 공화파의 국제의용군 항공대에서 활약, 그 경험을 토대로 대작〈희망〉을 썼다. 39년 독소 불가침조약 체결 후에는 공산당에서 탈퇴했으며, 대전중에는 출정하여 한때 독일군의 포로가 되기도 하나 탈주에 성공,〈앙텐부르크의 호두나무〉를 쓴 뒤 레지스탕스에 참가했으며, 해방 후에는 동부전선의 지도자로 활약했다.

1945년 드골의 신임을 얻어 입각, 정치가의 길로 들어선다. 이듬해 내각 총사퇴 후〈공상의 미술관〉〈예술적 창조〉등 미술 연구에 몰두했으며, 58년 알제리아 문제로 드골이 재등장하자 문화부장관으로 정계에 복귀하여 문화활동에 공헌했다. 드골 사후에는 정계를 물러나 드골을 회고한〈쓰러진 떡갈나무〉를 발표했으며, 1976년 11월 열정적인 생을 마감했다.

●기억할 만한 명구

인간이란 그가 이루는 것입니다. (〈앙텐부르크의 호두나무〉에서)
(인간의 조건이란 흡사 불치의 병이 개인에게 숙명을 지우는 것처럼 조물주가 인간에게 숙명지우는 조건이며, 그 조건을, 즉 생을 파괴하고 죽여야 인생에 승리할 수 있다는 말로의 행동주의적 인간관을 단적으로 표현한 말이다.)

예술이란 반 숙명이다. (〈침묵의 소리〉에서)
(인간의 숙명에 반항하여 자신의 족적을 지상에 남김으로써 존엄성을 찾을 수 있다고 생각한 말로에게 있어, 예술작품은 인간의 영원성에 대한 증거였다.)

✱ 말로는 평생 갑작스런 죽음의 방문에 시달려야 했다. 그의 조부는 도끼로 이마를 맞아 죽었고, 아버지는 자살, 내연의 처인 클로티스는 사고사, 그의 두 아들은 자동차 사고로 한꺼번에 죽었으며, 두 남동생 역시 전쟁에 나가 죽었다.

22 구토(La Nausée)
사르트르(1905~1980)

● **작품의 줄거리**

앙트완 로캉탱은 몇 해 전부터 부빌에 거주하며 시의 도서관에서 드 로르봉 후작이라고 하는 인물을 조사하고 있었다. 후작은 프랑스혁명 전후의 혼란기 동안 권모술수와 배반, 이중첩자 노릇을 해가며 살아왔던 괴상한 인물이다. 로캉탱은 카페의 마담과 정사를 벌이기도 하지만, 어떠한 사회적 연관도 갖지 않은 채 고독한 생활을 하고 있다. 어느 날, 그는 해변에서 물수제비뜨기를 하려고 작은 돌을 주워든다. 하지만 갑작스런 구토감을 느끼고는 얼른 돌을 놓아 버린다. 그로부터 이러한 '구토감'이 자주 그를 엄습한다. 물웅덩이에 있는 진흙투성이의 종이쪽지를 주워올리려 했을 때, 컵에 담긴 맥주를 바라볼 때, 카페 급사의 멜빵이 셔츠의 주름 속에 가려졌을 때— 그리고 이러한 구토감을 진정시킬 수 있는 것은 단 하나, 낡은 재즈 레코드 소리뿐이다.

한편 드 로르봉의 연구도 벽에 부딪히고 만다. 현재에 생존하는 것이 어떻게 과거를 구해 낼 수 있겠는가. 있는 것이라곤 끝없이 이어지는 현재뿐이 아닌가. 그리고 드 로르봉도 '현재로부터 달아나기 위해서' 자신이 택한 구실일 뿐이었다. 로캉탱은 연구를 포기한다. 그와 동시에 그에게 남겨진 마지막 존재 이유도 사라진다. 이렇게 해서 그는 아무런 이유도 의미도 갖지 못한 채 존재하는 단순한 존재를— 육체와 의식의 꿈틀거림에 지나지 않는 자신을 발견한다.

그리고 마침내 어느 날 저녁 그에게 '계시'가 찾아온다. 급격한 구토감에 휩싸인 그는 공원으로 달려간다. 벤치에 앉은 그의 눈앞에 서 있는 한 그루의 마로니에 나무. 그것은 그가 보는 앞에서 일상의 외관을 벗어던진 채 그저 딱딱한 하나의 덩어리일 뿐인 본연의 모습을 드러내는, 바로 존재의 계시였다. 인간을 포함한 모든 존재물은 일말의 존재 이유도 지니지 못하고, 그저 우연히 그곳에 존재하는 데 지나지 않는다. 즉 '쓸데없는 것'인 셈이다. '구토감'은 이러한 존재의 실상에 대한 전조였다.

로캉탱은 이 계시의 의미를, 잠깐 동안 재회한 옛애인 아니와의 만남을 통해 재확인한다. 아니는 과거에 '완벽한 순간'을 추구했던 심미주의자였다. 그런데 지금 그녀는 신비한 매력을 잃어버린 채 타성적 허무감 속에서 '그저 살아가고 있는' 평범한 여자에 불과했다.

로캉탱 역시 '그저 살아가기 위해' 파리로 돌아가려고 하는데, 마지막으로 다시 한 번 자신이 좋아하는 레코드를 듣는다. 그리고 그 음악을 들으며 그 곡을 작곡한 사람은 최소한 '존재하는 죄로부터 정화되어 있다.'고 생각하면서, 가능하다면 자신도 그처럼 되고 싶다고 느낀다. 예를 들면 '강철처럼 강하고 아름다우며, 사람들로 하여금 그들의 존재를 부끄러워하게 할 수 있는' 작품을 쓰고 싶다고 소망한다.

● 주인공 하이라이트

앙트완 로캉탱의 나이는 30살. 젊었을 때부터 세계 각지를 여행한 '탐험가'인 듯하며, 빨강머리라는 점을 제외하면 외모에 대해서는 거의 묘사되어 있지 않다. 과거 아니라는 연인이 있었으나, 지금은 마치 천애고아처럼 살아가는 '그야말로 한 개인일' 뿐이다. 때때로 카페의 마담과 성적 관계를 맺는 것과, 그에게 일종의 동경을 품고 접근한 '독학자'와 대화를 나누는 것 정도가 그가 가진 인간적 접촉의 전부였다.

요컨대 그는 잡다한 것들이 배제된 속에서 존재의 적나라한 출현을 경험할 만한 상태로 살아온 인물이었으며, 구토를 체험하는 순수한 육체, 체험을 열심히 기록하는 순연한 의식 혹은 그 자신이 '쓰는 그 자체'라고도 볼 수 있었다. 그러한 의미에서 소설에서의 이야기와 주인공의 필연성에 이의를 제기한 누보 로망에 있어서 이름과 개성을 지니지 않는 등장인물들의 선구였으며, 소설의 진짜 주인공은 다름 아닌 '구토' 그 자체라고 할 수 있다.

● 작가의 생애

장 폴 사르트르(Jean-Paul Sartre), 철학자이며 작가. 소설과 희곡, 더 나아가 문예평론에서부터 정치활동에 이르기까지 모든 분야에 걸쳐 문필활동을 펼쳤던 현대의 주요한 사상적 리더 중 한 사람이다. 1905년 파리에서 출생. 외가 쪽은 명문인 슈바이처 가. 2살 때 아버지를 여의어, 할아버지 손에서 성장했다. 이 유년 시대의 '읽는 것'과 '쓰는 것'에 대한 개안 과정은 〈말〉 속에 상세히 나타나 있으며, 같은 또래의 소년들과는 어울리지 못한 고독한 소년이었다.

고등사범 학교를 거쳐 1929년 교수자격 시험에 1등으로 합격, 교직을 얻는다. 이 무렵부터 보부아르와 알게 되며, 마침내 그녀에게 2년간의 '계약'을 제안하여 받아들여진다. 이는 다른 이성과의 연애의 가능성을 배제하지 않은 것이며, 상호 자유를 최대한 인정하면서 동시에 서로 어떠한 비밀도 갖지 않는 최상의 연인이자 이해자가 되기로 한 것이다. 또 관습이나 타성에 빠지지 않는 새로운 형태의 남녀 결합을 시도하려 했던 것으로, 이후 두 사람의 관계는 평생에 걸쳐 지속된다.

1932년 후설의 현상학을 알게 되며 이듬해 베를린으로 유학. 귀국 후 새로운 현상학 소개자로서 철학연구에 몰두하는 한편, 7년여에 걸쳐 완성한 소설 〈구토〉를 38년에 출판. 43년에는 프랑스 실존주의의 성전이라 일컬어지는 방대한 철학서 〈존재와 무〉를 완성. 그 사이 제2차 세계대전이 발발, 프랑스가 점령되자 한때 포로생활을 한다. 레지스탕스 조직을 만들기도 했던 그는 이러한 가운데서도 '문학을 절대적인 것'으로 생각하며, 자유로운 선택과 책임을 강조한 '앙가주망'의 사상가로 변모, 프랑스 해방과 함께 세계적 명성을 지닌 사상계의 제2인자의 지위를 차지하기에 이른다.

45년에는 〈현대〉지를 창간, 이후 이 잡지에 근거하여 '혁명적 민주연합'을 계획하는 알제리아 해방전선을 지원, 베트남 〈전쟁범죄 국제법정〉에 참가하는 등, 현대의 모든 정치 문제에 적극적으로 투신하여 비공산당계의 좌익을 대표하는 입장에서 종횡무진 붓을 휘두르는 한편, 평론이나 창작활동도 왕성하게 전개한다.

소설로는 미완의 장편 연작 〈자유에로의 길〉이 있는데, 작가적 인기는 〈거미〉〈출구 없음〉〈더럽혀진 손〉〈악마와 신〉등 극작에 힘입은 바가 크다. 철학적 저작으로서는 60년의 대작 〈변증법적 이성비판〉이 있으며, 또한 〈보들레르〉〈성 주네〉〈플로베르 론〉으로 이어지는 철학연구와 전기를 종합한 듯한 특징적 작가론들이 있다.

●기억할 만한 명구

실존은 본질에 선행한다.　　　(강연 〈실존주의는 무엇인가〉에서)
(인간은 본질이라든가 본성과 같은 영구불변의 특질을 갖고 있는 것이 아니라, 상황 속에서 자유로운 선택에 의해 자기의 본질을 만들어가는 존재라는 그의 근본사상을 나타내는 말이다.)

✱ 사르트르는 〈구토〉를 집필하던 무렵 메스카린 주사 실험을 행했고, 이로 인해 게에게 공격당하는 환상에 사로잡히곤 했다. 이러한 게들의 이야기는 〈아르트너의 유폐자〉 등 그의 작품 곳곳에서 등장한다.

23 이방인(*L'Etranger*)
카뮈(1913~1960)

● **작**품의 줄거리

알제 선박회사에 근무하는 뫼르소는 도시 어디에서나 볼 수 있을 듯한 평범한 청년이다. 양로원에 있던 모친의 부음을 듣고도 그는 철야작업에 나가며, 거기서도 눈물 한 방울 보이지 않은 채 커피를 마시고, 담배를 피우고, 잠에 빠진다. 그는 어머니를 매장할 때 나이에 관한 질문을 받고서도 제대로 대답을 하지 못했고, 주위 사람들의 모습에만 정신을 빼앗기고 있다. 알제로 돌아간 그는 상장을 단 채로 바닷가로 해수욕을 즐기러 나가며, 해변에서 만난 마리라는 아가씨와 저녁에 희극영화를 본 뒤 함께 밤을 보낸다. 그는 또 사무실에서는 열심히 일하지만, 영전榮轉 이야기가 나오자 거절해 버린다. 그리고 마리를 사랑하지도 않으면서 그녀가 조르자 결혼을 승낙한다.

어느 날, 뫼르소는 깡패인 레이몽에게 편지 대필을 부탁받게 되며, 그 일이 원인이 되어 그의 정부情婦와의 사이에 벌어진 분쟁에 말려든다. 그는 그 일 때문에 초대받아 간 해변에서 자신과는 아무 상관도 없는 아라비아 인을 사살하고 그 자리에서 체포된다.

이러한 뫼르소의 행위는 재판 과정에서 예심판사나 검사 등 이른바 전통적 가치의 옹호자들에 의해 낱낱이 파헤쳐지게 된다. 그들은 행위들간의 의식적인 연계성을 찾아내어 그의 나쁜 본성이 결국 그를 살인으로 이끌었음을 증명하려 애쓴다. 이에 대해 뫼르소는 모든 일들은 그저 우연하게 벌어졌으며, 살인 동기를 태양의 탓으로 돌리며 이렇다

할 반성의 빛을 보이지 않는다. 그들은 이러한 뫼르소를 끝내 이해하지 못하고, 사회의 적으로 간주하여 그에게 사형을 언도한다. 뫼르소는 부자유스러운 감옥생활에도 곧 순응하게 되나, 죽음에 임박하여 그를 신에게 인도하려는 고해신부에게 끝내 분노를 폭발시키며, 거기서 이제까지 자신이 살아온 삶의 진실성을 분명하게 자각한다. 그리고 밤하늘을 올려다보며, 그곳에서 자신과 동질성을 지닌 무관심을 발견해 내고는 의식적으로 세계를 향해 마음을 여는 가운데 스스로 행복하다고 느낀다.

이 작품은 1942년 파리에서 출판되었는데, 수동적이기는 하나 스스로에게 성실했던 까닭에 비극적 생을 산 주인공의 모습이 독일군 점령시대의 사람들에게 공감을 불러일으켜, 순식간에 카뮈의 이름은 세상에 널리 알려지게 되었다. 카뮈 자신이 "사회는 어머니의 매장 때 눈물을 흘리는 사람들을 필요로 한다. 어쩌면 사람들은 그 자신이 죄라고 생각한 일에 대해서는 벌을 받지 않는지도 모른다."라고 말하고 있듯, 이 소설은 소외의 이야기를 다룬 것이다. '이방인'이란 사회적 관습이나 전통적·종교적 가치에서 멀어져 있고, 뫼르소가 살인 때 느꼈던 것처럼 자연으로부터조차 적으로서 쫓기는 철저한 추방의 세계에 서 있는 인간을 의미한다.

작품에서 '뫼르소'를 부조리한 인간의 전형, 즉 인간 존재의 무상성을 자각한 인간이라고 보는 견해도 있으나, 이는 어디까지나 작가 자신의 역량에 의해 비극적 인간상으로 승화된 인물이었다고 보는 편이 옳을 것 같다.

● **주인공 하이라이트**

뫼르소는 자신에게 정직한 인간이다. 그는 결혼에 대해서도, 또 일에 대해서도 종종 '그런 건 아무래도 좋다.'는 무관심을 표명하는데, 그

내면에는 무의식적으로 사실만을 응시하며 느낀 대로 말하려는 강한 의지가 작용하고 있다. 그렇기 때문에 자신의 진술이 사람들에게 이해 받지 못해 재판이 불리하게 진행되는 것을 생각하지 않은 채, 살인의 동기를 찌는 듯한 더위와 이글대는 태양의 적의를 느꼈기 때문이라고 솔직하게 말하는 걸 꺼리지 않는다. 그는 편리한 수단을 사용하는 것과는 무관한 인간이었던 것이다. 이러한 뫼르소는 특정한 용모를 갖고 있지 않으며, 머리 색깔이라든가 얼굴 생김새에 대한 묘사도 전혀 찾아볼 수 없다. 그는 현대의 신화적 인물이며, 독자는 자유롭게 상상력을 발휘하여 그에게 자신의 숨결을 불어넣을 수가 있다.

카뮈는 금세기의 곳곳에 마치 세기말 병처럼, 자기가 살고 있는 사회와 자기 자신 사이에는 아무런 의지의 소통도 없다는 의식이 사람들에게 받아들여지고 있다고 말한다. 고도성장을 이룩한 자본주의 사회, 점점 더 정밀도를 더해 가는 획일적인 기계문명 속에서 살아가는 현대인들이 뫼르소가 보인 무관심에 공감하게 되는 것은 이상한 일이 아닐 것이다.

● 작가의 생애

알베르트 카뮈(Albert Camus), 작가. 1913년 당시 프랑스의 식민지였던 알제리 동부의 한촌에서 태어났다. 아버지는 알자스 출신의 농장 노동자였으며, 어머니는 스페인 계 마요르카 사람으로 농아에다 문맹이었다. 카뮈가 태어난 이듬해에 아버지가 전사하자 일가족은 알제 빈민가에 있는 외가로 옮겨가게 되고, 그곳에서 그는 가난한 소년기를 보낸다. 그는 뒷날 알제리의 풍요로운 자연이 가난을 보상해 주기에 충분했다고 술회하지만, 그의 작품의 핵이 되는 세계의 이중성에 대한 의식은 이 무렵에 이미 굳어져 있었던 듯하다.

그후 카뮈는 알제 대학에 진학하여 그리스 철학을 전공하는 한편 동인지를 창간하고 극단을 조직하여 연극활동에도 몰두한다. 37년 결핵에 걸려 교수 자격시험을 포기, 저널리스트가 되기로 뜻을 굳히고 비인도적인 총독부의 행정을 비판하는 르포르타주를 좌익계 신문에 게재하여 알제리에서 추방되자, 42년 파리로 건너온다. 그가 37년과 38년에 발표한 〈안과 밖〉〈결혼〉은 프랑스 본토에서는 거의 알려져 있지 않았다. 이후 〈이방인〉과 부조리 철학의 서 〈시지프스의 신화〉에 의해 일약 문단의 총아가 된 뒤, 레지스탕스 운동과 언론 매체를 통해 정치에 깊이 개입하는 시기를 보낸다. 그뒤 희곡 〈칼리길라〉의 성공과 〈페스트〉로 점점 명성을 높여 갔으나 51년, 〈반항적 인간〉에 대해 사르트르에게 역사관의 무효성을 비판받게 되고, 또한 알제리 정전에 대한 어필이 무시된 일 등으로 한동안 자기 성찰과 실의의 시기를 맞는다. 하지만 번민에 찬 지식인의 자기 고백서 〈전락〉과 〈추방과 왕국〉에 의해 침묵을 깨뜨린 카뮈에게 노벨 문학상의 영광이 찾아온다. 그후 남불의 별장에서 요양생활에 전념했으나, 60년 파리로 향하는 도중 자동차 사고로 사망했다.

카뮈는 전후 '양심의 지도자'로서, 사르트르와 마찬가지로 어떻게 시대와 연결되어 행동하는가 하는 점에 중시했으나, 그것은 카뮈 자신의 말처럼 사상에 가장 물들지 않았던 시기이기도 했다. 최근에는 카뮈를, 알제리 풍토와 관능적으로 연결된 파가니즘(이교 신앙)적 세계 속에서 인간의 원형 창조를 꾀했던 작가로 평가하는 경향이 강하다.

●기억할 만한 명구

살아가는 일에 대한 절망 없이는 살아가는 데 대한 사랑 또한 없다. (〈안과 밖〉 중에서)

(인간에게 죽는다는 것이 절대 진리인 이상, 종교에 의한 내세의 구원을 거부하고 자기 자신의 종말과 허무를 진지하게 응시함으로써 자기 안에서 의식적인 죽음을 만들어 내야 한다. 이 적나라한 진실을 의식함으로써만이 세계에 대한 사랑이 생겨난다는 카뮈의 부조리 철학

을 요약한 말이다.)

인간 안에는 경멸할 만한 것보다 칭찬할 만한 것이 더 많다.
(〈페스트〉중에서)

(인생의 부조리함을 의식해 가면서, 그에 대해 절도 있는 반항의 모습을 보이며 사는 인간 동지의 우정 속에서만이 인간 본연의 모습을 찾을 수 있다는 카뮈의 낙관론을 표명한 말이다.)

❋ 〈이방인〉은 1972년, 이탈리아의 루키노 비스콘티 감독에 의해 영화화되었다. 해바라기에서 열연했던 마스트로 얀니가 뫼르소 역을 맡았으며, 안나 카리니가 그의 연인 마리로 나왔다. 각본은 카뮈의 친구였던 엠마누엘 로블레스가 맡았다.

24 초대받은 여자(L'Invitée)
보부아르(1908~1986)

● **작품의 줄거리**

프랑수아즈와 신인 연극배우 피엘은 일반적인 의미에서의 연인 사이도, 단순한 동거 관계도 아니다. 두 사람은 서로 깊은 신뢰와 존경으로 맺어진 좋은 협력자인 동시에, 결코 상대의 자유를 구속하지 않는다는 것을 원칙으로 삼고 있다. 그런데 이 두 사람 사이에 원초적인 감수성을 지닌, 일체의 노력이나 약속 등을 무시하며 살아가는 그자비엘이 나타나면서부터 두 사람 사이에는 미묘한 파란이 일기 시작한다.

이윽고 피엘은 셋이서 '누구도 희생하지 않는 조화로운 삼위일체'를 이룰 것을 제안하지만, 그자비엘의 독점욕은 만족할 줄 모르며, 여러 가지 수단을 동원하여 피엘에게 자기 한 사람만을 선택하도록 한다. 하지만 피엘이 결코 프랑수아즈와 헤어질 마음을 갖지 않자 세 사람의 아슬아슬한 관계는 깨지고 만다.

그자비엘이 피엘에 대한 복수심에서 충동적으로 육체 관계를 맺은 청년 제르베르는 전부터 프랑수아즈를 흠모하고 있었으며, 결국 두 사람은 맺어진다. 이윽고 총동원령이 내려져 피엘과 제르베르는 출정하고 파리에 남은 두 여인 사이에는 어두운 나날들이 이어지는데, 어느 날 그 두 남자로부터 프랑수아즈 앞으로 편지가 날아온다. 그 편지를 읽게 된 그자비엘은 두 사람 모두 자신을 깊이 사랑하고 있다고 믿었던 탓에 분노와 절망에 몸부림치며 '질투 때문에 두 남자를 **빼앗았다**.'

고 프랑수아즈를 공격한다. 프랑수아즈는 자신을 죄인으로 질책하는 이 여인의 의식은 자신의 존재와 양립되기 힘들다는 것을 깨닫고는, 그 의식을 말살하기 위해 가스를 틀어 놓고 그녀를 죽인다.

● 주인공 하이라이트

형식상으로는 끝내 살인까지 저지르면서 굳이 '자기 자신'을 펼치려 했던 프랑수아즈가 주인공이 되지만, 이 작품의 매력의 원천은 '초대받은 여자'인 그자비엘일 것이다.

언어나 논리나 이성에 믿음을 두지 않고 날카로운 감수성이 이끄는 대로 살아가는 그녀는, 가치를 실현하기 위한 모든 노력을 경멸한다. 말하자면 미래를 갖지 않은 채, 순간순간을 충실하게 살아내려는 것이다. 너무 강한 자존심으로 인해 완고하고, 상처받기 쉽고, 끊임없이 자기혐오에 빠지고, 히스테릭한 자포자기 증상을 보이는가 하면, 발작적으로 감미로운 애정을 드러낸다. 모든 사회적인 것을 거부한 자유의 화신 같은 시골 출신의 처녀는 근대문화의 최첨단을 걸어가는 파리 지식인들 사이에 난입한 어린 무녀이며, 경우에 따라서는 악마가 되기도 하는데, 그녀는 전후 젊은이들의 한 그룹을 대표한다고 볼 수 있다.

● 작가의 생애

시몬 드 보부아르(Simone de Beauvoir), 여류작가이며 철학자. 1908년 파리에서 출생했다. 소르본 대학에서 철학을 전공하여 교직에 몸담으며, 그 사이 사르트르와 알게 되고 이후 평생을 그와 함께 한다. 1943년 처녀작인 〈초대받은 여자〉에 의해 작가생활을 시작했으며, 대작 〈제2의 성〉으로 여성해방운동의 기수가 된다. 〈타인의 피〉에 이어 〈레 망다랭〉으로 콩구르 상을 수상하는 등 소설, 철학, 에세이, 희곡 전반에 걸친 문필활동을 펴는데, 그녀의 진면목을 파악할 수 있는 작품으로는 〈처녀 시절〉〈여자의 한창 때〉〈어떤 전후戰後〉〈결산의 때〉

로 이어지는 일련의 회상록일 것이다. 만년의 저작으로 〈아름다운 영상〉〈위기의 여자〉〈노년〉 등이 있다.

• **기억할 만한 명구**

사람은 여자로 태어나는 것이 아니라, 여자로 만들어지는 것이다.
(〈제2의 성〉 중에서)

(사르트르의 충실한 제자이기도 했던 실존주의자 보부아르에게 있어 선험적으로 주어진 것으로서의 '여성적인 것'은 존재하지 않는다. 성의 차이는 어떠한 생물학적 본성에 기초하는 것이 아니라, '제1의 성'인 남성이 지배하는 사회 안에서 인위적으로 만들어지는 것에 불과하다. 현대의 모든 여성해방 운동의 가장 기본적 토대가 되는 말이다.)

✼ 〈초대받은 여자〉에 나오는 그자비엘의 모델은 보부아르의 제자였던 올가 도미니크, 사르트르는 한때 그녀와 연인이 되어 실제로 그들 사이에는 '트리오' 관계가 이루어졌었다.

25 도둑일기(Journal du Voleur)
주네(1907~1986)

● **작**품의 줄거리

　남색가인 주인공은 1932년부터 스페인을 유랑하다가 도둑과 거지, 매춘부 등이 들끓는 바르셀로나의 빈민굴에서 자리를 잡게 된다. 처음에는 추남 살바도르와의 동거생활, 이어 오른팔이 없는 뚜쟁이 미남 스티리타노와 만나 그의 냉혹하고 비열한 매력에 이끌려 헌신적인 동거생활. 스페인에서 쫓겨나 이탈리아, 동구를 떠돌며 불법체류와 형무소 출입을 반복하게 되는 유랑생활. 마르세유 경찰국의 미남 형사 베르나르와의 성적 접촉. 그리고 범죄자의 모든 비참함을 조용히 인내하고 있는 듯한 늠름한 아르망과의 만남. 이러한 사건들을 통해 걸식, 도둑질, 사기, 공갈, 매춘과 뚜쟁이질, 사기, 마약밀매, 밀고, 배신, 살인, 그리고 감옥이라고 하는 참담한 모든 악들이 '라신의 말'로 칭해지는 아름답고도 시적인 문장에 의해 전개된다.
　하지만 이것은 단순히 과거의 경험을 시간적 순서에 따라 옮겨 놓은 단순한 회상이 아니라, 작가 주네가 자신의 생애와 그것을 글로 옮겨 적는 일의 의미를 깊이 탐구하여 정의해 보려 했던 반성록이기도 하다. 이 작품에는 '일기'라는 이름이 붙여져 있으나, 일기체 형식을 빌린 소설은 아니다. 여기에는 일기라고 칭할 만한 것은 찾아볼 수 없으며, 오히려 회상록이라고 불러야 옳을 것이다. 주네는 남색가이자 도둑이면서, '프랑스 최대의 작가 중 한 사람'이라 일컬어지는 세계 문학사상 유래를 찾아보기 힘든 특이한 존재인데, 그러한 작가가 20대에 행한 여러 해 동안의 방랑이 좋은 문학 소재가 되고 있다.

● 주인공 하이라이트

주인공이라 하면 당연히 주네 자신이 되어야 할 것이다. 그것도 단순히 젊은 도둑 주네가 아니라, 천박스러움과 오욕을 언어의 힘에 의해 성스럽고 아름다운 것으로 바꾸어 가는 작가 주네인 것이다. 어려서부터 '도둑'의 낙인이 찍힌 주네는 '사람들이 비난하는 바로 그것이 되겠다'고 생각하고 '악의 추구'를 행해 나간다. 하지만 그러한 길 끝에서 만나게 되는 것은 '성스러움'이라고 하는 극히 종교적이고 논리적인 관념이다. 그리고 죄인의 죄를 스스로 감싸안는 사람을 성자라 한다면, 세상의 모든 악을 스스로 저지르는 것이야말로 성스러움의 극치라 볼 수도 있을 것이다.

● 작가의 생애

장 주네(Jean Genet), 시인이며 소설가·극작가. 1907년 파리에서 출생. 어머니는 창녀이고, 아버지는 누구인지 모른다. 태어나자마자 어머니의 손으로 빈민구제 시설에 넘겨져 그곳에서 성장한다. 7살 때 중부 프랑스의 농가에 맡겨졌으나, 도벽으로 인해 그곳에서 다시 감화원에 보내진다. 그곳을 도망쳐 나와 이후 남색을 행하며 유럽 각지를 방랑, 모든 악덕과 죄악을 경험하는 가운데 몇 번이나 형무소에 들어간다. 그는 감옥 속에서 시를 쓰기 시작했고, 1942년 처녀장편 〈꽃의 노트르담〉을 써서 장 콕토의 눈에 들게 된다. 48년 〈도둑일기〉까지 합쳐서 5편의 장편을 쓰는데, 모두 남색과 범죄자의 세계를 장려한 문체로 전개해 나간 시적인 작품들이다. 1952년 그의 전집이 간행되고, 사르트르가 쓴 〈성聖 주네〉에 의해 일반 독자들에게 알려지게 된다.

이후 극작에 몰두하여 〈하녀들〉〈사형수 감시〉〈병풍〉 등을 썼으며, 오늘날 최대의 극작가로 평가받고 있다.

프랑스 문학

•기억할 만한 명구
나의 승리는 언어 위에 있다.

(사르트르가 그의 평론을 쓰며 〈성 주네〉라 명명했듯, 인간의 가장 어둡고 추악한 면들을 비추어 낸 그의 글 마지막에 남는 이미지는 성스러움이다. 이렇듯 추악하다고까지 할 수 있는 이야기들을 시적인 아름다움으로 승화시킨 주네는 과연 언어의 승리자였다.)

26 고도를 기다리며 (*En Attendant Godot*)
베켓(1906~1989)

● **작품의 줄거리**

제1막 시골길. 한 그루의 고목나무. 저물녘. 부랑자인 에스트라공이 말썽을 부리는 신발과 격투를 벌이고 있다. 그때 지난밤에 헤어진 동행 블라디미르가 찾아와 그리스도와 함께 처형된 도둑의 이야기를 한다. 에：자, 이제 가자. 블：안돼. 에：어째서? 블：고도를 기다려야 해. 에：아, 그래.

이러한 문답을 계속하며 두 사람은 내내 의미 없는 대사와 동작을 주고받는 가운데 '나무 앞에서' '고도(신에 해당한다고 해석되는 어떤 절대자)를 기다린다.' 둘이서 고도가 왔다고 착각한 뒤, 채찍을 든 포조가 무거운 짐을 진 노예 럭키를 끌고 등장하는데, 두 사람 역시 두서없는 이야기를 늘어놓다가 사라진다.

얼핏 보기에 무의미한 짧은 대사와 부조리한 행동이 이 '연극'의 골격을 이루며, 이른바 줄거리 없이 그저 '기다린다'는 상황만을 불길한 유머를 통해 나타낸다.

이윽고 럭키가 알아듣지 못할 현학적인 긴 대사를 토해내자 세 사람은 그에게 달려들어 혼을 내준다. 포조가 쓰러진 럭키를 일으켜 세워 무대에서 사라진다. 무대에 남은 두 사람에게 사내아이가 다가와 고도는 오지 않는다는 것을 알리지만, 두 사람은 여전히 그를 기다린다.

제2막. 전과 동일한 무대이나 나뭇잎이 무성해져 있다. 블라디미르의 노래. 전날밤 헤어진 에스트라공의 구두를 염려하고, 럭키의 모자를 주워 들어서 세 개의 모자를 가지고 장난을 치며 계속 고도가 오기를 기다린다. 그때 다시 포조와 럭키가 나타나는데, 포조는 장님이 되어 그들의 도움을 청하고, 두 사람은 그를 때려 준다. 럭키와 포조가 무대를 떠나고, 사내아이가 와서 고도는 오지 않는다는 것을 알린다. 두 사람을 목을 매달려다 실패한다. 블:우리를 구해 낼 거야……. 자, 갈까? 에:응, 가자…….

두 사람은 움직이지 않고, 관객들은 갈수록 고도가 누구인지 알 수 없어지는 상황에서 막이 내려진다.

작가는 '기다린다'는 기묘한 행동을 통해 우리의 일상 뒤에 숨어 있는 현대인의 존재론적 불안을 독특하게 묘사했다고 평가받는다. 이 작품은 현대 전위극의 고전으로 세계 각국에서 여러 차례에 걸쳐 상연된 바 있으며, 1969년 노벨 문학상을 수상했다.

● 주인공 하이라이트

이 작품에서 블라디미르는 정신, 에스트라공은 육체를 상징하는 가운데 두 사람은 고도를 '기다리는데', 고도가 올 때까지는 '살 수도 죽을 수도 없는' 인간의 근원적 불안을 상징한다. 이것을 세로축이라 하면, 포조와 럭키는 현대인의 주종적 삶을 상징하는 가로축을 이루고 있다.

● 작가의 생애

새뮤얼 베켓(Samuel Beckett), 아일랜드 출신의 프랑스 소설가이며 극작가. 1906년 더블린 근교의 신교도 중류가정에서 태어났다. 트리니티 칼리지를 졸업하고 파리의 고등사범 학교에서 영어교사로 일하다가, 고향으로 돌아와 모교의 프랑스 어 교사가 된다. 28년 내적 독백의 작가 조이스와 만나 그의 제자가 된 후 시와 평론들을 쓰기 시작했는데, 초기에는 영어로 시집〈보로스코프〉, 에세이〈프루스트 론〉, 소설〈머피〉등을 발표했고, 45년 이후부터는 프랑스 어로 집필했다. 39년 파리로 돌아와 저항운동에 참가하기도 한다. 52년에 발표된 희곡〈고도를 기다리며〉의 성공으로 일약 이름이 알려졌으며, 안티 테아트르反演劇의 선구자가 된다. 3부작 소설〈몰로이〉〈말론은 죽다〉〈이름 붙일 수 없는 것〉은 누보 로망의 선구적 작품들이다. 그 외에 희곡〈승부의 끝〉〈오, 아름다운 나날〉〈연극〉등은 세계의 부조리를 일관되게 응시하는 작품으로 널리 읽혀졌다.

• 기억할 만한 명구

이 광대한 혼돈 속에서 분명한 것은 단 한 가지, 즉 우리는 고도가 오기를 기다리고 있다는 거야.

(드라마의 본질을 요약한 블라디미르의 대사 중에서)

✱ 초연 연출자인 로제 블랑은 이 연극에 대해 "폭탄과 같은 효과가 있었다."고 말했다. 상연은 300회 이상 계속 이어졌으며, 지금도〈고도를 기다리며〉는 20개 국어로 번역되어, 전세계에서 계속 공연되고 있다.

27 슬픔이여 안녕(Bonjour Tristesse)
사강(1935~   )

● **작**품의 줄거리

주인공 세실은 17살의 남부러울 것 없는 소녀이다. 아버지는 홀아비 바람둥이인데, 세실은 아버지의 삶의 방식을 이해하며 때로는 기꺼이 공범자가 되어 주기도 한다. 그러던 여름, 아버지의 애인 엘자와 셋이서 지중해 연안으로 피서를 떠나고, 그곳에서 세실은 시릴이라는 청년과 만나 서로 사랑하게 된다. 그런데 그곳에 우연히, 죽은 어머니의 친구로 총명하지만 어딘지 냉기가 감도는 여인 안느가 나타난다. 아버지는 이 지적 세련미를 갖춘 안느에게 빠져 그녀와 결혼할 것을 결심한다. 하지만 세실은 자신에게 공부할 것을 강요하고 시릴과 사이가 멀어지게 만든 안느를 싫어하게 되고, 또한 아버지의 결혼 후에 닥칠 지루하고 평온하기만 할 생활을 두려워한다. 그래서 안느를 몰아내기 위해 세실은 청춘의 잔혹함과 호기심으로, 시릴과 엘자가 연인 사이가 된 것처럼 꾸밈으로써 아버지에게 잘못을 저지르게 한다. 그 사실을 알게 된 안느는 별장을 떠나가고, 자살이라고도 생각할 수 있는 자동차 사고로 죽고 만다. 아버지와 딸은 옛날의 방탕한 생활로 되돌아왔지만, 1년이 지난 지금 잠들 수 없는 밤이 올 때면 갑자기 안느의 기억이 되살아나는 가운데, 세실은 이제까지 알지 못했던 '슬픔'이란 감정을 가슴속 깊이 느끼게 된다.

이 책은 사강이 주인공 세실과 마찬가지로 18살 때 쓴 처녀작으로,

"나는 우울함과 나른함이 서로 뒤엉켜 곁을 떠나지 않는 이 낯선 감정에 대해서 슬픔이라는 무겁고도 멋진 이름을 붙여도 좋은 것인지 자신이 서질 않는다."고 하는 문장으로 시작되는데, 우리나라에서는 〈슬픔이여 안녕〉이라는 제목으로 소개된 바 있다. 단순히 제목만 보고는 '이제 슬픔아, 잘 가거라'는 뜻으로 잘못 받아들여질 소지가 있으나, 사실은 슬픔이란 감정과 처음으로 만나 인사를 건네는 뜻임을 알 수 있다.

● 주인공 하이라이트

인생에서 가장 빛나고 아름다운 나이라고 할 수 있는 18살의 세실은 이미 인생에 대해서, 그리고 슬픔에 대해 환멸에 가까운 시니시즘을 갖고 있다. "젊다, 젊다, 그런 식으로 몰아붙이지 마세요. 전 될 수 있는 한 젊음을 조금밖에는 이용하고 있지 않으니까요." 쾌락과 행복에 대한 쏠림이 세실이 유일하고 일관되게 가졌던 성격이다. "전 아무것도 생각하지 않아요. 아시죠?" 어떠한 틀에 갇히는 것도 거부했던 세실은, 실존주의의 세찬 바람이 지나간 후 다시 경직되기 시작한 프랑스 사회에 있어서의 청춘의 한 전형이었다.

● 작가의 생애

프랑수아즈 사강(Françoise Sagan), 여류작가이며 극작가. 본명은 프랑수아즈 크와레. 1935년 유복한 가정의 막내딸로 파리에서 출생했다. 파리 대학 중퇴. 18살 때 3주 만에 완성한 〈슬픔이여 안녕〉은 1954년도 비평대상을 수상했으며, 그녀의 이름을 프랑스뿐 아니라 전세계에 알려 주었다. 주요 작품으로는 〈어떤 미소〉〈1년 후〉〈브람스를 좋아하세요〉〈멋진 구름〉〈뜨거운 연애〉가 있다.

사강은 23살 때 결혼했으나 곧 이혼했고, 27살 때 재혼하여 아들 하나를 낳았지만 역시 이혼하고 말았다. 그녀는 현대 프랑스에서 가장 많은 독자를 가진 작가의 한 사람으로 활약하고 있는데 남녀간의 섬세한 심리들을 담담하면서도 권태로운 분위기 속에서 묘사해 내고 있다. 주요한 극작으로는 〈스웨덴의 성〉 외에 〈때때로 바이올린이〉〈바란틴의 연보라색 옷〉 등이 있다. 주제의 발전성이 결여되어 있다는 비판을 받는 반면, 섬세한 감수성에 의존한 종래 여류문학의 틀을 깨부수었다는 점이 새롭다.

● **기억할 만한 명구**

이 고독한 위치에는 신조차도 귀를 막아 버릴 거라고 생각되지만, 만일 신에게 귀가 있다면 그건 벌써부터 막혀 있을 겁니다.

(〈브람스를 좋아하세요〉 중에서)

28 코뿔소(Rhinocéros)
이오네스코(1912~   )

● **작품의 줄거리**

프랑스 어느 시골 마을의 광장. 일요일 아침, 야무지지 못하고 무사태평한 성격의 주인공 베랑제와 그의 친구인 단정한 신사 장이 찻집 테라스에 앉아 이야기를 나누고 있다. 그들 앞을 한 마리의 코뿔소가 무지막지한 소리와 모래바람을 일으키며 달려간다. 장은 깜짝 놀라 눈이 휘둥그래지지만, 베랑제는 멍한 표정으로 바라보고 있을 뿐이다. 그러자 장은 베랑제에게, 좀더 적극적으로 생활에 임해 보라고 충고한다. 이튿날 회사에도 코뿔소가 온다. 아무래도 결근한 사람이 코뿔소가 된 모양이다.

마을 곳곳에서 사람들이 코뿔소로 변신하기 시작했다. 베랑제는 친구인 장이 눈앞에서 코뿔소로 변하는 것을 목격한다. 마을에는 코뿔소들이 늘어나고, 이제 떼로 몰려다니며 건물을 부수기 시작한다. 베랑제는 자신도 언제 코뿔소가 될지 몰라 걱정이 된다. 마지막으로 남은 연인도 "우리들이야말로 틀림없이 비정상일 거예요."라고 말하며 코뿔소로 변해 간다. 혼자 남겨진 베랑제는 무수한 코뿔소의 울음소리 속에서 "난 너희들을 따라가지 않을 거야."라며 변신을 거부하지만, 그 목소리에는 힘이 없다. 코뿔소가 되지 못한 절망감이 스며 있는 것이다.

코뿔소가 되는 것은 인간이 개성을 잃고 군중 속에 매몰되는 것을 의미하며, 이 희곡에서는 거대한 힘이 되어 인간을 짜부러뜨리는 현대의 군중 폭력과 압제 등을 그리고 있다. 파시즘과 같은 정치사상을 상징한다고 단순한 해석을 내리는 것은 작가의 뜻에 맞지 않을 것이다. 이오네스코는 부조리를 묘사한 '새로운 연극'의 대표적 작가 중의 한 사람이며, 이 작품은 1959년에 초연되었다.

• 주인공 하이라이트

작가 이오네스코는 젊은 시절 한때 법률책을 내는 출판사에서 교정일을 보았던 적이 있다. 이 〈코뿔소〉의 주인공 베랑제가 바로 그 교정 담당자이다. 옷차림도 별볼일 없고, 시간관념도 희박하고, 늘 술에 취해 있는 무기력한 사내. 그는 사람들이 코뿔소로 변하는 것에 대해서도 처음에는 무관심을 나타낸다. 자기 '친구'가 눈앞에서 코뿔소로 변하는 것을 보고서야 처음으로 '큰일났다!'고 생각한다. 하지만 '난 지금 그대로도 괜찮다.'고 말하며, '협소한 세계에서 사는 소시민이라고 손가락질해도 난 내 입장을 바꾸지 않겠다.'고 생각한다.

• 작가의 생애

이오네스코(Ionesco, Eugène), 극작가. 1912년 루마니아의 슬라티나에서 태어났으며, 어머니가 프랑스 인이어서 소년 시절을 프랑스에서 보냈다. 1936년부터 38년까지 부카레스트 대학에서 프랑스 어를 강의, 39년부터 프랑스에 정착하여 작품활동을 계속하고 있다. 어느 날 영어 회화를 공부하던 중, '원리적이며 정통적인 진리'를 말하는 회화에서 힌트를 얻어 '반(反)희곡'이라 스스로 명명한 기묘한 처녀작 희극 〈대머리 여가수〉를 50년에 발표했다. 이어 〈수업〉〈의자〉 등과 함께 일부의 주의를 끌었을 뿐 별다른 성과를 얻지 못한다. 하지만 56년 〈의자〉를 재공연하면서부터 각광을 받기 시작했고, 이후 〈새로운 하숙생〉〈코뿔소〉〈빈사의 왕〉 등을 발표했다. 66년 〈목마름과 굶주림〉

이 국립극장 코미디 프랑세즈의 레퍼토리로 선정되고, 70년 프랑스 학사원 아카데미 회원에 선발됨으로써 이해하기 어려운 전위극에서 출발하여 문학계의 최고 지위에 오르게 된다. 그의 작품들은 악몽을 극화한 것이라고도 이야기되며, 일상적인 현실이 갑자기 무너져 내리는 가운데 상식과 조리條理를 잃게 됨으로써 생기는 그로테스크한 넌센스 극이 주류를 이룬다.

•기억할 만한 명구

아아! 자네의 뿔이 점점 더 커지고 있어! 자넨 코뿔소야!

(〈코뿔소〉 제2막 2장)

(친구 장이 코뿔소로 변해 가는 것을 목격하며 베랑제가 외치는 대사. 무기력하고 무감동한 인간이 깜짝 놀라서 허둥대며 외치는 말이다.)

✽ 이오네스코의 유명한 연극 〈대머리 여가수〉에는 대머리도 여가수도 등장하지 않는다. 맨 처음에는 다른 제목이었으나, 연습중에 한 배우가 '블론드 가정교사'라는 대사를 '대머리 여가수'라 잘못 알아들어 갑자기 제목이 이렇게 바뀌게 되었다고 한다.

영국 문학

> "
> 나의 위대한 종교는 지식보다도 현명한 피와
> 그리고 살을 믿는 것이다.
> 우리의 머리는 그릇된 선택을 할 수 있지만,
> 우리의 피가 느끼고, 믿고, 말하는 것은 항상 진실이다.
> D. V. 로렌스
> "

29 캔터베리 이야기 *(The Canterbury Tales)*
초서 (1340?~1400)

● **작품의 줄거리**

어느 해 봄, 캔터베리로 순례 여행을 떠난 사람들이 런던 남부의 사자크에 있는 여관에서 함께 묵게 된다. 시인인 나도 그런 사람들 중 하나이고, 모두에게 친절하게 대해 주던 여관 주인도 순례에 가담하게 된다. 각자 갈 때, 올 때 한 가지씩 재미있는 이야기를 하여 그 중 제일 재미있는 이야기를 한 사람에게 마지막 날 모두가 저녁을 대접하기로 하는 게 어떻겠느냐고 여관 주인이 제안하자 모두 이에 찬성한다. 그래서 첫번째로 제비를 뽑은 기사의 이야기가 시작된다.

포로인 파라몬과 아사이트가 여왕의 동생 이미리아를 사랑하여 연적이 되며, 무술시합에서 이긴 사람이 그녀를 차지하기로 한다. 막상 시합에서는 아사이트가 이기지만 말에서 떨어져 죽게 되고, 파라몬과 이미리아는 여러 해 동안 근신하며 참고 기다리다가 결혼식을 올리게 된다는 궁정의 로맨스이다. 이에 뒤이어 〈방앗간 주인의 이야기〉〈목수의 이야기〉 등 서민들의 익살스런 이야기가 이어진다.

이 순례자들은 무려 31명이나 되며 신분도 제각각이어서, 당시 영국의 각종 직업에 속한 사람들의 모습을 풍속화처럼 보여 주고 있다.

이야기의 대부분은 운문으로 되어 있으며 모두 23편이 실려 있다. 1387년 집필에 착수했으나, 1400년 작가가 사망하여 완성을 보지는 못했다. 또한 이 가운데는 늙은 노파에게 도움을 받은 어떤 왕의 기사가 약속을 이행하느라 마지못해 노파와 결혼했는데 하룻밤 사이에 그녀가 젊은 미녀로 변했다는 이야기 등, 초서는 등장인물 각각에게 그 직업에 어울리는 이야기를 하게 했으며, 몇 가지 연관된 이야기를 그룹으로 묶어 가려는 구상을 가지고 있었다.

● 주인공 하이라이트

이 작품에는 중세사회의 최상층과 최하층을 제외한 각종 지위와 직업을 대표하는 인물들이 등장한다. 기사, 수도원 원장, 수도사, 무역상, 법률가, 선장, 의학박사, 주부, 마을의 사제, 농부에서부터 면제부 판매상에 이르기까지 각 직업을 망라하고 있다. 여기에 나중에 연금술사와 그 제자까지 합류한다.

시인으로 등장하는 저자는 프롤로그 속에서 이러한 인물 한사람 한사람의 용모와 성격, 버릇, 말씨 등을 현존하는 인물처럼 생생하게 묘사하고 있다.

● 작가의 생애

제프리 초서(Geoffrey Chaucer), 시인. 1340년경 런던 시내에 있는 포도주상의 아들로 태어났다. 젊은 시절부터 궁정에서 일했으며, 프랑스에 출정하여 포로가 되었다가 몸값을 지불하고 풀려나기도 한다. 궁정생활을 하며 시를 쓰기 시작했는데, 초기에는 프랑스 시의 영향을 받아 〈장미 이야기〉를 영역했으며 〈공작 부인의 서〉라는 시를 쓰기도 한다. 72년에는 외교사절로서 이탈리아의 피렌체를 방문하여 르네상스의 숨결과 만나게 되는데, 그후의 시작에 단테나 보카치오의 영향이 나타나게 된다. 〈명성 있는 저택〉 〈작은 새들의 회의〉와 같은 시를 쓰며, 보에티우스의 〈철학의 위안〉을 번역하기도 한다.

공인으로서의 초서는 오랫동안 런던 항의 세관장을 맡았으며, 그후 켄트 주의 치안판사, 국회의원, 왕실 토목공사 감독관 등을 역임한다. 작가로서 원숙기에 접어들었던 초서는 87년경부터 이 작품을 쓰기 시작했으나 1400년에 사망하고 말았다. 그의 유해는 웨스트민스터 사원에 모셔져 있다.

• 기억할 만한 명구

이 세상은 불행으로 가득한 길에 지나지 않는다. 그리고 우리들은 그곳을 오락가락하는 순례자이다.

(〈기사의 이야기〉 속에서 세스우스 공이 인생의 덧없음에 대해서 이야기한 말이다.)

✽ 캔터베리 대성당에는 그곳에서 암살된 성자 토머스 베케트가 모셔져 있다. 초서 자신도 캔터베리 성당을 참배하기 위해 여행길에 나섰는데, 런던에서 100킬로 정도 떨어진 길을 순례자들과 함께 사흘 반 동안 걸었다고 한다.

30 햄릿(Hamlet)
셰익스피어 (1564~1616)

● **작품의 줄거리**

주인공 햄릿은 얼마 전 급서한 햄릿 왕과 왕비 거트루드의 아들이다. 왕비는 남편이 죽고 얼마 후 왕위를 물려받은 시동생 클로디어스와 서둘러 결혼하는데, 이는 아들 햄릿에게 있어 아버지의 죽음만큼이나 견디기 힘든 일이었다.

마침내 선왕의 망령은 아들을 찾아와, 클로디어스 거트루드를 유혹했을 뿐 아니라 자신을 독살한 것이라며 복수해 줄 것을 부탁한다. 감수성이 예민하고 신경이 약한 햄릿은 그 망령이 자신을 미치게 만들려는 악마인지도 모른다고 생각하여 복수하기를 주저한다.

그는 숙부의 의심스런 눈길을 피하기 위해 거짓으로 미친 척하며, 사랑하는 연인 오필리아에게도 냉랭하게 대한다. 마침 그곳에 유랑극단이 들어오자, 햄릿은 숙부를 떠보기 위해 국왕 살해의 연극 대본을 써서 상연케 한다. 그것을 본 클로디어스는 안색이 변하여 자리를 박차고 나가 버린다. 그후 햄릿은 기도를 올리고 있는 무방비한 상태의 숙부를 발견하게 되고, 이제 그의 죄를 확신하지만 죽일 수 있는 좋은 기회를 놓치고 만다. 햄릿은 자신을 돕기 위해 문 뒤에 숨어서 엿듣고 있던 오필리아의 아버지를 숙부로 오인하여 그를 죽이고, 이에 충격을 받은 오필리아는 머리가 돌아 물에 빠져 죽는다.

이윽고 이 일로 햄릿을 의심하게 된 클로디어스는 그를 영국으로 보내고, 영국 왕에게 그를 죽여 달라고 부탁하지만 뜻을 이루지는 못한다. 오필리아의 오빠 레어티즈는 아버지의 원수를 갚기 위해 프랑스로 돌아오고, 왕은 감언이설로 그를 꾀어 독을 바른 칼로 왕과 왕비가 지켜 보는 앞에서 햄릿과 펜싱 시합을 벌이게 한다. 햄릿은 상처를 입지만 그 칼을 빼앗아 레어티즈에게 치명상을 입히고, 죽어가는 그의 입을 통해 왕의 음모를 듣게 된다. 그러는 사이 왕비는 국왕이 햄릿에게 마시게 하기 위해 준비해 둔 독주를 마시고 숨이 끊어지며, 햄릿 역시 국왕을 죽인 뒤 숨을 거둔다.

이는 1601년의 작품이며, 1603년 해적판이 나왔으나 이듬해 정판본이 간행되었다. 햄릿 왕자의 이야기는 본래 12세기 덴마크의 역사가 삭소 그라마티쿠스의 〈덴마크 사〉(1514)에 들어 있으며, 이미 1589년 런던에서 극으로 상연되었다. 그 작자는 키드로 추정되고 있으며, 이는 〈原 햄릿〉이라 불렸으나 현재 남아 있지는 않다. 셰익스피어는 이에 기초하여 새로운 희곡을 쓴 것으로 추정된다.

● 주인공 하이라이트

햄릿은 '궁궐의 눈동자, 학자의 변설, 무인의 검술, 유행의 거울, 예절의 본보기'로 칭송되며 '만약 왕위에 올랐다면 그 유례를 찾아볼 수 없는 명군이 되었을 것'이라 기대되는 왕자였다. 그러나 아버지의 급작스런 죽음에 이어 어머니의 경솔한 재혼까지 겹치는 쇼크로 인해 완전히 음울하고 무기력한 사람이 되었다. 특히 어머니의 음란한 본성을 본 것은 그에게 통렬한 타격을 가했다. 이러한 영향으로 사랑스럽고 청순하기 그지없는 연인 오필리아에 대해서도 반발심을 갖게 된다.

이렇게 극중에 전개되는 햄릿의 성격을 일컬어, 결단력이 없고 지나치게 생각이 많은 나머지 아무것도 실행에 옮기지 못한다고 하여 '햄릿형 인간'이란 말까지 만들어지게 되었다. 이와 대비되는 것이 '돈 키호테형 인간'이다. 하지만 요즘에 와선 이러한 해석에 반발하는 이론도 찾아볼 수 있다. 햄릿은 몇 번인가 재빠르게 명쾌한 판단을 내리고 대담하게 실행에 옮기는 일면도 보여 주었기 때문이다. 또한 어머니에 대한 무의식적인 성적 사모가 모든 것의 원인이라고 하는, 이른바 오이디푸스 복합설도 나오고 있다. 그러나 햄릿은 역사상의 인물이 아니라 단순한 극중 인물이므로, 심리학적으로 설명될 만한 것이라기보다는 하나의 신비한 극적 환영으로 받아들여야 한다는 주장 쪽이 유력하다고 하겠다.

● 작가의 생애

윌리엄 셰익스피어(William Shakespeare), 시인이며 극작가. 1564년 4월 잉글랜드 중부의 스트렛퍼드 온 에이븐에서 태어났다. 아버지는 상인으로 마을의 유력자였으며, 한때 읍장까지 지낸 바 있다. 하지만 아버지의 경제적 몰락으로 인해 셰익스피어는 마을의 문법학교에서 공부한 것이 전부였고, 나머지 지식은 많은 독서와 사고를 통해 보충할 수밖에 없었다. 18살 되던 해 이웃 마을에 사는 8살 연상의 여성과 결혼했으며, 그 사이에 1남 2녀를 두었다. 그 전후에 그가 무엇을 했는지, 그리고 언제부터 런던에 나와 극단에서 생활했는지는 전혀 알려져 있지 않다. 1590년대 초반에는 이미 배우 겸 극작가로 어느 정도 확고한 자리를 마련하고 있었으며, 이윽고 '궁내부장관宮內府長官 극단'(당시에는 유력자가 극단을 후원하고 그 후원자의 이름을 극단에 붙이는 것이 관례였다.)의 전속 극작가가 된다. 1599년에는 신축한 글로브 극장의 주주가 되기도 하는데, 이 극장은 몇 년 뒤 화재로 소실된다. 그리고 제임스 1세의 허락을 얻어 그가 속한 극단 이름을 '임금님 극단'이라고 바꾸는 행운을 얻는다. 그로부터 8~9년 동안 직업적으로 순탄한 길을 걸었으며, 1611년경 고향 스트렛퍼드로 돌아와 조용히 지내다 1616년 4월에 세상을 떠난다.

작가로서의 셰익스피어는 시와 극작품을 연속적으로 발표했으며, 명실공히 세계적인 대문호로서 그 이름을 후세에 길이 남기고 있다.

영국 문학

시로는 93~94년에 발표한 〈비너스와 아도니스〉〈루클리스〉, 95년 전후에 주로 쓴 소네트집이 있다. 극작품으로는 1592년부터 1610년까지 매년 약 2편씩 작품을 썼는데, 그러한 것들은 비극, 희극, 사극의 각 분야에 걸쳐 있다. 희극에는 〈한여름밤의 꿈〉〈베니스의 상인〉〈말괄량이 길들이기〉〈뜻대로 하세요〉〈12야〉〈윈저의 유쾌한 아낙네〉 등이 있고, 사극에는 〈리처드 2세〉〈리처드 3세〉〈헨리 4세〉〈헨리 5세〉 등이 있으며, 비극에는 〈로미오와 줄리엣〉〈줄리어스 시저〉〈오셀로〉〈리어 왕〉〈맥베스〉〈안토니와 클레오파트라〉 등이 있다.

• 기억할 만한 명구

약한 자여, 그대 이름은 여자이니라.   (제1막 2장에서)
(햄릿의 독백 중 한 구절로, 갑작스레 아버지를 여읜 지 얼마 지나지 않아 치르게 되는 어머니의 재혼을 한탄하며 하는 말이다.)

사느냐, 죽느냐, 그것이 문제로다.   (제3막 1장에서)
(가장 유명한 제3막의 독백. 자신에게 주어진 무거운 임무에 햄릿은 고뇌하고 있다.)

✽ 런던에 처음으로 상설 극장이 생긴 것은 1576년이며, 그것이 1600년까지 6개로 늘어났다. 하지만 지붕이 있는 곳은 단 한 곳뿐으로, 다른 곳은 모두 무대와 관람석 위에 지붕이 드리워져 있지 않아 비가 오면 공연이 취소되었다.
✽ 셰익스피어 시대의 연극에 출현하는 여배우는 모두 아직 변성기를 지나지 않은 소년들이 맡아서 했다. 따라서 여성이 등장인물로 나올 때는 대사가 그리 길지 않았으며, 영국의 연극 무대에 여배우가 등장하게 된 것은 1660년부터이다.

31. 로미오와 줄리엣 (Romeo and Juliet)
셰익스피어 (1564~1616)

● **작품의 줄거리**

베로나 시의 전통을 자랑하는 두 가문인 몬테규 가와 캐퓰릿 가는 오래전부터 서로 반목해 온 사이이다. 몬테규 가의 장남인 로미오는 친구의 유혹에 넘어가 캐퓰릿 가에서 열리는 가장무도회에 가게 되고, 거기서 그 집의 딸 줄리엣에게 마음을 빼앗긴다. 그날 밤 그녀의 집 정원에 숨어들어간 로미오는 줄리엣이 창가에 나와 혼자 독백하는 말을 듣고는 그녀 역시 자신을 사랑하고 있다는 사실을 알게 된다. 두 사람은 불 같은 사랑을 나누며 결혼까지 약속한다. 그리고 이튿날 두 사람은 수도사인 로렌스의 집에서 비밀리에 결혼식을 올린다.

그날 오후 로미오는 거리에서 줄리엣의 사촌오빠 티볼트와 부딪치게 되어 그에게서 결투 신청을 받지만 거절한다. 그러나 그의 친구 마큐시오가 대신 도전에 응했다가 그만 목숨을 잃게 되자 로미오는 할 수 없이 티볼트와 싸워 그를 죽인다. 그 죄로 시에서 추방령을 선고받은 로미오는 그날 밤을 줄리엣과 함께 보낸 뒤 이튿날 아침 일찍 만추아로 출발한다.

한편 줄리엣의 아버지는 그녀를 억지로 파리스 백작에게 시집보내려고 준비를 서두른다. 막다른 길에 몰린 줄리엣은 로렌스와 의논하여 잠자는 약을 얻는다. 그 약을 먹으면 이틀 정도 가수 상태에 빠지는 것이다. 내일이면 파리스와 혼례를 치러야 하는 결혼식 전날 밤 줄리엣은 약을 먹고 죽은 체한다. 그러자 사람들은 꽃다운 나이에 갑자기 죽어 버린 그녀를 애도하며 가문의 묘지로 데려간다.

로렌스는 줄리엣이 깨어나길 기다렸다가 만추아로 데려가기 위해 로미오에게 심부름꾼을 보내지만, 우연한 사고로 그는 도착하지 못한다. 한편 줄리엣이 죽었다는 소식을 들은 로미오는 독약을 준비하여 그날 밤 베로나로 돌아온다. 묘지에 들어가려던 그는 그곳에서 파리스 백작과 부딪쳐, 길을 막는 파리스를 어쩔 수 없이 죽이게 된다. 줄리엣의 죽은 듯한 얼굴을 본 로미오는 그녀 곁에서 주저없이 독약을 마신다. 얼마 후 줄리엣은 독약을 마신 채 자신의 곁에 쓰러져 있는 로미오를 발견하곤 그의 단검을 꺼내 자신도 로미오의 뒤를 따른다.

몬테규와 캐퓰릿은 이윽고 죽은 두 아이들 앞에서 화해의 악수를 나눈다.

● 주인공 하이라이트

로미오는 홍안의 미청년으로 '품행도 행동거지도 바른 젊은이'였으며, 줄리엣은 이제 곧 14살이 되는 사랑스럽기 그지 없는 소녀이다. 두 사람의 사랑은 그야말로 무구함 그 자체였으며, 불처럼 강렬했다. 그럼에도 두 사람의 사랑에는 처음부터 어두운 그늘이 드리워져 있었다. 하지만 그 모든 불운함 속에서도 두 사람은 서로를 깊이 신뢰하는 가운데 순진무구하고도 강렬한 사랑의 힘으로 일관한다. 바로 그러한 까닭에 더욱 진한 슬픔과 아름다움이 배어나오는 것이다.

● 기억할 만한 명구

이름이 무슨 의미가 있단 말인가? 장미라고 불리는 저 꽃도 이름이 어떻게 달라지든, 향기는 결코 달라지지 않을 텐데. (제3막 2장에서)
(바로 전에 "오오, 로미오, 당신은 어째서 로미오이신가요?" 하는 대사가 나온다. 로미오가 원수인 몬테규 가문의 아들이라는 것을 알게 된 줄리엣이 발코니에 나와 한탄하는 말이다.)

32 오셀로(Othello)
셰익스피어 (1564~1616)

● **작품의 줄거리**

베니스 공화국에 충성하는 무어 인 장군 오셀로는 그 나라의 원로원 의원인 브러밴쇼의 딸 데스데모나와 서로 사랑하게 되어 비밀리에 결혼한다. 한편 자신이 그토록 원하던 부관의 자리를 오셀로가 캐시오에게 주자 이아고는 오셀로와 그의 아내를 파멸시키기로 결심한다. 오셀로가 데스데모나와 결혼에 이르게 된 경위를 대공과 원로원에 설명하고 있을 때, 터키 군이 키프로스 섬으로 쳐들어오고 있다는 전갈이 날아오고 그는 섬을 방위하기 위해 급파된다. 데스데모나도 청이 받아들여져 남편과 동행하게 된다. 이아고는 먼저 주벽이 있는 캐시오에게 근무중에 술을 마시게 하여 장군의 눈밖에 나도록 한다. 이어 기가 죽어 있는 캐시오를 꾀어 오셀로가 그를 용서해 주도록 데스데모나에게 부탁해 보라고 권한다. 동시에 그는 오셀로에게 달려가 캐시오와 데스데모나의 사이가 보통이 아닌 것 같다고 귀띔한다. 그러고는 자기 아내인 에밀리아를 시켜 오셀로가 데스데모나에게 선물한 손수건을 훔쳐오게 하고, 그것을 캐시오의 방에 떨어뜨려 오셀로를 미치게 만든다.

이제 데스데모나의 부정을 확신하게 된 오셀로는 침상에서 그녀를 목졸라 죽인다. 하지만 이아고의 아내이자 데스데모나의 시녀인 에밀리아에 의해 모든 음모가 밝혀지고, 그녀는 남편의 손에 살해된다. 오셀로는 슬픔과 회한에 빠져 스스로 목숨을 끊고, 이아고는 잔혹한 형벌을 받게 된다.

● 주인공 하이라이트

오셀로는 무어 왕족의 피를 물려받은 고결하면서도 용감한 장군이지만 '얼굴이 검고 입술이 두툼한' 추남이며, 나이도 이미 '한창때를 지났다.' 그런 그가 권세가의 딸인 아름답고 젊은 데스데모나와 결혼한 것은 누구의 눈에나 부자연스러워 보였을 것이다. 하지만 오셀로 자신은 '지금까지 세운 공적만 보더라도 이 정도의 행복은 당당히 요구할 권리가 있다'고 생각한다. 데스데모나도 '오셀로의 진정한 모습을 마음의 눈으로 보았기에' 그에게 진심을 바치고 있다. 단지 오셀로는 군사적인 것 이외의 다른 세계에 대해서는 거의 아는 것이 없으며, 이아고를 마지막 순간까지 '정직한 사람'으로 믿을 만큼 순진한 구석이 있었다. 그러기에 그가 악마와 같은 손길을 뻗친 이아고의 간계에 넘어가 사랑하는 아내를 목졸라 죽이기에 이른다.

이 극은 그를 파멸의 길로 인도해 가는 이아고의 교활한 모습과, 그가 이끄는 대로 점차 의심을 품고 크게 번민하며, 결국에는 '착란 상태에까지 이르러' 다시 없는 보석을 내던지기까지의 오셀로의 심리 과정을 사실적으로 묘사하고 있다. 또한 콜리지가 '동기 없는 악'이라고 부른 이아고의 악의 추구가 박력 있는 필치로 전개되고 있다.

● 기억할 만한 명구

빛나는 것을 칼집에 넣으시오, 밤이슬에 녹이 슬 테니까.

(가장 아끼는 딸이 유혹을 당했다는 말을 듣고 심야에 칼을 들고 달려온 브러밴쇼와 그 하인을 향해 오셀로가 한 말이다.)

33 맥베스(Macbeth)
셰익스피어 (1564~1616)

● **작품의 줄거리**

스코틀랜드의 장군 맥베스와 뱅코는 반란을 평정하고 돌아오는 길에 세 사람의 마녀와 만나게 되는데, 맥베스는 그녀들에게 '코다의 영주, 미래의 왕이시여'라고 불리며, 뱅코는 '자손이 왕이 되실 분'이라고 불린다.

맥베스는 첫번째 예언이 쉽게 들어맞자 그 다음 예언도 하루 빨리 이루고 싶다는 야망을 품게 되어, 마침내 남편만큼이나 욕심이 많은 아내와 손을 맞잡고 일을 도모한다.

국왕 던컨 부자가 손님으로 자신의 성에 방문한 것을 호기로 삼아 마침내 그는 잠들어 있던 던컨을 살해한다. 그리고 도망친 왕자들에게 그 혐의가 돌아가게 흉계를 꾸며 맥베스는 왕위를 거머쥐게 된다.

그는 자신의 비밀을 알고 있는 까닭에 눈엣가시처럼 느껴지는 뱅코 부자를 없애기 위해 자객을 보낸다. 하지만 뱅코만 살해되고, 그의 아들은 도망친다. 그후 그는 뱅코의 망령에 시달리고, 귀족들에게도 의심을 사게 된 맥베스는 다시 마녀들을 찾아가 자신에게 예언을 내려줄 것을 청한다.

그러자 그녀들은 맥베스에게 조심하라고 이르며, 여자에게서 태어난 자는 맥베스를 쓰러뜨리지 못할 것이며, 버넘 숲이 던시네인 언덕을 향해 움직이기까지는 괜찮다고 말해 준다. 맥더프가 잉글랜드에 있는 왕자 맬컴 곁으로 도망쳤다는 소식을 들은 맥베스는 그의 처자들을 모두 살해한다. 이로 인해 귀족들의 반감을 사게 되고, 맥베스의 부인은 죄책감으로 인해 스스로 목숨을 끊고 만다.

맬컴을 옹립한 잉글랜드 군이 진격해 들어오고 거기에 스코틀랜드의 귀족들까지 합세한다. 그들이 버넘 숲에 있는 나뭇가지들을 꺾어 몸을 숨기며 성으로 접근하기 시작했을 때, 맥베스는 버넘 숲이 이동하기 시작했다는 보고를 받는다.

그리고 그는 전장에 나가 맥더프와 만나게 되는데, 맥더프는 여자에게서 태어난 것이 아니라 찢어진 어머니의 태내에서 꺼내진 자라는 말을 듣게 된다. 절망에 빠진 맥베스는 결국 맥더프의 손에 의해 처치되고, 왕좌에는 맬컴이 오르게 된다.

● 주인공 하이라이트

맥베스는 반란군 토벌시에는 '군신軍神 베로나의 사위'라고 일컬어진 용맹한 장수였으나, 마녀들의 예언에 의해 '가슴속에 끓어오르기 시작한 야망'에 휘둘리면서 계속되는 불안과 욕망의 포로가 된다. 그는 남달리 상상력이 풍부하며, 앞으로 저지르게 될 악한 짓과 그 결과를 항상 환영으로 보면서 두려움에 떠는 사내다. 부인에게 격려를 받아 던컨을 살해하러 갈 때도 피에 젖은 단검의 환영에 인도를 받는다. 국왕 살해 직후에는 '이제는 잠들 수 없을 것이다. 맥베스는 잠을 죽였으니까.'라는 환청을 듣게 되며, 이후에도 계속 이 소리에 시달린다.

뱅코를 죽인 것도 불안의 원인을 제거하기 위한 것이었으나, 그 결과는 오히려 불안을 더 가중시키게 되었다. 뱅코의 유령이 다른 사람에게는 보이지 않고 그에게만 보인 것은 역시 불안한 상상력의 소산일 것이다. 불안의 씨앗을 제거하려고 그는 점점더 많은 죄를 짓는다. 양심의 가책과는 다른 보다 근원적인 불안이 맥베스를 통해 표현되고 있는 것이다.

• **기억할 만한 명구**

눈에 보이는 무서운 것 따위는 마음에 그려지는 무서운 것에 비한다면 아무것도 아니지.   (제1막 3장에서)

(마녀의 첫번째 예언이 적중되면서 크나큰 욕망에 마음이 휘둘리게 된 맥베스가, 일찌감치 국왕 살해를 꿈꾸며 하는 독백이다.)

내 이 손은 끝없는 대양을 빨갛게 물들이고, 푸르른 녹음까지도 붉게 만들고 말 것이다.   (제2막 2장에서)

(국왕 던컨을 죽인 맥베스가 피에 물든 자신의 손을 바라보며 하는 유명한 대사이다.)

34 실락원(Paradise Lost)
밀턴 (1608~1674)

● **작품의 줄거리**

천사들 중 제일 높은 자리에 있던 사탄은 신이 그의 독생자 그리스도를 자신보다 높은 자리에 올린다는 말을 듣고 분노하여, 많은 천사들을 이끌고 신에게 반역을 한다. 하지만 천사 미카엘과 가브리엘의 분전과 그리스도의 위력에 굴복하여 결국 지옥으로 떨어진다. 서사시의 법칙에 따라〈실락원〉은 지옥에 떨어져 악마가 된 사탄이, 만마전萬魔殿을 쌓아 타락한 천사들을 소집하여 복수를 논의하는 데서부터 시작된다.

그러던 중 최선의 복수법으로 선택된 것이, 그 무렵에 창조된 낙원에서 행복하게 살고 있는 인류의 조상으로 하여금 신을 거역하도록 만든다는 것이었다. 그러한 임무를 맡은 사탄은 단신으로 우주를 비행하고, 경호 천사의 눈을 속여 다른 천사들 틈에 섞여들었다. 행복의 절정에 있던 아담과 이브를 멀리서 바라보던 사탄은 그만 말문이 막혀 버린다. 작가는 실제 결혼의 행복을 맛보지 못했던 것 같으나, 작품 속에 그려진 부부의 사랑은 더할 수 없이 아름다운 것이었기 때문이다.

신은 일단 사탄의 음모를 미리 알고 인간이 그 유혹에 넘어가 타락의 길로 들어서리라는 것을 예견한다. 신의 독생자에게 인간을 구제토록 하기 위해 정해진 날에 인간의 모습으로 세상에 내려보내며, 그리스도에게 그 자신을 제물로 삼아 바치도록 명한다. 사탄에게 유혹받아 신을 거역하고 낙원에서 추방당한 아담과 이브의 앞날은 험난하지만,

그리스도에 의한 구원의 희망이 두 사람의 마음을 붙잡아 준다는 이야기이다.

● 주인공 하이라이트

〈실락원〉의 주인공이 지옥에 떨어져서도 여전히 굴복할 줄 모른 채 신에게 대항하려 한 사탄인지, 그렇지 않으면 그의 유혹에 넘어가 신을 거역하고 낙원에서 추방되는 아담인지는 예로부터 줄곧 의견이 분분하다. 〈실락원〉의 첫머리에 나오는 글처럼, 인간의 불복종과 그것을 둘러싼 신의 정당한 처분을 소리 높여 노래한 것이 밀턴의 첫번째 목적이었을 것이다. 역경에 처한 가운데서 재기를 노렸던 밀턴 자신의 마음이 사탄의 원망과 복수심을 그리는 데 밀도 있게 투영되고 있다.

● 작가의 생애

밀턴(Milton), 시인이며 사상가이자 혁명가. 이름은 존. 1608년 런던의 부유한 공증인 가문의 아들로 태어났으며, 최고의 교육을 받은 뒤 국교회의 사제가 되기 위해 케임브리지에 들어갔으나, 퓨리터니즘에 영향을 받아 신의 영광을 찬양하는 대작을 남길 만한 시인이 되기로 마음을 바꾼다.

졸업 후 약 6년간 런던 교외의 호튼에서 전원생활을 하며 작품 집필에 전념한다. 1634년에 선악의 갈등을 주제로 한 가면극 〈코머스〉를 발표하고, 이듬해에는 불의의 사고로 죽은 친구를 추모한 시 〈리시더스〉 등을 발표한다. 38년에는 프랑스와 이탈리아 등지로 유학을 떠나지만, 다음 해에 고국에 내란이 발발했다는 소식을 접하고 귀국하여, 〈교회 개혁론〉 〈언론의 자유〉 등 저술 활동을 통해 혁명에 가담한다.

찰스 1세의 처형을 지지하는 글을 발표하였으며 이후, 정치적인 위기로 인해 작품 활동을 할 기회를 잃고, 근 20년 동안 청교도 혁명의 와중에서 시국적인 논쟁을 펴나가는 데 정력을 기울인다. 그러나 그가 참여한 공화제가 실패하여 그 역시 어려운 처지에 놓이게 되고, 다시 시작에 몰두하여 웅대한 스케일의 작품인 〈실락원〉을 구술口述로써 완성한다. 뒤이어 〈복락원〉과 비극 〈투사 삼손〉을 71년 출판, 숙원을 이룬 뒤 74년 세상을 떠났다. 현재 그는 영국에서 셰익스피어에 버금 가는 대시인으로 평가받고 있다.

• *기억할 만한 명구*

지옥에서 군림하며 사는 것은, 천국에서 봉사하며 사는 것보다 백 배 낫다.   (〈실락원〉 제1권)
(신에 대한 사탄의 오만방자함을 나타내는 동시에, 혁명에 지게 되어 궁지에 몰려 있는 밀턴의 저항의 외침이라고도 볼 수 있다.)

모든 것은 최선이다. 이후 헤아릴 길 없는 지혜로운 배려가 우리에게 가져다 주는 것에 대해 때로 우리는 의심을 품지만, 마지막에는 그것이 최선의 것이었음이 판명된다.   (〈투사 삼손〉의 마지막 합창)
(이는 주인공 삼손의 일생, 더 나아가 밀턴의 일생을 총괄한 말이다.)

✱ 밀턴의 〈실락원〉은 종교적인 내용과 비길 데 없는 숭고미로 인해 특히 영국, 독일, 미국의 독자들을 오랫동안 사로잡았으며, 18세기의 영국에서도 그 평가에 있어서나 발행부수에 있어서나 셰익스피어를 능가했다고 한다.

35 천로역정(The Pilgrim's Progress)
버니언 (1628~1688)

● **작**품의 줄거리

거적을 몸에 두르고 무거운 짐(죄)을 진 주인공 크리스천은, 한 권의 책(성경)에 의해 자신과 가족, 이웃이 사는 멸망의 도시(현세)가 이윽고 하늘로부터의 불(최후의 심판)에 태워지게 될 것임을 알고, 가족의 조소와 방해를 뒤로 하고 전도사의 가르침에 따라 구원을 찾아 길을 떠난다. '낙담의 늪'을 지나서 빛이 새어나오는 문으로 가는 도중에 세상 물정에 밝다는 사람의 유혹으로 도덕적 완성(법률적 종교)에 의해 구원되려 하다가 위태로운 처지에 빠지나, 다시 전도사에게 깨달음을 얻고는 문으로 들어간다. 그곳에서부터 '하늘의 도시'에 이르는 길은 곧게 뻗어 있는 좁은 길이었다. 십자가가 서 있는 곳까지 온 크리스천은 이상하게도 자신의 어깨에서 짐이 내려져 있음을 깨닫는다. 그는 빛나는 사람들로부터 새옷을 받아 갈아입고, 이마에는 표식을 받은 뒤 하늘의 문으로 지나갈 수 있는 두루마리를 받는다.

아름다운 집에서 성스러운 처녀들의 환대를 받고, 전신을 무장하여 여행을 계속하는 크리스천의 앞에는 '죽음의 계곡'과 '허영의 도시' 등이 잇달아 나타나지만, 주인공은 모든 시련과 유혹을 물리치고 죽음의 강을 건너 하늘의 도시에 들어간다는 내용이다.

중세 이래 하나의 전설이 되어 있는 알레고리(우화) 문화의 계보에 속한 것으로, 한 사람의 퓨리턴이 죄에 눈뜨고, 구원을 체험하며, 이윽고 그러한 구원을 완수하여 하늘에 들어가기까지의 여정을 다루고 있

영국 문학

다. 최근의 작품으로는 현대인 존이 구원을 얻기 위해 길을 떠나는 과정을 그린 C.S. 루이스의 〈천로역행〉이 있다.

• **주인공 하이라이트**

〈천로역정〉은 영국 근대소설의 시조라 일컬어지는데, 주인공에게는 아직 고유한 이름이 주어져 있지 않다. 하지만 그에게는 독자적인 성격이 있으며, 세상의 즐거움을 버리고 영원의 세계를 목표로 하여 나아가는 여정으로써 현세를 파악한 퓨리턴의 이념관이 잘 나타나 있다. 이는 다음 세대의 보다 세속적인 자본주의 이념을 나타내 주는 디포의 로빈슨 크루소와 좋은 대조를 이룬다.

• **작가의 생애**

버니언(Bunyan), 설교가이며 종교작가. 이름은 존. 1628년 베드퍼드의 벽촌에서 땜장이의 아들로 출생한다. 퓨리턴 문학자로서 항상 함께 이야기되어지는 밀턴과는 대조적으로, 그는 아무런 교육도 받지 못했으며 가업인 땜장이로 생계를 꾸려 나가야 했다. 청교도 혁명 때 병졸로 의회군에 참가했으며, 이후 결혼하여 유순하고 가정적이었던 첫번째 아내의 감화에 의해 신앙을 갖게 되는데, 옥중 자전인 〈넘치는 은총〉에 기록되어 있는 것처럼 신앙이 깊어지면서 그와 더불어 심각한 영적 고난을 오랫동안 경험했다. 그러다가 베드퍼드의 복음 설교자인 기퍼드와 만남으로써, 성서를 공부하면서 기도하는 생활을 통해 고난을 극복하고 구원의 확신을 얻었다. 이후 평신도 자격으로 설교와 저작 활동을 활발히 수행했으며, 나중에는 목사로 천거되어 명성을 얻는다. 하지만 비국교도라는 이유로 모진 박해를 받으며 여러 차례 감금당하는 가운데 옥중에서 저술 활동과 포교에 힘썼다. 〈천로역정〉도 78년 옥중에서 쓴 작품이다. 그밖의 문학 작품으로서는 〈악인의 생애〉〈성전〉〈속 천로역정〉 등이 있으며, 1688년 생을 마감했다.

36 로빈슨 크루소 (Robinson Crusoe)
디포 (1660~1731)

● 작품의 줄거리

원제는 〈요크 출신의 선원 로빈슨 크루소의 생애와 신기하고도 경탄스러운 모험〉이다.

나는 로빈슨 크루스나라는 이름을 가지고 있었으나, 지금은 크루소가 되어 있다. 1632년에 영국의 요크에서 출생했으며, 배를 좋아하여 부모의 반대를 무릅쓰고 선원이 되지만, 그만 해적선에 의해 노예로 팔려가는 신세가 된다. 하지만 천신만고 끝에 그곳에서 도망쳐 나와 브라질에서 일을 하게 되며, 1659년 9월 1일 기니아로 가는 무역선을 타고 가다 서인도에서 좌초, 전원이 조난을 당하고 혼자만 살아남아 무인도에 표착하여 정신을 차린다. 이는 같은 해 9월 말일의 일이다. 나는 그곳을 절망도라고 명명했으며, 다음날부터 12일에 걸쳐 배에서 식량과 옷, 무기, 그리고 개와 고양이를 뗏목으로 운반해 와서 바다가 보이는 언덕의 샘 근처에 오두막을 마련한다. 그리고 염소를 길러 고기와 젖을 얻고 곡식을 재배하는 한편 배를 만들어 탈출을 꿈꾼다. 앵무새나 개와 고양이를 상대로 성서를 읽어 주며 힘을 기르는 가운데 20여년의 세월을 보낸다.

어느 날 문득 바닷가에서 사람의 발자국 하나를 발견했을 때의 그 놀라움과 공포, 마음의 동요를 신앙심으로 극복하고는 다시 바닷가로 나가 보니 사람의 뼈가 처참하게 흩어져 있다. 23년이나 사람을 그리워하며 지냈으나 이제는 사람이 무서워진다. 그해 연말 10명 정도의

식인종이 상륙하여 해변가에서 불을 피우다 돌아가는 것을 멀리서 망원경으로 지켜 본 후, 해변가에서 다시 사람의 뼈를 발견한다. 마침내 그들이 또다시 와서 토인 포로 한 명을 죽이려 했을 때 총을 쏘아 그들을 쫓아 버린 뒤, 그 토인을 구해 주고 그날이 금요일이라 이름을 프라이데이라 붙여 준다. 그리고는 집으로 데려가 재우며 실로 25년 만에 사람과(말은 통하지 않지만) 이야기를 나눈다.

둘이서 함께 생활하게 된 지 얼마 안 있어 또다시 무인도에 나타난 식인종들에게서 선교사와 토인 한 명을 구해 내는데, 토인은 바로 프라이데이의 아버지였다. 드디어 무인도에 영국배가 기착한다. 마침 반란이 일어나 묶여 있던 선장을 구해 주고, 무려 36년 만에 꿈에 그리던 고향으로 돌아온다.

그리고 속편에서는, 조카와 프라이데이를 데리고 다시 바다로 나가 절망도에서 프라이데이의 아버지와 재회하고, 토인과의 해전에서 프라이데이는 전사, 그리고 마다가스카르 섬에 혼자 남겨지기도 하며 여러 가지 모험을 벌인 끝에 시나와 시베리아로 여행하며, 10년 뒤인 1750년 1월 10일 런던으로 돌아와 남은 여생을 보내게 된다.

• **주인공 하이라이트**

주인공은 자신이 탔던 배가 난파되어 기절을 했다가 정신을 차려 보니 홀로 무인도에 밀려와 있었다. 이제 그는 어떻게든 혼자서 살아나갈 수 있는 방도를 찾아야 했다. 그래서 우선 오두막을 세울 자리를 정하고, 난파선에서 돛대 등을 가져와 집을 짓는다. 그리고 산양을 죽이고, 그것을 끓일 화로를 만든다. 그러고는 산양을 산채로 잡아 가축으로 기른다. 울타리도 만들고, 밭을 일구어 작물을 기른다. 들짐승의 가죽을 벗겨 모자나 의복 등도 마련한다.

외적인 문제들은 그렇게 해결해 나가면서 어떻게든 살아갈 수 있지만, 이보다 더 절실한 것은 어쩌면 정신적인 외로움이나 단절감인지도 모른다. 그는 다행히도 성경에 의지할 수 있었다. 그래서 개나 고양이를 상대로 성경 이야기를 들려주며 정신적 안정과 평화를 얻는다. 그는 20여 년 만에 처음으로 물가에서 사람의 발자국을 발견하고는 좀처럼 떨리는 마음을 진정시키지 못한다. 본능적인 공포 이외에 인간에 대한 불신이 그를 극도의 불안정 속으로 몰아간다. 하지만 그의 마음 속에는 신앙심이 있었기에, 그러한 자신을 곧 반성하고는 마음의 평정을 찾는다. 만약 그에게 이러한 정신적인 힘이 없었다면, 그는 한낱 무인도에서 홀로 죽어간 가엾은 뱃사람에 불과했을 것이다.

● 작가의 생애

대니얼 디포(Daniel Defoe), 저널리스트이며 소설가. 같은 청교도인 밀턴보다 52년 정도 뒤에(1660년경) 역시 같은 런던 교구에서 출생했다. 비국교도 학교에서 교육을 받았으며, 한때 청교도 목사가 되려는 마음을 갖기도 했으나 이를 포기하고 20살 때 상인이 된다. 상업적인 목적으로 프랑스나 스페인을 방문한 바 있으며, 카톨릭의 제임스 2세가 명예혁명으로 추방되고, 민권을 중시하며 청교파에 관대한 오렌지 공 부부가 네덜란드로부터 영국민으로 맞아들여져 왕위에 올랐을 때 젊은 디포는 열렬히 환영하며 감격해했다. 그리고 새로운 왕 윌리엄의 군대에 지원병이 되었을 뿐 아니라, 반대당과의 정전政戰을 생각하여 상업을 포기하고 저널리즘으로 살아가기로 결의했다. 이후 '상비군 편성'을 주장했으며, 〈국책론〉을 써서 17세기 최후의 새로운 문학의 시조가 되었다.

연극 〈햄릿〉과 베이컨의 새로운 과학으로 개막된 세기는 밀턴의 시와 자유론을 통해 개화했으며, 드라이든의 정치풍자시와 평이한 산문비평론을 거쳐 디포의 사회시평으로 막을 내렸고, 다시 18세기는 디포의 시사시문과 산문소설로 개막된다. 먼저 시사풍자시 〈순수한 영국인〉이 당시 런던에서만 8만 부가 팔려 나갔다. 그가 믿고 의지했던 윌

영국 문학

리엄 3세가 죽은 해에 〈비국교도 대책의 지름길〉을 내놓아 벌금과 투옥 등의 필화사건을 겪었으며, 주간지 〈레뷔〉를 창간하여 저널리즘의 시대를 열었다. 또한 절친한 친구인 정치가 로버트 헐리의 천거로 영·소 병합을 위해 에든버러에서 일했으며, 뜻을 이룬 뒤에는 잉글랜드와 스코틀랜드 왕국간의 〈병합사〉를 썼다. 또한 〈빌 부인의 유령 이야기〉 〈가정의 선생님〉 등을 썼으며, 60세 가까운 나이에 쓴 〈로빈슨 크루소〉가 대히트를 기록하자 〈왕당 기사의 기록〉〈선장 싱글턴〉〈모르 플란더즈〉 등의 장편소설을 속속 발표했다. 그밖에 〈영국 여행기〉〈신항해 세계일주〉 등을 썼으며, 1731년 4월 26일 71년의 생을 마감했다.

● 기억할 만한 명구

내 자신은 비참함을 맛보기 위해 선택되어져 온 세계로부터 격리되었다. 하지만 모든 선원 가운데서 선택되어져 혼자 살아 남았으므로, 내 자신을 죽음으로부터 구해 준 신은 비참한 처지의 나를 도와주실 수도 있을 것이다.

(델포는 스코틀랜드의 선원 알렉산더 셀커크의 표류기 실화나 헨리 피트먼의 탐험 여행기 등 여러 자료들을 공부하여, 천재적인 상상력과 정확한 연월일, 또 수량에 기초한 사실적 기술로 로빈슨 표류기를 썼다. 그는 이 작품에서 성실한 노력을 경주하고, 극한 상황 속에서도 희망을 잃지 않으면서 자연스럽게 신앙심을 갖게 되는 한 서민 퓨리턴의 불굴의 정신사를 보여 주고 있다.)

37 걸리버 여행기 (Gulliver's Travels)
스위프트 (1667~1745)

● **작품의 줄거리**

걸리버는 노팅엄 주의 조촐한 장원에서 태어났다. 14살 때부터 영국이나 네덜란드의 대학에서 공부를 했으며, 이후 외과의사로서 배를 타고 두세 차례 항해를 마친 뒤에는 런던에 정착하여 메어리라는 여성과 결혼, 병원을 개업한다. 그러나 다시 산양호에 승선하여 남해로 향하게 된다. 이는 1699년 5월 4일의 일이다.

첫번째 항해에서 배는 순다 열도의 남서쪽에서 난파되어 리릴패트라는 섬에 표착한다. 그곳은 소인들이 사는 나라로 모두 6인치가 채 못되는 키를 가지고 있으며, 그에 따라 다른 모든 것들도 너무나 작았다. 영국인으로서 보통 체격을 가진 걸리버는 여기서 어마어마한 거인으로 군림했으며, 아무리 큰 화재일지라도 그의 소변 한 줄기이면 꺼져 버렸다.

그 다음 항해에서 다다른 곳은 거인의 섬으로, 그곳의 왕은 60피트가 넘는 엄청나게 큰 사람이었다. 제아무리 걸리버라 할지라도 그곳에서는 보잘것없는 소인에 지나지 않았다.

그리고 세 번째 항해에서는, 해적에게 습격을 당해 초라한 보트에 몸을 싣고 표류하는 신세가 된다. 어느 날 섬 하나를 발견하여 상륙하는데, 이는 하늘을 나는 섬이다. 이곳에 사는 사람들은 모두 도저히 믿을 수 없을 정도의 추상적인 사념에 빠져 있는 공상가들뿐이었다. 그리고 이곳에서 그밖의 다른 여러 섬나라에도 가보게 되는데, 라그나크라는 나라에서는 죽지 않는 사람들과 만나게 된다. 걸리버는 그곳에서 아무리 죽으려고 해도 그것이 허락되지 않는 기묘한 슬픈 광경을 보고는 몹시 놀란다.

걸리버의 마지막 여행지는 피이남 섬이었다. 그곳의 주민들은 누구나 말의 모습을 하고 있으나 모두들 높은 지성과 자제력을 갖고 있으며, 예절 또한 바른 대단히 지혜롭고 아름다운 존재들이었다. 그리고 인간의 모습을 그대로 닮은 야후라는 동물이 있는데, 그것은 말에게 사육되고 있든 야생이든 간에 비열하고 뻔뻔스러울 뿐 아니라 불결하고 추악하기까지 했다. 이로 인해 걸리버는 고향에 돌아오고 난 뒤에도 자신의 가족들과 얼굴을 대하는 것조차 괴로워했으며, 오로지 그가 마음의 위안을 느끼는 것은 마구간에 있을 때뿐이었다.

● **주인공 하이라이트**

걸리버는 관찰력에 있어서 남들보다 예민하고 날카로운 면을 지니고 있었을 뿐, 그저 평범한 보통의 영국인이었다. 그렇지만 그의 가슴 속에는 인간들의 기만과, 영국의 정치나 학계의 부패에 대한 분노의 불길이 타오르고 있었다. 그러한 점에서 그는 작자의 면면을 지니고 있었다고 할 수 있을 것이다.

그 당시 일반인들 사이에 항해에 대한 관심이 고조되고 있으며, 뛰어난 항해기들도 속속 선보이고 있었다. 〈로빈슨 크루소〉 등도 그 중 하나에 속한다. 그리고 그와 비슷하게 스위프트 역시 이 '여행기'(1726년)에서 실로 상세한 사실주의 기법을 구사하며 자신의 조국과 해상에서의 사건, 섬에서 있었던 사건들을 상세히 묘사하고 있다. 따라서 독자는 그것을 정말로 존재하는 사실로 믿어 버리게 된다. 이는 어느 정도까지는 옳다고 할 수 있다. 왜냐하면 가령 소인의 섬에 나오는 관료나 정치가들은 단순한 공상의 산물이 아니라, 한사람 한사람이 실재하는 영국인을 가리키고 있기 때문이다. 하지만 걸리버로 분한 스위프트의 진수는 어디까지나 풍자작가로서의 그것에 있다 하겠다. 영국뿐만 아니라 전세계적으로 볼 때도 실로 최고의 풍자문학의 금자탑을 세운 것이다.

걸리버는 말의 나라를 떠나 가족들 곁으로 돌아왔을 때, 이미 인간의 모양이나 냄새, 색깔에 혐오감을 느끼게 된다. 그것은 본래 작가 자신이 갖고 있는 성벽이었다고도 볼 수 있으나, 그러한 이면에는 인간의 적나라한 모습을 사랑하는 무한한 정열이 숨어 있음을 보아야 할 것이다. 말하자면 인간을 진정으로 사랑하기에 증오심을 느끼는 것이며, 그러한 것은 스위프트를 이야기할 때 항상 함께 거론되는 그의 두 연인 스텔라나 바네사와의 관계를 통해서도 증명된다. 그러한 점에서 "나는 인류를 증오한다. 하지만 난 한 사람의 존, 한 사람의 토머스를 사랑한다."는 그의 말은 찬찬히 음미해 볼 만하다.

● 작가의 생애

조나산 스위프트(Jonathan Swift), 작가이며 성직자. 1667년 11월 30일 아일랜드의 수도 더블린에서 태어났다. 그때 이미 영국인 아버지는 세상을 떠난 상태여서 생활은 몹시 어려웠으나, 다행히 백부의 도움으로 트리니티 기숙학교에 들어간다. 하지만 이 당시의 그는 아무런 재능도 보이지 않았을 뿐 아니라, 사람들과 잘 융화되지 못하는 성격을 나타낸다. 그후 먼저 영국으로 돌아가 있었던 어머니와 재회하고, 어머니의 권유로 당시 외교관이자 정치인이었던 W. 템플의 비서로 들어간다. 그리고 이 무렵 그의 인생에 결정적인 영향을 미쳤던 두 여성 중의 한 명인 스텔라와 만나게 된다.

이후 다시 아일랜드로 건너가 앵글리컨 교회의 목사로 임명되며, 다시 더블린의 성 패트릭 대성당의 목사가 되기도 한다. 그리고 이따금씩 런던으로 나가 에디슨, 스틸, 포프 등의 문학자나 휘그당의 수뇌들과 가깝게 지내며 정치적 야심을 키운다. 당시의 2대 정치세력이던 휘

영국 문학

그당과 토리당 양쪽에 접근, 팸플릿을 써서 논전을 폈다. 그는 정계와 문단의 배후 실력자로 군림하고 있었으나, 1614년 앤 여왕이 죽자 그의 정적이던 휘그당이 세력을 쥐게 되어 아일랜드로 낙향한다.

30년대부터 나타난 정신착란 증세가 42년에는 그를 완전히 폐인으로 만들어 버렸으며, 3년 뒤인 45년 10월 19일 세상을 떠났다. 그의 유산은 정신병원 건설에 기부되었다. 그의 주요 작품으로는 〈통 이야기〉〈책의 전쟁〉 등이 있으며, 편지 형식을 띤 일기인 〈스텔라에게 보내는 글〉이 있다.

• 기억할 만한 명구

우리에게는 서로 싫어하게 만들기에 충분한 종교는 있지만, 서로 사랑하게 만드는 종교는 없다.

(앞에 말한 대로 스위프트는 성직자이며, 다른 정치나 학문, 문학 분야에 앞서 평생을 사제로 살아왔다. 그러한 그가 한 이 말은 실로 통렬한 역설이라고 할 수 있다.)

최대의 발명은 나침반이나 화약이나 인쇄술의 사용처럼, 무지의 시대에 생겨난 것이다.

(이 또한 그의 독특한 반어이다.)

허영심이 강하다는 것은 자존심이 강하다기보다 오히려 천박한 표식이라고 할 수 있다.

✱ '인생의 8할은 돈'이라고 단언할 만큼 가난과 불운에 허덕였던 스위프트는 부모의 결혼에 대해서조차도 "실로 생각 없는 결혼이었다. 아내에게는 지참금도 없었고, 남편은 생계에 대한 대책도 세우지 못한 채 갑자기 죽어 버렸다."고 비판하고 있다.

38 오만과 편견(Pride and Prejudice)
오스틴 (1775~1817)

● **작**품의 줄거리

하트퍼드셔의 작은 마을에 사는 베넷 가에는 5명의 자매 중 위의 두 딸이 적령기를 맞고 있다. 솔직하고 착하고 또 매사에 조심스러운 면을 가지고 있는 장녀 제인에 비해, 둘째 딸 엘리자베스는 인습에 맹종하지 않는 재기발랄한 처녀이다.

제인은 근처에 부임해 온 청년 빙글리를 사랑하게 되지만 조심스레 자신의 사랑을 마음속으로만 키워 가고 있다. 빙글리의 친구인 대시는 쓸데없이 사교계의 아가씨들을 우롱하지 않으려다가, 성격 연구가임을 자처하는 엘리자베스에게조차 신분을 앞세우는 '거만'한 남자라는 인상을 주게 된다. 그럼에도 그는 자유분방한 엘리자베스에게 사랑을 느끼게 되지만, 베넷 부인과 나머지 세 딸들의 어리석음에 혀를 내두르며 더이상 그들과 사귀기를 겁낸다.

결국 제인을 사랑하고 있으면서도 그녀에게 사랑받을 수 있을지 어떨지 자신을 갖지 못하고 있던 빙글리와 함께 그곳을 떠나게 된다.

대시는 그후 신분의 차이와 저속한 그녀의 자매들에 대한 혐오감을 극복하고 그녀에게 청혼하지만, 그에 대해 '오만'하다는 '편견'을 갖고 있는 엘리자베스는 이를 거절한다. 하지만 경박하고 뻔뻔스런 콜린스, 친절하지만 불성실한 위컴과의 교제를 통해 첫인상이 얼마나 맞지 않는 것인가를 깨닫게 되고, 여러 가지 사건과 만남을 통해 대시가 실은 너그럽고 다정한 사람이라는 것을 알게 된 엘리자베스는 '편견'을 버리

영국 문학

게 된다. 그리고 대시는 제인의 빙글리에 대한 사랑이 진실한 것임을 알게 되어 두 사람의 결혼을 주선한다. 또한 여러 가지 우여곡절 끝에 그 역시 엘리자베스와 서로 이해와 존경에 의해 굳게 맺어지게 된다.

● 주인공 하이라이트

전형적인 미인형에 조심스런 몸가짐을 보이는 제인을 정적인 미인이라고 한다면, 주인공 엘리자베스는 넘치는 재기와 생기발랄한 몸놀림, 그리고 '검은 눈동자'가 인상적인 동적인 미인이라 할 수 있다. 온화함과 활발함, 단순과 복잡, 이것이 이 두 자매의 대조적인 성격이다. 이러한 대조는 각자가 선택하는 결혼 상대, 더 나아가 결혼에 이르는 과정에까지 무척이나 대조적인 면을 보인다. 온화한 신사인 빙글리와 제인의 사랑은 중간에 중단되기는 했으나 직선적으로 평탄하게 결혼에 이른다. 이에 비해 인격자이기는 하지만 자신의 감식안과 판단을 믿는 대시와 엘리자베스의 결혼은 여러 가지 굴곡을 거친 후에야 비로소 결실을 맺는다.

직감에 의한 행복한 결혼, 이것이 전자의 경우라면 후자는 자신과 상대를 이해하기 위한 우회적인 노력의 결실이 결혼이었다고 볼 수 있다.

● 작가의 생애

제인 오스틴(Jane Austen), 여류작가. 제인은 1775년에 유복한 햄프셔 목사의 집안에서 태어났다. 어렸을 때부터 영국을 비롯하여 프랑스, 이탈리아 등의 문학과 친숙해졌는데, 특히 소설을 읽을 기회가 많았다. 15살 때 단편을 쓰기 시작한 것을 필두로 20살 때는 첫 장편을 썼으며, 〈분별과 다감〉〈오만과 편견〉〈맨스필드 공원〉〈에머〉 등의 걸작이 햇빛을 보았으나, 〈설복〉을 탈고한 1816년경부터 건강을 해쳐 이듬해에 42세로 생을 마쳤다.

그녀는 시류에 초연한 모습을 보이며 평생을 독신으로 지냈다. 담담한 필치로 인생의 세세한 문제에까지 눈길을 돌리면서 은근한 유머를 담아 작품을 그려 나갔는데, 특히 20세기에 접어들면서 세계 문학의 대표적 작가의 한 사람으로 높은 평가를 얻고 있다.

● **기억할 만한 명구**
상당한 재력을 가진 독신의 남자라면 아내를 구하고 있는 게 뻔하다는 것은 너무나 당연한 진리이다.
(《오만과 편견》의 서두에 나오는 말. 오스틴 소설에 있어 중요한 테마를 이루는 '결혼'을 단적으로 표현하고 있다.)

✱ 오스틴의 작품은 그 대부분이 가족이나 사용인은 물론 다른 집의 가족마저 드나드는 거실에서 씌어졌다고 일컬어진다. 그녀 역시 버지니아 울프가 말하는 '자기만의 방'을 갖지 못한 수많은 여성 중의 하나였던 것이다.

39 아이반호(Ivanhoe)
스콧 (1771~1832)

●**작품의 줄거리**

앵글로색슨 왕국의 마지막 왕 해럴드는 노르만디 공 윌리엄의 침공을 맞아 싸우다가 전사한다. 색슨의 서민들은 정복왕이 이끈 노르만 귀족에게 토지를 빼앗기고, 프랑스 어를 익히며 새로운 법을 지키도록 강요받는다. 색슨 혼을 이어받은 요크셔의 유력한 호족 새드릭은, 색슨 왕족의 아세르스탄과 로위너 공주를 결혼시켜 구왕조의 재흥을 꾀하려고 한다. 서색슨 왕의 혈통을 이어받은 공주는 새드릭의 보살핌 덕분에 아름다운 처녀로 성장하며, 새드릭의 아들 아이반호와 서로 사랑하는 사이가 된다. 하지만 공주를 색슨 왕족에게 출가시키려는 아버지에게 의절당하고 아이반호는 사자왕 리처드 1세를 따라 십자군에 종군한다. 그런데 왕의 동생 존이 일부 노르만 귀족과 결탁하여 왕위찬탈을 모의한다는 소식을 접하자 왕과 함께 변장하고 귀국, 아슈비에서 열린 마상 시합에 참가하여 승리를 거둠으로써 로위너 공주로부터 영예스러운 관을 수여받는다.

그러나 부상을 입어 요크셔의 부호인 유태인 아이작의 저택에서 그의 아름다운 딸 리베카의 헌신적인 간호를 받다가, 세 사람 모두 체포되어 승원 기사의 성에 갇히게 된다. 그곳엔 새드릭과 로위나 공주도 감금되어 있었다. 그곳에 흑기사 록슬리(로빈훗)가 부하들을 이끌고 와 모두를 구해 내는데, 리베카만이 승단 기사에게 납치되어 마녀로서 처형될 지경에 놓인다. 결국 그녀의 운명은 시합에 의해 판결을 받도록 되어, 아이반호가 그녀의 기사로서 출장하여 상대를 쓰러뜨리고 모든 것을 원만하게 해결한다. 이윽고 흑기사의 가면을 벗은 리처드 왕에게 모두 충성을 맹세하고, 왕은 아이반호와 로위너 공주를 결혼시킨다.

● 주인공 하이라이트

스콧의 소설은 〈미들로시언의 심장〉과 같이 성격 중심인 것과, 〈웨이벌리〉나 〈늙은 묘지기〉처럼 집단간의 대결 중심인 것이 있는데, 위의 작품은 후자에 속한다. 색슨 서민들이 주인공인 까닭에 아이반호나 로위너 공주보다 록슬리, 즉 로빈훗이나 그 일당인 탁발승 터크, 그들의 친구인 '흑기사(사자왕 리처드 1세)', 돼지치기 거스, 유태인의 딸 리베카 등이 오히려 친근한 인물로 그려지며 독자의 마음을 사로잡는다. 왕족과 친했던 스콧은 역사상의 왕이나 왕녀들을 자주 작품 속에서 등장시키고 있으며, 여기서도 왕의 동생 존이 록슬리와 휴버드에게 활경기를 시키는 짧은 묘사를 통해 존 역시 피가 통하는 인간임을 보여 주고 있다.

● 작가의 생애

월터 스콧(Walter Scott), 소설가이며 시인·역사가. 1771년 8월 15일, 스코틀랜드의 에든버러 시에서 출생. 아버지는 변호사였고 어머니는 대학 의학부 교수의 딸이었다. 스콧은 그들의 열두아이 중 9번째 아들로 태어났으며, 12살 때 소아마비에 걸려 평생 오른쪽 다리를 쓰지 못했다. 에든버러 대학 고전과에 1년간 다녔으나 건강이 여의치 못해 중퇴하고, 아버지의 법률사무소에서 5년간 수련을 받은 뒤 21세에 변호사가 되어 법정에 섰다. 한편 이때부터 전설이나 민요 등에 관심을 갖게 되어 이를 수집하여 출판했다. 또한 뷔르거의 시집 〈사냥〉을 영역하였으며, 〈변경 가요집〉을 발표했다. 〈마지막 음유시인의 노래〉

〈마이온〉〈호반의 아가씨〉 등 3대 서사시로 시인의 명성을 얻었다. 1813년에는 서사시 〈로크비〉를 발표, 계관시인으로 내명을 받았으나 사퇴했다.

소설로 전향한 그의 역사소설은 1814년에 익명으로 출판된 〈웨이벌리〉로 시작된다. 대표작으로는 〈가이 매너링〉〈롭 로이〉〈미들로시언의 심장〉〈수도원〉〈나이젤의 운명〉〈부적〉 등이 있다. 그 사이 〈스위프트 전집〉 19권을 편집 출판하기도 했다. 좋은 남편, 좋은 아버지, 좋은 벗, 좋은 시민으로 한평생을 살아온 그는 말년에 출판사 도산으로 인해 고난에 처해서도 용기를 잃지 않고 힘껏 싸웠으며, 쾌활한 모습으로 최후까지 노력하는 인생 수업자로서의 모습을 보여 주었다. 32년 9월 21일 61세의 나이로 생을 마감했다. 그가 죽기 전, 영국 정부는 쾌속 순양함을 제공하여 그의 차남의 임지인 나폴리로 마지막 면회를 다녀오도록 배려했다고 한다.

✱ 〈아이반호〉의 초판은 전 3권에 각권 10실링의 가격을 매겨 1819년 12월에 1만 2천 부를 인쇄하여 내놓았는데, 즉각 매진되는 경이적인 판매고를 기록, 출판계에 신기록을 세운 바 있다.

40 폭풍의 언덕(Wuthering Heights)
에밀리 브론테 (1818~1848)

●**작**품의 줄거리

끊임없이 불어대는 바람을 맞고 서 있는 탓에 폭풍의 언덕이라 불리는 요크셔 농장의 주인 언쇼는, 리퍼블에서 한 명의 고아를 데리고 돌아온다. 그는 그 아이에게 히스클리프라는 이름을 지어 주고, 자신의 아이인 힌들리, 캐서린과 함께 키운다. 힌들리는 처음부터 히스클리프를 적대시했으며 사사건건 그를 학대하지만, 캐서린과 히스클리프는 일종의 원초적인 끈에 의해 서로 굳게 연결되어 있다. 언쇼가 죽자 힌들리의 학대는 더욱 심해지고, 그로 인해 두 사람을 연결하는 끈도 더욱 강해진다. 힌들리는 결혼하여 자식을 낳게 되는데, 그의 학대는 처자에게까지 미친다.

우연한 기회에 유복한 지주 린턴 가에 초대를 받아가게 된 캐서린은, 히스클리프를 사랑하면서도 힌들리가 지배하는 지옥과 같은 생활에서 빠져나오기 위해, 그녀를 사랑하게 된 그 집의 아들 에드거의 구혼을 받아들인다. 그녀의 결혼 소식을 듣게 된 히스클리프는 아무 말 없이 종적을 감춰 버린다. 캐서린은 필사적으로 그의 행방을 수소문하지만 끝내 찾지 못하고 결혼식을 올린다.

3년 뒤 폭풍의 언덕에 돌아온 히스클리프는 유복한 신사로 변모해 있으나, 캐서린에 대한 사랑과 힌들리를 비롯한 모든 사람들에 대한 복수심으로 그의 내부에서는 강렬한 증오가 불타오르고 있다. 그는 힌들리를 자포자기 상태로 내몰고 도박에 손을 대게 해 전재산을 빼앗은

영국 문학

뒤, 그의 아들을 하인으로 부리며 자신이 당한 것처럼 학대한다. 게다가 증오심에서 에드거의 누이동생 이사벨라를 유혹하여 결혼한 뒤, 캐서린에게까지 접근하여 에드거를 괴롭힌다. 캐서린은 히스클리프로 인해 번민하며, 딸아이를 낳다가 죽어 버린다. 그러나 그녀의 죽음 앞에서도 캐서린에 대한 히스클리프의 사랑은 좀처럼 수그러지지 않는다.

더이상 남편의 학대를 견딜 수 없어 이사벨라는 집을 나가 린턴을 낳고, 아들이 12살 때 세상을 떠난다. 또한 힌들리도 실의에 빠져 죽고 만다. 히스클리프는 린턴 가의 재산을 손에 넣기 위해 린턴과 캐서린의 딸을 강제로 결혼시키지만, 린턴은 곧 병으로 죽는다. 또한 에드거마저 세상을 떠나자, 복수의 불길을 다 태워 버린 히스클리프도 캐서린의 환영을 좇으며 죽어간다. 이제 언쇼 가와 린턴 가에 남은 사람이라고는 힌들리의 아이와 어머니와 같은 이름을 가진 캐서린뿐이다. 두 사람 사이에는 어느덧 사랑이 싹트게 되고 둘은 곧 결혼식을 올린다. 이렇게 해서 3대에 걸친 폭풍의 언덕에서 벌어진 사랑과 복수의 이야기는 막을 내리게 된다.

● 주인공 하이라이트

히스클리프는 집시와 같은 풍모에 수려한 얼굴을 지닌 남자다. 그리고 그의 행동거지도 다소 거친 일면을 보이지만 신사다운 면을 갖고 있다. 그러나 그런 외모와 신사적인 행동 뒤에는 '번개 같고 불 같은' 영혼과 '예의도 교양도 없는 야만'이 숨어 있다. 평온한 외모 이면에, 어두운 원초적 정열과 결코 길들여지지 않는 야성을 숨긴 남자가 바로 히스클리프인 것이다. 그는 동적인 무한한 에너지를 가졌으며, 그러한 의미에서 초인적인 면모를 지녔다고 할 수 있는데, 그의 복수와 애증 또한 인간적인 스케일을 뛰어넘고 있다. 그의 사랑은 죽은 연인의 무덤을 파헤쳐 그 시체를 포옹하게 할 만큼 강하고, 사랑하는 사람의 영혼과 하나가 되기 위해 죽음을 구할 만큼 강렬하다. 또한 애증은 두 가문을 완전한 파멸로 이끌 만큼 끈질기다.

이러한 히스클리프와 신비한 끈으로 맺어져 있는 캐서린 역시 평범한 인간의 범주를 넘어서는 존재로 히스클리프와 '같은 영혼', 히스클리프와 같은 '깊은 마음'을 갖고 있었다. 약하고 차가운 '달빛과 서리'에 지나지 않는 다른 남자들에게는 만족을 얻지 못했으며, '번개 같고 불 같은' 영혼을 지닌 히스클리프만이 그녀에게 완전한 만족을 줄 수 있었던 것이다. '달빛과 서리'에 지나지 않는 에드거를 선택한 그녀의 잘못은 비극적이라고 할 수 있지만, 그로 인해 두 사람은 영원성을 획득하게 된다.

이야기의 배경을 이루고 있는 곳은 요크셔의 황야인데, 그곳을 둘러싼 자연 역시 두 사람의 사랑과 잘 어울린다. 이 황야에 불어대는 거친 폭풍은 그곳에 자라고 있는 나무와 풀들을 모두 한 방향으로밖에 뻗지 못하게 할 만큼 혹독하고 강하다. 그로 인해 그곳은 순수하고 청정할 수밖에 없으며, 인위적인 것이라고는 조금도 찾아볼 수가 없다. 폭풍의 언덕에 부는 바람은 인간의 역사 이전부터 불고 있었던 것으로, 두 사람의 사랑의 모습을 상징하는 것이기도 하다.

● 작가의 생애

에밀리 브론테(Emily Brontë), 여류작가이며, 샬롯 브론테의 동생. 1818년에 요크셔 목사의 집안에서 태어났으며, 아버지와 백모의 손에서 자랐다. 기숙학교에서 공부했을 때와 교사로서 일했을 때를 제외하고는 일생을 황량한 황무지에 둘러싸인 요크셔의 목사관에서 지냈다. 목사관에서 집필과 가사일로 지새우던 생활 속에서 그녀의 유일한 즐거움은 히스꽃이 만발한 그 주변을 산책하는 일이었다고 한다. 언니 샬롯과는 달리 결혼도 하지 않은 채, 1848년 30살의 젊은 나이로 죽었다. 46년에 언니 샬롯, 동생 앤과 함께 셋이서 시집 〈커러와 엘리스와

액턴의 시집〉을 자비 출판했으나 별 반응을 얻지 못했다. 그러나 에밀리는 〈죄수〉〈내 영혼은 비겁하지 않노라〉 등의 시에 의해 시인으로서의 특별한 위치를 차지하고 있다. 그녀의 유일한 소설 〈폭풍의 언덕〉도 출판 당시에는 혹평을 얻었고, 그녀는 그 이듬해에 폐결핵으로 짧은 생을 마감한다. 하지만 이제 〈폭풍의 언덕〉은 서정적이면서도 독특한 인생의 깊은 해석으로 사람들에게 순수한 감동을 주고 있으며, 1세기가 지난 오늘날에는 셰익스피어의 〈리어 왕〉이나 멜빌의 〈백경〉에 버금가는 명작으로 평가받고 있다.

● 기억할 만한 명구

넬리, 난 곧 히스클리프야. 그는 늘 내 마음속에 있어. 하지만 기쁨으로만 있는 건 아니야. 왜냐하면 내 자신이 늘 내게 기쁨인 것만은 아니기 때문이지. 그는 바로 내 자신이야.
(캐서린이 한 말로, 그녀와 히스클리프가 얼마나 긴밀하게 서로 맺어져 있는가를 극적으로 표현하고 있다.)

그 하찮은 남자가 사력을 다해 사랑한다고 해봤자, 80년이 걸려도 내 하루 몫 정도밖에는 사랑하지 못할 거야.
(에드거와 자신의 사랑을 비교한 히스클리프의 말. 그의 강력한 사랑을 단적으로 표현하고 있다.)

✻ 〈폭풍의 언덕〉의 원제는 Wuthering Heights인데, 이 워서링이라는 말은 작품 속에 설명되어 있는 대로, 폭풍이 불 때 들려오는 바람의 웅얼거림을 나타내는 방언이다.
✻ 브론테 가문은 형편이 넉넉지 않았으므로, 조금이라도 생활에 보탬이 될까 해서 세 자매가 함께 공동 시집을 출판했으나 불과 2부밖에 팔리지 않았다.

41 제인 에어(Jane Eyre)
샬롯 브론테 (1816~1855)

● **작품의 줄거리**

태어나자마자 부모를 잃게 된 제인 에어는 냉혹한 숙모의 슬하에서 어린 시절을 보낸 뒤 로드 기숙학교에 보내진다. 하지만 규율만을 중시하는 그곳에서의 생활 역시 제인의 마음을 괴롭게 할 뿐이다. 학교에서 알게 된 헬렌이 얼마간 마음의 위안이 되어 주지만, 얼마 안 있어 그녀마저 병에 걸려 죽고 만다. 이 학교에서 6년간을 보낸 뒤 교사로서 2년을 근무하고, 마침내 18살이 된 제인은 로체스터 가에 가정교사로 들어가게 된다.

다소 거만하고 추남인 주인 로체스터에게 마음이 끌리게 된 제인은, 신분의 차이를 극복하고 그와 결혼하기로 굳은 약속을 나눈다. 하지만 결혼식 당일 로체스터의 미친 아내가 그 집에 감금되어 있다는 사실을 알게 된 제인은 깊은 절망감에 빠져 그 집을 뛰쳐나온다. 눈 쌓인 벌판을 정신없이 걷다가 실신 지경에 이른 제인은 목사 리버스에 의해 구조된다.

그의 종교적 열정에 감화를 받아 제인은 그와 결혼하여 인도로 가기로 약속한다. 하지만 그때 그녀는 로체스터가 자신을 부르는 환청을 듣고 정신없이 그에게로 달려가 보니, 저택에 불이 나 부인은 타 죽고, 로체스터는 앞을 못 보는 처지가 되어 있었다. 결국 제인은 이제 신에게 감사할 줄 아는 마음을 갖게 된 로체스터의 아내가 되기로 결심하게 되고, 진정한 사랑의 모습을 추구하는 그녀의 정신적 편력은 끝이 난다.

● 주인공 하이라이트

제인은 '몸집이 작고, 혈색도 밝지 않으며, 별로 예쁜 구석도 없고, 만만찮아 보이는 얼굴'을 한 가정교사였으나, 그녀는 늘 진정한 의미의 사랑과 자유를 추구하고 있었다. 그녀의 이러한 자세는 '어째서 난 이렇게 괴로움을 느끼지 않으면 안 되는 걸까?' 하는 물음을 계속해서 가져온 어린 시절부터 일관되어 있다. 로드 기숙학교에선 자기 주변의 세계를 유형지처럼 생각하고, 가정교사가 돼서는 한정된 세계의 저쪽까지 내다볼 수 있는 눈을 원하는 것도 모두 그러한 것의 표현이라 할 수 있다.

로체스터의 정부가 되는 것은 '어리석은 자가 지닌 낙원의 노예'가 되는 것이라 느끼고, '목사 리버스의 아내가 되는 것은 마음과 머리가 속박되는 일'이며, 그러한 것은 '아무에게도 예속되어 있지 않은 감정'을 잃어버리게 되는 것이라 느끼는 제인의 자세에 주목할 만한 가치가 있다.

● 작가의 생애

샬롯 브론테(Charlotte Brontë), 여류작가. 1816년 요크셔 주의 목사 집안에서 출생했다. 5살 때 어머니를 여읜 뒤, 10살도 되기 전에 두 언니를 잃었으며, 다 자라서는 남동생과 손아래의 두 여동생을 잃는 등 늘 죽음의 그림자가 그녀 곁을 떠나지 않았다. 그녀는 1854년 아버지의 보좌역을 맡았던 니콜스 목사와 결혼했으나, 그 이듬해 그녀 자신도 폐결핵에 걸려 39세의 나이에 갑자기 죽고 만다. 1842년 교원자격증을 얻기 위해 브뤼셀의 학교에 입학, 그곳에서 가정을 가진 에제 교수에게 특별한 감정을 품게 되는데, 그녀의 처녀작〈교수〉나〈빌렛〉같은 작품에 그에 대한 사모의 감정이 형태를 달리해 묘사되고 있다.

〈제인 에어〉는 출판 당시 작품의 로맨틱한 내용과 더불어 작중 인물의 강한 개성과, 당시의 인습이나 도덕에 대한 강렬한 반항 등으로 세인들의 주목을 끌었다. 더욱이 이 작품의 작가가 여성이라는 사실이 알려지자 더욱 큰 인기를 끌기도 했다.

• **기억할 만한 명구**

여자에게도 남자와 마찬가지로 감정이 있으며, 다른 모든 남자들과 마찬가지로 자신이 가진 재능을 살려야 하고, 일하는 보람을 찾지 않으면 안 된다. 종래의 관습에서 충분하다고 여겨져 온 그 이상의 것을 해보고 배워 보려는 여성을 비난하거나 조소하는 이는 경솔하다는 비난을 면치 못할 것이다.   (〈제인 에어〉 제12장에서)

(이 여주인공의 말에서 즉각 이 책이 여성해방론을 편 책이라 단정하는 것은 위험하지만, 사랑과 자유를 추구하는 새로운 여성의 열정을 읽어내는 것은 결코 어려운 일이 아닐 것이다.)

42 두 도시 이야기 (A Tale of Two Cities)
디킨스 (1812~1870)

●**작품의 줄거리**

프랑스 혁명을 배경으로, 변호사 시드니 커튼과 그 주변에 등장하는 많은 인물들의 파란만장한 삶이 역동적으로 그려지고 있다.

흉포한 후작 테블레몽드의 비행을 알고 있다는 이유로 의사 마넷은 장장 18년간이나 바스티유 감옥에 갇혀 있다가 석방되어 런던으로 건너간다. 그리고 그곳에서 아름다운 딸 루시와 조용한 나날을 보낸다.

우연한 기회에 만나게 된 변호사 커튼은 루시에게 사랑을 느끼나 루시에겐 이미 프랑스의 망명 귀족으로 현재 영국에 살고 있는 대니라는 청년과 약혼 이야기가 성사되어 있었다. 대니는 바로 그 흉포한 후작의 조카였으나, 잔인무도한 프랑스의 귀족제도가 싫어서 영국으로 건너와 이름까지 바꾸어 살고 있었다. 남달리 의협심이 강하고 사람 좋은 커튼은, 두 사람의 사연을 알게 되자 자신의 사랑을 포기하고 두 사람의 결혼을 축복해 주기까지 한다.

한편 과거에는 마넷 의사에게 신세를 진 바 있고 지금은 술집을 경영하고 있는 드 파르주 부부, 특히 그 부인은 과거 자신의 일가가 후작으로부터 수치를 당한 일이 있으므로 극단적으로 일반 귀족들을 저주했으며, 늘 여성들을 상대로 '자유·평등·우애'를 주장하며 선두에 서서 혁명의 필요성을 외치고 다녔다. 이렇게 해서 일이 잘못되는 바람에, 과거 후작의 집에 하인으로 있었던 가벨과 딸 마리까지 투옥되게 된다.

부당한 체포에 의분을 느낀 대니는, 망명자 신세인 자신의 위험한 처지를 알면서도 두 사람을 구하기 위해 파리로 건너간다. 그러나 결국 그도 체포되어 재판에 회부된다. 그는 유력한 마넷의 증언으로 한 번은 무죄 판결을 받았지만, 귀족에 대해 깊은 원한을 갖고 있는 마담 드 파르주가 과거 감옥에서 쓴 마넷의 비밀문서를 가지고 나와 대니가 잔혹한 후작의 혈족임을 증명하여, 혁명 정부는 결국 그에게 사형을 언도한다.

쉴새없이 사람들의 목을 자르는 단두대의 소리는 너무도 끔찍한 것이었다.

남편을 잃을 지경에 처해 있는 루시의 마음은 뭐라고 말로 표현할 수 없을 정도로 괴로웠다. 능력을 지니고 있으면서도 오랫동안 방탕한 생활을 계속해 온 커튼은, 이제 그것을 청산하고 루시를 위해 그녀가 사랑하는 남편 대니의 목숨을 구해 주기로 결심한다. 그리고 우연히도 대니와 용모가 비슷한 것을 감사하며 감옥으로 숨어들어가 그를 대신하여 죽는다.

● 주인공 하이라이트

특별히 명확한 정치적 입장이나 역사관을 갖지 않았던 디킨스는 지나치게 대중적이라는 비판을 받기도 했는데, 고답적인 칼라일과는 기질이 맞지 않았다. 그렇더라도 칼라일의 명저 〈프랑스 혁명〉에 크게 감복하여 거기에 의존하는 바가 컸다. 하지만 1859년에 출판된 이 이야기는 단순한 프랑스 혁명의 역사적 기술이 아니라, 그 어려운 시기에 사람들이 어떻게 살아왔는가 하는 다채로운 인간 심리를 박력 있게 묘사하고 있다.

작품 속에서 스스로의 반생을 회고하는 커튼은, 대니 대신 단두대의 이슬로 사라지기 직전 너무나도 청정한 예언자의 품격을 보여 주고 있다.

영국 문학

● **작가의 생애**

　찰스 디킨스(Charles Dickens), 소설가. 그에게는 많은 형제들이 있었고, 집안이 가난했던 탓에 정규 교육을 받지 못했다. 그는 1812년 포츠머스에서 출생했다. 그의 아버지는 그 지역의 해군 경리국에서 일하고 있었으나, 찰스가 9살 때 일가를 이끌고 런던으로 이주했다. 사람은 좋았으나 경제관념이 느슨하여 남의 빚 때문에 투옥되기까지 했던 아버지 덕분에 그는 늘 빈곤의 고통에 시달려야 했으며, 12살 때 가계를 돕기 위해 구두 공장에 들어갔다.

　여기서 일찍부터 사회의 모순과 부정을 직접 체험한 그는, 그런 생활에서 하루 빨리 벗어나고자 15살 때 변호사 사무실의 사환으로 들어갔으며, 이듬해에는 법원의 속기사로 일하면서 신문사의 통신원이 되어 당시의 풍속에 관한 글을 써 보내는 직업을 갖게 되었다. 그때의 글들을 모아 〈보즈의 스케치〉라는 단편집을 내기도 했다. 그리고 이듬해인 37년에 그것을 보강하여 〈픽윅 페이퍼즈〉를 출판했으며, 이어 〈올리버 트위스트〉가 확실한 판매고를 기록함으로써 작가적인 위치를 굳히게 된다. 어릴 적부터 경험하고 보아 왔던 사회 구석구석의 다양한 삶의 모습들은 그에게 풍부한 작가적 밑천을 제공해 주었다.

　그는 계속해서 〈골동품 상회〉〈크리스마스 캐럴〉〈덤비와 그 아들〉 등 꾸준한 작품 활동을 펴나가는 가운데 재력과 명성을 탄탄히 쌓아 간다.

　만년에 아내에 헤어지는 등 가정적인 불행을 겪기도 하지만, 고향 근처에 저택을 마련하여 왕성한 작품 활동을 펼쳐 나간다. 그의 대표작으로는 50년에 완결된 자서전적인 대작 〈데이비드 커퍼필드〉를 비롯하여 〈황폐한 집〉〈거대한 우산〉 등을 꼽을 수 있다. 이밖에도 수많은 단편과 수필을 썼으며, 연극과 시낭송회, 자선사업 등에도 정열을 기울였다.

　그는 70년 6월 9일, 추리풍의 소설 〈에드윈 드루드〉를 미완성으로 남긴 채 다난했던 생을 마감했다.

•기억할 만한 명구

지금 내가 하려는 일은 지금까지 했던 그 어떤 일보다 훨씬 훌륭한 일이며, 그리고 지금 내가 임하려 하는 것은 이제까지 느꼈던 그 어떤 것보다도 훨씬 좋은 휴식이다.　　　　(〈두 도시 이야기〉에서)

(사랑하는 여인의 남편을 위해 대신 죽으러 단두대로 올라가기 직전, 평화로운 마음으로 커튼이 한 말이다.)

❋ 19세기 중엽 영국의 지방 도시에 사는 독자들은 연재중인 〈두 도시 이야기〉에 나오는 주인공들의 운명이 어찌될지 궁금하여, 집에 앉아서 기다리지 못하고 역까지 마중나와 신문이 도착하기를 기다렸다고 한다.
❋ 어느 날, 디킨스는 실수로 동네 꼬마의 인형을 망가뜨려 미안한 마음에 새 인형을 사주며 사과했다. 그러자 그 꼬마의 어머니는 새 인형에 대한 답례로 무척 좋은 책이라며 책 한 권을 선물했는데, 그 책은 〈데이비드 커퍼필드〉였다고 한다.
❋ 그의 생전이나 사후를 불문하고, 영국에서 디킨스의 인기는 실로 대단한 것이었다. 모임 석상 같은 데서 "나는 디킨스를 읽지 않습니다."라는 말을 했다가는 당장 외톨이 신세가 되어야 할 정도였다.

43 지킬 박사와 하이드 씨
(Dr. Jekyll and Mr. Hyde)
스티븐슨 (1850~1894)

● **작품의 줄거리**

18××년 런던의 어느 번화가 뒷골목에서, 자그만 체구의 한 젊은 남자가 8, 9살쯤 되는 소녀와 부딪치게 된다. 소녀는 그대로 땅바닥에 쓰러지는데, 남자는 아무렇지도 않은 얼굴로 아이의 몸을 그대로 짓밟고 지나가려 한다. 이 모습을 본 주위 사람들이 그 남자를 붙잡아 따지지만, 상대는 여전히 태평스런 얼굴로 소녀의 가족에게 100파운드의 위로금을 주겠노라고 말한다. 그 자리에 있었던 사람들 누구나가 한번 보기만 해도 온몸에 소름이 끼칠 만큼 험상궂은 얼굴을 한 에드워드 하이드라는 이 사내는, 근처 골목 안의 오래된 집으로 들어가더니, 불과 2, 3분 만에 유명한 의학자이자 왕립협회 회원인 헨리 지킬 박사의 서명이 든 수표로 그 돈을 지불한다. 수표는 물론 진짜였다.

지킬 박사의 오랜 친구이자 그의 법률고문이기도 한 애터슨 변호사는 이 얘기를 듣고 이상한 느낌을 받았다. 지킬 박사는 애터슨 변호사의 반대에도 불구하고 하이드라는 인물을 유산 상속인으로 지명한 유언장을 그에게 기탁했기 때문이다. 그는 지킬과도 친구인 의학자 라니온 박사와 의논을 해보지만 뾰족한 해결책이 나오지 않는다.

1년 뒤 마침내 돌이킬 수 없는 비참한 사건이 발생한다. 안개 낀 템스 강변에서 하이드가 우연히 만난 상원의원 아서 칼과 하찮은 언쟁을 벌이다 지팡이로 그를 때려 죽인 것이다. 현장에 남겨진 지팡이는 분명 지킬 박사의 것이었으며, 사건 직후 지킬을 방문한 애터슨은 자취를 감춘다고 고한 하이드의 편지를 보게 되는데, 필적 감정 전문가는 그 편지가 지킬의 위필임을 간파한다.

두 달 뒤, 라니온 박사가 애터슨 앞으로 유서를 남기고 병사한다. 봉투에는 특별히 '지킬이 사망하거나 또는 실종되기까지는 뜯지 말 것'이라고 적혀 있다. 얼마 후, 지킬이 하이드에게 죽음을 당했다는 소식을 접한 애터슨은 허겁지겁 실험실로 달려온다. 하지만 거기서 발견된 것은 지킬의 옷을 입은 하이드의 시신이었고, 책상 위에 하이드가 아니라 애터슨을 상속인으로 한 유언장과 상세한 '고백'이 남겨져 있었다.

애터슨은 먼저 라니온의 유서를 읽는다. 칼 살해사건 2개월 후, 라니온은 지킬로부터 연구실의 중요한 서랍을 집으로 가져와 달라는 기묘한 의뢰장을 받았다. 그날 밤 라니온의 저택에 나타난 것은 하이드로, 그가 서랍 속에 든 약을 조제하여 먹자 놀랍게도 순식간에 신장이 커지고 얼굴이 변하면서, 그곳에는 하이드 대신 지킬이 서 있는 것이었다. 인격자이고 덕망 높은 친구 지킬 박사가 칼의 살인범일 줄이야! 이러한 충격은 라니온을 죽음으로 몰고가기에 충분했다.

지킬의 고백서에는 청년 시절부터 관능에 대한 유혹을 억제하지 못해 이중적인 생활을 하며 괴로워했던 일, 인간이 지닌 선악의 이중적 성격 분리를 목표한 연구를 하여 그 약의 힘으로 자신의 내부에 깃들인 악을 독립된 인간으로 변신시키는 데 성공한 일, 그러다 이윽고 선악의 균형이 무너지면서 지킬이 약 없이도 하이드로 변신할 때가 많아진 데 비해, 반대로 하이드가 지킬로 되돌아오는 데는 전보다 몇 갑절의 엄청난 약을 필요로 하게 되었고, 그 약은 이제 어디에서도 구할 수 없게 되었으므로 남은 길은 파멸뿐이라는 내용이 적혀 있었다.

● **주인공 하이라이트**

이 작품은 근대 소설 가운데 상당히 부자연스럽고 현실적으로 있을 수 없는 줄거리를 담고 있다. 작품을 읽지 않고, 단순히 황당무계한 만화쯤으로 치부해 버리는 사람도 있을 것이다. 또 그런 사람들 중에는 작가가 처음부터 지킬과 하이드가 동일 인물의 변형이라고 독자에게 말하고 있다고 생각하는 사람도 많을 것이다. 하지만 원작은 중반부까지 지킬과 하이드가 동일인물임을 말하고 있지 않아 읽는 이들의 궁금증과 의문을 더해 주고 있다.

이어 '지킬과 하이드'를 개념적으로 이해하고 있는 사람들은 지킬을 선인, 하이드를 악인이라 갈라 놓고 선인과 악인이 흡사 평상복에서 외출복으로 갈아입듯 쉽게 변모해 버리는 이야기로 여기기도 하는데, 이 역시 깊이 있는 해석이라고 보기는 힘들다. 지킬 박사는 특별한 선인이 아니라, 내부에 악덕의 충동을 품고 있고 때때로 그것에 지기도 하는 세상의 보통 남자일 뿐이다. 그가 비범한 것은 이러한 내부의 이중성에 대해 심각하게 고민하고 스스로의 악에 대한 지향을 약의 힘을 빌려 해방시키는 발명을 해낸 데 있다. 하지만 이는 인간에게 죄의식을 부여한 신의 뜻에 거슬리는 행위였기에 벌을 받게 된다.

한편 약의 힘에 의해 순수 악의 인격화로 창조된 하이드가, 보통의 연극이나 통속소설에 나오는 악인과는 달리 수십 년간 지킬의 내부에서 억압되고 발육을 저지당한 탓에 젊고, 약하고, 그의 신체까지 발육부진 상태에 있다는 발상은 참으로 재미있다.

●작가의 생애

로버트 루이스 스티븐슨(Robert Louis Stevenson), 소설가이며 수필가. R.L.S.라는 약자로 영국 국민들에게 친근한 그는 1850년 스코틀랜드의 에든버러에서 태어났다. 그의 아버지는 유명한 토목기사였고, 어머니는 프랑스 계 목사의 딸이었다. 어린 시절의 병약함은 일화로 남을 만큼 유명한데, 늘 자리에 누운 채 어머니가 읽어 주는 성경이나 역사책 이야기를 들으며 자라야 했다. 이러한 체험이 그를 시나 문학을 가까이하게 했으며, 풍부한 상상력과 탁월한 문장력을 몸에 익히게 했다. 하지만 아버지의 뜻에 따라 처음에는 대학에서 공학을 공부했고, 이어 법학을 수료한 뒤 변호사로 일했다. 이로 인해 그가 문필에 전념한 것은 상당히 나이가 든 뒤였으며, 악화된 건강을 회복하기 위해 요양을 하면서부터 시작되었다.

1877년 그는 두 아이를 데리고 남편과 별거중인 연상의 미국 여성 파니와 사랑에 빠졌다. 파니가 이혼을 결심하고 미국으로 건너갈 때 그녀를 따라 병든 몸을 이끌고 대서양을 횡단, 불편한 기차를 타고 서부로 서부로 가는 여행을 계속했으며, 온갖 고난을 맛본 뒤에 마침내 그녀와 결혼했다. 그의 명작 모험소설〈보물섬〉은 파니의 아들인 로이드를 위해, 공상의 지도를 머릿속에 그리며 이야기를 들려준 것이 계기가 되어 만들어졌다. 또한 불과 며칠 만에 완성하여 86년에 발표한〈지킬 박사와 하이드 씨〉는 발간 즉시 장안의 화제를 불러일으켰다.

병을 고치기 위해서는 남태평양의 맑은 공기 속에서 살 수밖에 없다고 결의한 스티븐슨은 일가를 이끌고 사모아 섬으로 이주했으며, 이후 다시 영국으로 돌아오지 않았다. 그리고 그곳 섬사람들로부터 '추장'으로 존경과 사랑을 받으며 충실한 6년간의 작가생활을 한 뒤 94년, 44살의 나이로 생을 마감했다. 이밖에도 손꼽을 만한 작품으로는 평이하고 아름다운 문체로 씌어진〈물레방앗간의 윌〉과〈마카임〉, 그리고 아이들을 위한 동요집〈어린이들의 노래 화원〉등이 있는데, 그 중에서도 그의 미완성 작품인〈허미스터 웨어〉는 불후의 명작이라 일컬어진다.

✾ 스티븐슨의 아내는 이미 결혼하여 두 아이가 있는 부인으로 그보다 10살이나 연상이었으며, 체격 또한 스티븐슨보다 훨씬 컸다고 한다. 이로 인해 그들이 스위스로 신혼여행을 갔을 때, 호텔 지배인이 부인을 그의 어머니로 착각하여 난처하게 만들기도 했다.

44 도리언 그레이의 초상
(The Picture of Dorian Gray)
와일드 (1856~1900)

● **작품의 줄거리**

때는 19세기말의 장미 향기 드높은 초여름의 어느 날, 장소는 런던의 버질 홀워드의 화실이다. 지금 그는 한 사람의 청년, 보기 드문 수려한 외모를 지닌 젊은이 도리언 그레이의 초상화에 마지막 마무리 손질을 하고 있다. 그것을 지켜 보던 친구인 헨리 워튼 경은 얼굴 가득 감탄의 빛을 띠우고, "미, 진정한 미는 지적 표정이 시작되는 곳에서 끝이 나지. 지성이란 그 자체가 하나의 과장으로, 그 어떤 얼굴도 망가뜨려 버리지. 이 청년은 분명 무슨 생각 따위에 빠지는 일은 없을 거야, 틀림없어. 이 젊은이는 두뇌가 없는 아름다운 생물체 그 자체야." 라고 말한다. 그때 그 당사자인 청년이 들어온다. 그리고 곧 헨리 경의 요괴스러운 악마적 유미주의 사상에 깊이 매료당한다. 그래서 자신이 어찌되든, 또 무슨 짓을 해서라도 언제까지나 지금의 젊음과 아름다움을 유지할 수 있다면 좋겠다는 강렬한 바람을 품게 된다. 저 초상이 자신의 늙고 추함을 모두 가져가 준다면 얼마나 좋을까 하는 소망을.

도리언은 어느날, 초라한 연극 극장에서 만난 여배우 시빌 베인에게 마음을 빼앗긴다. 하지만 시빌이 무대 위에서 내려와, 그녀가 분했던 연극 속의 줄리엣에서 현실 속의 줄리엣으로 변모하여 '수려한 왕자님' 도리언에게 사랑을 바치자 그의 마음은 차갑게 식어 버린다. 그때 그는 자신의 초상에서 최초의 변화를 발견한다. 스스로의 잘못을 뉘우친 그는 시빌과 결혼할 것을 결심하지만, 그녀는 이미 자살한 뒤였다.

그후 도리언은 점점더 향락적인 생활 속으로 빠져들어간다. 그는 수많은 여자들을 유혹하고, 지저분한 매음굴에 출입하다 끝내는 친구인 화학자와 시빌의 남동생과 화가까지 살해하는 죄를 범한다.

38살이 된 어느 날 밤, 그는 자신의 잘못을 뉘우치고 보기 흉한 자신의 초상화를 없애려고 칼로 그것을 찌른다. 하지만 그것은 바로 그 자신을 찌르는 것이었다. 그와 동시에 도리언의 얼굴은 주름투성이의 얼굴로 변하여 바닥에 쓰러지고 대신 그 앞에는 아름다움과 청춘을 고스란히 간직한 그의 초상화가 걸려 있었다.

● 주인공 하이라이트

스티븐슨은 에드거 앨런 포의 단편 〈윌리엄 윌슨〉을 중편 〈지킬 박사와 하이드 씨〉로 썼는데, 두 가지 모두 이중인격의 문제를 다룬 작품이다. 오스카 와일드의 유일한 장편인 〈도리언 그레이의 초상〉 또한 그의 일종이라고 말할 수 있다. 여기서는 한 인간과 그의 초상의 관계가 전개된다. 그 말로가 자살로 끝나는 것은 세 편 모두 동일하다.

아마도 도리언은 작가에게 있어 청춘의 이상형 같은 존재였을 것이며, 모든 사람의 가슴속에는 그러한 바람이 깃들여 있을 것이다. 주인공은 모든 악업을 쌓아 나가며 여전히 20살의 무구한 청춘의 아름다움을 유지한다. 하지만 그것은 곧 죄와 불행의 표식이었다. 드디어 모든 것에 대한 죗값을 치르게 되는 날이 찾아온다.

시빌의 남동생은 실수로 죽게 했지만, 우수한 젊은 과학자나 화가는 도리언의 피묻은 손에 의해 희생된다. 하지만 그러한 그도 순진한 시골 처녀를 사랑하게 되며, 자신의 욕정을 억누르면서 그녀를 도와준다. 그것은 반성과 속죄를 위한 것이었을까? 그 역시 허영심에서 그녀를 도운 것일까? 아니면 위선이 극에 달해 선량함의 가면을 쓴 채 얼마간의 호기심에서 자기 부정을 시도해 본 것이었을까?

이러한 반성이야말로 그 자신을 희생의 길로 인도해 주는 길잡이가 될 것이다. 하지만 도리언에게 있어서는 그것이 새로운 길로 나아가는 출발점이 아니라 그의 모든 죄업에 종말을 고하는 마지막 뉘우침이었다.

● **작가의 생애**

오스카 와일드(Oscar Wilde), 소설가이며 시인, 극작가, 평론가. 1854년 아일랜드의 수도 더블린에서 출생했다. 그의 아버지는 유명한 안과의사이자 고고학자였으며, 어머니는 여류시인이었다. 더블린 대학을 거쳐 옥스퍼드에서 공부했으며, 이 시절 이탈리아의 라벤나를 노래하여 뉴디기트라는 신인상을 받았다.

1879년 런던에 거주하며 최초의 시집을 출판했고, 유미주의와 그 특유의 기행奇行과 옷차림새로 세인의 주목을 끌었으며, 미국과 영국 등지에서 행한 문예강연 등으로 악명에 가까운 명성을 날리기 시작했다. 이는 모두 빅토리아 시대에 대한 권태감의 표출이자 실리주의에 대한 저항이었다.

이때부터 그는 '예술을 위한 예술'을 표어로 하는 탐미주의를 주장했고 그 선구자가 되었다. 88년에는 동화집 〈행복한 왕자〉를 출판했으며, 이듬해에는 유일한 장편인 〈도리언 그레이의 초상〉을 선보였다. 이어 두 번째 동화집 〈석류나무 집〉, 예술론집 〈의향〉과 시극 〈살로메〉를 비롯하여 4편의 희극 〈윈더미어 경 부인의 부채〉〈보잘것없는 여자〉〈이상의 남편〉〈성실이 중요〉를 차례로 발표함으로써 화려한 성공을 거두었다. 하지만 그는 95년에 영광의 절정에서 순식간에 절망의 나락으로 떨어지게 된다. 그것은 알프레드 더글러스, 즉 퀸즈베리 후작의 방종한 셋째 아들과 벌인 동성애 사건으로 기소되었기 때문이다. 32년 전 저명한 의사였던 그의 아버지가 마약을 사용하여 여자 환자를 범한 혐의로 기소되었던 것처럼. 이로 인해 그는 중노동 2개월의 판결을 받고 투옥되었다.

1897년 5월에 석방되어, 그날 밤 프랑스로 건너가 〈레딩 감옥의 노래〉를 쓴다. 그후 프랑스와 이탈리아 각지를 떠돌아다니며 궁핍하게 살다가 1900년 11월 쓸쓸히 세상을 떠났다.

●기억할 만한 명구

경험이란 각자가 자신의 잘못에 붙여 주는 이름이다.

사람들은 아무런 관심도 갖지 않는 상대에게 늘 친절할 수 있다.

남자는 여자의 최초의 연인이고 싶어하며, 여자는 남자에게 있어 마지막 연인이기를 원한다.

스캔들이란 도덕에 의해 극복된 가십이다.

(〈도리언 그레이의 초상〉에서)

사람은 1인칭으로 말할 때 이미 그 자신이 아니다. 그에게 가면을 주라, 그러면 진실을 말할 것이다.   (〈가면의 진실〉에서)

� 와일드는 정통파로부터 이단시되었는데, 그에 대한 관심은 해를 거듭할수록 높아갔다. 1972년에만 전기가 1권, 그의 인생과 예술을 중심으로 한 평론이 3권이나 잇달아 출판될 정도였다.
✱ 세기말의 미학운동을 보급하기 위해 스스로를 팔며 나선 미국 강연 여행에서 와일드의 인기는 절정에 달했다. 그가 가는 곳에는 항상 젊은 여성들이 구름떼처럼 몰려들어 뭇남성들의 부러움을 샀다고 한다.

45 테스(Tess of the d'Urbervilles)
하디 (1840~1928)

●**작품의 줄거리**

영국 남부의 작은 마을에 사는 가난하고 어리석은 행상 존 더비필드의 장녀로 태어난 테스는 순진하고 아름다운 시골 처녀이다. 그녀의 아버지는 자신이 오랜 기사의 혈통을 이어받은 더버빌 가의 직계라는 이야기를 듣고는, 늘 게으름에 빠져 술만 마시느라 집안은 곤경에 빠진다.

테스는 근처에 살면서 같은 조상의 성을 딴 가짜 친척집에 가정부로 들어간다. 그녀는 그곳에서 그 집의 아들 앨릭의 유혹에 넘어가 몸을 망치고, 결국 임신한 몸으로 집에 돌아온다. 그리고 쌍둥이를 출산하지만 아이는 곧 죽고 만다.

다시 새 삶을 찾기 위해 애쓰던 그녀는 고향을 등진 채 목장의 젖짜는 일꾼으로 가게 되고, 그곳의 목가적 전원 속에서 목사의 아들 에인젤 클레어와 알게 되어 서로 사랑하는 사이가 된다. 그러나 결혼식날 밤, 그녀가 불행했던 자신의 과거를 고백하자 클레어는 그녀를 버리고 멀리 브라질로 떠나 버린다.

테스는 슬픈 현실에 굴복하지 않고 오로지 남편을 기다리며 꿋꿋하게 살아가려고 하지만, 불행이 잇달아 그녀를 찾아온다. 아버지가 세상을 떠나자, 테스는 자신의 가족을 위해 다시 만나게 된 앨릭의 보호를 받지 않을 수 없게 된다. 하지만 돌아온 남편의 모습을 보자 발작적으로 앨릭을 죽이고 남편과 함께 도망쳤던 그녀는 생애 처음으로 행복을 맛보게 된다. 하지만 그것도 잠시, 결국 체포되어 처형됨으로써 그녀의 가혹한 운명은 막을 내리게 된다.

● 주인공 하이라이트

테스는 '건강하고 아름다운 처녀티를 풍기면서도, 때로 그녀의 뺨에는 12살짜리 소녀가 보이는가 하면 눈동자 속에는 9살짜리 소녀가 어른거리'는 청순무구한 시골처녀이다. 하지만 그녀의 인생은 줄곧 뭐라 이름할 수 없는 가혹한 운명에 희롱을 당하게 된다. 그리고 아이러니컬하게도 그녀가 처음으로 운명에 도전한 결과는 살인이었다. 그녀는 자신의 사랑을 지켜 나가려다 그만 교수대의 이슬로 사라지게 된 것이다.

작가는 테스라는 순진한 처녀를 통해 도덕적 편견과 남자의 이기심, 당시의 그릇된 사회적 인습을 고발함과 동시에, 인간의 의지와는 무관한 운명의 장난 같은 것을 극적인 플롯으로 표현했다.

● 작가의 생애

토머스 하디(Thomas Hardy), 소설가이며 시인. 1840년 석공의 아들로 도싯셔 주에서 태어났다. 독서가인 어머니의 영향을 받아 어릴 적부터 책을 좋아했으며, 고독을 사랑했다. 목사가 되려고 했으나 단념하고 건축가의 제자로 들어갔는데, 이른 아침에는 라틴 어와 그리스 어를 공부하는 한편 시작詩作을 게을리하지 않았다고 한다.

이때 쓴 소설이 당시 문단의 대가이던 메러디스에게 인정을 받아 그의 권고로 처녀 장편 〈최후의 수단〉을 간행했으며, 잇달아 발표한 〈녹음 아래서〉 〈푸른 눈동자〉 〈광란의 무리를 떠나서〉가 호평을 얻음으로써 확고한 작가의 위치를 마련했다. 74년 오랜 연인인 에마 기퍼드와 결혼하여 손수 지은 도체스터의 저택에서 살며 꾸준히 작품활동에 전념했다.

영국 문학

　대표적인 소설 작품으로는 〈귀향〉〈캐스터브리지의 시장〉〈미천한 사람 주드〉 등이 있는데, 그는 작품 속에서 당시의 그릇된 인습이나 편협한 종교인들을 비판함으로써 보수주의자들로부터 맹렬한 비난을 받기도 했다.
　만년에는 3부로 된 장편 서사시극 〈패왕〉을 발표하는 등 정력적이면서도 행복한 생활을 보냈다. 1928년에 영면한 그의 유해는 웨스트민스턴 사원에 묻혔으나, 그의 심장만은 유언에 따라 고향에 있는 첫부인의 묘역 옆에 누웠다.

● **기억할 만한 명구**
　자연의 여신은 눈을 뜨면 행복해질 수 있는 때에 "보렴!" 하고 그 가엾은 이들에게 말해 주는 법이 거의 없으며, 또한 "어디!"라는 외침에도 "여기다!"라고 대답해 주는 일이 거의 없어, 결국 그 숨바꼭질은 지루하고 덧없이 끝나 버리고 마는 것이다.

〈〈테스〉 제1편 5장에서 〉

✱ 어느 사람이 하디에게 "당신 작품의 낭독회에서 청중들이 시계를 들여다보면 신경이 쓰이십니까?" 하고 묻자, 그는 "전혀 그렇지 않습니다. 하지만 그 사람이 시계가 가는지 어떤지를 확인해 보려고 귀에 대고 흔드는 것을 보면 무척 신경이 쓰이지요." 하고 대답했다.

46 아들과 연인(Sons and Lovers)
로렌스 (1885~1930)

● **작품의 줄거리**

잉글랜드 중부에 위치한 베스트우드는 17세기 이래 아름다운 초록의 자연으로 둘러싸인 한적한 탄광촌이다. 그런데 19세기 중반에 들어서 대자본이 유입되자 탄광 규모는 갑자기 커지고 근대화되었으며, 주변에는 광부용 조합주택이 늘어서게 된다. 올더 모렐도 이 탄광에서 일하는 광부 중 한 사람이다. 하지만 그의 아내 거둘루드는 광부의 아내로서는 그다지 어울리지 않는 교양을 갖춘 여자였다.

남자는 세련된 상류풍의 숙녀에게 반했고, 여자는 지적인 속박에 얽매이지 않는 생명력 넘치는 남자에게 끌려 결혼을 하게 된 것인데, 냉엄한 현실 앞에 환상은 곧 깨지고 두 사람 사이의 부부싸움은 그칠 줄 모른다. 잇달아 태어나는 이이들의 장래에 대해서도 두 사람의 생각은 달랐다. 남편은 아들들 역시 광부가 되는 것이 당연하다고 생각하지만, 부인은 지적인 직업에 종사하기를 바란다.

어느덧 부인은 남편에 대한 모든 기대를 버리고, 오로지 큰 아들에게 희망을 걸고 살아가게 된다. 장남인 윌리엄은 런던으로 나가 직업을 잡고, 약혼녀를 데리고 의기양양하게 고향을 찾아오지만 그것도 한순간, 폐렴에 걸려 갑작스레 죽고 만다. 그러자 그 다음은 둘째 아들 폴에게 어머니의 모든 사랑과 기대가 돌아가게 된다.

폴 역시 어머니를 마음속 깊이 사랑했고, 무능한 아버지에 대해서는 어렴풋한 적개심과 증오심을 느끼고 있다. 아버지는 산업의 근대화에 뒤처진 패배자였던 것이다. 폴은 노팅엄 회사에 입사하고, 전람회에 그림도 입상하여 어머니의 기대에 보답한다. 그리고 그는 근처 농장주의 딸인 미리엄에게 사랑을 느끼게 되지만, 미리엄은 낭만적인 처녀로 폴의 교양에 끌린 데 지나지 않았다. 폴은 그녀의 정신적이기만 한 사랑에 괴로워하고, 어머니 역시 미리엄을 그다지 달가워하지 않았으므로 두 사람의 사랑은 결국 좌절되고 만다.

이후 폴은, 남편과 별거하며 여권운동에 참가하고 있는 연상의 여인 클라라를 사랑하게 된다. 하지만 폴에게는 미리엄에 대한 미련이 남아 있고, 클라라 역시 남편을 잊지 못하고 있기에 두 사람의 사랑도 결실을 맺지 못한다. 폴이 25살이 되었을 때 어머니가 죽자 그는 완전한 고독감에 빠진다. 하지만 폴은 그러한 고독감 속에서 비로소 어머니의 그늘을 벗어날 수 있었다. 그는 이윽고 자립의 길을 찾아나가게 된다.

● 주인공 하이라이트

주인공 폴 모렐의 특징으로는 무엇보다 상처받기 쉬운 섬세한 감수성을 들 수 있다. 그는 '어둠 속에서 새하얗게, 마치 별의 파편 같은 꽃잎을 피운' 장미를 보고도 크게 감동을 받는 청년이다. 그런 까닭에 거칠고 난폭한 아버지에 대해 공포에 가까운 증오심을 느꼈으며, 지적인 면모를 지닌 어머니를 깊이 사랑한다. 남편에게 절망한 어머니에게 있어 폴은 아들인 동시에 연인이었으며, 이런 특별한 사랑은 폴에게 "전 어머니가 계신 한 절대로 결혼하지 않겠어요."라고 말하게 한다.

폴은 청년기를 지나며 어머니에게서 무의식적인 압력을 느끼게 되며, 그의 첫사랑인 미리엄에게도 그러한 것을 느낀다. 어머니를 사랑하고 아버지에게는 증오에 가까운 감정을 느껴 온 그였지만, 한편으로는 아버지의 소박하면서도 자유로운 성품과 강한 생명력을 이어받고 있었던 것이다. 인간을 속박하는 지성과 의식이――소설은 어머니나 연인이라는 형태를 빌려 나타난 그러한 힘으로부터 해방되어, 주체적이고 자유로운 삶을 향해 나가려는 폴의 삶의 과정을 그린 것이다.

● **작가의 생애**

데이비드 허버트 로렌스(David Herbert Lawrence), 소설가. 1885년, '오랜 전통을 지닌 영국의 농업과 산업주의가 기묘하게 교차한' 노팅엄셔의 이스트우스에서 '자기 이름도 변변히 쓰지 못하는' 우직스런 탄광부인 아버지와, 독서를 좋아하고 표준영어를 구사하는 종교적인 어머니 사이에서 태어났다. 부모의 계급과 교육의 차이에서 비롯된 대립은 로렌스에게 숙명적인 영향을 미치게 된다. 심약하고 섬세한 감수성을 지녔으며 여자아이들하고만 놀면서 성장한 소년에게 있어 어머니의 영향은 더욱 큰 힘을 발휘했다. 노팅엄 고교를 장학금으로 마친 뒤, 사무직 일을 하기도 하고 교사가 되는 길을 찾기도 하면서 '신사'가 되기 위해 노력을 기울인 것 역시 어머니의 꿈을 실현시켜 주기 위한 것이었다. 그런 까닭에 허그스 농장주의 딸인 제시 챔버스와의 연애도 실패하고 말지만 '어머니로부터 생명과 따뜻함과 창작의 에너지를 얻고', 제시로부터 '백광白光처럼 가열차게 타오르는 의식'을 얻어 작가의 길을 걷게 된다.

1912년 위클리 교수의 아내인 프리다와 만나 사랑의 도피, 〈아들과 연인〉을 '함께 살고 함께 괴로워하는' 가운데 완성시킴으로써, 비로소 어머니의 그늘에서 벗어나 작가로서의 성숙기에 접어든다. 1914년부터 18년까지 제1차 세계대전의 악몽 속에서 절망과 싸우며 심오한 종교적 체험으로 쓴 〈무지개〉와 〈사랑하는 여인들〉은 출판 당시 큰 빛을 보지는 못했으나, 그를 20세기 최대의 작가 중 한 사람으로 만드는 대표작이 된다. 그러는 동안 '영국에는 미래가 없다.'는 생각을 하게 되고, 이상향을 건설할 계획으로 종전 이듬해에 영국을 벗어나 오스트레일리아를 거쳐, 미국과 멕시코 등지를 헤매는 방랑 여행을 한다. 그후 2,3차례의 짧은 방문을 제외하고는 고국에 돌아오지 않았으며, 타국에

영국 문학

서 작품 활동을 하다 1930년 44세의 나이로 생을 마감했다.

● **기억할 만한 명구**

나의 위대한 종교는 지식보다도 현명한 피와 그리고 살을 믿는 것이다. 우리의 머리는 그릇된 선택을 할 수 있지만, 우리의 피가 느끼고, 믿고, 말하는 것은 항상 진실이다.

(〈편지〉중에서 1913년 1월 17일자)

(잃어버린 자연과 본성 속에서 인간의 진정한 위상을 회복하고, '성'을 인간관계의 축으로 삼으려 한 로렌스의 종교적 선언이다.)

새는 가고자 하는 곳에 가려고 날고 있을 뿐, 하늘을 나는 일이 영원으로 이어진다고 생각하며 날고 있는 것은 아니다.

(그 어떤 일에서나 종교적인 것을 생각하고, 어떠한 것에서나 신을 발견하려고 하는 미리엄에게 폴이 한 말. 그는 이러한 의식보다 더욱 깊고 근원적인 차원에서 사람과 맺어지기를 갈망했다.)

✱ 로렌스는 〈아들과 연인〉의 폴과 흡사한 성격을 지녔지만, 만년에 접어들면서 지성보다는 순수한 감성을 더 존중하는 쪽으로 기울어졌다. 그는 러셀의 집에서 케인스와 만난 일이 있는데, 이러한 교양인들과 거의 아무런 대화도 나누지 않았다고 한다.
✱ "마음이 채워지지 않은 여자는 사치스러운 물건을 갖고 싶어한다. 남자를 사랑하고 있는 여자는 판자 위에서도 기쁜 얼굴로 단잠을 잔다." —— 여자를 논한 로렌스의 말 가운데서.
✱ 로렌스는 〈채털리 부인의 연인〉에 대해 쏟아진 비난에 답하여 항의문 〈호색문학과 외설〉을 썼는데, 그 안에서 그는 '자유란 사회적인 세계의 거대한 허위로부터 자기 자신을 해방시키는 일'이라 말하고 있다.

47 인간의 굴레 (Of Human Bondage)
서머싯 몸 (1874~1965)

● **작품의 줄거리**

몸의 대표작인 〈인간의 굴레〉는 작자의 자전적 소설이다. 작품은 다음 문구로 시작된다. "잿빛 아침이 밝았다. 구름이 낮게 드리워져 있고, 그것은 몹시도 차갑게 느껴지는데 이제 곧 눈으로 쏟아져 내릴 것 같다. 유모가 아이의 방으로 들어와 창문의 커튼을 젖혔다." 아이의 이름은 필립 케어리로 이 책의 주인공이다.

유모가 아직 채 잠에서 깨어나지 않은 아이를 안고 어머니의 침실로 데려가고, 어머니는 아직도 절반쯤 자고 있는 아이에게 생의 마지막 애무를 보낸다. 그리고 얼마 안 있어 어머니는 죽는다. 아이는 목사인 백부의 집으로 가게 된다. 백부의 집에서 살게 된 소년 필립은 예비학교를 거쳐 킹즈 스쿨에 입학한다. 하지만 그곳에서 그를 기다리고 있었던 것은 악동들의 못된 장난이었다. 필립은 선천적인 절름발이였다. 아이들이란 지독한 일면이 있어서 육체적 결함을 가진 동료를 보면 동정은커녕 오히려 그 결함을 공격하는 버릇이 있다. 이로 인해 소년 필립은 고독하고 우울한 학창 시절을 보내며, 급우들로부터 학대를 받을 뿐 아니라 교사들에게서조차 부당한 대우를 받는다.

이윽고 킹즈 스쿨을 졸업하고, 장래에 대해 백부와 의논한 끝에 옥스퍼드 대학에 입학할 것을 권유받지만, 학교를 졸업하고 성직에 몸담기를 원치 않는 필립은 독일로 유학길에 오른다. 그는 하이델베르크에서 여러 사람들과 사귀며 영향을 주고 받는다. 독일에서 돌아온 후 공인회계사 사무실에서 일을 하던 그는, 우연히 그림에 흥미를 느끼는 자신을 발견하곤, 모두의 반대를 물리치고 파리로 그림 수업을 받기 위해 떠난다. 거기서 그는 많은 예술가 지망생들과 사귀면서 보헤미안적인 생활을 영위해 나간다. 특히 매사를 심각하게만 여겨 왔던 이제까지의 삶과는 대조적으로, '인생이란 페르시아 융단 같은 것으로 아무런 의미도 없는 것'이라는 가르침에 커다란 감명을 받는다.

영국으로 돌아온 뒤 필립은 의학교에 들어가게 된다. 그곳에서 호기심에서 우연히 만난 웨이트리스 밀드레드에게 넋을 빼앗기게 되어 깊은 번민에 빠지고, 결국 그녀로 인해 경제적 위기에 몰려 학업까지 포기해야 하는 지경에 이른다. 심신에 깊은 상처를 입은 필립은 하찮은 소설을 쓰며 가난하게 살면서도 행복해하는 노라라는 중년 여성과 따뜻한 우정으로 맺어지게 된다. 남자에게 버림받고 그 사람의 아이까지 갖게 된 밀드레드는 다시 필립의 집에 찾아와 그에게 매달린다. 참담한 생활을 이어가던 필립은 자기 파괴적인 밀드레드의 행동으로 인해 이윽고 그녀의 손아귀에서 해방된다.

백부가 죽자 그에게 뜻하지 않은 약간의 유산이 들어오고, 필립은 중단했던 학업을 계속할 수 있게 된다. 그는 환자로 알게 된 아테르니 일가와 친밀해지며 그 집의 딸 사리에게 조용한 애정을 느끼게 되어, 마침내 그녀와 결혼해 평범한 생활인으로 살아가기로 결심한다.

필립은 이제까지의 수많은 무의미한 인생사로부터 가능한 한 아름다운 무늬를 짜내려고 노력해 왔다. 하지만 세상에서 가장 단순한 무늬, 즉 사람이 태어나서 일하고, 결혼하고, 아이를 낳고 그리고 죽어간다는 것 또한 완벽한 무늬라는 것을 자신의 눈으로 보게 된 것이다. 행복에 몸을 맡기는 것은 어떤 의미에서 패배를 인정하는 것인지도 모른다. 하지만 그것은 그 어떤 승리보다도 훨씬 훌륭한 패배이다. 이것이 필립이 내린 결론이었다.

● 주인공 하이라이트

필립 케어리는 절름발이로 등장한다. 하지만 진짜 주인공(작자)은 말더듬이였다. 말더듬이를 소설 속에서 절름발이로 바꾼 것이다. 그로 인해 그는 사람들 앞에서 제대로 말을 하지 못했으며, 소심하고 내성적인 성격으로 굳어졌고 사람들과 사귀는 데도 서툴렀다. 늘 자기 자신을 억제하며 살아왔던 것이다. 그의 여성 혐오도 첫째는 이러한 신체적 결함에서 생겨난 것이다. 밀드레드에 대한 필립의 집착은 일종의 자살행위였다. 그의 절름발은 그 자신을 자살로 몰아넣는 대신의 형벌이었다. 그는 자기에게 이러한 형벌을 가함으로써 괴로움으로부터 놓여나려 하고 있다. 즉 괴로움 속에서 은밀히 위안을 찾고자 하는 인간 몸의 삶을 그리고 있는데, 이러한 작가의 특징은 〈인간의 굴레〉 이외의 작품 속에서도 일관되게 그려지고 있다.

● 작가의 생애

서머싯 몸(Somerset Maugham), 소설가이며 극작가. 1874년 11월 25일 파리에서 출생한다. 8살 때 어머니를 잃었으며, 10살 때 아버지마저 세상을 뜨자 목사인 작은아버지 집으로 가서 불우한 소년 시절을 보낸다. 이때의 이야기는 〈인간의 굴레〉 속에 상세히 묘사되어 있다. 청년이 되어서는 세인트 토머스 병원 부속의 의학교에 입학, 재학중에 소설 〈램버스의 라이자〉를 써서 비평가에게 인정받으며 작가로서 데뷔했다.

그로부터 10년 정도 이렇다 할 성공을 거두지 못한 상태에서 평범한 작품 활동을 펴나갔으나, 1908년 희곡 〈프레드릭 부인〉이 큰 성공을 거둠으로써 인기작가로 화려하게 등장, 명성과 부를 한꺼번에 얻기도 했다. 하지만 그의 마음속에 오랫동안 계속해서 쌓여 왔던 수많은 이야기들을 쏟아놓지 않으면 안 될 것 같은 심정이 되어 2년여에 걸쳐 완성한 것이 〈인간의 굴레〉. 발표는 1915년에 했다. 그후 폴 고갱의 생애에 힌트를 얻어 쓴 것이 〈달과 6펜스〉였다. 그밖에도 많은 명작을 썼으나, 그 중에서도 걸작으로 꼽을 수 있는 것은 〈과자와 맥주〉〈면도날〉이다. 48년 마지막 소설 〈카탈리나〉를 발표했으며, 그밖에 뛰어난 여행기나 수필집을 발표했다. 1965년 12월 16일 니스에서 91살의 나이로 사망했다.

서머싯 몸은 선천적인 말더듬 탓인지 병적일 만큼 내성적인 성격이었으나, 사물을 보는 시각은 극히 날카롭고 신랄했다. 하지만 그런 반면 따뜻한 성품을 지니고 있었으며, 여성에 대한 그의 취향은 〈인간의 굴레〉 속에 나오는 사리와 같은 부인이었다. 그가 싫어하는 여성은 자신이 상류 계층에 속해 있음을 강하게 의식하고 있는 콧대높은 부인들이었다.

● 기억할 만한 명구

돈은 제6감과 같은 것으로, 그것이 없으면 다른 감각을 완전히 이용할 수가 없다.　　　　　　　　　　　(〈인간의 굴레〉 중에서)

48 달과 6펜스 *(The Moon and Six Pence)*
서머싯 몸 (1874~1965)

● **작품의 줄거리**

프랑스 후기 인상파 화가인 폴 고갱(1848~1903)의 생애에서 힌트를 얻어 쓴 소설로, 몸에게 장편작가로서의 명성을 굳히게 해준 작품이다.

주인공 스트릭랜드는 영국인이다. 이 작품의 화자는 스트릭랜드의 아내와 친분이 있는 사람으로, 갑작스레 집을 나간 스트릭랜드를 영국으로 데려오기 위해 화자가 파리로 출발하는 데서부터 이 작품은 시작된다. 스트릭랜드를 찾은 화자는 그의 가출 이유를 듣고는 무척 놀란다. 스트릭랜드는 그의 아내가 상상했듯이 젊은 아가씨와 사랑의 도피를 한 것은 아니었다. 그림을 그리고 싶어 17년 동안이나 함께 살아온 부인과 두 아이를 버리고 가출한 것이다. 그는 이미 청춘을 잃어버린 나이였고, 주식 중개인으로서 사회적으로도 안정된 지위를 확보하고 있었다. 그런 그가 세삼스레 그림을 그리겠다며 모든 것을 버리고 혼자 파리로 떠나온 것은 아무래도 납득이 가지 않는 일이었다.

이에 대해 스트릭랜드는 "내가 말하지 않았소. 그림을 그리지 않고는 견딜 수가 없다고. 내 자신도 어떻게 할 수가 없어요. 물에 빠진 사람은 수영을 잘하느니 못하느니, 그런 말을 할 처지가 못 되죠. 어떻게든 헤엄을 치지 않으면 빠져 죽고 말 테니까."라고 대답한다. 화자는 그때 상대의 말 속에서 그의 가슴에서 격렬한 싸움을 벌이고 있는 무서운 힘을 느끼게 된다. 아마도 그런 강렬한 힘이 그 자신의 의지로도 어떻게 해볼 수 없도록 격하게 그를 사로잡고 있나 보다고 생각하며, 자신의 임무를 포기하고 런던으로 돌아간다.

그후 스트릭랜드는 네덜란드 인 화가 더크와 알게 되는데, 그는 일찍부터 스트릭랜드의 천재성을 인정해 준다. 뿐만 아니라 몹시도 착한 성품을 지닌 그는 아내 블랑슈의 세찬 반대를 무릅쓰고 열병으로 고생하는 친구를 자기집으로 데려가 극진히 보살핀다. 하지만 스트릭랜드는 배은망덕하게도 친구의 아내인 블랑슈를 유혹하여 동침하며, 그후 블랑슈는 스트릭랜드의 이기심과 박정함에 절망하여 음독자살을 한다. 그리고 화가 더크는 아내의 죽음을 슬퍼하며 고향인 네덜란드로 돌아간다.

스트릭랜드는 그 뒤 자신의 영혼의 고향을 발견하기라도 한 듯 타히티에 동화되어, 그곳의 원주민 여인 아타를 아내로 삼고 그림을 그리는 일에 몰두한다. 그는 불가사의한 멋진 벽화를 남기지만 결국 전염병에 걸려 그곳에서 죽는다.

● 주인공 하이라이트

스트릭랜드는 엉뚱한 인물이다. 이기심의 화신이라고도 볼 수 있다. 친구의 친절을 무시하고, 오히려 뻔뻔스럽게도 그의 아내를 가로채 은혜를 원수로 갚고도 미안한 마음을 갖지 않는다. 그리고 그전에는 17년간 함께 살아온 아내와 어린 자식들을 버리고도 아무런 양심의 가책을 느끼지 않는다. 이런 사람이 정말로 있을까 싶을 정도로 냉혹한 일면을 지니고 있다. 또 한편으로 그가 예술에 집착하는 태도 역시 그러한 느낌을 갖게 한다. 예술을 위해서라면 그 어떤 것도 돌아보지 않는 무서운 열정은 처절하기까지 하다. 그는 예술지상주의의 화신이라고 할 만한 인물인 동시에 철저히 자기중심적인 생을 살아간 인간이다. 이토록 극단적인 예는 흔치 않지만, 예술을 위한 삶을 위해서는 자기중심적이 될 수밖에 없는 필연의 고리는 아직도 여전히 풀리지 않고 있다.

• **기억할 만한 명구**

괴로움은 인간의 성품을 고양시키지 못하며, 다만 쓸데없이 집념만 강하게 할 뿐이다.

여자는 자기를 사랑하는 남자에 대해, 자기가 그를 사랑하고 있지 않을 때는 잔혹해질 수 있다.

품위 있는 여자는 생활을 위해 일하는 것을 부끄럽게 여긴다.

미감美感은 성본능과 유사하여, 야만성까지도 공유한다

(〈달과 6펜스〉 중에서)

✽ 몸의 작품 가운데 〈채색된 베일〉은 명예훼손으로 기소되기까지 했다. 이 작품은 홍콩을 무대로 삼아 등장인물까지도 실명으로 실었는데, 모델의 고소로 인해 손해배상을 지불하라는 판결을 받았다.
✽ 몸이 자신의 작품 가운데서 가장 애정을 가졌던 것은 〈과자와 맥주〉이다. 이 작품은 발표되기 2년 전에 세상을 뜬 문호 토머스 하디를 모델로 삼았다고 해서 더욱 유명해졌는데, 작가 자신은 나중에 사실과 다르다는 해명을 하기도 했다.
✽ 몸은 여성을 극단적으로 싫어했으며, 동성애 경향이 강했다고 일컬어진다. 실제로 〈면도날〉이라는 작품의 서문에서 그가 우연히 만난 청년을 묘사한 문장 등을 보면 이러한 경향이 두드러지게 나타난다.

49 율리시스 (Ulysses)
조이스 (1882~1941)

● **작품의 줄거리**
전체적인 구성에 있어 호메로스의 작품인 그리스의 대서사시 〈오디세이〉를 모방한 것으로, 율리시스는 〈오디세이〉의 주인공인 오디세우스의 영어명에 해당한다. 〈율리시스〉라는 제목이 시사하고 있듯이 조이스는 이 작품을 그리스 고전과 대응되도록 틀을 선정하였으며, 이른바 신화적 방법으로 그것을 완성시켰다.

두 작품은 등장인물의 기본적 상황도 서로 대응되고 있다. 더블린 시내를 돌아다니는 중년의 광고업자 레오폴드 블룸은 지중해를 편력하는 신화 속의 영웅 오디세우스에 대응되며, 그의 부정한 아내 마리온은 정절을 지킨 페넬로페, 그리고 시인적 기질을 지녔으며 블룸이 부성애를 느끼는 스티븐 디댈러스는 아버지를 찾아 헤매는 텔레마코스에 해당한다. 이러한 대응 속에서 아버지와 아들의 문제, 추방과 회귀의 주제가 부각된다.

〈율리시스〉의 구성은 3부로 이루어져 있는데, 제1부는 3개의 삽화, 제2부는 12개, 제3부 3개, 총 18개의 삽화로 구성되어 있다. 이는 작가의 고향인 아일랜드의 더블린을 무대로 1904년 6월 16일 아침 8시부터 그 다음날 오전 2시까지 일어난 일이 734쪽에 걸쳐 서술된 것이다. 제1부 시작은 마텔로 탑에서 스티븐이 아침식사를 하는 장면이다. 그는 국민학교에서 역사 수업을 한 다음, 해변을 산책하면서 사색에 잠긴다. 제2부도 블룸 부인의 아침식사로 시작된다. 블룸은 거리의 목욕탕에 갔다가 지인의 장례식에 참석하고, 광고 일로 신문사를 방문하고, 점심을 먹고, 도서관에서 자료를 찾아본 뒤 호텔 바에서 여자친구에게 편지를 쓰고, 다른 술집에서는 구설수에 휘말리고, 해안에서 놀고 있는 소녀를 보면서 자위행위를 하고, 아는 사람의 병문안을 갔다가 스티븐과 만난다. 두 사람은 의기투합하여 함께 사창가로 간다. 제3부에선 두 사람의 귀가와 헤어짐이 묘사되며, 침대 속에서 행하는 마리온의 독백으로 끝이 난다.

여기에서 이야기의 줄거리는 그다지 중요하지 않다. 조이스는 '문체의 마술사'라 불리는데, 그의 문체는 대상의 본질에 따라 결정된다. 이 작품에서도 볼 수 있는 다양한 문체는 대상을 끝까지 완전하게 담아내려는 의지의 표상이라 할 수 있다. 그는 인생의 총체적인 모습을 언어에 의해 정착시켰으며, 동시에 그것을 통해 실재의 핵심에 육박해 가고 있다. 조이스는 '의식의 흐름'과 '내면의 독백'을 종횡으로 활용하는 가운데, 영화나 연극의 대사, 음악적 요소, 신문 제목, 고전작품의 패러디 등을 종합적으로 활용하여, 그때까지의 소설 형식을 완전히 뒤엎은 획기적인 작품으로 발표함으로써 전세계의 주목을 끌었다.

● 주인공 하이라이트

헝가리 계 유태인의 피를 물려받은 38살의 광고 담당자 블룸은 '유랑하는 유태인'이며 '지중해를 편력하는 오디세우스'의 현대판이다. 10년 전 생후 11개월 된 아들을 잃은 그는 잃어버린 아들을 22살의 스티븐에게서 발견한다. 고향 상실, 그리고 아버지와 아들의 문제라는 이 작품의 주제는 블룸을 통해 나타나고 있다. 더블린 시내를 방황하는 그는 항상 아내 마리온의 정사를 상상하며 괴로워하는데, 그 자신도 헨리라는 가명으로 한 여성과 은밀한 편지 왕래를 즐기고 있다. 이 '보통의 관능을 지닌 남자' 블룸의 만만치 않은 존재감, 그 둔중하고 무거운 느낌이 있음으로써 이 작품은 관념적 문학의 실험에 그치는 것이 아니라, 살아 있는 양질의 희극적 문학의 높은 자리를 차지할 수 있는 것이다.

관점을 바꾸면 〈율리시스〉의 진짜 주인공은 더블린 그 자체라 할 수 있다. 더블린을 하나의 육체로 간주하면, 이 작품의 등장인물들은 그 육체 안에 흐르는 혈액으로 기능하며, 조이스는 '블룸의 날'의 더블린을 그려냄으로써 현대 세계의 총체적 모습을 제시하려고 시도한 것이다.

• **작가의 생애**

제임스 조이스(James Joyce), 아일랜드의 작가. 그의 생애는 대체로 세 시기로 구분할 수 있다. 제1기는 더블린에서 보낸 청년 시절, 제2기는 트리에스테, 로마, 취리히 등 유럽 각지를 전전하며 보낸 시기, 그리고 제3기는 문학의 거장으로서 파리에서 보낸 시기이다.

조이스는 1882년 2월 2일 더블린의 중류가정에서 태어났다. 아버지는 음악과 술을 사랑했으며 대화를 즐길 줄 아는 외향적인 남자였고, 어머니는 경건한 카톨릭 신자였다. 전형적인 아일랜드 인인 존은 강렬한 개성의 소유자로, 조이스는 아버지에 대해 이렇게 말한 바 있다.

"내 작품 속에 나오는 수십, 수백 명의 등장인물들은 모두 내 아버지로부터 나온 것이다."

엄격한 예수회 계통의 학교를 나온 조이스는 대학 졸업 후 얼마 동안 파리에서 방랑생활을 한 적이 있으나, 어머니의 병으로 인해 곧 귀국해야 했다. 국민학교 임시교사로 있던 1904년 6월 노라라는 시골처녀와 알게 되어 그해 가을 그녀와 사랑의 도피를 한다. 영어 교사를 하여 근근이 생계를 유지해 가면서 창작에 몰두하다가 20년, 에즈라 파운드의 권유를 받아들여 파리로 거주지를 옮겼다. 제2차 세계대전 발발 이듬해 취리히로 피난한 조이스는 41년 1월 13일 그곳에서 58세의 나이로 급서했다.

그의 작가로서의 경력 또한 3기로 나누어 생각해 볼 수 있다. 초기의 조이스는 시, 평론, 소설 등 각 장르마다의 가능성을 모색했으며, 1907년 시집 〈실내악〉을 발표했고, 14년에는 단편집 〈더블린 사람들〉을 간행했다. 〈젊은 예술가의 초상〉의 바탕이 되는 자전적 장편소설 〈스티븐 히어로〉를 집필했던 것도 이 시기이다. 조이스의 재능은 제2기에 본격적으로 꽃피기 시작했다. 16년 〈젊은 예술가의 초상〉, 18년 희곡 〈망명자들〉을 출판하였으며, 22년 드디어 기념비적인 작품 〈율리시스〉가 간행되기에 이르러 작가로서의 확고한 위치를 차지하게 된다.

제3기 해당하는 23년부터 17년간은 〈진행중인 작품〉이라는 가제를 달아 단편적으로 계속 발표한 〈피네건즈 웨이크〉의 완성에 온 정력을 기울였다(39년 간행). 인류의 역사를 하룻밤의 꿈으로 대체하려 한 이 야심의 대작은, 그 몽환적 언어로 인하여 지금까지도 많은 부분이 수수께끼인 채 남아 있다.

• 기억할 만한 명구

그는 교양 있고 다재다능한 인간이지, 블룸이라는 사내 말이야.

(〈율리시스〉 제10화에서)

(〈율리시즈〉를 집필중이던 조이스는 오디세우스를 다재다능한 성격의 소유자라 평했으며, 이토록 다면적인 인간을 그린 것은 호메로스뿐이라고 칭찬을 아끼지 않았다.)

✱ 1906년 9월, 조이스는 로마에 머물면서 남동생 앞으로 보낸 편지에서, 더블린에 사는 아내의 부정 때문에 고민하는 유태인 헌터라는 인물을 주인공으로 한 단편의 복안을 말한 바 있다. 이것이 후일 장편 〈율리시스〉로까지 발전된 것이다.

✱ 〈율리시스〉는 〈리틀 리뷰〉 지에 연재되고 있었는데, 1921년 풍기문란을 이유로 발매를 금지당하기도 했다. 1922년 파리에서 출판되고 난 뒤 미국에서는 33년까지, 그리고 영국에서도 36년까지 출판되지 못했다.

50 댈러웨이 부인 *(Mrs. Dalloway)*
버지니아 울프 (1882~1941)

● **작품의 줄거리**

하원의원의 아내인 51살의 댈러웨이 부인은 웨스트민스터의 자택을 나와서, 오늘 밤에 있을 파티를 위해 본드 가에 있는 꽃집으로 꽃을 사러 나간다. 때는 화창한 6월 저녁 10시 무렵. 상쾌한 바람은 그녀에게 처녀 시절 해변에서 보냈던 한때를 추억하게 한다. 그것은 남편인 리처드와 처음으로 만난 여름이며, 서로 깊이 사랑했던 피터와 헤어진 여름이었다. 감수성이 예민하고 섬세한 성격의 피터에 비해 너그럽고 원만한 리처드와의 결혼생활은 행복했지만, 그녀는 지금까지도 피터와 결혼하지 않은 것은 옳은 일이었을까 자문하고 있다. 소설은 그녀와 남편, 피터, 그녀의 외동딸 엘리자베스와 그 가정교사 등의 의식의 흐름을 따라 전개되고 있으며, 파티가 거의 끝나는 그날 한밤중에 이야기도 막을 내린다.

또 이런 큰 줄기와 나란히 30살의 회사원인 셉티머스 올랭 스미스를 중심으로 한 작은 줄기가 있다. 셉티머스는 제1차 세계대전에 의한 탄환 충격 신경증의 희생자로, 상류 사교계에 사는 댈러웨이 부인과는 아무런 연관도 없다. 그러나 그의 망상과 죽음은 이야기의 큰 줄기와 교묘하게 맞물려 있다. 이는 우선 같은 런던을 무대로 삼고 있으며, 또한 그가 낮에 와서 진찰을 받았던 유명한 정신과 의사가 부인의 파티에 참석하여 그의 갑작스런 자살 소식을 전해 주는데, 이는 부인의 마음에 깊은 충격을 주게 된다. 즉 이 소설은 의회의 대시계가 보이는 곳에서 시간의 제약 아래 사는 여주인공이 세프티머스와 일체의식을 가짐으로써 시간과 죽음의 속박에서 해방되고, 환희와 위기감이 교착되는 과정에서 새롭게 솟아나는 생의 의지를 그리고 있는 것이다.

〈댈러웨이 부인〉은 조이스의 〈율리시스〉가 나온 뒤 얼마 뒤에 씌어진 것으로, 작가의 처녀작 이래의 염원이었던 '침묵(의식의 흐름)의 소설'을 훌륭하게 성취함으로써 그녀의 이른바 '터널식 수법'을 확립한 걸작이다. 조이스와 함께, 이제까지 영국 소설의 중심을 이루었던 인물적 요소를 옆으로 제쳐두고 새로운 분야를 개척해 낸 1920년대의 대표적 작품이라 할 수 있다.

● 주인공 하이라이트

댈러웨이 부인은 금발에 다부진 몸매, 그리고 자그마한 얼굴을 가진 재색을 겸비한 여성이다. 얼른 보아서는 대단히 화려한 생활을 살아가는 반면, 내면적으로는 무척 내성적이며 감수성이 예민하고, 인생의 한장면 한장면을 대단히 소중히 생각하며 사랑한다. 그런 까닭에 여린 그녀의 마음은 매순간마다 전율을 느끼며, '비록 하루일지라도 산다는 일은 대단히 위험하다는 느낌'을 갖는다. 영국의 시인이며 비평가인 에드윈 뮤어는 〈댈러웨이 부인〉을 새로운 형태의 성격소설이라 평했다. 여주인공의 미묘한 마음의 휘장이 내면에서 묘사되는 가운데 복잡하고 생기 넘치는 인물상이 구축되어 있다는 점에서, 댈러웨이 부인은 〈등대에〉의 럼제이 부인과 함께 소설 속에 살아 있는 불후의 여주인공이라고 할 수 있을 것이다.

● 작가의 생애

버지니아 울프(Virginia Woolf), 여류작가. 1882년 런던에서 출생했다. 아버지는 저명한 문예 비평가이자 철학자인 레즐리 스티븐이다. 그녀의 문예 활동은 1904년 〈가디안〉지 서평에서 시작됐다. 3년 뒤에

영국 문학

는 본격적인 소설을 쓰기 시작했으며, 이것이 1915년 〈출항〉으로 출판되었다. 그녀는 이미 1912년 오빠 친구인 레너드 울프와 결혼했는데, 의사의 충고로 출산을 단념하고 문필활동에만 전념했다. 장편으로는 〈밤과 낮〉〈제이콥의 방〉〈댈러웨이 부인〉〈등대에〉〈파도〉〈세월〉, 유작인 〈막간〉 등이 있으며, 수많은 단편과 수필, 평론 등을 남겼다.

창작에 대한 집념과 함께 평생 그녀를 따라다닌 것은 정신질환이었다. 1895년 어머니가 죽은 뒤 발병하여 일단 회복됐으나, 아버지 사후에 다시 발병, 이후 1941년 3월 28일 우스 강에 투신하기까지 헌신적인 남편의 보호 아래 병마와 싸우며 집필활동에 열중했다.

❋ 버지니아 울프는 정규 대학교육을 받지 못했으나, 아버지의 풍요로운 서고에 틀어박혀 마음껏 지적 자양분을 빨아들일 수 있었다. 또한 그리스 어까지 공부했으며, 케임브리지 대학에서 공부하는 오빠나 동생의 친구들인 각 방면의 수재들과 사귀며 인생의 폭을 넓혀 나갔다.

51 채털리 부인의 연인
(Lady Chatterley's Lover)
로렌스 (1885~1930)

● **작품의 줄거리**

잉글랜드 중부의 더비셔 고지대에는 탄광촌과 올망졸망한 집들을 발 아래 내려다보며 고풍스런 라그비 저택이 자리잡고 있다. 장남이 전사하자 그 뒤를 이어 상속인이 된 클리퍼드 채털리의 집이다. 그는 1917년 유럽의 자유스런 예술적 분위기 속에서 교육을 받은 콘스탄스 리드(코니)와 결혼했으며, 1개월간의 신혼여행을 마친 뒤 전장으로 돌아간다. 그리고 그로부터 6개월 뒤에 중상을 입고 본국으로 송환되며, 2년간의 투병생활도 헛되이 영원한 하반신 불구의 몸이 되고 만다. 그때 클리퍼드의 나이 29살, 아내 코니는 22살이었다.

휠체어 위의 인생은 클리퍼드를 점점 관념적인 사람으로 만들어 갔다. 어느 2월의 서리가 내린 아침, 그는 저택의 숲속을 산책하면서 코니에게 다른 남자의 아이를 낳아 주면 대를 잇게 하겠다는 이야기를 진지한 얼굴로 말할 정도이다. 코니는 당혹감을 감추지 못하며, 그러한 클리퍼드와의 정신생활 속에서 아내로서 최선을 다하지만, 점점 쇠퇴해 가기만 하는 그녀의 생명력은 어찌해 볼 도리가 없다. 코니의 조락을 곁에서 지켜 보다 못한 그녀의 언니 힐다가 클리퍼드를 보살피는 데 간호사를 고용하도록 반강제로 승낙을 받아냄으로써, 그녀는 비로소 정신과 육체 모두 남편의 그늘로부터 해방되게 된다. 그때 처음으로 나타난 남자가 극작가 마이클리스였다. 하지만 그는 자기 중심적인 사람으로, 상대의 마음을 헤아릴 줄 모르는 비정함이 코니에게 외로움만 더해 준다.

　어느 날 저녁, 평소처럼 숲을 산책하던 코니는 밤을 대비하여 산지기 라메즈가 꿩새끼들을 우리에 넣고 있는 모습을 보게 된다. 그녀는 그 앞에 쪼그리고 앉아 새끼들을 만져 보려고 손을 내밀지만 어미에게 쪼이고 만다. 그러자 라메즈는 웃으면서 새끼를 집어 그녀의 손 위에 올려놓아 주는데, 꿩새끼의 아련한 생명의 떨림이 그녀의 손에 전해지자 생명에 대한 본능적 사랑이 그녀에게 자신도 모르게 눈물을 쏟게 한다. 라메즈는 아내가 다른 남자와 달아나는 쓰라린 체험을 겪고 세상과 인연을 끊은 채 4년 동안 숲속에 살면서 산지기 생활을 해왔으나, 이미 사그라 들었으리라 생각했던 세찬 불길이 자신의 몸속에서 타오르는 것을 느끼며 코니를 자신의 오두막으로 초대한다. 코니 역시 그에게서 전해지는 따뜻하고 친절한 애정을 느끼며, 그의 손길이 자신의 몸에 닿아 오는 대로 몸을 맡기다가 마침내 라메즈의 모든 것을 받아들이게 된다.

　라메즈와의 거듭되는 밀회 뒤, 코니는 자신의 뱃속에 새로운 생명이 깃들였음을 느낀다. 그러자 그녀는 황폐한 겨울 같은 클리퍼드와의 정신적 생활과 결별하고, 라메즈와의 새로운 생활을 시작하기 위해 잠시 베니스로 여행을 떠난다. 뱃속에 자신의 아이를 가진 채 얼마간 떨어져 지내고 있는 코니에게 라메즈는, 지금은 휴식의 시간인 겨울이지만 몸과 마음을 맑게 하여 새로운 생명이 탄생되게 될 다가오는 봄을 조용히 기다리지 않겠느냐는 편지를 보내온다.

● 주인공 하이라이트

　이 책은 본래 〈다정함〉이라는 제목으로 씌어졌던 로렌스의 마지막 장편소설이다. '다부진 육체를 가졌고 어딘가 순박한 느낌을 가진' 생명력 넘치는 도시 처녀 코니가, 클리퍼드와의 정신적 생활 속에서 점차 생명력을 잃어가다가, 마침내 '따뜻하고 야성적이면서도 부드러움'

을 간직한 채 고독을 견디며 자연 속에서 살아가는 산지기 라메즈와의 만남을 통해 진정한 여성, 진정한 모성에 눈떠 가는 생의 편력에 관한 이야기이다. 새로운 삶의 방식을 모색하기 위해 세계 각지를 여행한 작가 로렌스가 다다른 곳이, 웅대하면서도 부드러운 남성과 모성으로 화한 라메즈와 코니의 보금자리인 잉글랜드의 숲이었다고 한다면, 이 숲은 그곳으로의 회귀를 염원하는 에덴 동산이라고도 볼 수 있을 것이다. 진정한 생의 배우자를 얻어 삶을 구가하는 라메즈와 코니의 모습은 바로 에덴 동산에서 뛰노는 아담과 이브의 원형인지도 모른다.

● 기억할 만한 명구

현대는 본질적으로 비극적인 시대이다.

(로렌스는 이 말을 통해 현대인의 불안과 절망, 현대를 살아가야 하는 만만치 않은 결의를 대변해 주고 있다.)

✱ 우리나라에서도 외설 시비로 많은 수난을 받았던 이 책은, 본국인 영국에서도 물론 예외가 아니었다. 그러나 당연한 일이겠지만, E.M. 포스터 등 당대의 일류 작가나 평론가들의 옹호를 받아 재판에서는 무죄를 선고받았다.

52 성채(The Citadel)
크로닌 (1896~1981)

● **작품의 줄거리**

학교를 갓 졸업한 청년 의사 만슨은, 원대한 꿈과 희망을 안고 남 웨일스의 탄광촌으로 들어가 작은 병원에서 일을 시작한다. 의사로서의 인생에 첫걸음을 내딛은 그는 사회의 모순과 인간의 추악한 본성, 무기력과 탐욕에 때론 분개하고 때론 좌절을 맛보면서도 끝까지 인간애와 정의감을 잃지 않고, 감연히 이러한 것들과 맞서 한가지 한 가지씩 앞을 헤쳐나간다. 그러한 것들은 곧 그를 성숙케 하고, 인간적으로도 원만하게 만든다――그 모습은 실로 맨손으로 바빌론의 성채를 공략하기 위해 맞선 한 사람의 전사나 다름없었다.

격무 속에서도 공부를 계속하여 박사학위를 획득한 그는 결심을 하고 런던으로 가 병원을 개업한다. 그것은 그에게 상상도 하지 못한 대성공을 안겨 주게 되고, 상류사회와 접하면서 얻은 지위와 명성과 부는 그를 맹목적인 인간으로 만들어 버린다.

그러다 이윽고 어떤 비극적인 사건을 계기로 그는 자신의 모습을 되돌아 보게 되는데, 그에게 남겨진 것이라곤 공허한 생활과 서로 사랑했던 부인과의 사이에 놓인 차가운 벽뿐이었다. 하지만 그에게는 아직 세속적인 것을 떨치고 새로운 생활로 뛰어들 만한 용기가 남아 있었다.

그렇게 겨우 재출발을 다짐했을 때 정작 그를 찾아온 것은 아내 크리스틴의 갑작스런 죽음이었으며, 엎친 데 덮친 격으로 의사자격 박탈이라는 위기가 닥쳐온다…….

● 주인공 하이라이트

〈성채〉의 주인공인 만슨은 바로 작가 자신이라고 해도 과언이 아니다. 가혹하면서도 열정적인 의식과 스코틀랜드 인 특유의 강한 끈기, 만슨의 사상이나 체험은 모두 작가 크로닌이 의사로서 걸어왔던 길이며, 그가 이상으로 삼은 삶의 방식 그 자체였다. 의사라는 직업을 통해 만슨은 인간사회의 암적 존재라 할 수 있는 추악한 면들과 과감히 맞선다. 한때 그 자신도 성공하여 출세욕과 금전욕의 포로가 되기도 하지만, 어떤 사건을 계기로 과거에 가졌던 이상을 되찾게 되고 인간적인 의사로서 새로운 출발을 꾀한다.

● 작가의 생애

애르치밸드 조지프 크로닌(Archibald Joseph Cronin), 소설가. 1896년 스코트랜드의 헬렌스부르에서 태어났다. 어렵게 글래스고 대학 의학부에 진학했으며, 재학중 제1차 세계대전이 발발하여 해군 군의관으로 종군했다. 군복무 후에는 다시 학업을 재개하여 우수한 성적으로 졸업. 이후 독일 항로의 선의, 병원 근무, 탄광촌 의사 등을 거치며 공부를 계속하여 박사학위를 취득, 영국의학회 회원과 공중위생보건의 자격을 얻는다.

이윽고 자신의 병원을 세웠으나, 과로로 인한 십이지장궤양에 걸려 의사생활을 중단하고, 고향으로 돌아가 요양생활을 하며 창작에 뜻을 두었다. 이렇게 해서 3개월 만에 완성한 것이 처녀작 〈모자장수의 성成〉인데, 이 작품은 즉각 21개 국어로 번역되며 선풍적인 인기를 얻었다.

그는 주로 뛰어난 구상력을 바탕으로 한 대하소설을 써서 수많은 독자층을 확보했으며, 작품의 저변에 흐르는 훈훈한 휴머니즘을 강점으로 지니고 있다. 대표작으로는 〈천국의 열쇠〉〈순애기〉〈결혼의 조건〉〈미의 십자가〉〈인생의 도상에서〉 등 수많은 작품이 있다.

• 기억할 만한 명구

잊어버리셨나요? 인생은 머지의 것에 대한 공격이며, 거센 돌격전이라고 자주 말씀하셨잖아요 —— 꼭대기에 있다는 것만 알고 눈에는 보이지 않는 성채를 무슨 일이 있어도 꼭 탈환해야 한다고, 당신은 늘 그런 기세셨어요!

(만슨이 성공에 눈이 어두워 악마에게 영혼까지 팔아 버렸음을 알게 된 아내 크리스틴이, 남편에게 반성을 촉구하며 이전에 그가 했던 말을 상기시켜 주는 대사이다.)

53 레베카(Rebecca)
듀 모리아 (1904~   )

●**작품의 줄거리**

이 장편소설의 화자인 '나'는 유한부인의 시중을 드는 내성적인 젊은 여자인데, 우연한 기회에 유명한 맨들레이 저택의 상속자인 중년의 영국 신사 맥심 드 윈터와 신분에 걸맞지 않는 결혼을 하게 된다. 그래서 명문가의 안주인으로 들어앉기는 했지만, 바다에서 조난사한 미모의 전처 레베카가 지금도 살아 있는 것처럼 집안의 모든 것을 계속 지배하고 있는 저택의 분위기에 잔뜩 주눅이 들어 있다. 뿐만 아니라 인습과 전통에 심한 부자유를 느끼며 때로 엄습하는 불안과 두려움에 시달린다. 게다가 죽은 레베카를 추모하는 가정부의 언동은 '나'를 공포에 몰아넣기에 충분하다.

'나'는 그저 남편의 애정에만 의지한 채 곧 숨이 끊어질 듯하면서도 위태위태 행복을 찾아나간다. 하지만 아버지와 딸만큼이나 차이가 나는 남편의 마음은 '나'에게 궁극적인 만족감을 주지 못한다.

그런 중에 우연히 매장했다는 레베카의 사체가 바다의 범선에서 발견되고, 그날 밤 남편은 '나'에게 자신이 레베카를 살해한 것이라고 고백한다. 레베카의 죽음에 의혹을 품었던 당국이 조사를 개시하지만, 결국 자살로 판정이 난다.

레베카에 의해 확립된 맨들레이 저택의 권위와 질서에 억눌려 불안과 초조에 떨던 '나'는, 마지막으로 허식과 전통의 상징인 맨들레이 저택을 불태워 버림으로써 이제 모든 속박에서 풀려났음을 깨닫게 된다.

그리고 서로 사랑하고 있다는 사실을 알게 된 두 사람은 평화로운 생활을 찾아 외국으로 떠난다.

● 주인공 하이라이트

〈레베카〉의 주인공은 누구일까? 늘 불안과 두려움에 떨며 세상 일에 어두운 나(화자)와, 맨들레이 저택의 상속자인 맥심 두 사람에게는 이렇다 할 개성이 없다. 기껏해야 사랑을 알았을 때 가해지는 여성의 심리와, 남에게 말할 수 없는 비밀을 간직한 채 늘 초조해하며 살아가는 무능력한 몰락 귀족이 있을 뿐이다.

레베카는 맥심의 전처인데, 이야기에는 한 번도 등장하지 않는다. 사람들의 입을 통해 비길 데 없는 미모와 재능이 이야기될 뿐이나, 그럼에도 작품 속의 모든 이들을 지배하며, 분위기를 압도해 나간다. 작가는 여기서, 모든 사람들에게 흠모되고 상찬을 받았던 흠잡을 데 없는 그런 여성이 갑자기 완전히 다른 인물로 변모해 버리는 모습을 보여 줌으로써, 인간이 지닐 수 있는 무서운 이중성을 드러내고 있다.

● 작가의 생애

다프네 듀 모리아(Daphne du Maurier), 소설가. 1904년 런던의 예술적 명문가에서 태어났다. 작가이자 배우로서 이름을 떨쳤던 그의 할아버지는 그녀에게 풍부한 예술적 감성을 물려주었다. 귀족적인 가정 분위기 속에서 다프네는 정규 학교에 가는 대신 저택에서 가정교사로부터 교육을 받으며 자랐다.

어릴 적부터 소설을 좋아해 닥치는 대로 책을 읽었으며, 15살 때부터 시나 소설을 쓰기 시작했다. 31년 처녀장편 〈사랑은 모든 것 위에〉로 본격적인 작가로 데뷔했으며, 3년 뒤에 발표한 〈레베카〉에 의해 그녀의 명성은 부동의 위치를 점하게 되었다. 57년에는 절필선언을 하여 화제를 불러모으기도 했는데, 60년대 중반부터 다시 작품을 발표하기 시작해 많은 화제작들을 낳았다.

●기억할 만한 명구

저 사람은 아내로서 필요한 세 가지 덕목을 두루 갖추고 있습니다. 그것은 교양과 두뇌와 아름다움이지요.

(그대로 결혼식 축사로 쓸 수 있을 듯한 말인데, 이는 레베카에게 보내진 찬사의 전형적인 예이다. 또한 동시에 독자들에게는 겉모습에 휘둘려서는 안 된다는 교훈도 주고 있다.)

✽ 〈레베카〉는 여러 나라 말로 번역되었으며, 거장 알프레드 히치콕 감독이 메가폰을 잡고 로렌스 올리비에가 주연을 맡아 영화화되기도 했는데, 이는 로맨틱 스릴러의 고전으로 꼽히고 있다.

54 동물농장(Animal Farm)
오웰 (1903~1950)

● **작품의 줄거리**

존스의 '장원농장'에 사육되고 있던 수많은 동물들은 돼지의 유언에 따라 반란을 일으키게 되고, 그것이 뜻밖의 성공을 거둔다. 그들의 앞길에는 많은 어려움이 기다리고 있었으나, 이제 '동물농장'의 주인이 된 그들의 가슴속에는 희망이 부풀어 있고, 모두들 열심히 일을 한다.

그들의 리더는 수돼지인 스노볼과 나폴레옹인데, 이상주의자인 스노볼은 풍차를 건설하여 농장의 기계화를 추진할 계획을 세운다. 하지만 나폴레옹의 음모로 스노볼은 추방되고, 그를 도왔던 동물들이 잇달아 처형되면서 나폴레옹은 독재자가 되어 간다.

풍차는 처음에는 폭풍에 쓰러지고, 두 번째는 농장의 약탈을 기도한 존스 일당에 의해 폭파되지만 동물들은 좌절하지 않는다. 그 중에서도 눈부신 활약을 하는 것이 말이다. 하지만 말도 결국 과로로 쓰러지고, 즉각 마을의 도살장으로 보내진다.

몇 년 뒤 풍차도 완성되고 생산성도 향상되지만, 돼지 이외의 동물들의 생활은 전혀 나아지지 않는다. 과거의 '다리 두 개는 적, 다리 네 개는 아군'이라는 슬로건을 잊어버린 듯 근처의 농장주들과 거래를 시작한 돼지들은, 어느 날 밤 그들을 연회에 초대한다. 그들이 두 다리로 서서 인간들과 건배를 나누는 모습은, 더이상 누가 인간이고 누가 돼지인지 분간이 되지 않는다.

〈우화〉라는 부제가 붙은 이 소설은 두말할 나위도 없이 구소련에 대한 풍자소설이다. 작가는 1917년 2월혁명에서부터 43년 테헤란 회의에 이르기까지 소련의 역사를 충실히 재현해 가며 스탈린 독재를 열렬히 비판한다.

이 소설은 44년 2월에 완성되었는데, 당시 소련이 영국의 동맹국이었던 관계로 출판이 허락되지 않았으며, 종전 후인 45년 8월이 되어서야 드디어 빛을 보게 되었다. 그리고 얼마 안 있어 미소 냉전시대에 돌입하자 일약 베스트셀러가 되었다.

● 주인공 하이라이트

이론가이자 웅변가인 스노볼은 트로츠키를, 그리고 말없는 모략꾼 나폴레옹은 스탈린을 묘사한 것인데, 돼지는 아마도 레닌을 모델삼아 그린 것으로 보인다. 오웰이 얼마나 스탈린을 증오했는지는 그 일기의 한 구절에 들어 있는, '이 타도해야 할 살인마'라는 문장에서도 분명히 엿볼 수 있다.

● 작가의 생애

조지 오웰(George Orwell), 소설가이며 평론가. 1903년 부친의 임지인 독일에서 태어났다. 1907년 귀국하여 명문 이튼 교를 졸업했으나 대학에는 진학하지 않았으며, 경찰관으로 미얀마에 부임했다. 그러나 영국 제국주의의 첨병이랄 수 있는 식민지 경찰관직을 더이상 견디지 못하고 1927년 귀국, 작가의 길을 걷기 시작했다. 이윽고 사회주의자가 되었으며, 스페인 내전에서는 트로츠키스트 계의 POUM(마르크스주의 통일노동당) 부대에 들어가 싸우다 목에 부상을 입었다. 그러나 소비에트에 조정되는 공산당이 다른 당파에 대해 퍼붓는 거센 탄압을 목격한 뒤 평생 반공주의자, 반전체주의자가 되었다. 〈동물농장〉에 이어 49년에는 반전체주의의 미래소설 〈1984년〉을 썼으며, 50년 결핵으로 사망했다.

• **기억할 만한 명구**

모든 동물은 평등하다. 그러나 어떤 종류의 동물은 다른 동물보다 더욱 평등하다.

(동물들의 혁명이 성공을 거둔 뒤 돼지들은 창고 벽에 7개 항목의 슬로건을 적어 놓았다. 하지만 차츰 그들이 독재권을 쥐게 되자 그것들이 잇달아 수정되었으며, 이 일곱 번째 항목도 처음에는 전반부뿐이었으나 어느 사이엔가 후반부가 추가되었다.)

55 제3의 사나이 (The Third Man)
그린 (1904~   )

● **작품의 줄거리**

작가인 롤로 마틴즈는 오랜 친구인 허리 라임의 초대를 받아 제2차 세계대전 직후의 빈에 가게 되는데, 라임은 마중을 나오지 않았다. 곧 라임이 차에 치어 즉사했다는 소식을 듣게 되고, 묘지에 가보니 그는 이미 매장된 뒤였다. 라임의 친구라 칭하는 클루츠가 나타나, 라임이 죽을 때 마틴즈의 일을 부탁한다는 말을 남겼다는 이야기를 들으면서부터 마틴즈는 라임의 죽음에 어떤 문제가 있는 것이 아닐까 하는 의문을 갖게 된다.

클루츠의 말로는 라임이 그와 함께 아파트를 나서다, 길 건너편에 있는 친구 쿨러를 발견하고 길을 건너려다 그만 지프에 치었으며, 구급차가 왔을 때는 이미 죽어 있었다는 것이다. 하지만 라임의 이웃에 사는 사람으로 시체안치소에서 일하는 고호는, 전문가의 눈으로 봤을 때 그는 분명 즉사했고, 세 사람의 남자가 그 시체를 운반하는 것을 목격했다고 한다.

그렇다면 클루츠와 쿨러 외에 또 한 명의 남자, 제3의 사나이가 있었다는 이야기가 된다. 하지만 쿨러는 제3의 남자가 있었다는 사실을 부정한다. 이 말을 들은 마틴즈는 라임의 연인이었던 안나와 함께 고호의 아파트를 찾아가 보는데, 그는 이미 누군가에게 살해되어 있었다. 수수께끼는 점점 깊어질 뿐이다.

그 시각, 심야의 거리에 라임으로 보이는 사람이 나타났다가 곧 광고탑 근처에서 사라져 버렸다. 그곳은 지하 수도관으로 통해 있었다. 라임은 죽지 않고 그곳에서 숨어 있었던 것이다.

라임이 약 밀매에 관여했고, 그 약으로 인해 수많은 희생자가 생겨났다는 사실을 알게 된 마틴즈는 경찰의 협력 아래 지하 수도관 대포획 작전을 펼치게 되고, 결국 라임은 친구의 총에 맞아 숨을 거두게 된다.

● 주인공 하이라이트

빛과 그림자의 강렬한 대비 속에서 홀연히 나타났다 사라지는 강한 눈빛의 남자——캐롤 리드 감독이 만든 영화 〈제3의 사나이〉에서 열연한 오손 웰스는, 허리 라임으로 완벽하게 변신하여 관객들을 사로잡기도 했다. 작품 속에서 그는 전쟁 직후 물자부족과 혼란을 틈타 암거래로 큰돈을 벌었으나 결국 파멸의 구렁텅이에 빠지게 되었고, 급기야는 친구의 손에 죽는다는 평이한 줄거리 속에 놓여 있다. 이렇게 되면 권선징악적인 흔한 소재를 다룬 것 같지만, 이 작품은 그린의 손에 의해 인간 존재의 심층부가 적나라하고 밀도 있게 파헤쳐져 성공을 거두었다.

이 작품에도 '쫓는 자'와 '쫓기는 자'라는 그린 특유의 도식이 그려지고 있는데, 친구가 친구를 쫓는 이 이야기는 결국 신에게 쫓기는 인간이라는 종교적 주제에 닿아 있다.

● 작가의 생애

그레엄 그린(Graham Greene), 소설가. 1904년 출생. 아버지는 퍼블릭 스쿨의 교장이었는데, 유리문 한 장을 경계로 한쪽은 사랑과 평화가 넘치는 가정이고, 다른 한쪽은 지옥과 같은 학교라는 특이한 환경 속에서 유년 시절을 보냈다. 일찍부터 독서의 즐거움에 탐닉했으며, 선과 악에 관한 종교 문제로 많은 사색을 하게 되면서부터 문학 창작의 의욕을 자각하게 되었다. 옥스퍼드를 졸업하고 저널리스트가 되었으며, 1929년 처녀작 〈내부의 나〉를 통해 작가로서의 인정을 받기 시작했다. 〈힘과 영광〉〈사물의 핵심〉〈정사의 끝〉 등의 본격소설과, 〈스탠볼 특급〉〈권총을 팝니다〉〈밀사〉 등의 오락소설도 많이 내놓았다.

그의 작품은 대부분이 쫓고 쫓기는 스릴러 소설적 수법을 통해 악의 지배를 그리면서도, 거기에서 역설적으로 신의 사랑 등 종교적 음영을 부각시키는 독특한 개성을 지니고 있다. 노벨 문학상 후보에도 올랐으며 소설 이외에 극, 여행기, 자전, 평론을 쓰기도 했다.

미국 문학

> **"**
> 난 내가 믿는 것을 위해 1년간 싸워 왔다.
> 내가 여기서 이긴다면 나는 언제까지나 이길 것이다.
> 세계는 훌륭하며 그것을 위해 싸울 만한 가치가 있다.
>
> 헤밍웨이
> **"**

56 스케치북(The Sketch Book)
어빙 (1783~1859)

● **작**품의 줄거리

어빙이 영국에 머물면서 썼던 수필과 기행문, 단편 등 34편의 소품을 모은 것으로, 영국에서 씌어져 유럽, 특히 영국의 풍속이나 관습을 다룬 것이 많다. 또 미국에 관한 내용이나 인생의 보편적인 이야기도 담고 있으며, 이것이 기묘하게 애잔함을 불러일으키는 수작이라 평해진다. 여기서는 '리프 반 윙클'의 이야기를 소개한다.

리프 반 윙클은 네덜란드 계의 미국인으로 식민지 시대 때 뉴욕의 작은 마을에서 살고 있었다. 어느 가을날, 리프는 어깨에 엽총을 메고 유일한 친구인 애견 울프와 함께 산속 깊이 들어가게 된다. 그리고 그는 그곳에서 옛날 네덜란드풍의 복장을 한 기묘한 사람들이 재미있게 놀고 있는 모습을 보게 된다. 리프는 그들의 놀이를 지켜 보면서 무심코 거기에 놓여 있던 술을 마셨는데, 갑자기 걷잡을 수 없는 졸음이 몰려와 그대로 곯아떨어진다. 이튿날 눈을 떠보니 주위에는 사람의 그림자가 보이지 않았고, 울프의 모습도 보이지 않았다. 리프는 이상하게 여기며 집으로 돌아갔는데, 아는 사람이라고는 단 한 명도 만날 수가 없었으며, 집에는 잔소리꾼인 아내의 모습조차 보이지 않았다. 늘 가던 마을의 여인숙에 가보니, 전에 있었던 조지 3세의 초상화 대신 워싱턴 장군이라고 적힌 남자의 것이 걸려 있었다. 이윽고 그 자리에 모인 사람들의 기묘한 이야기를 통해 리프는 시대가 완전히 바뀌었다는 것을 알게 된다. 그가 산에서 잠들어 있던 그 사이 미국은 독립전쟁을 거쳐 합중국이 되어 있었다. 리프가 단 하룻밤이라고 생각했던 것이 실은 20년의 세월이었던 것이다.

● **주인공 하이라이트**

마음좋고 소박한 남자로 웬지 돈과 관련된 일만은 무척이나 하기 싫어했던 인물이 이 작품의 주인공인 리프 반 윙클이다. 윙클은 동네 아주머니들에게 무척 인기가 있었으나, 아내의 기세에 눌려 기를 못 펴고 사는 공처가의 전형이다. 여기서는 너무나 실리적이 되어 버린 현대의 남성에 대해, 또한 미국적 가정에 대한 비판이 엿보인다.

● **작가의 생애**

워싱턴 어빙(Washington Irving), 수필가이며 소설가. 미국이 독립전쟁에서 승리를 거둔 1783년 뉴욕에서 출생했다. 부유한 상인의 집안에서 자란 그는 가업을 이어받는 한편, 문학적 소양을 쌓아 가며 형과 함께 잡지를 발간하기도 했는데, 1809년 풍자적이며 해학적인 〈뉴욕 사〉를 내놓아 작가로서 인정을 받게 되었다. 1815년 영국으로 건너갔는데, 가업으로 이어오던 상회가 파산하자 문필로 생계를 꾸려나갈 수밖에 없게 된다. 이렇게 해서 태어난 것이 〈스케치북〉이며, 그는 이 작품에 의해 국제적인 명성을 획득한 최초의 미국 문학가가 되었다. 다른 주요 작품으로는 〈알함브라 이야기〉〈콜럼버스 전〉〈조지 워싱턴 전〉 등이 있다. 1859년에 사망.

● **기억할 만한 명구**

나의 조국은 젊은 희망으로 가득 차 있다. 반면 유럽은 오랜 세월에 걸쳐 축적된 보물로 가득 차 있다. (작가의 자기소개 중에서)
(여기서 말하는 보물이란 문화적 유산을 일컫는 것으로, 교양 있는 미국인의 유럽관을 잘 나타내 주고 있다.)

57 검은 고양이(The Black Cat)
에드거 앨런 포 (1809~1849)

● **작품의 줄거리**

동물을 좋아하던 나는 플루토라는 검은 고양이를 기르지만, 술로 몸을 망치면서부터는 점점 그 고양이를 싫어하게 되었고, 어느 날 밤 술에 취해 그만 고양이의 한쪽 눈을 도려내고 말았다.

얼마 지나서는 검은 고양이를 목매달아 나무에 걸어 두었는데, 그날 밤 집에 불이 나서 몽땅 타버렸다. 그리고 타다 남은 벽에는 고양이의 모습만이 선명하게 남게 되었다.

그후, 나는 술집에서 가슴에 흰 줄이 있는 검은 고양이를 발견하곤 집에 데려와 기르기 시작했는데, 그 흰 줄이 웬지 자꾸 형틀처럼 보이기 시작했다. 공포와 증오를 느낀 나는 고양이를 향해 도끼를 치켜들었고, 아내가 이를 뜯어말리자 이성을 잃은 나는 도끼로 아내를 살해한다. 범행을 숨기기 위해 나는 아내의 시체를 지하실 벽에 세우고는 벽돌과 시멘트로 세심하게 발라 버린다.

두 차례에 걸친 경찰의 가택수색도 실패로 끝나려던 순간, 갑자기 벽에서 이상한 울음소리가 새어나온다. 경관이 벽을 헐어 보자, 아내의 시체 위에는 그 검은 고양이가 앉아 있었다.

● **작가의 생애**

에드거 앨런 포(Edgar Alan Poe), 시인이며 소설가·비평가. 1809년 보스턴에서 출생했으나 아버지는 행방불명, 어머니는 두 살 때 세상을 떠나 졸지에 고아가 된 그는 리치먼드의 상인 집에 양자로 들어간다. 버지니아 대학에 입학했으나 도박에 빠져 빚을 지고, 학교에서는 정학처분을 당한다. 그뒤 군대에 들어가 사관학교에 적을 두기도 했으나, 양아버지의 재혼으로 앨런 가와 인연이 끊기자 문필로 자립하기로 뜻을 굳혀 시나 단편소설, 시론, 비평 등을 쓰기 시작했다.

18살 때 익명으로 낸 첫시집〈티무르〉가 빛을 보지 못한 것을 비롯하여,〈알 알라프, 티무르〉〈포 시집〉역시 이렇다 할 평가를 받지 못하자 시작을 단념하고 소설에 매달린다. 32년〈병 속의 수기〉와 43년에 발표한〈풍뎅이〉가 현상공모에 당선, 이때부터 단편의 전성기를 맞이한다.

추리소설의 아버지로 일컬어지는 그는〈모르그 가의 살인〉〈붉은 죽음의 가면〉〈잃어버린 편지〉〈괴기 단편집〉등 많은 작품을 남겼으며, 또한 죽은 연인에 대한 끝없는 연민을 담은〈갈가마귀〉에 의해 시인으로서의 명성도 드높였다. 계속되는 경제적 어려움 속에서 47년 아내와 사별한 뒤, 그 자신도 2년 뒤 볼티모어의 길 위에 쓰러진 채 40살이라는 젊은 나이로 세상을 떠났다.

● **기억할 만한 명구**

광기야말로 최고의 지혜가 아닐까……. 백주에 꿈을 꾸는 자는 밤에만 꿈을 꾸는 자가 보지 못하는 여러 가지 것들을 알고 있다.

(〈엘레노라〉에서)

(괴기한 꿈을 낳는 원천인 광기와, 그 광기의 형태나 산물을 끝까지 분석해 내는 가열찬 지성이 그의 내부에 함께 공존한다는 것이 포 문학의 가장 큰 특질을 이루고 있다.)

✽ 포가 사촌인 버지니아와 비밀 결혼을 한 것은 그의 나이 26살, 신부의 나이 13살 때의 일. 그러나 포가 성불구자였던 까닭에 두 사람의 사이는 남들이 생각하는 보통의 부부관계가 아닌 지극히 정신적인 관계였다고 주장하는 학자도 있다.

58 주홍글씨(The Scarlet Letter)
호손 (1804~1964)

● **작품의 줄거리**

청교도의 식민지 보스턴 형무소로부터 헤스터 프린은 사람들의 구경거리가 되기 위해 시장 한가운데 마련된 교수대 위로 끌려나온다. 그녀의 품에는 생후 3개월 된 갓난아기가 안겨 있었고, 가슴에는 간통녀임을 나타내는 'A(Adultery)'라는 주홍글씨가 새겨져 있다. 늙은 의사와 결혼한 그녀는 남편보다 먼저 미국으로 건너와 살고 있었으며, 남편이 없는 동안 펄이라는 사생아를 낳게 된 것이다. 그녀는 그 벌로 평생 가슴에 A라는 글자를 달고 살도록 선고받는다. 총독과 늙은 목사, 그리고 젊은 성직자 아서 딤스데일의 힐문에도 불구하고 그녀는 불륜의 상대가 누구인지 말하기를 거부한다. 군중 속에 있던 의사 틸링워드는 자신이 그녀의 정식 남편임을 밝히지 못하도록 한다.

헤스터는 변두리에 있는 오두막에 살면서 바느질일로 생계를 꾸려나가며, 3살 난 펄은 그녀의 손에서 친구도 없이 자유분방하게 길러진다.

옥스퍼드를 졸업하고 성직자가 된 수재 딤스데일은 채찍질과 단식, 철야 등 지나친 고행으로 뼈만 앙상하게 남게 되고, 그의 건강상담역이 된 틸링워드와 공동생활에 들어간다. 딤스데일의 설교는 날이 갈수록 사람들에게서 큰 인기를 얻게 되지만, 틸링워드는 어느 날 밤 마음의 병을 고백하려 하지 않는 그의 가슴에서 주홍글씨를 발견한다.

그렇게 7년의 세월이 흘렀다. 어느 5월의 늦은 밤, 딤스데일은 집으로 돌아가는 헤스터 모자를 불러세워 놓고 셋이서 손을 잡고 교수대 위에 올라가 죄를 고백하자고 한다. 그의 고뇌를 누구보다 잘 알고 있는 헤스터는 전남편에게 그를 용서해 주도록 애원하지만, 복수의 화신이 된 남편 틸링워드에게 거절당하고, 숲에서 목사와 만나 전남편의 정체를 밝힌다.

영국이나 유럽 대륙 어디론가 도망칠 것을 계획하고 있던 헤스터는 새 총독이 부임하여 떠들썩하게 축하연이 벌어진 거리로 나오고, 때마침 선임연설을 하고 있는 딤스데일의 목소리가 교회로부터 흘러나온다. 그뒤 목사는 헤스터 모자를 불러 교수대로 올라가더니, 수많은 청중들 앞에서 가슴을 헤치고 자신의 죄를 고백한 뒤 그 자리에서 죽는다.

• **주인공 하이라이트**

헤스터는 '키가 크고 더한 나위 없이 우아한 용모'를 지닌 여성으로, '숱많은 검은 머리칼'과 튀어나온 이마, 그리고 너무도 검은 눈동자가 무척이나 인상적이다. 그녀는 바느질로 생계를 꾸려나가면서도 '풍요롭고, 화려한 오리엔트 인의 특징——아름답고 호화로운 것을 좋아하는 본성'을 발휘한다. 그리고 가슴에 달린 주홍글씨는 오히려 그녀에게 자신감을 갖게 해, 그녀는 타인의 감추어진 죄과에 감응하는 능력까지 보이게 된다. 또한 자유사상가가 되어 물심양면으로 고통받는 사람들에게 구원의 손길을 뻗치고, 공동사회의 모범적인 여성으로 떠받들어진다. '여성의 강인함'을 몸에 익힌 헤스터의 주홍글씨 A는 '유능한Able'의 A로까지 해석되게 된다.

작중의 주인공 남자가 정신을 대표하는 딤스데일과 지성을 대표하는 틸링워드로 분열되며, 처음부터 끝까지 서로를 파멸시키는 것과는 대조적으로, 헤스터 프린은 미국 대지에 뿌리내린 강인한 여성의 원형이 되고 있다. 〈주홍글씨〉가 단순히 삼각관계의 이야기를 넘어서 여전

미국 문학

히 사람들에게 감동을 안겨 주는 이유도 여기에 있다고 하겠다.

● **작가의 생애**

나사니엘 호손(Nathaniel Hawthorne), 작가. 1804년 7월 4일 〈세일럼의 마녀〉로 유명한 매사추세츠 주의 세일럼에서 태어났다. 아버지는 상선의 선장이었으나 그가 세 살 때 사망해 형제들과 외가에서 자랐다. 그의 친가나 외가의 선조들이 모두 청교도였던 까닭에 사상과 생활태도에 깊은 영향을 받았으며, 그의 작품 속에도 이러한 경향이 짙게 배어 있다. 1825년 보든 대학을 졸업한 후, 28년 처녀작인 〈판쇼〉를 내놓았지만 별다른 주목을 받지는 못했다.

당시 호손은 유유자적한 문학청년으로 대단한 미남자였다고 한다. 이후 잡지 편집과 아동을 위한 글들을 써가며 쉬지 않고 문학수업에 정진, 37년 주옥 같은 단편소설을 묶은 〈트와이스 톨드 테일스〉를 내놓았다.

42년 소피아 피보디와 결혼, 두 사람의 행복한 결혼생활은 후일 이탈리아에서 알게 된 시인 로버트 브라우닝 부부의 금실과도 자주 견주어진다. 하지만 생활고를 지켜 보던 주위 친지들의 소개로 세일럼의 세관에서 3년 동안 근무하기도 했다. 49년 해임의 소식을 갖고 돌아온 남편에게 소피는, "아아, 이제야 진짜 책을 쓰실 수 있게 됐군요."라며 위로했다.

그때부터 모든 것을 끊고 집필에 전념, 이듬해 3월 〈주홍글씨〉를 발표하여 확고한 인정을 받게 된다. 이어 51년에는 〈일곱 박공의 집〉을, 그리고 52년에는 그 자신이 직접 참여했던 실험적 공동농장 이야기를 그린 〈블라이스데일 로맨스〉를 잇달아 발표했다.

53년에는 영국 영사로 임명을 받아 리버풀에서 4년간 머물렀으며, 그후 영국과 프랑스, 이탈리아 등지를 두루 여행했다. 이탈리아에서 3년간 머물며 그곳에서 쓰기 시작한 〈대리석의 목신상〉을 귀국 후에 발표했고, 64년 5월 59세의 나이로 세상을 떠났다.

● *기억할 만한 명구*

어두운 필연! (《주홍글씨》 제14장)
(틸링워드가 헤스터에게 들려주는 말로서, 인간의 힘으로는 어떻게 해볼 수 없는 숙명관을 말하고 있다.)

악이 바로 인간의 본성이다. 악이 유일한 행복이 되지 않으면 안 된다. (《젊은 굿맨 브라운》 중에서)
(심야의 숲에서 벌어진 마녀 집회에 참가하여, 악마로부터 이런 말을 들은 브라운은 철저한 인간 혐오에 빠지고 만다.)

그는 단연코 '아니오!'라고 말할 줄 안다.
(허먼 멜빌이 호손에게 보낸 편지 중에서)
(여기서 그란 호손을 가리키는데, 멜빌은 〈백경〉을 써서 '그 천재에 대한 내 상찬의 징표로' 호손에게 바친다고 했을 정도로 그의 작품에 심취해 있었다.)

59 백경(Moby Dick)
멜빌 (1819~1891)

● **작품의 줄거리**

자신의 이름을 이스마엘이라 부르는 작품 속의 화자는 작가인 멜빌 자신이라고도 볼 수 있는데, 이스마엘은 아브라함이 낳은 아들로 추방되어 황야를 떠도는 방랑자의 이름이다.

그는 성경 속의 젊은 이스마엘과 마찬가지로 육지 생활에 큰 불만을 품고 포경선을 타게 된다. 그리고 여관에서 야만인 퀴퀘그와 함께 한 방에서 자게 되는데, 문신을 한 이 괴기한 인물에게서 그는 기독교도에게서는 좀처럼 발견할 수 없었던 진정한 인간애를 느끼게 된다. 그들은 포경선 피쿼드 호에 함께 승선하여 크리스마스 날 운명적인 항해에 나서는데, 배에 오르기 전에 광인인 일라이저로부터 파멸적인 운명에 대해 경고를 받게 된다.

선장인 에이헤브는 모비 딕이라고 일컬어지는 머리가 흰 거대한 고래에게 한쪽 다리를 잃고 복수심에 불타 있으며, 그러한 증오심에서 승무원들을 마구 다그친다. 선장은 옛 스페인 금화를 마스트에 박고는 제일 먼저 백경을 발견한 사람에게 상으로 주겠다고 말한다. 에이헤브는 무리한 항해를 말리는 1등항해사이자 독실한 기독교도인 스테벅의 충고도 뿌리친 채 백경을 쫓아 대서양에서 희망봉을 돌아 인도양으로, 또 태평양으로 항해를 계속한다. 그러다가 드디어 백경의 모습을 발견한다.

장장 사흘 동안 밤낮으로 고래와 사투를 벌인 끝에 선장이 쏜 작살은 명중했지만 고래는 결국 에이헤브를 바닷속으로 끌고들어가 버리고, 피쿼드 호도 침몰한다. 그러나 미리 죽음을 예견한 동료가 만들었던 관을 타고 가까스로 혼자 살아남은 이스마엘이 이 이야기를 전하는 것이다.

이 작품은 19세기 중엽에 있어 미국의 주요 산업이었던 포경업에 관한 이야기를 공상과 리얼리즘을 섞어 서술한 것인데, 화자인 이스마엘의 관점에서 선장 에이헤브는 복수로 인해 광기에 사로잡힌 인물로 그려진다. 그리고 작가는 이 작품을 쓰는 데 있어 자신의 직접 체험뿐 아니라 그 분야에 대한 세밀한 조사와 연구를 행함으로써, 보다 생생하고 현실감 있게 묘사하여 작품의 완성도를 높이고 있다.

● **주인공 하이라이트**

이 작품의 셰익스피어적인 특질 중 하나는 그것이 극적인 애매함을 갖는다는 데 있으며, 따라서 각양각색의 해석이 허용된다고 하겠다. 백경을 원시적인 자연의 힘, 또는 인간의 운명의 힘을 상징한다고 생각하여 주인공으로 보는 사람이 있는가 하면, 선장 에이헤브를 주인공이라 생각하는 사람은, 어떤 막연한 악이나 인류의 환난에 대해 용감하게 도전하는 인간 정신을 표출시킨 작품으로 받아들이고 있다. 이런 사람들은 이 작품 안에서 멜빌이 가졌던 이 세계에 대한 반역정신을 보는 것이다.

하지만 그후 비평가들은 멜빌 안에서 위대한 시인의 상상력을 발견했으며, 작품 안에 그 시인이 창조해 놓은 신화를 보게 된다. 그 결과 비평의 중점은 이스마엘에게 옮겨 가게 된다. 에이헤브는 여전히 프로메티우스적, 사탄적, 그리고 파우스트적인 신화 속에 존재하지만, 바다 밑에서 구원받은 화자 이스마엘은 멜빌의 인생관을 상징하고 있는 것이다.

미국 문학

• 작가의 생애

허먼 멜빌(Herman Melville), 작가. 1819년 스코틀랜드 계의 유복한 수입업자의 아들로서 뉴욕에서 태어났다. 어린 시절에는 부족함이 없이 생활했으나, 중간에 아버지의 파산과 죽음으로 커다란 시련을 맞게 된다. 학교도 그만두고 상점의 점원, 농장일, 학교 교사 등 여러 가지 직업을 전전하다가 20살 때 상선의 선원이 되며, 22살 때는 포경선을 타고 남태평양을 항해한다. 그러다가 46년 포경선에서 탈주, 남태평양의 마케이자스 군도의 한 섬에서 동료 한 사람과 함께 식인종의 포로가 된 적이 있는데, 그들은 그를 따뜻하게 대해 주었다. 멜빌은 이때의 체험을 모아 〈타이피 족〉을 발표했다. 그후 계속해서 남태평양의 여유로운 방랑생활을 그린 〈오무〉와 가공의 모험담인 〈마디〉 등을 내놓았다.

엘리자베스 쇼라는 여성과 결혼한 그는 뉴욕으로 이주한 다음 그곳에서 유력한 문학 서클을 알게 된다. 그 인연으로 리버풀을 왕복하는 상선생활을 담은 〈레드 번〉을 출판했으며, 49년에는 〈하얀 재킷〉의 원고를 들고 런던으로 향한다. 이듬해 피츠필드 근처에 농장을 사서 그곳에 '화살촉'이라는 이름을 붙인 뒤, 그 집에서 〈백경〉을 썼다.

1851년 작품이 출판되었지만 평은 그리 좋지 않았으며, 극히 일부분의 사람들만이 그의 작품을 인정해 주었다. 하지만 그는 좌절하지 않고 이듬해에도 〈피에르〉라는 작품을 출판했다. 그후 10년간 〈사기꾼〉 〈서기 버틀비〉 등 계속적인 작품활동을 하면서 유럽 성지여행을 하기도 했는데, 그때 리버풀에서 영사로 있던 호손과 만나게 된다. 귀국 후에는 각지를 돌며 강연 여행도 했다.

1860년, 뉴욕으로 돌아와 20년 동안 세관에서 일했으며, 그 사이 그의 이름은 서서히 잊혀져 갔지만 간간이 시집 등을 발표했다. 미발표 원고에는 2권의 여행기와 명작 〈빌리 버드〉가 남겨져 있었다. 1891년 사망. 1919년 그의 탄생 100주년을 기념하여 내놓은 R.M. 위버 교수의 〈허먼 멜빌〉에 의해 명성이 부활되었으며, 금세기에 들어서는 미국 문학 최고 작가 중의 한 사람으로 평가받고 있다.

●기억할 만한 명구

비록 바람이 지나가는 물가 쪽이 안전한 장소라 할지라도, 거기에서 불명예를 뒤집어쓰기보다는 차라리 미쳐 날뛰는 광막한 바다에서 죽으리라.　　　　　　　　　　　　　　(〈백경〉 23장에서)

(이 짧은 문장을 통해 작가로서의 멜빌의 결의를 읽을 수 있으며, 에이헤브 선장에 대한 공감을 표시하고 있다.)

예지는 곧 비애일 수도 있다. 그러나 비애가 곧 광기일 수도 있는 것이다.　　　　　　　　　　　　　　　　(〈백경〉 96장에서)

✱19세기의 미국 문학은 많은 시인과 소설가를 배출한 황금시대였다고 할 수 있으나 작가들의 생활은 무척 어려웠다. 에머슨은 생계를 꾸려가기 위해 강연을 계속해야 했으며, 호손은 세관에서 일하다 후일 영사가 되며, 멜빌은 만년에 20년간이나 뉴욕의 세관에서 일했다.

60 톰 아저씨의 오두막 (Uncle Tom's Cabin)
스토 (1811~1896)

● **작품의 줄거리**

19세기 초반 켄터기 주의 셸비 농장에서는 인정 넘치는 주인 일가와 함께 흑인 노예들이 평화롭게 살고 있었다. 그러나 농장의 경영이 점점 어려워지자 흑인 노예들의 운명도 달라지기 시작한다. 그 가운데서 특히 주인에게 충실했던 톰과 혼혈 노예 일라이저 사이에서 태어난 다섯 살짜리 해리가 노예상에게 팔려가게 된다. 이 사실을 알게 된 일라이저는 주인의 집을 도망쳐, 퀘이커 교도의 도움으로 무사히 캐나다에 도착한다.

한편 톰 역시 팔려가던 도중 배가 강을 따라 내려갈 때, 같은 배에 탔던 승객인 에바의 생명을 구해 주게 된다. 이 일이 인연이 되어 그녀의 아버지 오거스틴 세인트 클레어에게 팔려가게 되며, 그 집에서 인간적인 대접을 받으며 한동안 행복하게 지낸다. 그러나 에바와 클레어가 연이어 세상을 떠나자, 톰은 다시 냉혹한 시몬 레글리에게 팔려가게 된다. 톰은 그곳의 목화밭에서 온갖 멸시와 고된 노동에 시달리다, 원주인의 아들이 다시 그를 사기 위해 찾아오기 직전 험난했던 생을 마감한다.

● **주인공 하이라이트**

엉클 톰이라고 하면 19세기 미국에 있어서의 전형적인 흑인 노예를 상징하는 말이 되어 있다. 그리고 '엉클 톰적'이라고 하면 백인에게 비굴하게 영합하는 흑인의 태도를 일컫는 말로까지 발전했다. 또한 톰의 철저한 수동적 삶의 자세는 지배욕이 강한 보수적인 백인들에게는 보물로 여겨졌으며, 그와 반대되는 개혁주의자들에게는 주인의 발밑을 기는 겁쟁이로밖에 보이지 않았다. 반면 엉클 톰과 같은 삶의 방식에서 검은 그리스도의 모습을 발견할 수 있는 것 또한 사실인데, 증오를 초월한 공동체 사랑의 원점으로서 엉클 톰을 자리매김하는 사람도 적지 않다.

이 작품은 노예제도 폐지운동의 기관지인 〈내셔널 이러〉에 연재되었다가 1852년 단행본으로 출판되었다. 작가인 스토 부인은 흑인노예의 비참한 생활을 목격하고, 기독교적인 휴머니즘을 바탕으로 이 작품을 발표하여 당시 미국에서 커다란 반향을 불러일으켰으며, 간행 1년 만에 30만 부가 팔려나갔다고 한다.

내용면에 있어 통속적인 감상에 치우쳐 있다는 결점을 안고 있으나, 비인간적인 노예제도를 신랄하게 비판하고 선악을 극명하게 대조시킴으로써 노예제도 폐지에 커다란 영향을 미쳤다.

• 작가의 생애

스토(Stowe, Harriet Beecher), 여류작가. 1811년 뉴 잉글랜드의 코네티컷 주 리치필드의 엄격한 목사 집안에서 출생, 철이 들면서부터 이웃 켄터키 주에서 노예로 학대받는 흑인들의 비참한 생활상을 낱낱이 알게 되었다. 32년 가족과 함께 오하이오 주 신시네티로 이주하였으며, 36년 캘빈 스토라는 독실한 신학자와 결혼, 잇달아 아이를 출산했다. 육아에 바쁜 나날을 보냈으나, 도망치는 노예들을 제도적으로 막으려는 단속법 등이 발표되자 노예제도에 대한 분노가 더욱 커져, 마침내 〈톰 아저씨의 오두막〉을 집필할 계기를 마련한다. 이 작품이 너무 유명하여 다른 많은 소설들은 잘 알려져 있지 않는데, 주목할 만한 작품으로는 〈목사의 구혼〉〈올드 타운의 사람들〉 등이 있다. 1896

미국 문학

년 사망. 최근 들어 그녀의 문학활동을 전반적으로 재평가하려는 움직임이 활발하게 일고 있다.

● 기억할 만한 명구

이 작품은 신이 쓰신 것이며, 나는 그저 신의 말씀을 펴사한 데 지나지 않는다.　　　　　　　　　　　　　　　　(스토 부인의 말)

난 혼자서 컸어. 누가 날 만들었다고는 생각지 않아.
　　　　　　　　　　(세인트 클레어 가의 흑인 딸인 톱시의 말)

✱ 남북전쟁이 한창이던 때, 워싱턴에서 스토 부인과 만난 링컨 대통령이 "오호라, 당신이 이 대전쟁을 일으킨 그 귀여운 여성이군요."라고 말한 일은 너무나 유명하다.

61 숲의 생활(Walden-Life in the Woods)
소로 (1817~1862)

● **작품의 줄거리**

미국의 매사추세츠 주 콩코드에 있는 월든 호숫가에서 나(소로)는 작은 오두막을 손수 짓고, 1845년 7월 4일의 미국 독립기념일에 맞추어 이곳에서 혼자 자연과 벗하는 생활을 시작한다.

숲과 호수의 아름다운 변화를 관찰하고, 채소를 기르고, 음주와 흡연을 삼가며, 인간과 자연, 그리고 문명을 생각하는 가운데 가치 있는 인생과 진리의 발견을 찾는 여행에 나선다. 가장 검소한 생활을 해나가면서 스파르타 인 이상의 생활을 실천하고, 간소함과 지조를 고양시키는 가운데 고전을 읽고, 사디나 케어리의 시를 애창한다.

혹은 링컨 숲에서 들려오는 부엉이의 밤노래에 귀를 기울이기도 하고, 기관차의 기적이 매의 울음소리처럼 메아리칠 때, 거기에서 기업정신과 용기를 본다.

숲속에서 생활하는 것은 고독이 아니라 기쁨이었다. 호수는 푸른 옷을 입은 천사며 시냇물, 북극성, 남풍, 눈이 녹는 것 등도 고독이 아니다. 나는 청춘의 여신인 피비의 신자이다. 소나무숲은 신전이며, 호수는 나의 육체와 정신을 청결하게 해주는 성수聖水. 인간을 타락시키는 것은 음식이 아니라 그것을 먹을 때의 욕망의 정도에 기인하는 것이다. 노력으로부터 지혜와 청정함이 생겨나며, 게으름으로부터 무지와 육욕이 생겨난다. 나는 공맹사상이나 인도철학에도 눈을 뜨게 된다.

보라, 그때 새롭게 태어나는 나의 정신과 육체를! 이렇게 해서 나는

미국 문학

영혼을 새로 깨어나게 하여 47년 9월 6일, 월든 숲에서 떠나왔다.

● **주인공 하이라이트**

소로는 영국 산업주의의 여파로 인해 미국인이 부의 힘에 집착하고, 정신을 타락시켜 가는 것을 견디지 못해 월든 호수에 들어가게 된다. 이로써 육신은 가장 낮은 경제적 생활에 놓이게 되었지만, 정신은 가장 높은 곳에 이르게 된다. 진리에 마주설 때 우주는 그 답을 마련해 주며, 그때 인간은 불사不死를 깨닫는다.

소로는, "사랑보다, 재산보다, 명예보다도 진리를 갖고 싶다."고 외치면서 〈베다 성전〉의 말씀인 '정욕과 육체의 갈망을 정복하고 선행을 행하라. 이것이 정신을 신께 근접시키는 절대적인 방법'이라는 데 공명했다. 이렇게 해서 소로는 이른 새벽의 목욕과 함께 '깨달음'의 폭을 넓혀 갔던 것이다.

● **작가의 생애**

헨리 데이비드 소로(Henry David Thoreau), 사상가이며 문학가. 1817년 매사추세츠 주의 콩코드에서 출생, 어린 시절부터 자연을 사랑하며 성장했다. 37년 하버드 대학을 졸업하고 가업인 연필 제조의 일을 도왔다. 37년 선배인 에머슨과 가까워지며 많은 영향을 받게 되었고, 41년부터는 그의 집에서 함께 기거하며 동양사상에 대해 깊은 관심을 갖게 되었다. '초월주의자' 그룹에 가입하여 〈공자〉의 번역을 기관지인 〈다이얼〉에 발표했다.

1845년 월든 호수에 오두막을 짓고 사색의 생활에 들어갔으며, 그동안 멕시코전쟁이나 정부의 노예제도에 반대하고, 인두세 납세를 거부하여 하루 동안 투옥되기도 했다. 마을의 지적 향상을 목표로 콩코드 문화강좌에서 강연을 맡기도 했으며, 개인의 각성을 촉구한 '국가에 대한 개인의 관계'는 민주주의의 원형을 설파한 것으로 널리 알려져 있다.

1854년 〈숲의 생활〉을 출판. 강연과 여행을 계속했으며, 62년 5월 6일 45살의 나이에 늑막염으로 사망했다. 사후에 〈메인 숲〉〈코드 곶〉〈캐나다의 양키〉〈시민의 불복종〉 등이 출판되었다.

● *기억할 만한 명구*

하루는 1년의 모형이다.   (〈숲의 생활〉 중 '봄'에서)

(하루를 헛되이 보내는 사람은 평생을 헛되이 보낸다. 내일을 생각하기 전에 오늘을 충실히 살라는 소로의 사상을 정확히 대변하고 있는 말이다.)

✱ 제퍼슨의 '가장 적게 지배하는 정부가 최상의 정부'라는 모토에 더욱 철저하기 위해, 소로는 '전혀 지배하지 않는 정부가 최상의 정부이다.'라는 개인주의, 즉 민주주의의 본질을 설파했다.

62 허클베리 핀의 모험
(The Adventures of Huckleberry Finn)
트웨인 (1835~1910)

● **작품의 줄거리**

어렵게 살아가는 작은 마을 세인트 피터즈버그에 때아닌 대소동이 일어난다. 톰 소여와 허클베리 핀이라는 두 소년이 모험을 감행하여 맥두갈 동굴로부터 흉악한 살인범 조가 숨긴 많은 돈을 발견했으며, 조는 돈을 동굴에 숨기기는 했지만 출구를 찾지 못해 결국 굶어죽고 만 것이다. 톰과 허크는 순식간에 큰 부자가 되었으며, 부랑아 허크는 더글러스 미망인에게 맡겨진다. 야성적인 성품을 지닌 허크는 곧 숨막힐 듯한 평범한 일상생활을 못 견뎌한다. 그런데다가 1년 이상이나 나타나지 않아 물에 빠져 죽은 것으로만 알고 있던 포악한 술주정뱅이 아버지가 나타난다. 아버지는 허크의 돈에 눈독을 들여 곳곳에서 사람들과 충돌하며, 결국 마을을 소란스럽게 만든다.

마침내 허크는 아버지에게 강 상류로 끌려가 그곳에 있는 낡은 오두막집에 감금되는데, 때마침 미시시피 강의 범람기가 되어 도망칠 절호의 기회를 얻은 허크는 작은 섬으로 건너간다. 그곳에는 놀랍게도, 더글러스 미망인의 누이동생 집에 있던 도망 노예인 짐이 숨어 있었다. 추적의 손길이 뻗쳐오자 허크와 짐은 뗏목을 타고 미시시피 강을 내려가기 시작한다.

그러나 기선과 충돌하여 짐과 헤어지고, 육지로 올라가서 보게 된 마을의 젊은 두 연인의 슬픈 사랑, 짐과의 재회 등 잇달아 여러 사건과 부딪치는데, 마침내는 뗏목에 태워 준 젊은 '공작'과 늙은 '왕'의 속임수에 이용되는 신세가 된다. 낯선 마을로 들어가 엉터리 설교를 하고는 돈을 울궈내기도 하고, 사기 연극을 벌여 큰 돈을 버는가 하면, 초상집을 찾아가 죽은 이의 형제라고 속여 재산을 가로채기도 한다. 마침내 허크는 겨우 그들의 손아귀에서 빠져나와 뗏목으로 돌아왔으나 짐의 모습은 보이지 않았다. '왕'이 어느 농가에 팔아 버린 것이다. 하지만 그 농가는 마침 톰 소여의 숙모네 집이어서, 때마침 그곳에 와 있던 톰과 공모하여 짐을 탈출시키는 대작전이 펼쳐진다. 하지만 짐을 데리고 도망치던 도중 톰은 다리에 총상을 입게 되고, 뗏목을 타고 도망을 치긴 했으나 톰의 상처를 치료하기 위해 의사를 찾아갔다가 짐은 다시 체포되는 신세가 된다.

그곳에 톰의 숙모 폴리가 도착한다. 더글러스 미망인의 동생은, 죽으면서 톰을 자유인으로 해방시킨다는 유언을 했던 것이다. 허크의 아버지 역시 홍수로 저세상 사람이 되어 있었다. 허크에게도 그토록 그리던 자유가 찾아온 것이다.

● 주인공 하이라이트

허크는 마을의 부랑아로 술주정뱅이 아버지를 가졌으며, 동네 부인들로부터는 늘 눈엣가시처럼 여겨지고 있다. 게으름뱅이에다 무법자이며, 상스럽고 천하기까지 한 못된 아이의 대표격이었기 때문이다. 그러나 허크는 또래 친구들한테는 숭배의 대상이다. 학교에도 가지 않고, 싫은 목욕을 하지 않아도 되고, 좋은 음식은 먹지 못하지만 그래도 허크는 무척이나 건강하고 활기차 보이기 때문이다. 그 무엇으로부터도 자유를 구속받지 않으면서 독립인으로 살아가는 허크의 마음은 지극히 행복하다. 허크에게는 기지가 있고, 양심이 있으며 동정심이 있다. 그가 하는 모든 일들이 거칠고 천박하며, 구제불능의 악동이라고 여겨지고 있는 이면에는 정직하고 자연스럽게 살아가려는 정의감이 감추어져 있으며, 가짜 신사 숙녀들의 점잖은 척하는 위선적인 삶과 인습, 기성 도덕에 대한 비판과 풍자가 담겨 있는 것이다. 허크야말로 본질적으로 미국 소년의 전형이라 할 수 있다.

이 작품의 첫머리에서 마크 트웨인은, "이 이야기에 동기를 발견하려는 자는 기소될 것이며, 교훈을 찾으려는 자는 추방되고, 줄거리를 발견하려는 자는 총살될 것이다."라고 적고 있는데, 이는 정신을 잃어 버린 채 금전만을 좇는 타락한 세계에 대한 비판과 풍자에서 생겨난 유머이다. 이 작품은 미시시피 강의 모험을 그린 오디세이아라 일컬어지며, 헤밍웨이도 이 소설을 미국 근대문학의 뿌리로 삼고 있다.

• 작가의 생애

마크 트웨인(Mark Twain), 소설가. 1835년 11월 30일에 미주리 주의 빈촌 플로리다에서 출생했다. 1835년은 핼리 혜성이 나타난 해로 이 별은 75년 만에 회귀하는데, 기묘하게도 1910년, 그의 바람대로 이 별은 마크 트웨인이 죽기 전날 다시 돌아왔다. 12살 때 아버지를 여읜 후 생활고를 해결하고 위해 인쇄소 견급공이 되어 각지를 전전하다 57년 미시시피 강의 수로 안내인이 되었으며, 그의 고단한 삶은 후일 작가로서의 풍부한 경험과 지식을 마련해 주었다. 61년 남북전쟁이 일어나자 관리로 부임하는 형을 따라 서부행 마차여행에 동행했으며, 그후 광산기사와 신문기자로 일하기도 했다. 67년 처녀 단편집 〈캘러버래스 군(郡)의 뜀뛰는 개구리〉를 내놓아 야성적이면서도 대범한 유머로 명성을 얻게 되었다. 이후 유럽과 성지를 순례하는 관광단에 참가하여 〈철부지의 해외 여행기〉를 통해 이국문화를 풍자했다. 배에서 알게 된 청년의 누나인 올리비아와 연애 결혼.

신혼의 두 사람은 버펄로로 이주하여 신문사업에 손을 댔으나 실패, 몇 차례에 걸쳐 영국으로 건너가 행한 강연이 성공을 거두었고, 74년 하트퍼드에 새 저택을 지었다. 여기서 20년 가까운 세월을 보내며 76년 〈톰 소여의 모험〉, 81년 〈왕자와 거지〉, 83년 〈미시시피 강의 생활〉

등 잇달아 걸작을 내놓았다.

　문학적인 성공에도 불구하고 출판사업의 실패와 관계 출판상의 파산 등으로 빚을 청산하기 위해 세계 일주 강연여행에 나서기도 했는데, 빚은 청산했으나 큰딸의 병사와 아내의 죽음 등 개인적인 불행을 겪어야 했다. 만년에는〈괴상한 타관 사람〉〈인간이란 무엇인가〉등을 통해 미국 문명에 대한 절망적인 비판을 가하기도 했다.

● **기억할 만한 명구**

　우리는 평생 합중국의 대통령 같은 게 되기보다는, 단 1년 만이라도 좋으니 무법자가 되고 싶은 것이다.

(〈톰 소여의 모험〉제8장 중에서)

　(톰은 때로 인생을 괴롭게 느끼면서 죽음을 생각하기도 한다. 해적이 되거나, 아니면 숲속의 무법자가 되기를 꿈꾸지만, 이제는 그런 무법자가 존재하지 않는다. 무법자가 없어진 근대문명은 그것을 대신하여 우리에게 무엇을 가져다 주었는가 하는 물음이 톰에게 슬픔을 느끼게 하며, 또한 이는 정의의 무법자를 소년들의 모습에서 그려낸 작가 자신의 목소리이기도 하다.)

✹ 허크의 모델이 되었던 인물은 마크 트웨인의 이웃에 살았던 톰 블랑켄시프라는 소년인데, 톰은 후일 훌륭한 시민으로 성장하여 치안판사가 되었으며, 사람들로부터 존경을 받았다고 한다.
✹ 마크 트웨인에게 있어 올리비아는 좋은 반려자였으며 훌륭한 조언자였는데, 그는 아내가 있는 곳이면 어디든 에덴 동산이었다고 말한 적이 있다. 그런가 하면 다른 한편에서는 자연아인 마크 트웨인은 아내에게 정신적인 속박을 받았고, 그녀의 원고 검열로 인해 작품이 내용이 달라졌다는 설도 있다.

63 야성의 부름소리 (The Call of the Wild)
런던 (1876~1916)

● **작품의 줄거리**

개를 주인공으로 한 동물문학의 걸작. 개의 이름은 버크, 크기와 체중은 아버지 개인 세인트 버나드보다 낫고, 얼굴 생김도 어미 개인 세퍼트보다 낫다고 일컬어진다.

버크는 샌프란시스코 남쪽에 자리잡고 있는 미러 판사의 대저택에서 살고 있다. 즉 문명사회에서 인간의 좋은 친구가 되어 평화롭고 호사스런 생활을 하고 있는 것이다. 그런데 1897년 캐나다 북서부의 클론다이크 지방에서 금광이 발견되어 엄청난 골드 러쉬가 일어났고, 전세계 사람들이 그곳으로 몰려들자 힘이 좋은 개의 수요도 높아지게 된다. 눈나라의 교통수단으로는 개썰매가 최고였기 때문이다. 그때 판사 저택의 정원사가 필요한 돈을 마련하기 위해 몰래 버크를 업자에게 팔아넘긴다.

하루 아침에 운명이 달라져 버린 버크는 이제까지 온순하게만 살아왔던 삶의 방식에서 튕겨져 나가, 업자 중 한 사람인 '붉은 스웨터'에게 얻어맞으며 약육강식의 질서에 따라 거칠게 변해 간다.

이윽고 사금 탐험을 목표로 오지의 산림지대로 들어간 존 손턴 일행을 따르게 된 버크는, 다정한 주인에게 충성을 다했으나 불행히도 손턴은 곧 죽고 만다.

손턴의 죽음 이후, 이리에 가까운 야생동물로 돌아가 있던 버크는 진짜 이리의 울음소리를 듣는 순간 신비한 매력을 느끼게 되며, 결국 이리떼 속에 들어가 그 무리의 우두머리가 된다. '야성의 부름소리'에 굴복하고 만 것이다.

● 주인공 하이라이트

따뜻한 남쪽 나라에서 사람들에게 충분한 사랑을 받으며 자란 버크에겐 커다란 몸집도 강인한 힘도 그다지 소용이 되지 않는다. 그러나 북쪽 나라의 호된 대자연 속에서 인간의 무시무시한 곤봉과, 동료 개들이 드러내는 살벌한 적의 앞에서 이제는 스스로의 생존권을 찾아나서야 한다는 것을 깨닫게 된다. 결국 버크는 자신의 조상인 늑대의 무리 속으로 들어가게 된다. 작품의 후반부에서, 동물들 역시 잔혹하게 다루는 것보다는 사랑을 주는 것이 더욱 중요하다는 것을 알고 있는 손턴과의 만남을 통해, 개와 인간이 나누는 우정이 매우 감동적으로 그려져 있다.

● 작가의 생애

잭 런던(Jack London), 소설가. 본명은 존 그리피스 런던. 1876년 샌프란시스코에서 순회 점성술사의 사생아로 태어났으나 어머니가 가난한 런던과 결혼하여 그의 성을 따랐다. 어려운 생활 형편으로 인해 어릴 적부터 신문배달, 통조림공장 직공, 선원, 얼음 운반공 등 육체노동과 방랑으로 세월을 보냈다. 바닷가에 살며 늘 배와 함께 했던 그가 본격적으로 선원이 된 것은, 1893년 바다표범 배에 승선하여 태평양 북서부 해역의 조업에 참가했을 때이다.

그후 그는 자신의 배를 만들어 세계 일주를 계획했으나, 하와이와 남해 제도의 항해로 만족해야 했다. 덕분에 〈남해 이야기〉〈모험〉〈스나크 호의 항해〉등을 쓸 수 있었으며, 자전적 작품인 〈마틴 이든〉도 항해중에 완성했다. 〈바다표범〉과 같은 해양문학의 걸작도 그의 해상 체험을 통해 탄생되었다.

19살에 고등학교에 입학했으며, 캘리포니아 대학에 반 년 남짓 다니며 다윈이나 마르크스, 니체 등의 저서를 애독했다.

1897년 클로다이크 지방에 골드 러쉬가 일어나 모험을 좋아하는 그도 거기에 참가했으나, 결국 1년여의 세월을 허비하고 병만 얻은 채 돌아왔다. 하지만 그때의 체험을 작품 속에서 담을 수 있었던 것은 커다란 행운이 아닐 수 없었다. 1900년에 발표한 최초의 단편집 〈이리의 아들〉은 단숨에 그를 유명 작가의 반열에 올라서게 했으며, 계속해서 〈야성의 부름소리〉〈바다의 이리〉〈흰 엄미〉 등의 걸작을 내놓았다.

● *기억할 만한 명구*

쫓기는 자의 인내력 ──── 그것은 쫓는 자의 인내력보다 떨어진다.

(〈야성의 부름소리〉 중에서)

64 마지막 잎새 (The Last Leaf)
O. 헨리 (1862~1910)

●**작품의 줄거리**

뉴욕의 그리니치 빌리지에, 햇빛을 보지 못한 가난한 화가들이 모여들어 '예술가 부락'을 만들던 무렵의 일. 수와 존시가 벽돌로 된 3층 건물의 맨 꼭대기 층에 공동 아틀리에를 마련하여 일하고 있다. 그런데 존시가 그만 심한 폐렴에 걸려 자리에 누워 버린다. 그녀는, 창 밖으로 보이는 앙상하게 말라 버린 담쟁이덩굴이 담벼락 중간까지 기어오른 건물에 눈을 고정시킨 채, 종일토록 이파리 수만 세며 지내고 있다. 그녀는 이미 살아갈 기력을 잃어버리고, 차가운 바람 속에 이제 다섯 잎밖에 남지 않은 담쟁이 잎이 모두 다 떨어져 버릴 때면 자신의 생명도 끝나게 될 것이라는 망상에 사로잡혀 있다.

스스로 살겠다는 의지를 갖지 않는 한 살아날 가능성이 전혀 없다는 말을 들은 수는 크게 낙담하여, 이 두 사람의 젊은 화가를 수호하는 사냥개라 자처하는 아래층의 베어만 노인에게 존시의 망상을 이야기한다. 노인은 젊었을 적부터 걸작을 그려보겠다는 꿈을 강하게 품은 채 살아왔으나, 사실은 예술의 패배자로서 아집이 강하고 타인의 약점을 심하게 비웃어 주는 버릇이 있었다. 수의 이야기를 들은 노인은 눈물을 흘리면서도, 한편으로는 존시의 망상에 경멸과 조소를 퍼붓기도 한다.

눈발이 섞인 비가 종일토록 내렸던 다음 날, 존시가 아침 커튼을 젖혔을 때 마지막 잎새 한 장이 아직도 떨어지지 않고 담벼락에 줄기차게 달라붙어 있었다. 그리고 그 한 잎은 또다시 비바람과 폭풍을 견디며 하룻밤을 더 지나고도 떨어지지 않았다. 그것은 바로 베어만 노인이 벽돌담을 캔버스 삼아 그린, 그의 생애에서 최초이자 마지막 걸작이었던 것이다.

하지만 차가운 비를 맞으며 세차게 불어대는 바람 속에서 작업을 했던 베어먼 노인은, 폐렴에 걸려 그만 이틀 뒤에 세상을 떠나고 만다. 자신의 생명을 존시의 생명과 맞바꾸기라도 한 듯이.

● 주인공 하이라이트

베어만은 이미 환갑이 지난 노인으로 걸작을 남기겠다는 꿈을 40년 이상이나 품고 살아왔다. 그러나 그 꿈을 실현시키지 못한 수많은 예술 패잔병 중의 한 명으로, 일견 예술의 신에게 바쳐진 산제물 중의 한 사람으로 그려져 있다. 하지만 그는 화려한 예술의 화원 뒤편에서, 붉은 벽돌에 달라붙어 항상 높은 곳을 향해 기어오르려는 강인한 한 줄기 담쟁이덩굴이기도 하다. 즉 베어만 노인이야말로 '예술가 부락'에서 영원히 살아가는, 예술의 저변과 예술의 미래를 떠받치는 예술의 수호신이라고 말할 수 있을 것이다.

● 작가의 생애

오 헨리(O. Henry), 단편작가. 본명은 윌리엄 시드니 포터. 1862년 노스 캐롤라이나 출생으로 아버지는 의사, 어머니는 뛰어난 문학적 재능을 지닌 부인이었다. 그러나 어려서 양친을 여의고 숙부의 약방에 들어가 잔심부름을 해야 했으며, 이후 여러 가지 직업을 전전했다. 87년 25세의 나이로 17세 소녀와 결혼, 은행에 근무하면서 아내의 내조를 바탕으로 주간지를 창간하여 문필생활을 시작했다.

하지만 그를 '미국의 모파상'이라 일컬어지는 위대한 단편작가로 만든 것은, 2년 전에 그만둔 은행에서 그를 공금횡령의 혐의로 고소하여

3년 3개월간 형무소에서 생활한 체험일 것이다. 그는 감옥 안에서 십수 편의 단편을 썼으며, 1901년 출소하여 이듬에 뉴욕으로 건너가 그곳에서 잇달아 작품을 발표하며 유명작가가 되었다. 〈경관과 찬송가〉〈현자賢者의 선물〉〈20년 후〉 등 280여 편의 단편소설을 남긴 그는 1910년, 47세의 나이로 생을 마감했다.

• **기억할 만한 명구**

현자의 선물!   (그의 작품 〈현자의 선물〉의 타이틀)
(사랑하는 이를 위해 무사의 정신으로 주는 것 혹은 교환하는 선물. 그것에 의해서 물질을 초월한, 아름답고 고귀한 사랑이 확인될 수 있는 선물을 뜻하는 말이다.)

✱ 'O. 헨리의 문학적인 공적을 기념하여 제정한 '오 헨리 단편상'은 미국의 단편작가에게 주어지는 가장 명예로운 상이며, 또한 권위 있는 신인 등용문의 하나이다.

65 위대한 개츠비(The Great Gatsby)
피츠제럴드 (1896~1940)

● **작품의 줄거리**

　닉은 중서부에서 뉴욕으로 건너와 교외에 작은 집 한채를 빌려 살고 있다. 그 이웃에는 개츠비란 인물이 호화로운 대저택에서 살고 있는데, 그는 그 저택에서 밤마다 성대한 파티를 열고 있었다. 개츠비는 가난했던 젊은 시절 데이지란 여자와 사랑하는 사이였으나, 그가 1차 세계대전이 발발하여 유럽의 전쟁터에 가 있는 동안 데이지는 톰이라는 부자와 결혼을 해버렸다. 개츠비는 단순한 남자로, 돈이 데이지의 마음을 사로잡았다는 생각으로 온갖 수단을 동원해서 많은 돈을 벌었다. 그리고 이제 일부러 데이지의 저택과 강 하나를 마주하고 있는 곳에 저택을 사들여서, 이렇게 매일밤 파티를 열어 어떻게든 그녀의 관심을 끌어 과거의 사랑을 회복하려고 노력하고 있었던 것이다. 물론 아직도 그는 독신을 고수하고 있다.

　데이지와 육촌지간이었던 닉의 주선으로 개츠비는 데이지와 재회하게 된다. 단순한 일면을 지닌 개츠비는 그녀의 태도에서 마음대로 사랑을 되찾았다고 믿어 버린다. 그러나 어느 더운 여름 날, 모두와 뉴욕으로 나갔다가 돌아오는 길에 데이지는 개츠비의 차를 운전하다 톰의 정부를 치고 달아난다. 하지만 그것을 개츠비가 한 일이라 오해한 그녀의 남편은 그를 총으로 사살해 버린다. 그런데도 데이지는 그의 장례식엔 얼굴도 내밀지 않고 자신의 남편과 여행을 떠나 버린다. 한마디로 개츠비의 사랑은 공허하기 짝이 없는 것이었다.

닉은 이러한 동부의 현실에 염증을 느끼고는 중서부의 고향으로 돌아가 버린다.

● 주인공 하이라이트

제이 개츠비는 가장 미국적인 인물이라고 말할 수 있다. 가난했던 그는 열심히 일해서 큰 돈을 모은다. 성격은 호인이고, 나이브하고, 낭만적인 면을 지녔다. 연인이었던 여자가 자신을 버리고 다른 남자와 결혼해 버렸음에도, 그것은 단순히 돈 때문이었다며 자신에 대한 그녀의 사랑은 변함이 없다고 굳게 믿는다. 이웃에 사는 닉이 '그녀에게 너무 많은 것을 기대해서는 안 된다, 과거는 되돌릴 수 없다.'고 말해 주어도 개츠비는, "아니오, 난 그렇게 하겠소이다. 내가 모든 것을 전과 똑같이 만들어 보이겠소."라고 단호하게 잘라 말한다. 그리고 결국에는 굳게 믿었던 데이지로부터 배신을 당한다. 개츠비는 꿈많고 단순한 아메리카 인의 한 전형을 보여 주고 있는 셈이다.

● 작가의 생애

프랜시스 스콧 키 피츠제럴드(Francis Scott Key Fitzgerald), 작가. 1896년 중서부의 미네소타 주에서 태어났다. 아버지는 굴지의 가구상이었으나 그가 태어난 직후 도산했다. 이후 줄곧 생활이 넉넉지 못했지만 부유층 자제들이 다니는 프린스턴 대학에 입학하여 풋볼 선수를 꿈꾸다, 이윽고 문학에 원대한 뜻을 두게 되었다. 1차 세계대전 때 미국의 참전으로 자원하여 군대에 들어갔다. 알라바마 주에서 젤더 세이야와 만나 결혼, 이후 최초의 자전적 장편인 〈낙원의 이쪽〉을 발표하여 일약 문단의 총아가 되었다.

그는 타고난 외모와 부를 바탕으로 화려한 것을 좋아하여 개츠비처럼 매일 밤 파티를 열었고, 그 비용을 충당하기 위해 다작의 단편을 쓰기도 했다. 그러한 것들은 〈말괄량이와 철학자〉〈재즈 시대의 이야기〉

미국 문학

〈아름답게 저주된 것〉 등에 수록되었다. 장편으로는 〈밤은 상냥하다〉와 미완성 작품인 〈최후의 대군〉 등이 있는데, 최고의 걸작은 역시 25년에 발표한 〈위대한 개츠비〉로, 돈을 좇아 인생을 탕진한 남자의 꿈과 좌절을 그리는 가운데 그 시대의 풍속과 정신을 적나라하게 묘사해 냈다. 방탕한 생활과 무리한 출판으로 빚에 몰리자 할리우드로 건너가 시나리오작가를 하기도 했는데, 결국 재기에 성공하지 못한 채 알코올 중독과 병으로 고생하다 심장마비로 세상을 떠났다.

• *기억할 만한 명구*

내가 큰 부자들에 대해 한 마디 하지. 그들은 자네들이나 나완 달라. 그들은 마음 밑바닥에서부터 자신들이 우리보다 뛰어난 인간이라고 믿고 있다네.   *(단편 〈부자 청년〉 중에서)*

66 무기여 잘 있거라 (A Farewell to Arms)
헤밍웨이 (1899~1961)

● **작품의 줄거리**

미국인인 프레드릭 헨리는 1차 세계대전 당시 이탈리아 동북부 전선에서 부상병 운반부대의 중위로 근무하고 있었다. 오스트리아군의 공격이 개시되기 직전, 헨리 중위가 휴가를 보내고 전선으로 돌아오자 친구 리날디 중위는 그에게 영국의 종군간호사인 캐서린 버클리를 소개해 준다. 캐서린은 무척 아름다운 여성이었고, 그녀에게 빠진 헨리는 두 번째 데이트 때 그녀의 허리에 팔을 두르고 키스를 하려고 몸을 굽힌다. 순간 찰싹하는 소리와 함께 뺨이 얼얼해진 헨리. 비번인 간호사가 병사와 놀아나는 흉내를 내기에는 그녀는 너무도 순진했던 것이다.

그러나 이처럼 묘한 출발을 보인 두 사람의 관계도 우정에서 차츰 애정으로 자리를 옮겨간다. 이윽고 헨리 중위가 적의 박격포 공격으로 다리에 중상을 입고 밀라노 병원으로 후송되자, 캐서린도 그곳으로 전입되어 온다. 이를 계기로 두 사람의 결합은 더욱 굳건해졌고, 헨리는 자신이 진심으로 그녀를 사랑하고 있다는 사실을 깨닫는다. 헨리의 외과수술이 성공을 거두고, 회복기에 있는 동안 환자와 간호원이 병실에서 벌이는 격렬한 사랑의 행위는 스릴로 가득 차 있었다. 그런데 어느 비오는 밤, 캐서린은 자신들 중 어느 한 사람이 빗속에서 죽어가는 환영을 보았노라는 불길한 예언을 한다. 이윽고 캐서린은 임신 3개월이라는 사실을 고백하는데, 이미 건강을 되찾은 헨리는 다시 전선으로 보내진다.

　하지만 독일군의 원군이 몰려오자 오스트리아 군은 갑자기 활기를 되찾았고, 이탈리아 군은 비참한 퇴각을 하지 않을 수 없었다. 탈리아멘트 강에 이르렀을 때, 이탈리아 병사들은 자기편 부대장에게 차례차례 사살된다. 헨리 중위는 강에 몸을 던져 가까스로 재난을 모면한다. 이른바 탈주인 셈이다. 그리고 밀라노 행 기차에 몸을 싣고 병원으로 달려가지만, 그곳에는 캐서린의 모습이 보이지 않았다. 그녀는 동료 간호사인 헬렌과 함께 마졸레 호수 근처로 휴가를 떠났던 것이다.

　헨리는 당장 그곳으로 건너가, 전부터 잘 알고 있던 큰 호텔에 방을 잡고 캐서린을 찾아서 그곳으로 데려온다. 북이탈리아에서 가장 아름다운 호수 근처의 호화로운 방에서 두 사람의 사랑은 멋지게 재연된다. 하지만 헨리와 친한 호텔의 바텐더 한 사람이 내일 아침 헌병들이 들이닥칠 것이라는 정보를 전해 주며, 그날 새벽 두 사람은 손으로 노를 젓는 보트에 몸을 싣고 바람이 거센 호수 북쪽으로 향한다. 필사적으로 노를 저어가 이윽고 스위스 령에 도착한 두 사람은, 레만 호 부근에 자그마한 스위트 홈을 마련한다. 출산이 임박해 오자 두 사람은 짧은 시간이었으나 행복을 누렸던 호숫가의 집을 등지고 도시로 나온다. 진통이 시작돼 병원으로 들어간 캐서린은, 결국 난산 끝에 아기와 함께 세상을 뜨고 만다. 마지막으로 헨리가 대리석상처럼 굳어 버린 캐서린에게 작별을 고하고 문을 나서자, 캐서린의 예언대로 밖에는 비가 내리고 있었다.

●**주인공 하이라이트**

　헤밍웨이의 대표적 작품들은 모두 전쟁과 깊은 연관을 맺고 있다. 특히 〈무기여 잘 있거라〉와 〈누구를 위하여 종은 울리나〉 두 작품은 국제전과 내전이라는 차이가 있기는 하지만 모두 전쟁의 면전에 떠밀려 나와 있는 사람들의 모습을 그린 작품들이다. 그렇다고 해서 작가가 호전적인 성향을 지녔다고는 단정할 수 없다. 〈무기여 잘 있거라〉에 헨리 중위는 전쟁의 '참전자'가 아닌 '방관자'로 자리하고 있다. 그러기에 전장을 방기할 수도 있었던 것이다. 중위가 몸을 던져 참전한 것은 사랑의 싸움이었으며, '죽음'을 의미하는 전쟁보다는 '삶'을 향한 연애에 자신을 불살랐다고 볼 수 있다.

다만 재미있는 것은 전쟁(죽음)이라든가, 병원, 헌병 등과 같은 것을 배경으로 했을 때 연애가 더 한층 격렬하게 연소된다는 것을 작자가 의도했다는 점이다. 이를 보다 잘 증명하는 것이 〈누구를 위하여 종은 울리나〉일 것이다. 그리고 또 한 가지 주목해야 할 점은, 캐서린이 출산에 이르러 아이와 산모가 모두 죽는다는 점이다. 이 작품의 주인공인 헨리 중위도 그렇고, 로버트 조던(〈누구를 위하여 종은 울리나〉의 주인공)도 그렇고, 헤밍웨이 작품 속의 주인공들은 사랑에는 승리하지만 어느 한편이 죽거나 혹은 그 죽음을 지켜 보아야 하는 입장에 놓이게 된다. 어떠한 행복도 결국은 불행으로 끝난다는 것이 작가의 생각인지도 모른다.

● 작가의 생애

어네스트 헤밍웨이(Ernest Hemingway), 소설가. 1899년 7월 21일 일리노이 주 오크 파크에서 출생했으며, 1961년 7월 2일 아이다호 주변의 한 산장에서 엽총을 입에 문 채 장려하고도 파란만장한 생을 마감했다. 의사의 아들로 중류계급 이상의 가정에서 성장했으나 대학에는 진학하지 않았고, 캔자스 시티 〈스타〉지의 기자로 일하면서 문필생활을 시작했다. 이후 토론토 〈스타〉지의 특파원으로 있으며 파리를 중심으로 한 유럽의 '로스트 제너레이션' 시대를 체험했다. 그 시대를 묘사한 〈태양은 다시 떠오른다〉를 출세작으로 하여, 〈무기여 잘 있거라〉 〈누구를 위하여 종은 울리나〉 〈노인과 바다〉 등의 걸작들을 잇달아 발표했다. 이는 파리 시절, 미국의 선배작가인 에즈라 파운드나 게르트

미국 문학

루드 스타인 여사 등으로부터 개인지도를 받으면서 작가수업을 쌓은 덕분이라 할 수 있다.

헤밍웨이 문학의 중요한 테마는 '죽음과의 대결'이라고 할 수 있다. 제1차 세계대전 당시 부상병 운반차의 운전병으로 북이탈리아 전선에 종군했으며, 다리 부상을 입고 사경을 헤맨 이후 죽음에 대한 공포는 평생 그를 떠나지 않았다. 〈무기여 잘 있거라〉는 그때의 체험을 소재로 한 것이며, 캐서린과의 연애도 작가가 밀라노의 한 병원에서 실제로 체험한 간호사와의 사랑이 토대가 되었다.

이 작가의 특색인 하드보일드 스타일이 가장 잘 나타나 있는 것은 단편작품이며, 그 가운데서도 특히 걸작으로 꼽을 수 있는 것은 〈두 개의 심장을 가진 큰 강〉〈흰 코끼리와 같은 언덕〉〈청결하고 밝은 장소〉〈살인청부업자〉 등이며, 중편으로는 〈킬리만자로의 눈〉을 들 수 있다. 1945년 노벨 문학상을 수상했다.

● **기억할 만한 명구**

만일 두 사람의 인간이 서로를 진실로 사랑한다면, 그들에겐 해피엔딩이란 게 있을 수 없다.   (〈오후의 죽음〉 중에서)

(어느 한쪽이 먼저 죽는 것이 상례이며, 애정도 영원히 처음의 형태로는 지속되지 않기 때문이다.)

나는 갖가지 여자와 함께 했지만 늘 외톨이였다. 내가 가장 고독해질 수 있는 것은 그런 때였다.   (〈무기여 잘 있거라〉 중에서)

✼ 〈무기여 잘 있거라〉에서는 비가 불행이나 죽음의 상징인 것처럼 씌어지고 있다고 생각하는 사람들도 있다. 사실 격정적인 사랑이 실내에서 전개되고 있을 때도 밖에서는 비가 내리고 있었다. 작자는 그 근처를 두 번 정도 방문할 기회가 있었는데, 그곳은 워낙 비가 많이 내린다고 한다.

67 누구를 위하여 종은 울리나
(For Whom the Bell Tolls)
헤밍웨이 (1899~1961)

● **작품의 줄거리**

〈누구를 위하여 종은 울리나〉는 1937년 5월 말의 토요일 오후부터 그 다음의 화요일 낮까지, 짧은 기간 동안에 일어난 일이다.

스페인 내란이 일어나자 민주주의 방위를 위한 정부군을 원조하기 위해 참가한 미국인 청년 로버트 조던은, 지금 송림숲에 몸을 엎드린 채 길안내를 하는 노인으로부터 발 밑에 전개되는 지형에 관해 설명을 듣고 있다. 이 두 사람은, 정부군 공격개시 직후에 혁명군 배후에 걸려 있는 철교를 폭파하려고 사전 조사작업을 벌이고 있는 중이다.

이 산중에는 공화국에 충성을 맹세한 몇 개의 게릴라 부대가 살고 있었다. 두 사람은 그 지도자 중 한 사람인 파블로와 만나게 되고, 이 자리에서 조던은 마리아라는 아름다운 스페인 아가씨와 만나게 된다. 그녀는 이번 내란으로 졸지에 부모를 잃었고, 폭도들에게 성적 폭행까지 당하는 등 커다란 상처를 입었지만 여전히 순수한 아름다움을 잃지 않고 있었다. 마리아와 조던은 서로에게 호감을 느끼고, 급기야는 전쟁의 와중에서도 격정적인 사랑에 빠진다.

일요일, 조던은 다른 게릴라 부대의 대장 엘 소르도에게 원조를 청하러 떠났다.

사흘째인 월요일, 엘 소르도와 게릴라 부대는 적의 기병대에 습격을 당해 전멸한다. 조던은 이를 멀리서 지켜 보지만 도우러 가지 않는다. 드디어 마지막 날, 계획대로 본대의 폭격개시와 함께 파블로는 혁명군의 주둔지를 습격하고, 조던은 마리아 등과 다이너마이트로 다리를 폭파한다. 계획은 성공했다. 그러나 조던이 탄 말이 적탄에 맞아 쓰러지면서 그는 그 자리에서 더이상 움직일 수 없는 몸이 되고 만다. 마리아는 말 위에서 쓰러진 그를 바라보며 자신도 남겠노라고 몸부림친다. 그러자 조던은 그녀에게, 이제는 당신이 나의 인생을 사는 것이라며 그녀를 떼어 보낸 뒤, 홀로 남아 육박해 오는 적에게 총격을 가한다.

● 주인공 하이라이트

로버트 조던은 전형적인 미국의 지식인 청년을 상징한다. 그는 몬타나 대학에서 스페인 어를 가르치고 있었으나, 1936년부터 1년간 휴가를 얻어 스페인 내란에 참가, 정부군에 가담하여 파시즘과 싸우고 있었다. 그는 민주주의가 선이라는 것을 믿어 의심치 않는다. 상대인 마리아는 19살의 스페인 처녀. 단아한 얼굴에 새하얀 이, 가무잡잡한 피부와 머리 모양이 인상적이다. 그리고 스페인 여성 특유의 열정적인 기질을 갖고 있다.

● 기억할 만한 명구

난 내가 믿는 것을 위해 1년간 싸워 왔다. 내가 여기서 이긴다면 나는 언제까지나 이길 것이다. 세계는 훌륭하며 그것을 위해 싸울 만한 가치가 있다.
(〈누구를 위하여 종은 울리나〉에 나오는 조던의 독백. 미국의 신념을 대변하는 말이기도 하다.)

✱ 헤밍웨이의 많은 작품들은 영화화되었는데, 그 중에서도 〈누구를 위하여 종은 울리나〉는 52년에 미국 파라마운트 영화사 창립 40주년 기념 작품으로 제작되었다. 그리고 게리 쿠퍼와 잉글리드 버그만 주연의 영화는 수많은 영화 팬들의 심금을 울렸다.

68 대지(The Good Earth)
펄벅 (1892~1973)

● **작품의 줄거리**

시대적인 배경은 1930년대. 중국에는 새로운 바람이 불어닥쳤고, 사회는 혼란기에 접어들고 있었다. 주인공인 왕룽은 안휘성에 사는 가난한 농민이다. 이야기는 그가 신부를 맞아들이는 날부터 시작되는데, 그의 아내는 대부호인 황가의 노예로, 산동성의 빈농이었던 그녀의 아버지가 어릴 적에 그 집에 팔았던 것이다. 부부는 땅을 생명처럼 여기며 아침부터 밤까지 열심히 농사를 짓는다. 늙은 아버지는 메마른 성격에 잔소리가 심했지만, 왕룽은 아버지를 극진히 모신다.

이윽고 홍수와 한발, 메뚜기 떼의 내습 등 견디기 힘든 시련이 닥친다. 먹을 것이 없어진 일가는 태어나서 처음으로 화차라는 것을 타고 난민들과 함께 남쪽 강소성으로 흘러들어간다. 그리고 왕룽은 인력거꾼으로, 아내 오란은 자식들의 손을 잡고 걸식생활을 하면서 커다란 저택 담벼락 옆에 천막을 치고 살아간다.

이듬해 봄 폭동이 발발했을 때, 혼란의 와중에서 왕룽과 오란은 보물이 든 주머니를 줍게 되자 그것을 가지고 고향으로 돌아간다. 이윽고 황가가 몰락하자, 왕룽은 그 토지와 저택을 사들여 대지주가 된다.

왕룽은 우연한 기회에 성 안에서 차심부름을 하는 렌훠에게 마음을 빼앗기게 되며, 그녀를 둘째부인으로 맞아들여 혼란에 빠진다. 하지만 여전히 토지에 대한 애착은 강했으며, 재산을 불리는 데 대한 관심도 높다.

왕룽의 세 아들들은 모두 일정한 교육을 받았는데, 장남은 화려한 귀족취미를 가진 반면에 차남은 장사에 수완을 보였으며, 셋째 아들은 집을 뛰쳐나가 군벌의 우두머리가 된다.

자식들은 성장함에 따라 아버지의 토지를 팔 의논을 하지만 이를 안 왕룽은 불같이 화를 내며, 땅을 손에서 놓는 것은 곧 일가의 몰락과 죽음을 의미한다고 호통친다. 그러는 동안 게으름뱅이 숙부 일가가 집안으로 굴러들어 일가의 골칫거리가 되지만, 이윽고 숙부 부부는 죽고, 아들은 떠나가고, 왕룽의 아버지도 세상을 뜬다. 왕룽은 집에서 부리던 소녀 리휘를 애첩으로 맞아들이게 된다.

왕룽이 대지주가 되기 전부터 성실하게 일을 도와주었던 사람은 이웃의 첸이었다. 첸은 늙은 왕룽을 대신하여 땅을 보살핀다. 그러나 이제 오랑도 첸도 죽고, 늙고 병든 대지주인 왕룽의 고독한 모습이 이윽고 찾아올 죽음의 운명을 암시하며 이야기는 막을 내린다. 왕룽이 죽을 때까지 집착했던 것은 바로 모든 것을 낳은 대지였다.

● 주인공 하이라이트

격동하는 중국의 역사 속에서 작자의 마음을 강하게 움켜쥐고 있었던 것은, 도도한 변화에도 불구하고 중국의 광대한 국토에서 태어나 거기서 살고, 그곳에 뼈를 묻을 잡초처럼 강인한 중국 농민들의 모습이었다. 땅에 대한 그들의 애착이 얼마나 강한지 작가는 피부로 느끼고 있었다. 〈대지〉속에서 저자는 땅에 뿌리박고 사는 중국 농민과, 기계의 힘에 의지하고 있는 미국 농민의 차이를 제시하려고도 했다. 그녀는 기계는 결코 인간에게 마음의 평화를 가져다 주지 못한다고 믿고 있었다.

고단하고 힘겨운 농민들의 생활을 이해하며 그들의 선량함을 익히 알고 있었던 펄 벅은, 선교사의 딸로 생후 5개월 만에 중국으로 건너갔으므로 그곳이 곧 그녀의 진짜 고향이었는지도 모른다.

● *작가의 생애*

펄 벅(Pearl Buck), 여류작가. 1892년 6월 23일 웨스트 버지니아의 힐스보로라는 곳에서 태어났으나, 생후 5개월 만에 선교사인 아버지를 따라 중국으로 건너가게 되었다. 때문에 어린 시절 그녀의 놀이 친구는 모두 중국인이었고, 중국적인 사고방식과 환경 속에서 자라났다. 어릴 적 그녀는 자기 집에서 일하던 원주민 하녀로부터 중국에 전해져 내려오는 여러 가지 이야기를 듣고 커다란 감동을 받았으며, 성장하면서 많은 중국 서적을 탐독했다. 1910년, 18살의 나이에 버지니아 주의 랜돌 메이컨 칼리지에 입학하기 위해 양친과 함께 미국으로 건너갔다. 14년, 칼리지를 우등으로 졸업한 뒤 다시 선교사가 되어 중국으로 돌아온다.

1917년 그녀는 중국의 농업경제를 전공한 선교사 존 로싱 벅과 결혼, 화북에서 5년 정도 지낸 뒤 남경으로 가 교회의 선교사로 일하는 한편 남경대학에서 영문학을 강의했다. 이 무렵부터 그녀의 문필생활이 시작되었으며, 25년 일단 남편과 미국으로 돌아가는 배 안에서, 후일 〈동풍, 서풍〉으로 출판된 처녀작을 집필했다. 그리고 곧 다시 중국으로 돌아온 그녀는 33년까지 중국에서 생활했다.

그녀의 왕성한 작가활동은 1930년경부터 시작되었다. 남경에서 쓴 〈대지〉가 31년 출판되자 곧 대호평을 받았으며, 퓰리처 상과 미국 문예 아카데미 하웰즈 상을 수상했으며, 32년에는 〈대지〉의 속편인 〈아들들〉을, 35년에는 완결편인 〈분열된 가정〉을 내놓았다.

1933년 선교사를 그만두고 남편과 이혼, 그리고 35년 존 데이 출판사 사장인 리처드 올쇼와 재혼하면서 작가로서의 본격적인 활동을 개시했다. 36년에 출판된 〈어머니의 초상〉은, 의화단사건을 배경으로 폭도들의 습격 앞에 용기 있게 대처하는 어머니의 모습을 존경에 넘치는 필치로 묘사하여 독자들에게 커다란 감동을 안겨 주었다.

1938년, 미국의 여류작가로서는 처음으로 노벨 문학상을 수상했다.

이후 소설 이외에도 수필, 평론, 아동물 등 60여 종의 책을 출판했으며, 다른 한편으로는 인종을 초월한 사회사업, 평화활동을 계속했다. 특히 제2차 세계대전 후에는 미국의 양심으로서 평화를 위한 집필 활동에 진력했으며, 펄 벅 재단을 설립하여 전쟁중에 태어난 사생아 입양사업을 정력적으로 펼쳤다. 그밖의 작품으로는 〈다른 신들〉〈오늘과 영원한 미래〉〈향토〉〈서태후〉 등이 있다. 1973년 3월 6일 사망했다.

• 기억할 만한 명구

중국의 소설은 결코 소설가의 소설이 아니다. 그것은 이야기를 전하는 민중의 목소리에 의해 생겨난 것이다.

(자서전 〈나의 여러 가지 세계〉 중에서)

✽ 펄 벅에게는 첫남편과의 사이에서 낳은 두 딸이 있었는데, 큰딸은 극도의 정신박약아였다. 큰딸의 존재는 그녀에게 글을 쓰게 한 동기 중의 하나가 되었으며, 〈대지〉에서 왕룽의 딸의 모델이 되고 있다.

69 바람과 함께 사라지다
(Gone With the Wind)
미첼 (1900~1949)

● **작품의 줄거리**

스칼렛 오하라는 결코 미인은 아니었으나, 청년들은 그녀의 매력에 이끌리다 보면 절대 그 사실을 눈치채지 못했다고 시작되는 이 소설의 주인공은, 조지아 주 애틀랜타에 있는 타라라고 불리는 대농장에서 나고 자랐다. 아버지는 아일랜드 인이고 어머니는 프랑스 계의 귀족 출신으로, 이야기는 남북전쟁 직전부터 시작된다.

스칼렛은 16살의 꽃다운 나이로 그 지방 청년들의 사랑을 한몸에 모으고 있으나, 그녀가 마음에 두고 있는 사람은 교양 있는 애슐리였다. 그녀는 오로지 그가 청혼해 주기만을 기다리고 있었다. 그 역시 스칼렛에게 호의를 갖고 있었으나, 정작 그가 결혼 상대자로 고른 아가씨는 사촌간인 멜라니였다. 그 사실을 알게 된 스칼렛은 발끈하여 애슐리에게 보란 듯, 그의 누이동생과 결혼할 예정이었던 멜라니의 오빠 찰스와 결혼해 버린다. 이후 찰스는 곧 전쟁터에 불려나갔고, 얼마 안 있어 전사한다. 스칼렛은 사내아이를 출산했으나, 죽은 남편에 대한 생각 대신 늘 애슐리를 그리워하다가 아들과 애를 보는 소녀를 데리고 애슐리의 숙모 집으로 이사한다.

남군의 패색이 짙어질 무렵 애슐리도 전쟁에 참전한다. 크리스마스 휴가를 얻어 돌아온 그에게, 스칼렛은 자신의 사랑은 지금도 변함이 없다고 고백한다. 그녀의 열정에 압도된 애슐리는 스칼렛에게 가족들을 잘 부탁한다는 말을 남기고 전장으로 돌아간다. 이윽고 전쟁의 포

화가 애틀랜타를 뒤덮자 스칼렛은 레트 버틀러의 도움을 얻어 출산을 눈앞에 둔 멜라니와 자신의 아들, 그리고 아이보는 소녀를 데리고 마차로 천신만고 끝에 타라로 도망쳐 온다. 사방이 불탄 가운데 타라의 농장만은 우뚝 서서 그들을 맞이해 주었으나, 어머니는 이미 병사했고 아버지도 폐인이 되어 있었다. 그러나 스칼렛은 그 모두를 부양하기 위해 필사적으로 일한다. 남군은 결국 항복했으며, 남부는 고된 재건 작업에 착수한다.

돈을 벌기 위해 동생의 약혼자였던 목재상과 재혼한 스칼렛은, 사업에 실패하고 프랭크가 죽자, 다시 레트와 세 번째 결혼을 한다. 레트는 처음부터 그녀에게 끌리며 사랑을 느끼고 있었으나, 항상 자신이 애슐리의 대리역밖엔 하지 못한다는 사실에 짙은 고독을 느낀다. 멜라니가 죽음의 침상에서 레트에게 잘해 주라는 말을 남기자, 스칼렛은 비로소 애슐리에 대한 자신의 사랑이 환상이었음을 깨닫고 레트의 품으로 돌아가려고 한다. 하지만 이미 그때는 레트의 마음도 돌아서, 그는 그녀 곁을 떠날 결심을 하고 있었다. 동시에 두 사람을 잃게 된 스칼렛이지만 결코 패배를 인정하지 않는 성격과 낙천적인 일면을 지닌 그녀는, "내일은 또 내일의 바람이 분다. 레트도 내일 되찾아오자."는 결의를 보인다.

● 주인공 하이라이트

집필에만 10년이 걸리고 1천 페이지에 이르는 이 방대한 작품은, 남북전쟁(1861~1865)을 배경으로 하여, 전쟁의 와중에서 남자 세 명 이상의 힘을 발휘하며 살아온 스칼렛 오하라의 파란만장한 삶과 애정편력을 담고 있다. 스칼렛은 부친에게서 물려받은 격정적이면서도 완고한 성격을 지닌 탓에, 어릴 적부터 사모해 온 애슐리에 대한 사랑이 뜻을 이루지 못하자 그것을 관철시키기 위해 '스칼렛의 애슐리' 상을 만들어 내게 된다. 그리고 그것이 환영임을 깨닫기까지는 오랜 시간이 소요된다. 당연히 자신과 결혼할 것이라 믿고 있던 애슐리가 멜라니와 결혼을 하자, 16살의 스칼렛은 단순한 반발심과 애슐리의 관심을 끌겠다는 생각에서 서둘러 멜라니의 오빠와 결혼해 버린다. 하지만 곧 미망인이 되어 버린 그녀는 검은 상복 안에서도 여자로서의 매력이 넘쳐 흐르고 있었고, 자만심이 강하고 오만한 태도는 애슐리라는 한 남성에게 마음을 바치고 있음에도 불구하고 잇달아 약혼자가 있는 남성을 빼앗아 오는 결과를 낳으며, 또 돈 때문에 결혼하는 것도 필연적인 수순이 된다.

28살이 되었을 때 스칼렛은 비로소 진정한 사랑을 깨닫는데, 그것을 가르쳐 준 사람은 레트 버틀러였다. 그는 전쟁을 이용해 많은 돈을 벌었는데, 스칼렛은 그를 경멸하면서도 때로는 그것을 이용한다. 야성적으로 보이는 레트는 깊은 통찰력을 지니고 있었으며, 그녀의 마음을 모두 꿰뚫어보고 있었다. 그리고 그녀의 인생의 싸움을 대신 치러 주고 싶다고까지 생각하고 있었다. "당신은 당신을 사랑하고 있는 인간에 대해 무척 잔인하군, 스칼렛. 당신은 그 사람들의 사랑을 빼앗아 그것을 마치 채찍처럼 그들의 머리 위로 휘날리는군." 오랫동안 그녀의 마음이 자기 쪽으로 돌아오기를 기다리며 참고 용서해 온 레트의 비통한 말이다.

● 작가의 생애

마가렛 미첼(Margaret Mitchell), 여류작가. 1900년 조지아 주 애틀랜타에서 출생. 아버지와 오빠는 변호사였으며, 애틀랜타에서 100년 이상 거주한 전통 있는 가문에서 출생했다. 어릴 적부터 문필에 재능을 보였는데, 10살 때 쓴 소설이나 극은 모두를 놀라게 하기에 충분했다. 워싱턴 학원 졸업 후 매사추세츠 주의 스미스 칼리지에 입학, 이듬해 어머니의 죽음으로 애틀랜타로 되돌아온다. 22년, 22살의 나이로 헨리 업쇼와 결혼했으나 곧 별거했다. 그해 애틀랜타 저널에 입사하여

미국 문학

약 5년간 인터뷰 기사 등을 담당했으며, 그때의 경험이 대작의 밑거름이 되었다. 24년 남편과 정식 이혼한 뒤 이듬해 존 매슈와 재혼. 26년 발을 다쳐 퇴사했으며, 남편의 권유로 10년간의 자료조사와 집필을 거쳐 〈바람과 함께 사라지다〉를 내놓은 것은 1936년이었다.

〈바람과 함께 사라지다〉는 무명의 작가가 내놓은 최초의 소설이었으나 출판과 동시에 경이적인 판매기록을 보였으며, 1년 후에는 150만 부가 팔려나갔다고 한다. 그후 몇 년 동안 30개 국어로 번역되었으며, 지금까지 2천만 부 이상이 팔렸다고 한다. 37년에는 퓰리처 상을 수상했으며, 39년에는 비비안 리와 클라크 케이블이 주연을 맡아 영화화되어 아카데미 상 10개 부분을 수상했다. 49년 8월 16일 자동차 사고로 사망. 남편은 그녀의 뜻에 따라 다른 원고들을 세상에 내놓지 않고 파기해 버렸다고 한다.

● **기억할 만한 명구**

지금은 생각을 그만하기로 하자. 내일 생각하는 거야.
(절망적인 상황이 닥칠 때마다 스칼렛이 자기 자신에게 주문처럼 뇌까렸던 말이다.)

난 결코 부서진 파편들을 참을성 있게 주워모아 아교로 붙여서, 그렇게 만든 걸 갖고 새 것과 똑같다고 생각하는 그런 인간은 못 돼.
(스칼렛에게 절망을 느낀 레트가 그녀로부터 떠나기로 결심한 뒤 하는 말.)

✱ 〈바람과 함께 사라지다〉는, 작가 자신의 말에 따르면 맨 처음에 마지막 장을 쓰고, 그 다음엔 각 장을 순서없이 따로따로 쓴 다음 맨 마지막에 제1장을 써서 전편을 마무리했다고 한다.
✱ 원고를 편집자에게 넘기고 난 뒤 미첼은 심경의 변화를 일으켜, 급히 '원고반환 요망'이라는 전보를 쳤다. 하지만 맥밀런 사는 정중하게 그 요구를 거절했다.

70 분노의 포도 (The Grapes of Wrath)
스타인벡 (1902~1968)

●**작**품의 줄거리

오클라호마 주 일대에 한발이 몰아닥쳐 흙먼지가 가득 한 가운데 '모래바람'은 경작지를 모두 황무지로 만들어 버린다. 생활이 어려워진 농부들은 비옥한 캘리포니아를 향해 기나긴 장정에 오른다. 수십 만을 헤아리는 이런 가난한 이주민들은 경멸의 뜻이 담긴 '오키'라고 불렸다.

이 무렵, 술에 취한 상태에서 자신의 생명을 지키기 위해 살인을 하고 형무소에 들어갔던 톰 조드가 가석방되어 풀려난다. 그리고 집으로 돌아오던 도중, 산에 들어가 홀로 종교적 수행을 하다가 나온 설교자 짐 케이시와 만난다.

두 사람이 톰의 집에 당도해 보니 가족들은 캘리포니아로 이주하기 위한 채비를 하고 있었고, 두 사람도 여기에 합세하게 된다. 이렇게 해서 고난의 여행이 시작되며, 가는 도중 여러 가지 희생을 치르게 된다.

그러나 희망의 땅인 캘리포니아 현지의 사정은 이들이 기대한 것과는 전혀 달랐다. 이주민들을 기다리고 있었던 것은 기아와 질병, 그리고 없는 자가 받아야 하는 학대뿐이었다.

조드 일가는 실업자 수용부락에 들어가게 되는데, 여기서 위압적인 보안관과 다툼이 일어나자 케이시는 스스로 그 책임을 떠맡고 체포된다. 그리고 이 사건이 계기가 되어 케이시는 박해받는 노동자들의 파업 지도자가 된다. 이후에도 조드 일가는 일자리를 찾아 괴로운 방랑을 계속하는데, 조드는 케이시와 재회하는 자리에서 그가 자경단원들에게 몰매를 얻어맞자, 그들이 들고 있던 곤봉을 빼앗아 들어 그 중 한 남자를 구타한 뒤 다시 쫓기는 신세가 된다. 이렇게 해서 톰은 케이시의 뜻을 이어받아 노동자들을 위해 싸울 것을 결의하고, 사랑하는 어머니에게 이 사실을 전한다.

책 제목인 〈분노의 포도〉는 줄리아워드 하우의 시인 〈공화국 전쟁의 찬가〉에서 따왔는데, '사람들의 영혼 속에는 분노의 포도가 가득했고, 가지가 휠 정도로 열매를 맺는다.'는 것을 나타내고 있다. 구성은 구약성서의 〈출애굽기〉와 대비되어 있으며, 이주민들은 고대 이스라엘 백성에 견주어졌다.

이 작품에 묘사되어 있는 불행한 이주민들의 실태는 책이 발간되자마자 곧 센세이셔널한 반응을 불러일으켰다. 그러나 이 작품에서 다루어진 '풍요 속의 빈곤'이란 문제는 보다 보편적인 것으로, 정신보다 물질이 우위를 점해 가는 현대사회에 대해 많은 것을 시사하고 있다.

그러나 스타인벡은 보다 웅대한 구상을 가지고 조드 일가(소우주)의 고난에 찬 여행을 통해 인류 전체(대우주)의 실상을 그려보고자 했다. 그 주제는 사실적이고 다이내믹한 이야기를 통해 극적으로 전개되는 인간애에 초점을 맞추어, 인류 전체를 연결하는 영혼의 존재를 인지하고 실천할 수 있는 인간의 위대함과 존엄성을 강조하고 있다.

• 주인공 하이라이트
이름에 그리스도와 같은 머리글자(J.C)를 가진 짐 케이시는, 그 행동의 궤적이나 사랑을 부르짖는 복음 등을 볼 때 그리스도와 공통되는 점이 많으며, 이 작품 속에서도 그리스도적인 역할을 떠맡고 있다.

하지만 좀더 세부적인 관찰을 해보면, 짐 케이시는 지극히 인간적이고 복잡한 면을 지니고 있다는 걸 알 수 있다. 그는 인간적인 고민을 안고 괴로워했으며, 그것으로부터 벗어나기 위해 산으로 들어가 명상적인 수행을 행한다. 그리고 자연과 일체가 되는 경지에 이르러 '인간 전체가 하나의 거대한 영혼을 지니고 있다'는 계시를 받고, 그 영혼의 신성함에 눈뜨게 된다. 또한 그는 '가슴이 찢어지는 것처럼 느낄 만큼' 절실하게 인간에 대한 사랑을 느끼며, 진심으로 '인간의 행복을 바라게 된다'. 그리고 중요한 점은, 그의 복음은 명상적인 생활에서부터 이주민의 현실적 생활의 소용돌이 속에 몸을 던짐으로써 성취된다는 데 있다. 그리고 이러한 그의 다양한 모습에는 그리스도가 외친 사랑의 복음과 더불어, 휘트먼의 민주정신이나 윌리엄 제임스의 프래그머티즘과 같은 다양한 미국의 전통적 정신이 숨쉬고 있다.

톰 조드는 이러한 짐 케이시의 계승자이자 사도라고 할 수 있는데, 그 또한 고난에 찬 이주민의 생활을 체험하고 목격하는 가운데 많은 것을 깨달아 위대한 인간애의 실천에 몸을 던지게 된다.

또한 톰의 어머니가 조드 일가의 단결을 굳건하게 지켜 나가는 모습은 읽는 이로 하여금 깊은 감동을 맛보게 한다. 가족들의 수호신으로서 '고통과 고뇌를 이겨나가는' 그녀의 모습은, 부드러움과 강인함을 동시에 지닌 영원한 어머니상을 보여 주고 있다.

● 작가의 생애

존 스타인벡(John Steinbeck), 작가. 1902년 캘리포니아 주에 위치한 설리너스에서 출생했다. 아버지는 제분소를 경영하기도 하고 군청에서 오랫동안 근무하기도 했다. 어머니는 젊은 시절 국민학교에서 교편을 잡았는데, 그는 고향인 설리너스의 풍요로운 자연 속에서 어머니의 영향으로 독서에 열중했으며, 감수성이 풍부한 소년으로 성장했다.

1920년에 스탠포드 대학에 입학, 가정 형편이 어려워 결국 졸업을 하지는 못했으나 교내 기관지에 단편이나 시를 발표하면서 이 무렵 작가로서 성공할 것을 결심했다. 뉴욕으로 진출하여 신문기자 생활을 했으나 기사 작성에 있어 주관적 견해를 실어 해고되었고, 이후 갖가지 육체노동으로 생계를 해결해야만 했다.

습작시대를 거쳐〈토티야 대지〉〈승부 없는 싸움〉〈생쥐와 인간〉등의 작품을 꾸준히 발표하여 착실하게 발판을 굳혀 갔으며, 39년에 발표한〈분노의 포도〉로 작가로서의 확고한 위치를 자리잡았다. 1929년 경제공황이 일어난 미국의 30년대에는 불황이 심각해지면서 실업자가 군을 이루었으며, 사람들은 궁핍에 허덕이게 되었다. 이러한 '위기의 시대'에는 자연주의 문학이 전성기를 이루었는데,〈분노의 포도〉는 그 정점에 선 작품으로 격찬을 받았다. 52년에는 또 하나의 대작〈에덴의 동쪽〉이 출판되었다. 이 작품은 구약성서의〈창세기〉에 나와 있는 카인과 아벨 형제의 다툼을 바탕으로, 인간의 사랑과 윤리를 주제로 다룬 필생의 야심작이었다.

62년 노벨 문학상을 수상했으며, 1968년 12월 20일, 66세의 나이로 세상을 떠났다. 그밖의 작품으로는〈황금의 잔〉〈알려지지 않는 신에게〉〈통조림 골목〉〈우리 불만의 겨울〉등과 같은 소설과,〈붉은 조랑말〉〈긴 계곡〉등의 단편집, 평론집, 여행기 등 다채로운 작품활동을 벌였으나, 그의 본령은 고향인 캘리포니아를 무대로 자연애와 인간애로 가득 찬 글에 있다고 할 수 있다.

●기억할 만한 명구

나는 사물의 전체 모습을 보고 싶은 거야——가능한 한 전체에 가까운 모습을 말이야. '선'이니 '악'이니 하는 눈가리개를 해서 내 자신의 시야를 제한하고 싶지는 않다구. (〈승부 없는 싸움〉제8장에서)
(선입관이나 편견 없이 현실의 모든 현상을 흡수하고, 음미하고, 소화하려고 한 스타인벡의 작가적 자세를 나타낸 말이다.)

난 대지야. 그리고 비지. 이제 조금만 있으면 나로부터 풀이 돋아

나게 될 거야.　　　　　(〈알려지지 않은 신에게〉 제25장에서)

(스타인벡의 신비주의적이라고도 할 수 있는 자연관의 일단을 여실히 보여 주는 말이다. 그의 경우 자연과 인간의 일체감은 심미적인 동시에 은유성을 띠고 있는 것이 많다.)

✱ 〈분노의 포도〉는 모두 30장으로 이루어져 있는데, 그 중의 16장은 '중간장'으로서 사회적 배경이 객관적으로 묘사되어 있다. 이 〈중간장〉과 조드 가의 이야기가 서로 맞물려 들면서 유기적으로 상승효과를 높이고 있다.
✱ 〈분노의 포도〉는 출판되자마자 경이적인 베스트셀러가 되었으며, 이듬해인 1904년에는 퓰리처 상을 수상하는 영예를 안았다. 또한 존 포드 감독에 의해 즉각 영화화되기도 했는데, 이 역시 대단한 호평을 받았다.

71 남회귀선(Tropic of Capricorn)
헨리 밀러 (1891~1980)

●**작**품의 줄거리

　브루클린의 가난한 바느질집 아들로서 어머니의 사랑을 한 번도 받아 보지 못하고 자란 '나' 헨리 밀러는, 짝사랑으로 끝나 버린 첫사랑을 치른 뒤 치유할 길 없는 고독을 앓고 있으며, 연상의 여인과의 정사나 결혼생활에서도 공허함을 떨쳐내지 못한다.

　서른이 다 된 그는 뉴욕 시의 코스모데모닉 전보회사의 배달원 고용주임으로 맹렬히 움직이고 있는데, 회사는 현대 미국의 혼돈상 그 자체이며, 그가 매일 만나는 노동자들은 기계문명이 낳은 부패와 광기에 물든 무리들뿐이다.

　그는 그 가운데 12명의 남자에 관한 소설을 쓰는 일에서만 삶의 보람을 찾고 있다.

　그러나 밀러는 예술가가 되기 위해서는 일단 자신을 철저히 박살내어 정신적으로 다시 태어나지 않으면 안 된다고 자각한다. 그 무렵, 그는 마라라는 신비한 아름다움을 지닌 직업 댄서와 만나게 되어, 섹스와 사랑이 작열하는 합일의 체험으로부터 자신의 사회적 속박을 완전히 끊고 자유롭게 살아갈 용기를 발견한다. 하지만 사실 마라의 신비한 베일 아래는 허영과 거짓이 가득 차 있음을 알게 되고, 결국 두 사람의 사이는 파국으로 치닫는다.

　그러나 밀러는, 그녀와의 '순수한 교합'을 통해서 발견한 '생의 리듬'을 자기표현의 중요한 기조로 삼아, 혼자서 내일을 향해 나아가기로 한다.

● 주인공 하이라이트

작품 속의 주인공 밀러는, 현대문명 속에는 전혀 변혁의 가능성이 없다고 단언하는 아나키스트이면서도 단 한 가지 모험의 가능성을 믿고 있는 남자이다. 그것은 '자기 내면으로 파고드는 것', 즉 진정한 자기발견과 개성 형성이며, 그것을 그는 성 세계의 탐구뿐 아니라 다다이즘이나 쉬르레알리슴이 수행한 방법인 상징언어에 의해 자기의 내면사를 신화화함으로써, 그것을 이루려는 필사의 노력을 계속하고 있다.

● 작가의 생애

헨리 밀러(Henry Miller), 소설가. 1891년에 독일계 이민의 자손으로 출생하여 브루클린에서 자랐다. 1907년에 뉴욕 시립대학에 입학했으나 곧 중퇴하고, 여러 가지 직업을 전전했다. 20년 웨스턴 유니언 전보회사의 고용주임이 되며, 3년 후에는 브로드웨이의 댄스 홀에서 준 스미스(작품 속의 마라)와 알게 되어 이듬해 첫부인인 비아트리스와 이혼하고 준과 결혼. 준이 생활을 책임짐으로써 밀러는 창작수업에만 전념할 수 있게 되었다.

1930년부터 그는 파리에 거주, 여기서 한 사람의 작가로서 독립하여 〈북회귀선〉〈검은 보리〉〈남회귀선〉 등 뛰어난 자전적 소설을 잇달아 출판(준과는 34년에 이혼)했다. 〈북회귀선〉은 그의 청년 시절을, 〈남회귀선〉은 파리에서의 보헤미안 생활을 그린 작품이다. 그의 '회귀선' 소설에서는 육체적 · 정신적 위험을 찾아서 편력하는 작가의 면모가 여실하게 드러난다. 그는 1940년 이후에는 미국에서 살았으나, 그리스 기행인 〈멀룬의 거상〉, 미국의 문명비판인 〈냉방장치의 악몽〉, 그리고 〈섹서스〉〈블랙서스〉〈넥서스〉 등의 대작을 낳았으며, 수채화집도 여러 권 펴냈다.

• 기억할 만한 명구

일단 절멸시켜 버리면, 비록 혼돈 속에 있을지라도 모든 것이 절대의 확실성을 갖고 나타나게 되는 것이다.

(〈남회귀선〉의 머리말 가운데서)

(인간존재의 근원을 꿰뚫고 그 리듬에 따라 살기 위해서는, 현대사회의 타성에 의해 지배받고 있는 낡은 자아를 완전하게 죽일 수 있을 만큼의 용기가 필요하다는 밀러의 불변의 신념을 암시한 말이기도 하다.)

✱ 〈북회귀선〉 〈남회귀선〉 〈섹서스〉 등은 프랑스에서 출판되었는데, 그 대담하고 솔직한 성묘사로 인해 오랫동안 미국으로의 수입이 금지되었으며, 1961년에야 미국 내 출판이 허락되었다. 그러나 정식 출판이 이루어진 뒤에도 밀러를 포르노 소설가로 보는 사람들이 많았는데, 우리나라의 경우에는 90년대에 들어서야 정식으로 허가되었다.

72 욕망이라는 이름의 전차
(A Streetcar Named Desire)
테네시 윌리엄스 (1911~1983)

● **작품의 줄거리**

미국 남부의 영락한 대농장주 집안의 두 딸인 블랜치와 스텔라는 서로 대조적인 성격을 지닌 자매이다. 동생인 스텔라는 뉴 올리언스에서 거칠고 난폭한 노동자 스탠리와 결혼하여 살고 있는데, 남편이 친구들과 포커를 하고 있는 동안 늘 여러 가지 일에 시달려야 했지만 그것을 용케 참아낸다. 남편과의 정열적인 성생활을 통해 만족을 느끼고 있었기 때문이다.

어느 날, 스텔라의 집으로 언니인 블랜치가 '욕망'이라는 이름의 전차를 타고 와서, '묘지'라고 적힌 차를 갈아탄 다음, '천국'이라는 곳에서 내려 찾아온다. 그녀는 동생 부부에게 교사 일을 하다가 잠시 쉬러 왔노라고 말하지만, 사실 그녀는 창부나 다름없는 생활을 하다가 전에 있던 마을에서 쫓겨났던 것이다. 블랜치는 연애결혼에 실패한 후, 내부에 선천적인 창부 기질을 갖고 있으면서도 전통이나 인습에 얽매여 욕정을 억누른 채, 현실도피적인 몽상 속에서 고독하게 살고 있었다.

블랜치는 세련된 남부 여성 특유의 몸맵시로 스탠리의 포커 친구인 미치를 유혹하고 마침내 그에게 청혼하도록 만들지만, 스탠리가 그녀의 과거를 폭로함으로써 깨지고 만다. 블랜티는 점차 정신이 이상해지면서 기묘한 옷차림을 하고 곧잘 몽상에 빠지게 된다. 아이를 낳으러 가는 스텔라를 병원으로 데려다 주고 돌아온 스탠리는, 블랜치에 대한 반발과 성욕이 뒤엉켜 강제로 그녀를 범하고 만다. 그로부터 몇 주일 뒤, 완전히 정신이 돌아 버린 블랜치는 결국 의사와 간호사의 손에 이끌려 정신병원으로 보내지게 된다.

● 주인공 하이라이트

블랜치는 연극계뿐만 아니라 미국 문학 전체를 통해서도 가장 인상적인 여인 중의 하나이다. 화려했던 지난날의 그늘에서 벗어나지 못한 채, 내부에서는 욕망이 들끓고 있음에도 사라져 가는 과거의 교양과 전통에 얽매여, 애써 자신의 욕정을 억누르면서 요조숙녀답게 행동하려고 애쓴다. 그러한 불만족을 해소하기 위해 그녀는 아무에게나 충동적으로 몸을 맡기는가 하면, 수시로 현실도피적인 몽상에 빠져든다. 결국 동생의 남편에게 성적 폭행을 당한 그녀가 마지막으로 가게 되는 곳은 정신병원이었다. 작가는 이 작품 속에서, 여자의 성의 좌절과 분열을 밀도 있게 보여 주고 있다. 작품의 제목은 뉴 올리언스에 실제했던 '욕망의 거리'라는 전차노선에서 따온 것이다.

● 작가의 생애

테네시 윌리엄스(Tennesse Williams), 극작가. 1911년 미주리 주에서 출생, 어릴 적부터 불안정한 생활 속에서 고생을 거듭한 끝에, 미주리 대학과 워싱턴 대학을 옮겨다니다 38년 아이오와 대학에서 연극을 전공, 졸업했다. 이후 뉴 올리언스에서 호텔 보이와 공장 잡부 등을 하면서 희곡과 시, 단편소설을 썼다. 최초의 단막극인 〈천사의 싸움〉이 혹평을 받자, 실의 속에서 할리우드에서 시나리오를 쓰며 생계를 꾸려나갔다. 그러나 이때 완성시킨 〈유리 동물원〉이 44년 시카고 무대와 이듬해 브로드웨이 무대에서 큰 성공을 거두어, 그는 아서 밀러와 나란히 현대 미국의 대표적 극작가로서의 위치를 확립했다.

47년에 간행된 〈욕망이라는 이름의 전차〉로 퓰리처 상을 받았으며, 이어 〈여름과 연기〉〈장미의 문신〉〈카미노 리얼〉 등을 발표했다. 그리고 다시 대성공작인 〈뜨거운 양철 지붕의 고양이〉로 두 번째의 퓰리처 상을 수상하는 영광을 안았다. 그밖에도 〈지난 여름 갑자기〉〈청춘의 달콤한 새〉〈이구아나의 밤〉과 같은 화제작들을 잇달아 발표했다. 1983년 사망.

•기억할 만한 명구

여러분, 전 분명 일종의 마술 같은 걸 하고 있는 셈이지요. 하지만 전 보통 마술사와는 전혀 반대되는 방법을 씁니다. 보통의 경우는 진짜라고 생각하게 하고는 착각을 유도하지만, 제 경우는 착각이 아닐까 하고 의심하는 사이에 진짜를 보시게 되는 겁니다.

(〈유리 동물원〉 제1장에 나오는 톰의 대사)

(작가의 극작술을 해명하는 열쇠가 되는 대사이다.)

✽ 테네시 윌리엄스가 1975년에 발표한 〈회상록〉에는 자신의 동성애 경향에 대해서도 적나라하게 밝히고 있는데, 이는 단순한 자료로서도 도움이 될 뿐만 아니라 읽을거리로서도 지대한 흥미를 끌고 있다.

73 세일즈맨의 죽음(Death of A Salesman)
아서 밀러(1915~1980)

● **작품의 줄거리**

윌리 로먼은 63세의 늙은 세일즈맨이다. 그는 본래 전원생활과 노동을 좋아하는 사람이었지만, 크게 성공해 보겠다는 꿈을 안고 젊어서부터 세일즈를 하게 된 것이다. 사람들로부터 호감을 얻고 열심히 일하기만 하면 언젠가는 세일즈맨으로서 성공하여 자신의 사업체를 갖고, 전화 한 통으로 전국적인 거래를 할 수 있을 것이라 믿고 있다. 그에게 있어 그것은 미국——만인의 자유와 행복을 추구할 권리를 갖고 성공으로의 무한한 가능성을 지닌 미국이었다. 그의 곁에는 가정적인 좋은 아내 린다가 있고, 월부로 산 집도 한 채 있다. 몇십 년만 지나면 그것은 자기 것이 될 것이다. 게다가 그에게는 미래의 희망을 걸기에 충분한 두 아들까지 있다. 그의 가정은 언제나 밝은 웃음이 넘치고 있었다.

그러나 로먼의 이러한 꿈은 밀려오는 세월의 파도와 함께 점점 무너져 내린다. 세일즈맨으로서의 실적에 따른 수입은 점점 줄어만 가고, 게다가 갑자기 30년 이상 근무해 온 회사로부터 해고를 당한다. 희망을 품었던 자식들도 하나같이 부모의 뜻을 배반한다. 무너져 버린 기대에 대한 슬픔과 그동안의 피로, 늙어 버린 육체에서 오는 절망감, 잃어버린 인생에 대한 회한은 그를 광기로 몰아간다. 그의 머릿속에서는 좋았던 시절인 과거의 환영과 현재의 비참한 생활이 마구 뒤엉키며 그를 점점더 혼란의 낙락으로 밀어넣는다. 그리고 결국 그는 심야에 자동차를 전속력으로 몰고 나가 목숨을 잃는다.

그의 죽음으로 인해 나온 보험금은 집의 마지막 월부금을 내는 데 쓰여진다. 그의 장례식 날, 그토록 원했던 집도 이제 우리 것이 됐지만, 이 집에는 아무도 살 사람이 없다고 아내 린다가 울부짖는 것으로 이야기는 막을 내린다.

● 주인공 하이라이트

윌리 로먼은 세일즈맨이다. 막이 오르면, 그는 샘플이 가득 든 무거운 가방을 양손을 들고 집으로 돌아온다. 그의 어깨에는 생활의 피로가 안개처럼 어려 있다. 그런데 그 가방 안에 무엇이 들어 있는지는 희곡 안에서 분명히 언급되지 않고 있다. 이는 작가의 의도로서, 윌리가 팔고 있던 것은 스타킹이나 액세서리 등의 특정 상품이 아니라 바로 자기 자신이었음을 상징한다. 즉 윌리는 자신을 조금씩 조금씩 떼어서 팔다가 결국 사라져 간 것이다. 이처럼 자기 자신을 팔아가는 일은 오늘날의 사회에서 우리가 현실적으로 행하고 있는 일이기도 하다. 이는 현대 미국 사회에 대한 통렬한 비판인 동시에, 현대를 살아가는 우리 모두에 대한 하나의 계시이자 비극인 것이다.

● 작가의 생애

아서 밀러(Arthur Miller), 극작가. 1915년 유태계 이민의 아들로 뉴욕에서 출생했다. 1929년의 공항으로 집이 도산하자 트럭 운전수 등을 하며 학비를 벌었으며, 38년에 미시건 대학을 졸업했다. 여러 가지 육체노동을 하면서 라디오 드라마나 영화 시나리오를 썼다. 전쟁을 배경으로 부자간의 단절을 그린 〈모두가 나의 아들〉로 인정을 받았으며, 이어 48년에 발표한 〈세일즈맨의 죽음〉으로 뉴욕 비평가 상, 뉴욕 극비평가상, 퓰리처 상을 수상했다. 마녀사냥을 소재로 한 〈도가니〉는 당시 미국을 휩쓸던 매카시 선풍을 풍자한 희곡이다. 56년 마릴린 먼

미국 문학

로와 결혼했으며, 61년에는 그녀를 위해 영화 〈거친 말과 여인〉의 시나리오를 썼으나, 그해 그녀와 이혼했다. 〈전락 후에〉는 먼로와의 생활을 담은 자전적 희곡이다. 그밖에 소설, 라디오 드라마, 평론 등이 있으며, 그의 대부분의 희곡은 주로 미국인의 비극적 생활을 그려 서민층의 커다란 공감을 불러일으켰다.

●기억할 만한 명구

아버지는 위대한 사람이라고는 할 수 없지. 윌리 로먼은 큰돈을 번 적도 없고, 신문에 이름이 난 적도 없으니까. 하지만 그 사람은 인간이야. 그러니 우리가 아껴 드려야 해. 늙은 개처럼 길가에 쓰러져 죽게 할 수는 없단다.   (린다가 둘째 아들에게 하는 말)

(남편에 대한 깊은 이해와 애정을 담고 있다.)

74 호밀밭의 파수꾼
(The Catcher in the Rye)
샐린저(1919~   )

● **작품의 줄거리**

16살인 주인공 홀든 코필드는 크리스마스가 가까운 어느 날, 세 번째 다니던 고등학교에서 제적을 당하게 되어 가족이 살고 있는 뉴욕으로 되돌아온다. 그러나 양친을 마주 대할 면목도 없고, '거짓투성이의 더러운 세상'에 절망을 느끼면서도 여전히 '사람 그리운 마음'에서 어떤 사람과 2박 3일간의 방황에 나선다.

명문인 사립학교에서 홀든이 끊임없이 반발하는 것은 현대사회의 허위와 허식, 무신경, 약육강식, 비속함 등인데, 그러한 것들은 결국 그를 부적응자로서 그 안에서 내몰아 버린다.

방랑중 고독감을 견디다 못해 그가 가까이한 사람들은 그의 돈을 노리는 매춘부이거나 사기꾼, 유명인들에게 열을 올리는 오피스 걸, 본질을 꿰뚫어보지 못하는 여자친구들, 신뢰할 수 없는 교사 같은 인물들뿐이며, 그는 그들 속에서 더한 고독과 삶의 회의를 맛본다. 그렇지만 수도사나 아이들, 얼어붙은 연못의 물오리 등 무력한 것들에 대한 애정은 잃어버리지 않는다. 그러나 무구한 세계에 대한 동경이 그에게 갖게 한 몽상은 인간 불신의 원인인 '언어'를 포기하도록 만든다. 이렇게 해서 그는 가출을 결심하고, 어딘가 먼 곳으로 떠나 누구와도 말을 나누지 않고 살기로 결의하지만, 어린 여동생 피비에 대한 애정을 통해 구원을 발견하고 그것을 단념한다.

미국 문학

● 주인공 하이라이트

홀든은 머리카락이 절반쯤 백발이라고 하는 유머러스한 모습으로 묘사되고 있는데, 그 자체로 훌륭한 상징이 되고 있다고 할 수 있다. 아이에서 어른으로 넘어가는 불안정한 시기에 이른 그의 감성은 자기 모순을 잉태하고 있기 때문이다. 나이를 속이고 술을 마시는 어른 흉내와, 잡지를 사러 가는 길이면서도 '오페라를 보러 가는 중'이라고 거드름을 피우기도 하고, 경멸하는 영화 주인공의 흉내를 내기도 하고, 부유한 변호사를 아버지로 둔 도시 출신의 엘리트 의식을 이따금씩 내보이기도 하는 유치함도 갖고 있다. 이러한 면과 진실하고 순진무구한 것에 대한 강한 회구, 그리고 허위에 대한 증오가 공존하고 있는 점에 홀든의 매력이 있는 것이다.

그리고 이 색다른 제목은 스코틀랜드의 민요인 '호밀밭에서 만나면'에 일부 변형을 가한 것으로, 호밀밭에서 노는 데 정신이 팔려 벼랑에서 떨어지는 줄도 모르는 아이들을 붙잡아 주는 역할을 하고 싶다는 작가 자신의 꿈을 나타낸 것이다.

● 작가의 생애

제롬 데이비드 샐린저(Jerome David Salinger), 작가. 1919년 뉴욕에서 태어났다. 프린스턴과 스탠퍼드 대학을 중퇴하고, 밸리 포지 육군학교로 전교하여 창작을 시작한다. 40년 처녀작인 〈젊은 사람들〉로 문학계에 등장, 51년의 장편 〈호밀밭의 파수꾼〉은 베스트셀러가 되었으며, 곧이어 세계 각국어로 번역되었다.

포크너는 이 작품에 대해 '현대문학의 최고 걸작'이라고까지 칭찬했으며, 그는 일약 인기작가의 대열에 오른다. 이후 예술적 완성도가 높은 명작 〈9개의 단편〉, 획일화된 가치관을 강요하는 현대 미국의 대중사회를 살아가는 글래스 가家의 7남매 이야기를 담은 〈프래니와 조이〉〈목수여, 지붕의 대들보를 높이 올려라〉〈시모어의 서장序章〉을 발표.

그러나 이 과작의 작가는 1956년 〈뉴요커〉지에 발표한 작품을 마지막으로 침묵을 지키고 있다. 뉴햄프셔의 코니슈에서 높은 울타리가 둘러쳐진 집에서 살면서 기자들의 취재를 일절 거부하고, 부인과도 이혼한 채 탈속한 은자처럼 글래스 가家의 연대기를 집필하는 데 몰두하고 있다고 한다.

•기억할 만한 명구

시모어의 살찐 여자라는 게 진짜로는 누군지 알고 있니? 그건 그리스도를 말하는 거야. 바로 그리스도 자신이라구.

(〈프래니와 조이〉중에서)

(아름다운 여대생 프래니는 인간의 이기심에 넌덜머리를 내고 자신을 닫아 버린다. 이러한 고민을 해결해 준 것이 오빠인 조이의 이 말이다. 만인이 그리스도라는 범신론적 인생관으로 누이동생의 인간에 대한 사랑을 회복시킨 것이다.)

✱ 샐린저는 자신의 모습을 사람들 앞에 드러내는 것을 극도로 싫어하며, 밖으로 외출하는 일도 좀처럼 없다고 한다. 최근 들어 그를 만난 사람은 거의 없으며, 뛰어난 수완을 가진 탐방기자도 담장 밖에서 안을 들여다보는 것이 고작이었다고 한다.

75 달려라 토끼(rabbit, Run)
업다이크(1932~　)

●**작**품의 줄거리

펜실베이니아 주의 블루어라는 가공의 소도시 외곽에 마운트 저지라는 작은 마을이 있다. 이 마을에서 태어나고 자란 해리 앵스트롬은 고등학교를 나와서 블루어의 백화점에서 일하다, 그곳의 판매원인 제니스와 결혼하여 아들 하나를 두었다. 고등학교 시절에는 날리던 농구선수였던 그도, 26살이 된 지금은 과거에 꿈꾸었던 인생의 가능성을 모두 닫아 버린 채 덫에 걸린 짐승처럼 보인다.

　이른 봄의 어느 날, 일터에서 돌아온 해리는 몸이 무거운 아내가 위스키 잔을 손에 든 채 TV를 보고 있는 것을 발견한다. 그는 자신이 인생에서 구하고 있던 것은 이런 생활이 아니었음을 본능적으로 느끼며, 차를 몰아 남쪽으로 남쪽으로 도망친다. 그러나 한밤중까지 계속해서 달려도 결국은 미국의 현실생활로부터 달아날 수 없다는 사실을 깨닫고는 다시 밤을 새워 마을로 되돌아온다.

　그러나 그는 제니스의 곁으로는 돌아가지 않고, 우연히 알게 된 창녀 루스에게 매혹되어 그녀의 아파트에서 지내게 된다. 처음에는 새로운 사랑과 생활의 신선함으로 인해 그도 새롭게 되살아나는 것처럼 보였지만, 시간이 지날수록 다시 그의 생활은 예전으로 되돌아가는 것 같았다.

　제니스의 출산 소식을 접한 해리는 다시 집으로 돌아간다. 하지만 제니스와 한바탕 싸우고 다시 집을 나오게 되고, 어쩔 줄 몰라 하던 제니스는 술에 취한 상태에서 사고로 자신이 갓 낳은 딸을 죽게 만든다. 장례식에 참석하기 위해 되돌아온 해리를 사람들은 비난의 눈길로 바라본다. 해리는 또다시 달려나와 루스에게 가지만, 그곳에서도 똑같은 대접을 당하자 정처없이 어디론가 달려가 버린다.

● 주인공 하이라이트

6피트 3인치, 26살인 해리의 별명은 '토끼'이다. 인생에서 무엇인가를 찾아 열심히 돌아다니는 본능적인 탐구자인 그는 자신이 하는 일, 그리고 섹스나 생활면에서도 그 어떤 '성취'를 추구하고 있다. 그것은 어느 때는 맹목적으로 출구를 찾아 정신 없이 달리는 어리석은 토끼처럼 보인다.

인생에서 허무를 의식하기를 거부하는 해리에게는 젊은이들만이 가질 수 있는 일종의 외곬적인 면이 있는데, 우리를 강하게 붙잡는 것은 인생에서 가능성을 찾으려고 하는 그 외곬적인 면이라고 하겠다.

● 작가의 생애

존 업다이크(John Updike), 시인이며 소설가, 1932년 펜실베이니아 주 실링턴에서 태어났다. 고교 시절부터 미술에 뛰어난 재능을 보였으며, 하버드 대학을 우등으로 졸업한 뒤 옥스퍼드 대학에 1년 동안 유학하며 미학을 공부했다.

귀국 후 1955년부터 2년간 〈뉴요커〉지의 고정 기고가로 활동하는 한편 시나 소설 등을 발표하여 작가로서의 순조로운 출발을 시작했다.

59년 처녀장편 〈양로원의 축제일〉이라는 미래소설을 발표했는데, 그의 명성을 높여 준 것은 〈달려라, 토끼〉(61년)였다. 섬세한 문체로 묘사된 인물이나 사물의 표현력은 화가처럼 정확하며, 풍속소설가로서 극히 예술적인 경지를 개척했다. 대표작으로는 〈켄타우로스〉〈돌아온 토끼〉〈결혼합시다〉등의 장편과, 전미 도서상을 획득한 〈비둘기

깃털〉이 있다.

• 기억할 만한 명구
토끼는 얼어붙은 듯 몸이 굳어져 버렸으며, 올가미에 걸려 있는 자신을 발견했다.

(작가는 인생을 곧 덫이라고 느꼈다. 거기에 갇혀 있는 우리 모두의 정서를 대변하고 있는 말이다.)

✱ 업다이크가 활약한 잡지 〈뉴요커〉에는 샐린저 등 많은 일류작가들이 집필을 하고 있었는데, 구어를 구사하고 현재형을 활용한 문체는 이른바 〈뉴요커 스타일〉로 유명하다.

76 누가 버지니아 울프를 두려워하랴
(Who's Afraid of Virginia Woolf?)
올비(1928~   )

● **작**품의 줄거리

뉴 잉글랜드의 어느 지방대학 역사학 부교수인 조지와, 그 대학 총장의 딸로 조지와 결혼한 연상의 부인 마사에 관한 이야기이다. 부인은 평소 총장의 후계자는커녕 주임교수 자리 하나 따내지 못하는 무능한 남편에 대한 불만이 이만저만이 아니다.

늦은 밤 파티에서 돌아온 마사가 그 시간에 술손님까지 데리고 온 것을 알게 된 조지는 기분이 상했고, 두 사람은 손님 앞에서 평소에 하던 언쟁을 시작했다. 마사에게 초대되어 온 사람은 이제 막 부임해 온 생물학 교수 닉과 그의 부인이었다. 처음 이들 두 사람은 주인 부부의 말다툼을 당혹스럽게 지켜 볼 뿐이었으나, 밤이 더 깊어지고 술기운이 돌자 점점 그들의 다툼에 말려들어간다. 조지가 억제하고 있었음에도 불구하고, 이윽고 마사는 자신들에게는 아들이 있노라고 말한다. 이는 두 사람이 함께 생활해 가는 근거가 되는 것이었다. 이를 계기로 상대를 비난하는 강도가 점점 더 높아가고, 마사는 자신에겐 아직 여기 있는 젊은 닉을 유혹할 만한 매력이 있노라고 자랑한다. 하지만 조지가 무관심을 가장하자, 마사는 진짜 닉을 침대로 유혹하지만 결국 미수에 그친다.

마사의 이런 행위에 대한 보복으로 조지는 아들의 죽음을 알리는 전보를 받게 한다. 그 소식을 접한 마사는 크게 낙담하며, 어째서 그런 짓을 했냐고 조지를 힐문한다. 그런 모습을 지켜 보던 닉은 비로소 그들에겐 아들이 존재하지 않으며, 다만 이 부부를 서로 맺어 주는 가공의 끈임을 알게 된다. 닉 부부는 이들의 모습에서 자신들의 생활에 무엇이 결여되어 있는가를 새롭게 인식하고 돌아가며, 마사와 조지는 그 전보 덕분에 서로 화해하는 계기를 마련한다.

그리고 이들 두 사람은 자신들이 만들어 낸 환영을 매장한 뒤, 다시는 실재하지 않는 것의 도움 따위는 필요 없을 만큼 잘 살아 보자며 새 출발을 다짐한다.

● 주인공 하이라이트

이 극의 처음 2막에서는 마사가 조지를 몰아붙이는 역을 맡고 있는 것처럼 보인다. 그러나 작품의 역점이 부부 상호의 약점을 서로 지적하여 기만을 폭로함으로써 남녀 관계의 의미를 찾아보고, 인간성의 살풍경한 면을 지적하는 데 두어져 있다고 생각한다면 이 부부는 그 한 쌍으로서 주인공이 되는 것이다. 그리고 이들 부부는 결코 예외적이거나 이상異常적인 커플이 아니라 일반의 남성과 여성, 아니 인간과 인간의 관계를 하나의 국면에서 잘라 본 것에 지나지 않는다.

● 작가의 생애

에드워드 올비(Edward Albee), 극작가. 1928년 워싱턴에서 출생. 생후 2주 만에 뉴욕의 대부호인 올비 가의 양자로 들어간다. 물질적으로는 풍요로움을 누렸으나, 그는 이 사실에 대해 정신적인 갈등을 느끼며 성장한다. 트리니티 대학을 중퇴하고 여러 가지 직업을 전전했으나 이윽고 극작에 전념할 것을 결심, 시와 소설의 습작을 시작한다. 그러나 58년에 완성한 단막극 〈동물원 이야기〉는 처음엔 미국에서 받아들여지지 않았으며, 59년에 서베를린에서 초연되었다. 이것이 호평을 받아, 그 이듬해 뉴욕의 오프 브로드웨이에서 상연되어 주목을 받음으로써 마침내 미국의 극작가 올비가 탄생하게 된다.
  62년에 브로드웨이에서 상연된 3막극〈누가 버지니아 울프를 두려워하랴〉에 의해 그의 작가적 위치가 굳어졌으며, 66년의〈미묘한 균형〉으로 퓰리처 상을 수상했다. 그밖의 작품으로는〈작은 앨리스〉와〈바다 풍경〉, 부조리극인〈아메리카의 꿈〉등이 있다.

● 기억할 만한 명구

  이 동물원에는 모두가 우리의 철책에 의해 구획지어져 있지요. 대부분의 동물은 다른 동물들과는 제각기 나뉘어져 있으며, 인간은 누구나 동물들과는 반드시 격리되어 있구요. 하지만 동물원이란 것은 어디까지나 그런 것이 아닌가요.
(〈동물원 이야기〉에 등장하는 제리의 대사)

✽ 이 희곡의 제목은 디즈니의 영화인〈3마리 새끼돼지〉중 '누가 못된 늑대를 두려워하랴'라는 노래에서 따온 것이며, 미국의 여류작가 버지니아 울프와는 무관하다.
✽ 이 작품에서는 당시 연극 무대에서 금기시되던 직접적인 성적 대사가 계속 쏟아져 나오며, 인간 관계의 허구성과 위선을 날카롭게 파헤침으로써 초연 당시 사회에 커다란 충격을 주었다.

독일 문학

> 나는 복수를 하고 사랑도 했다. 이것으로 충분하다. 모든 것을 얻었다고는 할 수 없지만 인간으로서 이 이상의 것은 바라지 않는다.
> 레마르크

77 바보이야기 (*Der Abenteuerliche Simplicissimus Teutsch*)
그리멜스하우젠 (1621~1676)

● **작**품의 줄거리

나는 10살이 될 때까지 세상 일은 전혀 알 수 없는 산골에서 살고 있었다. 그러던 어느 날, 30년전쟁의 여파로 일가는 모두 몰살되었으며, 나 혼자만 살아남아 숲으로 도망친다. 그러나 다행히 늙은 은자를 만나 보살핌을 받으며 함께 살게 된다. '신도 인간도, 천국도 지옥도, 천사도 악마도, 선과 악조차도 구별하지 못했던' 내게 은자는 '짐플리지시무'(들판에서 자란 바보)란 이름을 붙여 주었다. 그 은자 덕분에 나는 기독교도가 되었고, 읽고 쓰는 것도 배우게 되었다.

2년 뒤 은자가 세상을 떠나자 나는 전쟁이 벌어진 세상에 내팽개쳐진다. 시동侍童 생활, 어릿광대 노릇, 그러다가 마법사로 의심받아 붙잡혀 가서 병사가 되지만, 거기서 도망쳐 나와 파리에서 배우가 되어 여자를 속이고, 비너스 산에서는 호된 꼴을 당하기도 한다. 독일로 돌아가는 도중 천연두에 걸려 그만 자신의 밑천인 외모와 목소리를 망치고 만다. 그후에도 돈과 여자 때문에 몹쓸 짓을 거듭하며, 러시아에서부터 일본까지 헤매고 다니다가 고향에 돌아와 보니 다시 평화가 찾아와 있었다.

그제야 자신의 반생을 돌아보니 거기에는 신의 인도도 있었고, 갖가지 삶의 슬픔과 회한이 녹아 있었다. 그리고 나중에야 자신의 진짜 아버지임을 알게 된 늙은 은자처럼 이제는 세상을 버리고 조용히 살아가기로 결심한다.

● 주인공 하이라이트

짐플리지시무는 목소리가 좋고 악기는 무엇이든 잘 다루었으며, 미남자에 애교까지 넘친다. 힘도 좋고 언변이 뛰어나며, 임기응변에 능했으므로 은자가 그에게 붙여 준 이름인 '들판에서 자란 바보'는 도무지 어울리지 않았다. 그러나 무원칙 무원리로 늘 그 자리만 모면하면 그만이었으므로 결국 그는 어려운 상황에서 벗어나지 못한 채 같은 잘못을 반복하며 인생을 허비한다. 뒤늦게 깨달음을 얻기까지 그야말로 바보처럼 인생을 꾸려갈 수밖에 없는 인물의 전형을 보여 주는 것이다.

● 작가의 생애

한스 야콥 폰 그리멜스하우젠(Hans Jokob von Grimmelshausen), 바로크 시대 최대의 소설가. 작가의 이름이 정식으로 밝혀진 건 이 책이 나온 지 168년 뒤인 1837년이었다. 1635년, 30년전쟁의 전화에 휩쓸려 황제군과 스웨덴 군을 전전하다가 바이에른 군의 연대장 비서로 전쟁의 종결을 맞이했다. 그후 술집을 경영하다가 67년부터 슈트라우스베르크 교구의 렌헨 마을의 촌장이 되어 그곳에서 파란 많은 생애를 마쳤다. 주요 작품은 대개 이 시기에 쓴 것이지만, 그가 본명으로 쓴 소설은 대부분 무시되었다. 대표작인 〈바보 이야기〉에는 30년전쟁이 생생히 묘사되어 있으며, 이 소설은 당시 스페인에서 유행하던 '악한 소설'에 독특한 독일적 형식을 가미한 것으로 독일에서 손꼽히는 교양소설이다.

�֍ 17세기의 독일 문학에서 바보물은 문학작품 취급을 전혀 받지 못했으며, 이 작품에 대한 언급도 찾아볼 수가 없다. 그러나 수도원 도서관이나 귀족의 장서 속에 남아 있는 것으로 미루어, 이 책이 숨은 베스트셀러였음을 알 수 있다.

78 젊은 베르테르의 슬픔 (Die Leiden des Jungen Werthers)
괴테 (1749~1832)

● **작품의 줄거리**

연애소설로서 너무나 유명한 이 작품은 베르테르의 서간 및 자필 단편과 그의 이야기를 잘 알고 있는 사람들의 보고를 모아서 제공한다는 형식을 취하고 있다. 그것은 작품의 서두에 제시한 짧은 문장과, 제2권의 12월 6일자 서간 뒤에 삽입되어 있는 '편자(編者)로부터 독자에게'라는 부분에 의해 명시되어 있다.

편자에 따르면, 독자는 베르테르의 정신과 성격에는 찬탄과 애정을, 그의 운명에 대해서는 눈물을 참을 수 없다. 또한 보통 사람들로서는 베르테르의 행위를 이해하기가 극히 어렵다. 이러한 형식과 견해는 주인공 베르테르의 사상과 감정이 극히 주관적이며, 작자 괴테에 의해 지극히 객관적으로 그려짐을 나타낸다.

제1권에서 교양 있는 청년 베르테르가 어느 조그만 시골 마을에 나타나는 것은 봄이 한창 무르익을 무렵이다. 그는 유복한 시민계급 출신이며, 아버지의 유산에 의해 부족함이 없는 생활을 한다. 그는 그곳에서 법관의 딸인 아름다운 로테와 알게 되어 청춘의 열정이 불타는 듯한 느낌을 체험한다. 그의 마음속에서 고양된 자연감정과 연애감정이 하나로 녹아드는 이 시기는 생기 넘치는 여름이다. 그러나 그녀의 약혼자인 알베르트가 여행에서 돌아왔을 때, 베르테르의 생활감정은 흐려지기 시작해 가을이 찾아옴과 동시에 그 빛을 잃는다.

제2권에서 베르테르는 멀리 떨어진 마을에 있는 공사관 비서를 자청하여 떠난다. 사랑하는 로테로부터 떨어져 살아야 하는 겨울은 정신적으로도 황량하기 짝이 없는 날들이다. 그 겨울의 한복판에서 알베르트와 로테가 그에게 소식도 보내지 않은 채 결혼식을 올린 일과, 그가 사교계에서 신분 차별로 인해 굴욕적인 대우를 받은 일은 결정적인 정신적 타격이었다. 이듬해 봄, 그는 내면의 위안을 찾아 자신이 태어난 고향을 방문하고, 여름에는 로테가 있는 곳으로 간다. 그러나 이미 베르테르의 운명은 서서히 몰락을 향하고 있었다. 베르테르가 자살을 결심하기까지의 과정은 로테와 알게 되고 나서 두 번째 겨울의 풍경으로 그려지고 있다. 그는 로테에 대한 희망 없는 사랑과 귀족사회에 대한 울분에 휩싸여 더이상 자제할 수가 없었다. 12월 21일 그는 알베르트의 부재중에 로테의 집을 찾아가고, 이제 막 꺼지려는 불꽃이 한순간 밝게 타오르듯, 오시앙의 시에 감격한 그녀를 자신도 모르게 포옹하고 만다. 그리고 이튿날 그는 여행을 구실로 알베르트로부터 권총을 빌려 한밤중에 자살한다. 그의 장례식에는 한 사람의 성직자도 동행하지 않았다.

● 주인공 하이라이트

푸른색 프록 코트에 황색 조끼를 입은 베르테르의 이미지는 청순하고 다감한 청년의 상징으로 일반 독자들의 가슴속에 각인되어 있다. 작가 자신도 모든 청년은 이렇게 사랑해 보기 바라며, 모든 소녀는 이렇게 사랑받길 바란다고 말한 적이 있다.

그러나 젊은 괴테의 기본적 구상에 따르면 〈젊은 베르테르의 슬픔〉은 단순한 연애소설이 아니라 '깊고 순수한 감정과 진정한 통찰력을 지녔음에도 불구하고, 열광적인 몽상에 마음을 빼앗기고 지나치게 사변에 빠짐으로써 의기가 저하되고, 마지막에는 거기에 가해지는 불행한 열정, 특히 끝이 없는 연애에 의해 정신의 혼란을 일으킴으로써 머리에 총구를 겨누고 마는' 한 청년의 자아가 붕괴해 가는 역사이다.

단 문제는 자연으로부터 뛰어난 자질을 부여받은 청년이 어째서 이러한 능력에 기초하여 자신에게 보다 유익한 생활을 하지 못했는가 하는 점이다. 이에 대해 당시 독일의 사회제도가 시민계급 출신의 청년들에게는 아직 활동의 장을 충분히 제공하지 못하여, 그들을 종종 절망의 나락으로 몰아세웠다고 지적된다. 그러나 같은 시민계급 출신인 알베르트가 유능한 관리로 활동하고, 로테도 마지막에는 베르테르의 정열을 거부하는 점을 생각하면, 베르테르의 성격이나 사고방식 그 자체에 궁극적인 자살의 원인이 숨어 있었다고 생각할 수 있다.

• 작가의 생애

요한 볼프강 폰 괴테(Johann Wolfgang von Goethe), 시인이며 소설가, 과학자, 정치가. 1749년 8월 28일 마인 호반에 위치한 프랑크프루트 시의 유복한 가정에서 출생했다. 그가 '베르테르 체험'이라고 일컬어지는, 이미 케스트너라는 약혼자가 있는 가정적인 여성 샬로테 부프와의 괴로운 연애를 경험한 것은 72년 5월부터 그 해 9월까지의 일이었다. 이 체험과 케스트너의 친구인 에르잘렘의 자살사건에 기초하여 〈젊은 베르테르의 슬픔〉을 발표한 것은 74년 9월의 일.

'베르테르의 시인'으로서 일약 유명해진 괴테는 75년 11월 초에 바이마르로 이주한다. 그곳에서 7살 연상의 슈타인 부인과 깊은 연애에 빠지게 되며, 이후 10년 동안 지속적인 '베르테르 체험'을 맛보게 된다.

그리고 그후에도 몇 번인가의 '베르테르 체험'을 경험하며, 그 정신적 갈등을 시적으로 조형함으로써 극복해 갔다. 특히 1809년에 발표된 장편소설 〈친화력〉에는 그 체험과 반성이 가장 농밀하게 반영되어 있다. 그의 마지막 '베르테르 체험'은 1822년 여름 73세의 노시인이 17살의 소녀 울리케 핀 레바츠오에 대해 느낀 열렬한 애정이었다.

32년 3월 22일 바이마르에서 숨을 거두기까지 이 시인의 생애는 베르테르적 위기에 처해 있었던 것이다.

• 기억할 만한 명구

이 세상에서는 '이것이냐 저것이냐'로 나눌 수 있는 일은 극히 드물다. 감정과 행위의 방식은 들창코와 매부리코의 차이만큼 미묘한 뉘앙스의 차가 있다. (제1권 8월 8일)

('이것이냐 저것이냐'는 다음의 '죽음에 이르는 병'과 함께 키에르케고르의 저작의 제목이 되었다고 일컬어진다.)

자네는 우리가 '죽음에 이르는 병'이라 부르는 것을 인정할 테지. 그것에 의해 인간성은 크게 손상을 입고, 그 모든 힘들이 잠식되어 버리고, 그 작용을 무로 돌리거나 하여 다시 회복할 수도 없으며, 어떤 다행스런 변화에 의해서도 생활의 궤도를 원래대로 돌릴 수는 없는 것이다. (제1권 8월 12일)

(알베르트와 벌이는 자살논쟁에서 베르테르가 인간성의 필연적인 한계를 주장하는 부분. 베르테르에게 있어 인간성이란 인간의 정신적 가치뿐 아니라 자연적·신체적 측면도 포함되어 있다.)

✱ 괴테의 〈스위스에서 온 편지〉(1796년)의 제1부에 따르면, 베르테르는 로테와 알기 전 스위스에 머물렀던 적이 있으며, 이때 어느 노파의 중개로 제네바의 수상쩍은 한 방에서 실오라기 하나 걸치지 않은 여성의 모습을 감상하고 있었다.

✱ 나폴레옹도 청년 시절에는 괴테의 〈젊은 베르테르의 슬픔〉을 대단히 애독하여 전쟁터에까지 가지고 다녔다고 한다. 일설에 따르면 7번이나 읽었다고 한다. 그리고 그 소설을 모범삼아 자신도 소설을 써보았으나 실패로 끝나고 말았다.

✱ 1808년 10월에 에르프트에서 괴테와 만난 황제 나폴레옹이 "〈젊은 베르테르의 슬픔〉을 몇 번이나 읽었는데 결말만은 마음에 들지 않는다."고 말하자, 괴테는 "폐하께서 소설에 결말이 있는 것을 좋아하신다고는 생각지 못했습니다."라고 대답했다고 한다.

79 파우스트 (Faust)
괴테 (1749~1832)

●**작품의 줄거리**

독일 16세기의 파우스트 전설을 소재로 한 괴테의 비극〈파우스트〉의 세계 속에 들어가기 위해서는 먼저 '헌사', '무대에서의 전극 前劇'. '천상의 서곡'이라는 세 가지 시적인 문을 통과해야만 한다. 이들 가운데 희곡의 줄거리와 따로 뗄 수 없이 굳게 이어져 있는 것은 '천상의 서곡'뿐이지만, 전자의 두 가지도 이 작품의 성립과 수용방식에 대한 작가의 감회와 원망을 나타낸 것이어서〈파우스트〉를 이해하기 위해서는 꼭 필요하다.

작품 전체는 두 개의 부분으로 이루어져 있다. 제1부는 천장이 높고 좁은 고딕 양식풍의 서재, 시장 문 앞, 아우에르바흐의 지하주점, 마녀의 부엌, 거리, 말테의 집과 정원, 그레첸의 방, 우물가, 블로켄 산 위의 발프르기스의 밤, 사원, 벌판, 감옥이라는 작은 세계 속에서 펼쳐진다.

제2부는 제1부와는 완전히 대조적인 서막 '아름다운 지방'에서 시작되며, 제1막은 황제의 성, 제2막은 고대 그리스의 파르살루스의 벌판, 제3막은 중세 게르만풍의 성채, 제4막은 알프스를 연상케 하는 고산지대, 제5막은 드넓은 간석지라는 대세계를 무대로 전개된다.

이렇게 현저하게 다른 두 세계에 등장하는 주인공 파우스트는 제1부에서는 대단히 개성적으로 그려져 있고, 제2부에서는 유형적으로 그려져 있다.

주인공 파우스트는 유년기의 열렬한 교회 신앙을 잃은 뒤, 자신의 이성에 의해 '세계를 심오하고 깊은 곳에서 다스리고 있는 것'을 규명하려는 열망을 품고 있는 노학자이다. 그는 또한 인식과 활동의 불일치에 고뇌하는 근대인의 전형이기도 하며, 순수한 인식이 얻어지지 못하는 데 절망하여 죽음을 결의한다. 그러나 부활제의 종소리를 듣고 되살아나 유년의 추억에 의해 자살을 중지한다. 그리고 억누르기 힘든 생의 충동에 찌들려 악마인 메피스토와 계약을 맺어 학자로서 얻지 못했던 인식을 활동에 의해 체험적으로 획득하려고 한다. 그 계약이란 "내가 노예로서 너에게 봉사하여 이 세상의 모든 것을 체험하게 해주는 대신, 네가 어느 한 순간에 대해서 '멈추어라, 너무도 아름답다.'고 말하고 휴식을 원하게 되면 너의 영혼을 영원히 악마에게 내주어야 한다."는 것이었다.

이렇게 해서 20대 청년으로 젊어진 그는 메피스토와 함께 여행에 나선다. 그러나 파우스트는 죄지은 자가 될 수밖에 없었다. 그는 제1부의 '마녀의 부엌'에서 젊음을 되찾은 뒤 청순가련한 그레첸을 유혹하고, 그녀가 실수로 어머니를 독살하게 할 뿐만 아니라 유아 살해의 죄까지 짓게 하고, 자신은 결투를 통해 그녀의 오빠를 죽이게 된다. 그러자 그레첸은 고뇌와 굴욕 속에서 반미치광이가 되며, 파우스트는 그녀를 감옥에서 구출해 내려고 온갖 노력을 다 기울이지만 결국 그를 애타게 부르는 그녀를 남겨 둔 채 그곳을 떠나야 한다.

제2부에서는, 절망과 고뇌에 찬 마음을 치유하기 위해 알프스의 자연을 헤매던 그는, 독일 황제의 궁전에서 그리스 전설의 미녀 헬레네를 불러내고, 그녀와 결혼함으로써 오이포라라는 아들을 얻게 되지만, 아이는 곧 죽고 만다. 그러자 슬픔에 찬 헬레네도 저승으로 돌아간다.

파우스트는 황제를 속여 손에 넣은 해안선 부근의 습지대를 간척하기 위해 많은 부정한 수단을 구사하며, 결국 노부부 필레몬과 바우키스의 눈엣가시 같은 오두막을 불태워 버림으로써 두 사람을 죽음에 이르게 한다.

100살이 된 파우스트에게 '근심'의 정령이 다가와 입김을 불어넣자 시력을 잃지만, 그의 심안心眼은 더욱 밝아진다. 그리고 부단한 노력을 통해 인류의 행복이 찾아올 것이라 믿으며 마법을 물리칠 결심을 한다. 그리고 그러한 낙원이 실현될 때야말로 '잠시 멈추어라.'라고 말할 수 있을 것이라며 이승의 삶을 마감한다.

지상에서 이와 같은 삶을 산 파우스트도 결국 제2부의 마지막에 이르러서는, 그를 위해 중재에 나선 그레첸의 영혼과 천사들에게 인도되어 성모 마리아의 곁으로 승천해 간다. 그것은 '지상의 서곡'에 있어서의 시의 영역에 대응되고 있다. 그러나 파우스트의 구제는 기독교의 구원의 관념과는 본질적으로 다른 것이며, 괴테의 세계관 내지 자연철학에서 출발할 때 비로소 바르게 이해될 것이다.

● 주인공 하이라이트

파우스트의 성격과 삶의 방식은 일반적으로 '파우스트적'이라는 형용사로 요약되며, '파우스트적 노력', '파우스트적 충동', '파우스트적 인간', '파우스트적 신앙' 등 여러 가지 형태로 표현된다. 그리고 왕성한 인식욕과 활동력을 가진 파우스트는 유럽적인 인간의 원형이라 여겨지고 있다. 〈파우스트〉라는 작품 안에는 주인공의 이러한 충동적 삶의 방식을 나타내는 말이 적지 않다. 예를 들면, 제2부 제5막 중 '한밤중'의 장에서 '울적함'에 빠진 늙은 파우스트는 자신의 생애를 돌아보며 "나는 오로지 이 세상을 마구 달려서 치나왔다."고 술회한다. 그러나 제1부 '숲과 동굴'의 장에서는 "나는 망명자가 아닐까. 나는 무숙자 無宿者가 아닐까. 목적과 안식을 모르는 사람도 아니면서, 바위에서 바위로 마구 떨어져 내리는 폭포처럼 욕망에 휘둘려져 깊은 나락으로 떨어져 내리는 것이 아닐까." 하는 반성에 잠겨 있다.

〈파우스트〉라는 작품을 엄밀히 분석한다면, 괴테가 '파우스트적'인

삶의 방식을 반드시 시인했다고는 말할 수 없다.

● 작가의 생애

괴테 (Goethe, Johann Wolfgang von), 독일 최대의 시인. 그의 생애에 있어 결정적인 전환기는 1775년 11월에 바이마르로 이주했을 때인데, 〈초고 파우스트〉의 집필은 바로 이 시기의 전후에 걸쳐 있다. 그러나 이 초고를 읽은 것은 젊은 괴테의 절친한 친구들에 한정되어 있었다. 그 중 '영아 살해'의 모티브가 동료 시인인 H. 바그너에 의해 희곡화되기도 했다.

바이마르 전기前期에 해당하는 10년 뒤인 86년 9월 이탈리아로 향하는 여행길에서, 괴테는 로마에서 다른 미완성의 시 작품과 함께 〈파우스트〉도 완성하려고 노력했다. 그러나 고전적인 남구의 세계에서 북구의 극히 낭만적인 성격을 지닌 파우스트 소재를 다루는 것은 예상 외로 어려웠다. 그러자 괴테는 귀국 후 90년 1월에 그것을 〈파우스트 단편〉으로서 인쇄에 넘겨 버렸다. 이 단편의 완성을 촉구한 것은 괴테가 94년부터 1805년까지 친교를 맺게 된 시인 실러였다. 이렇게 해서 지금의 형태를 지닌 〈파우스트〉 제1부가 실러의 사후인 1808년에 겨우 발표되었다.

〈파우스트〉 제2부의 구상은 1800년경에 이미 완성되었으나, 실제 집필은 25년부터 31년에 걸쳐 행해졌다. 그때 실러를 대신해서 노시인을 끊임없이 고무시킨 것은 〈괴테와의 대화〉로 유명한 비서인 에크먼이었다. 26년에 최초의 3막이 완성되었을 때 커다란 기쁨을 느끼며 그것을 '헬레나—— 고전주의적이고 낭만주의적인 환상—— 파우스트에의 삽화'라 명명하고 이듬해에 마지막 전집인 제4권을 발표했다. 그러나 제2부 전체가 완성되었을 때 그는 그것은 엄중하게 봉한 뒤, 스스로도 거기에 손을 대려고 하지 않았다. 〈파우스트〉 제2부가 공표된 것은 시인의 뜻에 따라 32년 가을에 나온 〈유고집〉 제1권에서였다.

• 기억할 만한 명구

인간은 노력하는 한 헤매는 존재이다.

참된 인간은 비록 어두운 충동에 휘둘릴지라도 올바른 길을 잊지 않는다. (〈천상의 서곡〉 중에서)

(풍부한 자연적 소질을 지닌 사람은 자발적 충동에 따라 살아가는 한, 비록 암중모색을 하는 일이 있을지라도 언젠가는 반드시 진정한 자기를 실현할 수 있다.)

영원히 여성적인 것만이 우리를 끌어올린다.

(〈파우스트〉 전편의 맺는 말 중에서)

(괴테에게 있어 신은 사랑이며, 사랑은 곧 신이었다. 이 신적인 사랑을 여러 여성에게서 깊게 체험한 시인의 마지막 말.)

✲ 괴테가 바이마르 공국의 고관이 되고 난 뒤의 일 - 영아 살해를 저지른 여자가 체포되어 사형에 처해야 하는지 의회에서 평결을 내리게 되었을 때, 〈파우스트〉의 시인 괴테는 그녀의 사형에 찬성의 뜻을 표했다고 한다.

80 군도(Die Rauber)
실러 (1864~1937)

● **작품의 줄거리**

프랑켄 주의 영주인 막시밀리안 백작에게는 카를과 프란츠라는 두 아들이 있었다. 장남인 카를은 라이프치히 대학에 유학하던 시절 다혈질적인 행동으로 인해 한때 아버지를 걱정시킨 일도 있지만 성품이 곧은 청년이다. 반면 동생인 프란츠는 간교하고 음험한 성격의 소유자다. 결국 프란츠는 아버지를 속여 형을 집안에서 쫓아내는 데 성공한다. 아버지의 편지를 받은 카를이 절망하고 있을 때, 세상의 부정에 분개하는 동료 대학생들이 세상을 바로잡기 위해 도둑단을 결성하고, 카를을 두목으로 삼을 것을 결의한다. 한편 고향에 있는 프란츠는 아버지에게 형이 죽었다고 속이고, 비탄과 후회에 빠진 아버지를 기아의 성에 가두어 버린다. 그리고 형의 약혼자인 아마리아에게까지 손길을 뻗친다.

보헤미아의 숲을 근거로 삼은 카를의 도둑단은 세상을 진동시킨다. 하지만 부하 중 몇몇이 의적이라는 본래의 목적을 망각한 채 약탈과 폭행을 행하자 괴로워한다. 결국 진압군에게 포위된 카를은 포위망을 뚫고 다뉴브 강변에 이르렀을 때, 고향에 대한 간절한 그리움이 일어 프랑켄으로 향하게 된다. 그리고 그곳에서 마침 기아의 탑에 갇혀 죽어가던 아버지를 발견한다. 카를은 동생에게 복수하기 위해 부하들을 이끌고 성으로 들이닥치지만, 프란츠는 체포되기 전에 익사한다.(체포되어 탑에 갇히는 다른 원고도 있다.)

아마리아와 새로운 생활을 시작하려던 카를은 생사를 맹세한 부하들에게 변절의 책임을 문책당하자, 아마리아의 뜻에 따라 자신의 손으로 그녀를 찔러 죽인다. 하지만 다시 도둑단으로 돌아가지 않고, 스스로 파괴한 질서를 바로잡기 위해 자수를 결의한다.

● 주인공 하이라이트

'압제에 항거하여'라는 부제가 달려 있는 이 희곡에는, 전제군주제 아래에서 소국으로 분단된 봉건적인 독일의 질식할 것 같은 상황에 대한 작가 실러의 청년다운 거센 반항의 모습이 담겨 있다. 1781년 이 작품이 만하임에서 초연되었을 때 관객들이 보인 반응은 거의 소란에 가까운 것이었다고 하는데, 혁명적 풍조가 거센 시기에는 이 작품이 즐겨 상연되었다. 주인공 카를이 맨 마지막에 무자비한 행위로 법을 바로세우려는 수단을 반성하여, 상처받은 질서를 스스로 보상하려 한 점에 유의해 볼 만하다.

● 작가의 생애

프리드리히 폰 실러(Friedrich von Schiller), 독일의 극작가, 시인. 1759년 슈바벤의 마르바흐에서 태어났다. 아버지는 군의관이었고, 어머니는 조용하고 기품 있는 여성이었다. 처음에는 영주의 명령으로 새로 생긴 사관학교의 비인간적인 분위기 속에서 주로 법률을 공부했으나 이후 의학으로 바꾸었으며, 이때부터 시와 희곡을 쓰기 시작했다. 그리고 처녀작인 〈대도〉가 큰 성공을 거두자 영주의 노여움을 사게 된다. 81년 임지인 슈투트가르트를 도망쳐 나와, 친구들의 도움으로 각지를 전전하면서 시민비극 〈간계와 사랑〉 등을 집필했다. 그후 역사나 미학의 연구도 시작했으며, 이미 질풍노도기와는 거리를 둔 극작 〈돈 카를로스〉를 완성했다.

87년에 괴테의 추천으로 예나 대학의 역사학 교직을 얻었으며, 〈30

년전쟁사〉와 같은 대작을 완성시켰다. 94년 우연한 기회를 통해 괴테와 정신적으로 급속히 친밀해졌으며, 다시 극작에 대한 의욕을 불태웠다. 바이마르로 이주한 뒤 괴테가 감독하는 극장에서 〈발렌슈타인〉 3부작, 〈마리아 슈투아르트〉〈오를레앙의 처녀〉〈메시나의 신부〉〈빌헬름 텔〉 등의 대작을 잇달아 발표했으나, 폐렴이 악화되어 야심작인 〈데메트리우스〉를 완성하지 못한 채 1805년 세상을 떠났다.

이상주의자였던 실러의 비극은 파멸하는 주인공을 정신적인 승리자로 내세워 도덕적인 자유의 정신으로 관철시키고 있다. 그는 또한 고대의 운명극과 근대 성격극의 종합 위에 독일의 휴먼 고전극을 확립하려고 시도했다.

❋ 실러의 작품은 금언이나 격언의 보고라 할 만하다. 나치 시대에는, 〈돈 카를로스〉에서 후작이 "사상의 자유를 내려 주십시오." 하는 대목에서 우레와 같은 박수갈채를 받았다고 한다.

81 황금 단지 (Der Goldne Topf)
호프만 (1776~1882)

● **작**품의 줄거리

가난한 대학생인 안젤무스는 글씨 쓰는 일을 소개받는다. 고용주인 기록 보관인은 바로 불의 정령인 살라만더였다. 그는 과거의 죄과로 인해 세 명의 딸을 황금색 뱀으로 만들어 놓고 있었다. 안젤무스는 언젠가 꿈결처럼 덤불 속에서 만나, 자신에게 불타는 심장을 갖게 했던 눈동자를 가진 뱀이 바로 그의 막내딸인 세르펜티나였음을 알게 된다.

그녀는 안젤무스의 일에 도움을 주고, 그로 인해 다른 불의 정령들로부터 축복의 말을 듣게 된다. 안젤무스처럼 동심 그 자체인 순수한 시심詩心의 소유자와 맺어지게 되면, 뱀의 몸과 세속의 고뇌로부터 구원될 수 있으며, 혼수품인 황금 단지의 힘 덕분에 함께 이상향에서 행복한 생활을 누릴 수 있다는 것이었다.

안젤무스는 다행히 그녀에게 영원한 사랑을 맹세하지만, 그가 모르는 곳에서는 또 다른 마력이 작용하고 있었다. 그를 사랑하며, 또한 그가 출세했을 때 아내의 자격으로 그의 곁에 있기를 꿈꾸는 교수의 딸 베로니카에게 마녀가 힘을 빌려 주는 것이다. 이로 인해 마녀의 간계대로 그는 그만 유리병 속에 갇히는 신세가 된다. 그 안에서 그는 세속의 행복이 얼마나 덧없는 것인가를 깨닫게 되며, 오로지 세르펜티나에 대한 사랑에 몸을 바친다. 계속되는 불의 정령과 마녀의 격렬한 싸움 뒤 드디어 마녀는 멸망하고, 황금 단지에서 피어난 백합의 힘으로 그들은 굳게 맺어진다. 이렇게 해서 안젤무스는 자연의 신비와 만물의 성스러운 조화에 이끌려 영원한 사랑 속에서 이상향의 시인으로 살게 된다.

● 주인공 하이라이트

안젤무스는 정돈된 얼굴에 고귀한 분위기를 지녔으며, 교수를 비롯한 다른 사람들로부터 궁정 고문관으로 천거받는 수재이다. 하지만 그는 무슨 일을 해도 빈틈을 보이는 남자로, 빵에 버터를 바르면 땅에 떨어뜨리고, 그것도 버터가 발라진 쪽이 바닥에 닿는다. 새옷을 맞춰 입으면 곧 기름 얼룩을 묻히거나 못에 걸리고 만다. 그 자신은 이 모든 것이 악마의 탓이라고 믿고 있다.

몽상가인 그는 좋게 말하면 시인 그 자체인 순수한 심정을 지니고 있다. 세상에 순응하여 출세할 것인가, 정령의 세계에 몸을 던질 것인가의 선택은 유리병 안에 갇혀 있을 때 내려지는데, 거기서 그는 기꺼이 '신앙과 사랑을 낳는 자유와 생명'을 선택한다. 이를 나약함이라고 볼 것인지, 선량함이라 느낄 것인지, 또는 도피라 판단할 것인지, 동화로 받아들일 것인지, 아니면 심각한 소설로 읽을 것인지는 독자가 판단할 문제이다.

● 작가의 생애

에른스트 테오도르 아마데우스 호프만(Ernst Theodor Amadeus Hoffman), 작곡가이며 작가, 만화가. 오펜바흐의 〈호프만 이야기〉로 유명한 그는 1776년 북부 독일인 쾨니히스베르크에서 출생했다. 모차르트를 좋아한 나머지 자신의 이름에 아마데우스를 추가해 넣을 정도였던 그는 음악가로서 다방면에서 실력을 떨쳤으나, 그의 본업은 베를린 대심원 판사였다. 낮에는 공직에서 일하고, 밤이면 술집에서 시인이나 예술가들과 함께 문학과 예술을 논하는 이중생활을 계속했다. 또한 희화戱畵의 명수로, 그 때문에 장관의 노여움을 사서 좌천을 당하기도 했다. 그는 넘치는 상상력과 유머와 재능을 지닌 인물로, 그의 기벽은 수많은 일화를 남기기에 충분했다.

그는 괴기분방한 환상을 자아내게 하는 몇몇 단편과 장편을 써서 발자크나 보들레르, 포, 도스토예프스키, 바그너 등에게 많은 영향을 주었는데, 주요 작품으로는 〈칼로풍風의 환상편〉〈클라이슬레리아나〉〈돈 환〉〈악마의 묘약〉〈호두까기와 쥐임금〉〈수코양이 무르의 인생관〉 등이 있다.

● *기억할 만한 명구*

시 속에서는 모든 것들이 청아한 화음을 발하며, 자연의 신오한 신비를 우리에게 엮어 보여 준다.

음악의 선율은 어느 곳이나 곳곳에 깃든다. 그러한 가락은 정경들 나라의 고귀한 언어를 전하는 멜로디. 그것은 사람들의 마음속에만 머물지 못한다.

82 수레바퀴 밑에서 *(Unterm Rad)*
헤세 (1877~1962)

●**작품의 줄거리**

　세기의 전환기인 1900년경, 남부 독일의 슈바르츠발트('검은 숲'이라는 뜻)의 작은 도시에 맑고 티없는 소년 한스 기벤라트라는 소년이 살고 있다. 그는 평범한 한 상인의 아들이다. 그의 아버지는 자식의 미래에 큰 기대를 걸고 있었고, 학교 선생님이나 마을의 목사는 그가 학교의 명예를 높여 주기만을 바란 나머지, 주에서 치르는 시험을 목표로 지독하게 공부만 시킨다. 그는 외롭고 괴로웠지만 무사히 시험을 통과한다. 드디어 마울브론의 신학교에 들어가게 된 것이다. 그러나 그 준비교육을 위해 한스는 좋아하는 수영이나 낚시의 즐거움도 포기해야 했으며, 점점 몸이 야위어 가면서 때때로 심한 두통을 앓는다.

　마울브론의 신학교는 전부 기숙사 제도로 운영되었으며, 한스는 헤라스라 불리는 방에서 9명의 동료와 공동생활에 들어간다. 그리고 기묘하게도 수석을 노리는 모범생 한스와 시인 기질을 지닌 분방한 헤르만은 친밀한 우정을 나누게 된다. 그러나 헤르만은 학교에서 탈주를 기도하고, 마침내 퇴교 처분을 받게 된다. 한스는 고립되어 점차 성적이 떨어지고, 게다가 신경쇠약까지 걸려 결국 학교를 도중 하차하고 만다.

　집으로 돌아간 한스는 사과술을 사들이면서 엠마라는 여성과 알게 되고, 그녀에게 한때의 덧없는 사랑의 감정을 느끼게 되지만, 결국 그 사랑은 한스의 순정을 짓밟히는 것으로 끝이 난다. 그리고 그는 아버

독일 문학

지의 강요로 옛친구인 아우구스트가 다니는 기계공장에 들어가게 된다. 그러던 어느 일요일, 아우구스트와 근교로 소풍을 나갔다가 술을 너무 마신 한스는 강에 빠져 죽고 만다 그의 죽음이 자살이었는지, 아니면 사고사였는지는 아무도 알 수 없었다.

헤세가 이 소설에 대해서, "이 책에는 지난날 내가 체험한 어두운 생활의 한 조각이 숨겨져 있다."고 고백했듯이 이는 그의 자전적인 소설이다. 작가는 헤르만 하이르너와 한스를 1인 2역하면서 이 소설에 등장하고 있는 셈이다. 〈수레바퀴 밑에서〉라는 타이틀은 "지치면 안돼요, 지치면 수레바퀴 밑에 깔리게 될 테니까."라고 친절한 체하면서 자기 잇속을 채우는 신학교 교장의 말에서 따온 것이다. 이는 또한 최초의 연애 체험에서 엠마가 공격에 나서자 '수레바퀴에 깔린 달팽이처럼 더듬이를 감추고 껍질 속으로 파고들었다.'고 한 주인공이 공장에서 일을 하게 되어, '죽고 싶을 만큼 비참한 기분으로 하루 온종일 시계만 훔쳐보며 자포자기의 심정으로 조그만 톱니바퀴를 문질러대는'데 이 톱니바퀴 또한 하나의 수레바퀴라 생각할 수 있다. 이렇게 해서 한스는 학교와 사회의 '수레바퀴 밑'에서 '죽음의 그림자에 점차 끌려가게' 된다. 이 소설을 읽는 사람은 누구나가 이 가련한 소년의 운명에 슬픔을 느끼지 않을 수 없을 것이다.

● **주인공 하이라이트**

이 소설은 주인공의 익사로 끝을 맺고 있다. 헤세는 익사의 모티프를 즐겨 사용했는데 〈수레바퀴 밑에서〉의 경우 한스의 죽음 외에도 같은 방 동료인 힌딩거가 호수에 빠져 죽는다. 그리고 〈클링조르의 마지막 여름〉의 주인공은 '이태백(리타이페)'이라는 이름을 지니고 있는, 역시 물에 비친 달 그림자를 잡기 위해 익사한 주선酒仙 시인을 비유한 것이며, 〈클라인과 바그너〉의 주인공이 물 때문에 죽는 장면 혹은

〈유리알 유희〉의 주인공 크네히트의 거의 자살이라 보여지는 익사 등 여러 예를 들 수 있다.

아마도 작가는 '물에 몸을 던져 가라앉는 대로 내맡긴 채 거역하지 않는 것'에 상당히 이끌렸던 것으로 보인다. 한스가 신학교 선생님들에게서 냉대를 받게 되는 제5장 중 한 구절에는 익사를 비유적 의미로 사용하여, '야윈 소년의 얼굴에 떠오르는 어색한 웃음 뒤로 스러져 가는 한 영혼의 고뇌, 물에 빠져 발버둥치며 절망적으로 사방을 둘러보고 있는 것을 그 누구 한 사람 보지 못했다.'는 것으로 쓰라린 절망감을 묘사하고 있다.

● **작가의 생애**

헤르만 헤세(Hermann Hesse), 독일의 20세기 노벨 문학상 수상작가. 1877년 남부 독일의 슈바벤의 작은 도시 칼브에서 인도학자인 군데르트의 손자로 출생한다. 13살 때 '시인이 되든가 그렇지 못하다면 아무것도 되고 싶지 않다.'는 결심을 굳혔기에, 힘들여 진학한 마울브론의 신학교에서 도망쳐 나와 아웃사이더적인 일면을 발휘했으며, 15살 때 자살을 시도했으나 미수로 그쳤다. 고향의 페로트 기계공장에서 탑의 시계 톱니바퀴를 닦아 가는 동안 점차 정신의 안정을 찾았으며, 9년 동안 책방에서 일하며 글을 쓰기 시작했다.

베를린에 있는 피셔 사의 권유로 집필한 장편 〈피터 카멘친트〉로 문단에 등장, 학교소설 〈수레바퀴 밑에서〉는 베스트셀러에 올랐으며, 익명으로 발표한 〈데미안〉으로 폰타네 상을 수상하는 등의 해프닝이 있었다. 그러나 가정적으로는 그리 행복하지 못했으며, 46살 때 첫 아내인 마리와 이혼, 52살 때 두 번째 아내인 루트 벵거와도 이혼, 신경쇠약에 걸려 의사의 도움을 받기도 했다.

1914년 제1차 세계대전이 발발하자 반전 논문을 발표했는데, 이로 인해 매국노로 낙인이 찍혔으며, 1939년에는 나치에 의해 '탐탁치 않

독일 문학

은 '작가'로 분류되어 종이 배급조차 정지당하는 수난을 당하기도 했다. 그럼에도 그는 착실히 창작 활동에 몰두하였으며, 54세 때 세 번째 부인인 니논과 결혼하여 스위스에서 새롭게 정착한 뒤 약 10년간에 걸쳐 대작 〈유리알 유희〉를 완성했다. 1962년 뇌출혈로 인해 85세의 나이로 사망. 루가노 호반의 성 아본티오 교회 묘지에 묻혔다.

• ***기억할 만한 명구***

내가 사랑하는 유일한 덕목의 명칭은 '제멋대로'라는 것이다. 제멋대로인 사람이 복종하게 되는 단 하나의 것은 무조건적이고 신성한 자기 안의 규율, 즉 우리가 가진 자연 그대로의 마음이다.

✱ 헤세가 학업 도중에 도망쳐 나온 마울브론 신학교는 졸업생의 3분의 1이 신학에 뜻을 두고 있었으며, 졸업 후에는 튀빙겐 대학에 진학했다. 여기서 공부한 학생 중에는 천문학자인 케플러, 시인인 횔더린 등이 있다.

83 말테의 수기(Die Aufzeichnungen des Malte Laurids Brigge)
릴케 (1875~1926)

● **작품의 줄거리**

이 산문 작품(초판)은 65개의 패러그래프로 이루어져 있는데, 이른바 나무쪽 세공적인 구성에 의해 참신한 맛을 내고 있다. 그 소재를 크게 나누면 파리에 사는 주인공의 생활, 유년 시대의 추억, 그리고 풍부한 독서의 추억이라는 3가지로 구성된다.

감수성이 예민한 28세의 청년 말테는, 덴마크의 고향을 떠나 '살기 위해서' 파리로 나간다. 지금은 부모도 없는 천애 고아이다. "나는 지금 외톨이다. 아아, 빗물이 눈에 들어온다." 그 눈에 비치는 것들도 모두 영락한 슬픈 인생의 뒷면과 패배의 모습이었다. 부서진 채 그대로 뼈대가 드러난 집들, 병원, 간이역의 숙박소, 눈먼 채소장수, 여자 걸인, 신문팔이, 거리에서 만난 기괴한 무도병 환자, 과자점에서 만난 빈사의 남자, 말테의 아파트 이웃에 사는 신경쇠약에 걸린 의과 대학생 등등. 그리고 그러한 것은 모두 그 자신의 마음속 풍경이었기 때문에 쉽게 이해한다.

그는 시인이다. 그는 지금 '보는 것을 배우고 있다.' '아무리 추악한 현실일지라도, 그 현실을 위해서라면 모든 꿈을 던져 버리고 다시 돌아보지 않을 각오가 되어 있는 것이다.' 이러한 버팀목이 없다면 어떻게 파리의 곤궁한 생활을 견딜 수 있겠는가.

본래 말테는 덴마크의 전통 있는 가문 출신이었다. 친가쪽 할아버지인 크리스토프는 광대한 영지를 소유하고 있었고, 외할아버지인 브라에 백작 역시 널따란 영지를 소유한 귀족으로, 그 영지 내에는 여러 마리의 개들이 있어 소년 말테와 무척 친하게 지냈다. 소년 말테는 발소리가 모두 묻혀 버리는 융단이 깔린 저택에서 성장했다. 그는 자주 열병에 걸려 환상을 보는 선병질적인 아이였다.

어느 겨울의 저물녘, 바닥에 떨어진 빨강 연필을 줍기 위해 책상 밑에 웅크린 말테를 향해 뜻밖에도 맞은편 벽 쪽에서 크고 야윈 손이 불쑥 나타난다.

이러한 증상은 어른이 된 뒤에도 계속 남아 있어 의사에게 전기치료를 권유받을 정도였으며, 파리에 거주하는 말테는 여러 가지 불안에 시달린다. 그러나 센 강변을 어슬렁거릴 때면 헌책방 주인으로 들어앉고 싶다는 생각을 하기도 하고, 국립도서관에서 프란시스 잼을 읽으면 한적한 곳으로 들어가 별장을 짓고 살고 싶은 마음이 들기도 하고, 쿠뤼니 박물관에서 〈여자와 일각수〉의 컬럼을 앞에 놓게 되면 과거 그가 사모했던 젊은 숙모 아베로네를 떠올리곤 한다.

그리고 말테는 특이한 연애관을 갖고 있었다. 그는 세속적인 의미의 사랑을 단념함으로써만이 그 사랑을 지속시킬 수 있다고 믿었다. 그는 베니스에서 만난 덴마크의 여가수에게 아베로네에 관한 추억을 더듬는데, 그 여가수가 부른 노래중의 '한 번도 그대를 붙잡지 않았기에, 난 그대를 영원히 소유할 수 있는 것'이라는 노래말은 바로 말테의 심경을 대변하고 있다.

〈수기〉의 마지막 장은 '방탕한 아들의 이야기'에 할애되어 있다. 말테에 의하면 이는 '사랑받기를 원치 않았던 남자의 이야기'이자, 세속적인 사랑을 단념한 채 오로지 신의 사랑만을 구했던 남자의 이야기라고 한다.

'그는 두렵고 사랑하기 힘든 존재였다. 그리고 그는 단 한 사람만이 사랑할 힘을 갖고 있다고 느꼈다. 하지만 그는 사랑하려고 하지 않아다.'는 구절로 이 수기를 끝맺고 있다.

● **주인공 하이라이트**

1927년 잡지 N.R.F.에 발표한, '어떤 여자 친구들' 앞으로 보낸 프랑스 어 편지에서 릴케는 이렇게 적고 있다. "이 책은 인생이 불가능하다는 것을 증명하며 끝나는 것으로 여겨지고 있으나, 이는 요컨대 그 흐름을 거슬러오르며 읽어야만 합니다. 비록 그 속에 괴로운 비난이 있을지라도 그것은 결코 인생을 향한 것은 아닙니다. 오히려 그 반대로, 우리는 힘이 부족하기 때문에, 또 주의력이 산만한 탓에 우리에게 주어진 이 세상의 무수한 부를 전부 잃어버렸음을 확인하려는 것입니다."

● **작가의 생애**

라이너 마리아 릴케(Rainer Maria Rilke), 독일의 대표적인 서정 시인. 1875년 체코의 수도인 프라하에서 출생했으며, 1926년 스위스의 발몽 요양소에서 백혈병으로 사망. 아버지는 장교에서 철도회사 사원으로 직업을 바꾼 평범한 사람이었다. 그러나 어머니는 허영심이 강했고, 시인의 죽은 누나를 생각하여 그에게 여장을 시켜 키웠던 별난 성격의 소유자였다. 11살 때 그는 아버지의 희망에 따라 육군 유년학교에 입학했는데, 그것은 시인에게 도스토예프스키가 쓴 〈죽음의 집의 기록〉과 같은 공포를 체험케 했다.

16살 때 육군사관 학교를 퇴교. 그해 린츠 상과대학에 입학했으나 이듬해에 다시 학교를 나왔다. 22살 때 뮌헨 대학을 졸업하고, 루 살로메와 알게 된다. 살로메는 그녀의 〈생애의 회고〉에서 "나는 그, 릴케의 아내였다."고 고백하고 있다. 그녀와 함께 두 번에 걸쳐 러시아 여행을 시도했으며, 그때 톨스토이를 방문했다. 26살 때 로댕 문하의 여류조각가인 클라라와 결혼, 북부 독일의 평원에 있는 베스타 베데 마을에 정착했다. 그러나 경제적 어려움으로 두 사람의 사이는 불편해졌고, 〈로댕론〉을 집필하기 위해 부부가 번갈아 파리로 나와 각자의 길

독일 문학

을 가면서 별거생활에 들어갔다.
 30살에서 31살에 걸쳐 무동에 있는 로댕의 집에서 일종의 비서로 그와 함께 일했다. 34살 때 시인의 후원자가 된 타크시스 후작 부인과 알게 되어, 그후 아드리아 해안의 두이노에 있는 그녀의 별장에서 대표작인 〈두이노의 비가〉의 영감을 얻었다. 1차 세계대전이 발발하자 시인도 병역 의무를 수행해야 했으나, 인제르 서점주인인 키펜베르크 등 많은 문인들의 도움으로 소집을 해제받았다. 45살 때 스위스 문학단체의 초청으로 발레이 지방을 방문했다가 이듬해에 그곳에서 뮈조트의 저택을 발견, 그곳이 그의 마지막 정착지가 되었다. 10년에 걸쳐 씌어진 〈두이노의 비가〉가 완성된 곳도 이곳이며, 시인 발레리의 방문을 받은 것도 이 집이었다.
 만년에는 병으로 괴로움을 겪었으나 발레리, 지드, 샤를 등 많은 프랑스 문인들과 교류를 할 수 있었다. 26년 가을의 어느 날, 그를 찾아온 이집트의 여자친구를 위해 장미꽃을 꺾다가 가시에 찔린 것이 원인이 되어 패혈증으로 고생하다가, 그해 12월 51세의 나이로 생을 마감했다. 그의 무덤은 뮌헨에서 멀지 않은 라론의 교회 묘지에 있다.
 시인으로서의 그의 작품 영역은 크게 4기로 나눌 수 있는데, 제1기는 고향인 프라하에서 첫출발을 하여 〈인생과 소곡〉〈가신 봉폐〉〈꿈의 관冠〉〈강림절〉 등 몽상적이고 낭만적인 시집을 발표했으며, 이 중 후자의 세 시집을 1913년 〈제1시집〉으로 엮어냈다. 제2기는 릴케가 자신의 개성에 눈을 뜬 시기로서, 러시아 여행은 그의 시세계에 깊은 종교성을 가미시켰다. 이때 발표된 것이 〈구舊시집〉이며, 〈형상 시집〉과 〈시도 시집〉에서는 그의 개성이 더욱 깊고 아름답게 전개되었다. 제3기는 파리 시절로서, 조각품처럼 그 자체가 독리된 하나의 우주를 형성하고 있는 '사물'로서의 시를 창작하고자 했는데, 〈신시집〉과 〈신시집 별권〉은 그 훌륭한 성과라고 할 수 있다.
 파리에서의 고독한 생활은 그에게 인간 실존의 궁극의 모습에 눈뜨게 했으며, 사랑과 고독과 죽음을 깊이 생각하게 했다. 그리고 이러한 결정판이 〈말테의 수기〉였다. 제4기는 생을 마감할 때까지 10여 년에 걸쳐 완성한 〈두이노의 비가〉와 〈오르페우스에게 받치는 소네트〉로 대별되며, 이 시기에는 인간 존재의 긍정을 희구하는 예술정신의 치열한 투쟁의 흔적을 보여 주고 있다.

• 기억할 만한 명구

젊은 시절에는 시 같은 것을 썼다고 되는 것이 아니다. 진짜는 기다려야만 한다. 평생을 걸고, 가능하다면 늙어죽을 때까지 긴 일생을 걸고 의미와 꿀을 모아야만 하는 것이다. 그리고 그런 끝에야 겨우 10줄 정도의 좋은 시를 얻을 수 있을지 모른다. 시는 감정이 아니라 체험이므로.

추억을 갖는 것만으로는 충분치 않다. 추억이 많을 때는 그것을 잊어버릴 줄도 알아야 한다. 다시 그것이 되살아나기를 기다릴 만큼의 커다란 인내력이 필요한 것이다. (〈말테의 수기〉 중에서)

✽ 릴케의 어머니는 죽은 누이 때문에 그를 계집아이처럼 키웠으나 양친이 성격 차이로 이혼한 뒤 상황은 급변하여, 그는 군인이었던 아버지의 희망에 따라 억지로 육군 유년학교와 사관학교에 진학해야 했다. 그리고 그는 결국 중도에 학교를 그만둘 수밖에 없었다.

84   변신 (Die Verwandlung)
카프카 (1883~1924)

● **작품의 줄거리**

어느 날 아침, 그레고르 잠자는 어떤 평화스러운 꿈에서 깨어났을 때 침대 위에서 자신이 한 마리의 괴기한 갈색 벌레로 변신해 있다는 것을 깨달았다.──이것이 이 소설의 시작이다.

잠자는 상과대학을 나와 군대생활까지 마쳤으며, 아버지가 5년 전 파산한 이후 세일즈맨이 되어 부모와 17살 난 누이동생 그레테를 부양하며 살고 있다. 그러던 것이 이 불가사의한 재난으로 인해 잠자는 출근 기차가 출발하는 소리에 마음이 급하면서, 거대한 독충으로 변신한 자신의 몸에 달라붙은 수많은 다리들이 제각각 움직이는 것에 분노와 절망감을 누르지 못한다.

7시가 지나자 가게에서 지배인이 찾아와 어째서 무단결근을 하느냐고 가족에게 따지기 시작한다. 문을 잠그고 자는 습관이 있는 잠자는 문 너머로 변명을 시작하지만, 지배인은 '괴물'의 목소리에 잔뜩 겁을 먹고는 정신 없이 도망쳐 버린다.

드디어 거실에 얼굴을 내민 잠자의 모습을 보고 어머니는 바닥에 털썩 주저앉아 버리고, 아버지는 증오의 표정으로 주먹을 휘둘러 그레고르를 방으로 들여보낸다. 결국 아버지의 폭력으로 자신의 방에 쫓겨 들어온 그레고르는 다리 하나가 망가진 자신의 모습을 내려다본다.

이 괴기한 사건 이후 가족들의 생활에는 일대 변동이 생긴다. 하녀가 그날 안으로 휴가를 얻어 나가 버렸고, 아버지는 어느 작은 은행의 말단 관리로 취직했으며, 어머니는 삯바느질 일감을 얻어와 밤을 밝힌다. 여동생도 점원으로 취직하는데, 보다 나은 일자리를 얻기 위해 밤에는 속기와 불어를 공부하러 다닌다. 그레고르는 바이올린을 좋아하는 이 여동생에게 각별한 애정을 품고 있었고, 크리스마스 이브가 되면 음악학교에 보내 주겠다는 이야기를 할 작정이었는데 일이 이렇게 되고 만 것이다. 게다가 살림에 보탬이 될 것이란 이유로 한 방에 세 명의 하숙생을 받음으로써 자연히 그레고르의 방은 창고처럼 되어 버린다.

이보다 앞서 그레고르는 아버지가 던진 사과에 맞아 중상을 입게 되며, 그로부터 점차 식욕을 잃고 비실대다 결국 '뻣뻣해진' 모습으로 하녀에게 발견된다. 그러자 '자아, 이로써 하느님께 감사를 드려야 할 것'이라는 아버지의 말이 끝남과 동시에 식구들은 전차를 타고 교외로 산책을 나간다.

● 주인공 하이라이트

이 소설의 주인공은 '잠자Samsa'라 불리는데, 그것은 모음과 자음의 조합에서 볼 때 '카프카Kafka'를 암시하고 있음이 분명하다. 또한 잠자는 체코 어로 '나는 고독하다.'는 뜻을 지니고 있다. 가정적으로 카프카가 심하게 소외되고 있었던 것은, 그의 작품인 〈아버지에게 보내는 편지〉에서도 극명하게 밝혀지고 있는 듯하다.

인간이 등신대等身大의 벌레로 변신했다는 첫머리 구절에는 전혀 그 동기가 부여되어 있지 않은데, 이는 장편 〈심판〉에서 요제프 K가 어느 날 아침 아무런 이유도 없이 체포당해 간다는 설정과 흡사하며, 작가는 그 당돌함에서 기인되는 충격을 노리고 있는 듯하다. 그리고 '벌레'나 '독충'으로 번역되는 Ungeziefer라는 단어에는 '기생충'이라는 뉘앙스가 담겨 있다. 이는 바로 카프카가 경제적으로 독립하지 못하고 아버지에게 매달려 살고 있던 기식자였음을 염두에 두고 있는 것으로,

독일 문학

〈아버지에게 보내는 편지〉를 읽어 보면 여러 가지 시사하는 점들이 많다. 즉 기사들 간의 싸움에서는 쌍방 모두 당당하고 독립해 있는데 반해, '독충들 간의 싸움에서는 상대를 찌를 뿐 아니라 자신의 생명을 유지하기 위해 피까지 빤다.'고 적혀 있다. 게다가 가까스로 문필을 통해 독립한 자신을 가리켜, '엉덩이를 발로 걷어채여 몸을 비틀대면서 겨드랑이로 기어가는 벌레를 연상시키는 바가 있다.'고도 말하고 있다.
 이처럼 평생 동안 고독하고 내성적이며 비사교적이었던 작가는, 자신의 작품 속에서 인간의 운명이 지닌 부조리성과 함께 인간 존재의 불안과 허무를 극명하게 그려내고 있는 것이다.

● 작가의 생애

프란츠 카프카(Franz Kafka), 작가. 1883년 프라하에서 정력적인 유태 상인의 장남으로 출생했다. 프라하 대학에서 법학을 공부했고, 25살 때 '보헤미아 왕국 노동자 상해보험국' 직원이 되었으며, 여가를 온통 글쓰는 일에 바쳤다. 1917년, 34살 때 폐결핵이라는 진단을 받고 투병생활을 하다가 24년, 빈 교외의 요양소에서 40년 11개월 동안의 짧은 생애를 마감했다.
 카프카는 독일어를 구사하는 유태인이었다. 그가 학생이었던 1900년에 프라하의 인구는 45만여 명이었는데, 이 중 상류계급을 점하는 독일어 인구는 불과 3만 4천에 지나지 않았으며, 그들은 이른바 체코어 속에 갇힌 외딴섬이나 마찬가지였다. 즉 그는 인종·계급·언어라는 3중의 게토(격리) 속에서 생활해 왔던 셈이었다. 그가 사용하는 독일어 어휘가 다소 어색하고 문법적으로도 오류가 있는 것은 일반대중과 격리된 그의 생활환경에서 기인하는 것이다.
 인간 카프카가 강한 성격의 소유자인 아버지로 인해 괴로움을 느꼈던 것은 그가 36살 때 쓴 기록인 〈아버지에게 보내는 편지〉에 분명히 나타나 있는데, 그것은 아버지와 아들의 관계라기보다는 오히려 폭군과 노예의 관계에 가까웠다. 단편 〈사형 판결〉은 결혼문제를 중심으로 아버지와 아들의 의견이 나누어지고 마침내 익사형을 언도받은 아들이 자살하는 이야기인데, 자기 단죄로 끝나는 작품이 많은 것은 카프카 문학의 특색 중 하나이다.

또한 그는 절친한 친구인 막스 브로트에게 사후 자신의 작품을 모두 불태워 달라는 유언을 남겼으나, 막스가 작가의 의지에 반하여 편집 출판한 장편 〈성〉이나 〈심판〉이 세계적인 반향을 불러일으키며 여러 각도에서 조명을 받음으로써 인기작가의 반열에 들게 되었다.

● 기억할 만한 명구

세 줄기 강을 건너는 나의 배는 진로를 잘못 정하고 말았다……. 나의 배엔 키가 없는 것이다.　　　*(단편 〈사냥꾼 그락쿠스〉 중에서)*

('그락쿠스'는 까마귀를 의미하며, 〈사냥꾼 그락쿠스〉는 카프카의 자기 인식을 나타내는 단편이다. 사냥꾼 그락쿠스는 검은 숲에서 추락사를 결행했음에도 불구하고 명부로 가는 배가 길을 잘못 찾아들어, 결국 죽었음에도 극락왕생을 이루지 못한 채 허공에 매달린 '영원한 유태인'을 묘사하고 있다.

❋ 카프카는 프라하 중앙우체국에 편지를 부치러 갔다가, 수많은 우체국 직원들이 한결같이 책상을 마주하고 앉아 사무를 보고 있는 광경을 대하고는, 이상한 압박감과 불안을 느끼게 되어 용무도 보지 못한 채 도망치듯 우체국을 빠져 나왔다고 한다.

❋ 카프카는 그가 지도했던 청년 야노호에게 이렇게 말하곤 했다. "난 까마귀야. 나의 날개는 위축되어 버렸지……. 내겐 빛나는 것에 대한 감각이 결여되어 있어. 난 바위산 속에 그 모습을 감추기를 바라는 까마귀라구……."

85 마의 산 *(Der Zauberberg)*
토마스 만 (1875~1955)

●**작품의 줄거리**

제1차 세계대전이 시작되기 7년 전, 한스 카스토르프는 스위스의 다보스에 있는 국제적인 요양소 '베르크홀'로 폐병을 앓고 있는 사촌을 문병하기 위해 떠난다. 산 위에 위치한 이 요양소의 분위기는 자포자기의 느낌이 강했으며, 그가 지상에서 누렸던 일상생활의 공기와는 너무나도 달랐다. '마의 산', 즉 생과 사의 중간에 존재하는 이 폐쇄된 세계는 바그너와 니체에게 촉발되어 20세기 초두에 제창된 가능성과 인식의 세계를 대표하는 곳이었다. 이 세계는 또한 제1차 세계대전 전의 서구사회를 대표하는, 여러 가지 사상을 순수 배양하는 레토르트retort이기도 했다.

카스토르프는 여기에서 여러 특이한 인물들과 만나게 된다. 서구의 낙관적 진보주의를 신봉하는 인문주의자 세템브리니는 이 젊은 주인공에게 계몽적 도덕군자를 자처하며, 이에 비해 금욕적인 예수회 사제 나후타는 죽음의 독재와 공산주의적 신의 도래를 역설한다. 그리고 초원시적 사랑을 가르치는 러시아 부인 소샤, 본능적 감각에 따라 살아가는 걸물 페이퍼코룬 등에 의해 주인공의 정신은 비약적으로 발전한다.

'마의 산' 안에서의 시간은 지상에서의 생활과는 전혀 다른 기준에 의해 흘러간다. 그리고 7일 동안만 머물 예정이던 것이 어느 새 7년이란 세월이 흘러갔다. 때마침 지상의 세계에서는 제1차 세계대전이 발발한다. 그러자 생에 대한 사랑을 완수하기 위해 젊은 엔지니어인 한스 카스토르프는 산을 내려가 전쟁에 참가한다.

제1차 세계대전을 사이에 두고, 또 '비정치적 인간의 성찰'과 병행하여 기록된 이 장편소설은 독일 문학에 있어 가장 전통적인 '교양소설'의 하나로 손꼽힌다. 그러나 이는 단순히 주인공 한스 카스토르프의 정신적 발전만을 좇는 것이 아니다. '비정치적 인간의 성찰'이 독일 시민사회 붕괴의 위기를 앞두고, 새로운 시민사회의 질적 변환과 사회적 휴머니즘의 성장을 예고한 것이기도 하다.

이 소설에는 또 한 가지, 시간이라는 주인공이 있다. 시간은 이 소설의 주요 테마인 동시에 형식을 구성하고 있는데, 이는 그 이후에 나온 〈요셉 이야기〉를 통해서, 그리고 〈파우스트 박사〉에게서 완성되는 '시간소설'을 내용면에서나 형식면에서 선도한 것이기도 하다.

● 주인공 하이라이트

한스 카스토르프는 북부 독일 함부르크에 자리잡은 유복한 상인의 아들이다. 그는 일찍 양친을 여의고 조부의 훈도薰陶 속에서 성장한다. 덕분에 그의 마음속에는 끊임없이 19세기의 시민적 윤리관을 지키며 살아온 조부의 그림자가 붙어다니며, 그에 바탕을 둔 사고와 판단이 버팀목이 되고 있다. 저자의 정신적 기반인 한자동맹 도시적 시민사회의 체현자인 이 주인공은, 23살의 병아리 엔지니어로 '마의 산'의 체험에 들어간다. 그는 생과 사라는 중간 존재의 창조적 산물인 왕성한 지식욕과 무구한 의구심을 무기삼아 여러 가지 사상을 접하게 되며, 수많은 체험을 쌓아 가면서 보다 깊게 인간과 인간성을 추구해 간다. 그는 눈쌓인 산에서 하마터면 생명을 잃을 뻔한 체험을 통해 죽음이 존재를 낳은 힘인 동시에 파괴하고 해체하는 힘이기도 하다는 사실을 배우며, 단순한 '죽음에 대한 공감'에서 벗어나 사랑을 바탕으로 한 생에 대한 봉사가 필요하다는 것을 깨닫는다.

어떠한 사상이든 극단으로 기울어지지 않고 항상 인식의 모험을 거듭하며 대립을 초월하는 일, 그리고 선의와 사랑을 견지하기 위해서는 죽음에 사상을 맡겨서는 안 된다는 것을 깨달은 한스 카스토르프에게 있어, 19세기적 휴머니즘을 신봉하는 세템브리니와 죽음의 봉사자인 나프타의 대립이나 결투는 이미 과거의 것이 된다. 조부의 모습과 프러시아적인 엄숙한 생의 체현자인 티무센도 이제 없으며, 다른 서구사상의 체현자들도 자기 역할을 끝내고 무대에서 사라졌다. 그리고 홀로 남은 한스 카스토르프는 중세 이래의 장인의 전통을 노래한 '보리수' 노래에 감화되어 조국을 위해 전장으로 뛰어드는 것이다.

• *작가의 생애*

토마스 만(Thomas Mann), 20세기 독일의 대표적인 작가. 형인 하인리히와 장남 클라우스도 작가였다. 1875년 뤼베크의 부유한 공물상의 아들로 태어났으나, 16살 때 아버지가 사망하자 가게는 문을 닫게 된다. 18살 때부터 작품을 발표. 25살 때 〈부덴브로크 가의 사람들〉을 완성하여 유럽 여러 나라에 그의 이름을 알렸다. 1929년에 노벨 문학상을 수상하게 되는 이 장편소설은, 자신의 가계를 극명하게 더듬어나가는 가운데 19세기에 있어 한자동맹 도시의 시민사회 변천을 추적해 간 작품인데, 독일 시민사회와 예술의 존재방식을 스스로의 문제로 추구하는 작업이 이 작가의 일생의 업이 된다. 〈토니오 크뢰거〉〈베니스에서 죽다〉등의 작품에서는 니체와 괴테를 정신의 아버지로 삼아 시민과 예술가를 하나로 융화시키려는 노력을 계속했으며, 〈마의 산〉에서는 자신의 서구 세계에 대한 공시적共時的 원점 추구를 행했다.

1926년 작업에 착수하여 완성, 출판까지 18년이 걸린 〈요셉 이야기〉에서는 인류사의 심연에까지 파고들어가, 과거의 샘에 몸을 담그고 그곳에서 비로소 자기인식과 그 극복과 창조를 이루려고 노력한다. '항상 자기를 말하면 그것이 보편적 생을 말하는 것이 된다.'는 깨달음을 얻게 된 작가는 이와 같은 시기, 즉 바이마르 공화국 시대부터 미국으로의 망명과 전후 시대에 독일 및 인류의 양심의 목소리를 계속해서 대표해 왔으며, 마침내는 자신과 독일을 동일시하기에까지 이른다. 아이러니와 유머, 패러디와 자기 인용을 변주시킨 소설 구조는 전후의 장편소설 〈파우스트 박사〉〈선택받은 사람〉 등에서 그 정점에 이르며, 세계 문학에 '이야기'의 부활을 불러왔다. 1906년 이래 구상을 다듬어 집필해 온 〈사기꾼 펠랙스 크룰의 고백〉 제1부를 완성한 뒤인 55년, 취리히에서 인식의 시인답게 안경을 달라고 한 뒤 숨을 거두었다.

● **기억할 만한 명구**

생명을 아는 자는 죽음을 안다. 그러나 그것이 전부는 아니다. 문제는 시작에 불과하다……. 인간만이 고귀할 뿐이며, 대립물은 인간을 통해 존재하는 것이다. 그러므로 인간이 고귀한 것이다. 죽음보다도 고귀하다. 죽음과 바꾸기에는 너무나도 고귀하다. 이것이 인간 의지의 자유인 것이다.

(한스 카스토르프가 눈 산에서 조난을 당했을 때 생각한 것)

✱ 〈마의 산〉의 집필은 1913년 7월에 시작되었으며, 그 사이 제1차 세계대전이 일어나 1924년 9월 28일에 완성을 보기까지 11년이란 세월을 필요로 했다. 초판은 그해 11월 1만 부가 출판되었으며, 책이 나오자마자 순식간에 매진되었다.
✱ 만 부인은 1912년에 반 년 정도 다보스에서 요양생활을 한 적이 있으며, 그는 그해 5월에서 6월 사이에 부인을 문병했다. 그가 4일 동안 요양소에서 머물렀던 체험이 바로 장편 〈마의 산〉을 낳게 된 계기가 되었다.

86 개선문 *(Arc de Triomphe)*
레마르크 (1898~1970)

● **작품의 줄거리**

　제2차 세계대전 전후의 파리에는, 여권을 소지하지 못한 채 각국에서 몰려든 수많은 망명자들이 사람들의 눈길을 피하며 불안한 생활을 하고 있었다. 주인공 라비크도 그런 사람 중의 하나로, 그는 나치의 강제수용소를 탈출하여 불법입국한 독일의 외과의이다. 그러나 그는 지금 무능한 병원장에게 고용되어 무허가 수술을 해주며 생계를 꾸려가고 있다. 그의 유일한 생의 목적은 자신을 체포하여 고문하고, 연인을 학살한 게슈타포 하케에게 복수를 하는 것이다.

　어느 날 밤, 그는 우연히 센 강에 몸을 던지려던 여배우 조앙을 구해 준다. 두 사람은 이윽고 서로에게 사랑을 느끼게 되지만, 라비크는 사람들의 눈을 피해 가며 살아야 하는 자신의 처지와 과거에 받았던 상처 때문에 조앙의 사랑에 답할 수가 없다. 그리고 어느 날, 다른 사람을 도와주려다가 불법입국이 발각된 라비크는 조앙에게 사정을 알릴 새도 없이 외국으로 추방당한다.

　두 달 만에 겨우 파리로 되돌아온 라비크는 마침내 자신의 원수인 하케를 잡을 기회를 얻게 되며, 그를 불로뉴 숲으로 유인하여 살해한다. 그런데 호텔로 돌아온 라비크에게 모르는 남자가 전화를 걸어, 자신이 조앙을 총으로 쏘았다고 말한다. 고독을 견디지 못하고 저지른 불장난의 결과였다. 그녀를 수술한 라비크는 이미 조앙을 구할 수 없음을 깨닫고는 빈사상태에 놓인 그녀에게 자신의 진심을 고백한다. 때

마침 선전포고 소식이 전해져 오고, 어느 날 라비크는 호텔로 들이닥친 경찰의 손에 걸려 다른 불법입국자들과 함께 어디론가 끌려간다.

● **주인공 하이라이트**

라비크는 40살을 넘긴 솜씨 좋은 독일인 외과의사였다. 그러나 게슈타포에 대한 복수를 유일한 삶의 보람으로 여기며 낮에는 무허가 수술이나 창부들을 검진해 주고, 밤이면 술집에서 칼바도스를 마시는 희망없는 나날을 보내고 있다. 이러한 상황은 이윽고 그를 냉소적인 찰나주의자로 만들어 버린다. 그는 마음속 깊이 조앙을 사랑하면서도 늘 그녀에게 차가운 비수를 들이대며 그녀로부터 도망치기에 급급하지만, 조앙은 그런 그에게 이끌려 미친 듯이 그를 사랑한다. 이러한 사랑은 결국 불안한 상황과 맞물려 불행한 결말을 맞이하는데, 이 작품은 당시의 시대상과 아울러 황폐한 사랑의 한 속성을 적나라하게 보여 주고 있다고 할 수 있다.

● **작가의 생애**

에리히 마리아 레마르크(Erich Maria Remarque), 작가. 1898년 오스나브뤼크에서 출생했다. 제1차 세계대전에 지원하여 출정했으나 부상으로 귀환. 전후 몇 가지 직업을 전전하다가 스포츠 기자가 된다. 1929년에 발표한 〈서부전선 이상 없다〉는 1년 반 동안 25개 국어로 번역되어 350만 부를 넘는 공전의 베스트셀러가 되었으며, 그를 일약 세계의 인기작가로 부상시켰다.

1932년에 나치스가 정권을 잡자 반전주의자로 탄압을 받았으며, 38년에는 국적을 박탈당했다. 그의 누이동생은 강제수용소에서 처형되었다. 신변에 위험을 느낀 그는 39년 미국으로 망명했으며, 47년 미국 시민권을 얻었다. 제2차 세계대전 후 미국에서 발표한 다섯 번째 작품 〈개선문〉은 다시 세계적인 베스트셀러가 되어 그의 인기를 부동의 위

독일 문학

치로 만들어 주었다. 그밖의 주요작품으로는 〈사랑할 때와 죽을 때〉 〈너의 이웃을 사랑하라〉〈생명의 불꽃〉〈검은 오벨리스크〉〈리스본의 밤〉 등이 있다. 1970년 생을 마감했다.

•기억할 만한 명구

나는 복수를 하고 사랑도 했다. 이것으로 충분하다. 모든 것을 얻었다고는 할 수 없지만, 인간으로서 이 이상의 것은 바라지 않는다.
(〈개선문〉31장에서)

(이는 최악의 상황 속에서 어렵게 살아오다가 이윽고 마음의 동요가 그치고, 무엇인가가 말끔히 정돈되었다고 느꼈을 때 주인공 라비크(작가)의 마음 깊은 곳에서 우러나온 감회일 것이다.)

✱ 〈개선문〉은 200만 부 이상이 팔린 베스트셀러가 되었으며, 주인공 라비크와 조앙이 즐겨 마셨던 칼바도스(사과술 브랜디)도 세계적으로 유행했다. 또한 샤를르 보와이에와 잉그리드 버그만이 주연한 영화도 큰 호평을 받았다.

87 베르길리우스의 죽음
(Der Tod des Vergil)
브로흐 (1886~1951)

● **작품의 줄거리**

기원전 79년 9월, 동방에서 귀환한 왕제 아우구스투스의 선단이 브린디시움(브린디시) 항구에 도착한다. 그리고 한 배 안에는 시인 베르길리우스가 빈사 상태에 놓여 있었다. 10년 정도 서사시 〈아에네이스〉의 시작에 몰두한 뒤, 약 3년간 현지에 대한 견문을 넓히기 위해 여행에 나섰던 이 시인은 메가라에서 열병에 걸려 쓰러지고 말았던 것이다. 브로흐의 소설 〈베르길리우스의 죽음〉은, 그가 항구에 도착한 직후부터 죽음에 이르기까지의 마지막 18시간을, 묘사와 내적 독백을 구분할 수 없을 만큼 세밀하게 그려나간 작품이다.

전편은 고대 그리스 사상에 있어서 4대요소인 물과 불, 땅과 바람을 주제로 하여 4장으로 나누어져 있다.

베르길리우스는 들것에 실려 군중 속을 헤치고 왕궁으로 실려간다. 심한 고열로 잠을 이루지 못하는 밤, 시인의 마음은 오르페우스와 아에네아스에게 인도되어 황천의 나라로 내려간다. 이때 돌연 '〈아에네이스〉를 불태우자.'는 충동이 솟구친다. 이튿날 아침 베르길리우스는 두 사람의 친구에게 원고를 없애 달라고 부탁한다.

그리고 황제 아우구스투스와의 대화, 황제로서의 직무와 시인의 업. 삶에 대한 인식과 죽음에 대한 인식……. 베르길리우스는 자신의 주장을 접으며 시간의 판결에 몸을 맡기기로 결의한다. 이에 다가오는 종말을 느끼며 시인은 작은 배에 몸을 싣고 정처없이 떠내려 간다.

• 주인공 하이라이트

베르길리우스 마로는 실재했던 로마의 최대 시인이다. 기원전 70년에 북부 이탈리아에서 출생했으며, 로마로 나와 수사학과 의학, 법학, 철학 등을 공부했으나 부실한 건강과 내성적인 성격 때문에 법률가가 되기를 포기하고 문학에 전념했다. 이후 베르길리우스는 아우구스투스 황제에게 인정을 받아 장편 서사시〈아에네이스〉를 저술한다

〈아에네이스〉는 트로이 전쟁으로 인해 트로이가 멸망한 뒤 영웅 아에네이아스가 일족을 거느리고 지중해를 방랑한 뒤 제2의 트로이, 즉 이탈리아 땅에 로마를 건국한다는 전설을 작품화한 것으로 미완성인 채 끝났으나, 그의 사후 아우구스투스의 명으로 초고를 정리하여 간행됨으로써 작가의 유언은 이루어지지 않았다.

• 작가의 생애

헤르만 브로호(Hermann Broch), 오스트리아의 작가. 1886년 빈에서 대방적공장집 아들로 출생했다. 공과대학을 졸업한 후 아버지 회사에 들어가 일을 배우기 시작해 후일 사장의 자리에도 오르며, 오스트리아 공업가 연맹의 일원으로 노동문제에 종사한다. 그러나 41살 때 '정신적 인간'으로 전향을 결의, 다시 대학에 들어가 철학, 심리학, 수학 등을 공부했다. 1935년 최초의 장편소설〈몽유병자들〉을 발표하며 작가생활에 들어감. 38년 히틀러의 오스트리아 합병 때 유태인이라는 이유로 체포되었으나, 제임스 조이스 등 여러 작가들의 도움으로 석방되어 이탈리아를 거쳐 미국으로 망명했다.

〈베르길리우스의 죽음〉은 미국의 인텔리 층에 커다란 반향을 불러일으켰는데, 그는〈베르길리우스의 죽음〉을 발표한 뒤 군중심리학 연구를 통해 예일 대학 교수가 되며, 국제연합에서도 활약한다. 1950년에는 노벨 문학상 후보에 오르기도 했으나 51년 심장발작을 일으켜 갑자기 사망했다. 그밖의 작품으로는〈죄없는 사람들〉과〈유혹자〉등이

있다.

• 기억할 만한 명구

인간의 작품은 모두 박명薄明라 맹목에서 태어난 것이어야만 하며, 늘 부조화 속에 머물지 않으면 안 된다. 그것이 바로 신들의 의향인 것이다. 하지만 그 부조화 속에는 저주뿐만 아니라 은총도 담겨 있다. 인간의 무력함이나 영혼의 미숙함뿐만 아니라 그 위대함, 신의 자리에 접근해 가는 모습도 담겨 있는 것이다.

✸ 1938년 봄, 게슈타포에 의해 체포된 브로흐는 5주 동안 감옥 안에서 지내면서 죽음을 생각하게 되었고, 이때 〈베르길리우스의 죽음〉을 써내려 갔다. 그후 이 작품은 미국으로 망명한 뒤인 1945년, 영어와 독일어로 동시에 출판되어 큰 반향을 불러일으켰다.

88 양철북 *(Die Blechtrommel)*
그라스 (1927~   )

● **작품의 줄거리**

1924년 단치히에서 출생한 오스칼 마첼라트는 3살 때 성장이 멈추었고, 94cm 소인의 시각으로 제2차 세계대전 후까지의 격동의 세계를 지켜 보았다. 3살 때 받은 양철북으로 그는 과거의 사건들을 돌아볼 수가 있는데, 현재 정신병원에 들어가 있는 그는 50년대까지의 과거를 회상록으로 집필한다. 쫓기는 몸이던 할아버지를 스커트 밑에 숨겨 준 일로 오스칼의 어머니를 낳게 된, 농촌의 처녀였던 할머니에 대한 과거사부터 이야기는 시작된다.

그의 어머니는 잡화상 주인과 결혼했으나 폴란드 인 얀과도 육체적인 관계를 갖고 있으며, 이를 목격한 오스칼은 얀이 자신의 진짜 아버지가 아닐까 하는 의문을 품게 된다. 학교에 가기를 싫어한 그는 빵가게 아줌마로부터 〈빌헬름 마이스터〉와 〈라스푸틴 전(傳)〉을 사용해서 읽기와 쓰기를 배운다. 육체적으로는 미성숙했지만 유리를 깨는 목소리를 지녔으며, 성적으로 조숙한 그는 여러 가지 성체험을 한다. 그의 신체적·정신적 결함은 그에게 의식적 혹은 무의식적으로 많은 사람들을 죽게 만든다. 어머니의 죽음에도 책임이 있으며, 나치가 폴란드를 침공하던 날 얀을 사지死地로 떠나게 만든 것도 그였다.

제2차 세계대전의 발발은 하잘것없는 시민들의 운명까지로 크게 바꾸어 놓는다. 오스칼은 자신의 양철북으로 나치 군악대의 리듬을 흔들어 놓아 재즈 풍으로 만들어 버리는 위험한 장난도 하지만, 난쟁이 전선 위문 극단에 들어가 대서양 연안의 방위전도 체험한다. 종전으로 죽음의 위기에서 벗어난 그는 고향으로 돌아오고, 나치 당원이었던 호적상의 아버지가 소련 병사에게 사살된 뒤 계모인 마리아와 서독의 뒤셀도르프로 이주한다.

조각가나 화가들의 모델 노릇을 하며 생활하던 그는 우연히 연극에 출연하게 되고, 그것이 계기가 되어 재즈 연주자로서 성공을 거둔다. 옆방에 사는 간호원 도로테아의 옷에서 나는 냄새에 마음을 빼앗긴 그는, 어느 날 그녀를 습격하지만 실패하고 만다. 며칠 뒤 그녀의 시체가 발견되고, 오스칼은 범인으로 지목되었으나 책임 무능력자로 정신병원에 수감되는 몸이 된다. 2년 뒤 진범이 밝혀져 석방될 가능성을 갖게 된 오스칼은, 30살의 생일에 예수의 수난을 암시하는 기술로 이야기를 끝맺는다.

● 주인공 하이라이트

그라스는 이 작품에서 교양소설과 악당소설을 바탕에 깔고, 성장하지 않는 주인공의 시각으로 격동의 반세기 역사를 그려내고 있다. 그리고 이런 시각은 사회의 모든 터부를 무시한 자유로운 발언을 가능케 하고 있다. 죽음이나 섹스에 관한 대담하고 그로테스크한 묘사나 신을 모독하는 사건은 단순한 도발이 아닌 적나라한 진실을 지적하기 위함인데, 예를 들면 전쟁시나 전후의 독일인의 정치적 무책임성 등을 통렬하게 비판하고 있는 것이다.

● 작가의 생애

귄터 그라스(Günter Grass), 1927년 단치히에서 출생한 독일 작가. 대전 말기에는 소집되어 포로가 되기로 한다. 전후에는 조각가를 꿈꾸며 뒤셀도르프와 베를린에서 미술 공부를 했으며, 56년부터 파리에서 생활하며 미술 이외에 시나리오 소설을 쓰기 시작했다. 58년 47그룹상을 수상한 〈양철북〉의 성공 이후 서베를린에 살면서 전쟁을 다룬 소설 〈고양이와 쥐〉〈개의 해〉〈국부마취〉 등을 발표했으며, 점차 정치에 깊숙이 관여하게 되어 사회당(SPD)의 정권 획득에 크게 기여했다. 〈코뿔소의 일기〉는 그때의 일들을 기록한 것이다. 극작가로서는 몇 편의 부조리극을 발표, 그밖에 정치적인 주제를 담은 〈천민들의 폭동 연습〉〈그 전〉 등을 발표했다. 근작으로는 석기시대부터 현대에 이르기까지의 남녀의 양성문제를 다룬 연대기 〈넙치〉가 있다.

• **기억할 만한 명구**
이 세상에는 아무리 신성할지라도, 결코 그냥 내버려 두지 못할 것이 있다. （〈양철북〉 중에서）

✼ 그라스는 요리에 일가견이 있는 듯, 〈양철북〉에는 흑인 요리사가 등장하여 여러 가지 요리를 선보이며, 부조리극 중에도 〈심술궂은 요리사〉가 있고, 또한 근년의 작품인 〈넙치〉에는 주제와 평행하게 역사적인 여러 가지 요리법들이 소개되고 있다.

89 카타리나 블룸의 잃어버린 명예
(Die verlorene Ehre der katharina Blum)
하인리히 뵐 (1917~1985)

● **작품의 줄거리**

1974년 2월 하순, 라인 지방에 있는 한 마을에서 살인사건이 발생한다.

올해 27살이 된 카타리나 블룸이 아는 사람 집의 파티에 참석하려고 집을 나선 것은 수요일 밤 7시에 가까운 시각이었다. 그리고 4일이 지난 일요일 거의 같은 시각에 그녀는 경찰서에 찾아가, 그날 오후 자신의 집에서 신문기자를 권총으로 쏘았다고 자백한다. 그때부터 7시간 동안, 그녀는 아무리 해도 자신의 내부에서는 참회의 마음이 일지 않노라고 털어놓는다.

어려운 환경 속에서 성장하면서도 좌절하지 않고 스스로 운명을 개척하여, 이윽고 공인 가정관리사로서 자립의 길을 막 찾게 된 연약한 젊은 처녀를 이런 상황으로 몰아넣은 것은 과연 무엇일까? ── 경찰의 조서나 검사·변호인들로부터의 정보, 친척이나 친구들의 증언을 비교해 가며 그 경위를 더듬어 나가는 방식으로 작품은 진행된다.

카타리나는 그날 밤 파티에서 알게 된 한 젊은이와 사랑에 빠졌고, 그를 자신의 집으로 데리고 돌아온다. 그 남자는 은행강도 용의자로 경찰이 미행중인 인물이었다. 이튿날 아침, 경찰들이 그녀의 집에 들이닥쳤을 때 남자의 모습은 보이지 않았다. 경찰에 연행된 그녀는 그 젊은이에 관한 질문에 완강하게 묵비권을 행사한다. 이 사건을 냄새맡은 스캔들 메이커인 한 신문에서는 집요하게 그녀의 사생활을 파헤치고, 결국 신문기자의 집요하고 끈질긴 추적은 병상에 있던 그녀의 어머니를 죽음에 이르게 한다. 신문의 이러한 진실과 거짓이 뒤섞인 보도는 결국 그녀에게 위험한 사상을 가진 지하 그룹을 뒤에서 돕는 정부 역할을 떠맡긴다. 독자들의 저속한 호기심에 아부하는 신문기사는 그녀의 생활을 파멸로 몰아넣고, 그녀의 변론을 맡은 변호사 부부까지도 궁지에 몰리게 한다. 즉 권총 발사라는 물리적 폭력은, 이렇게 궁지에 몰린 약자에게 남겨진 유일한 저항수단이었던 셈이다.

● 주인공 하이라이트

카타리나 블룸은 하층민 출신이지만 사회적 편견에 물들어 있지 않았으며, 강인함과 총명함을 갖춘 소박하고 순진한 심성의 소유자이다. 연약한 그녀를 궁지로 몰아넣는 이른바 네거티브한 주인공은 바로 '신문'이다. 이 모델이 서독 최대의 발행부수를 자랑하는 선동적인 반공신문 〈빌트〉임은 작자도 굳이 부인하려 들지 않는다. 진심이 담긴 사랑의 행위와 동물적인 욕구를 동일시하려는 세상에 대해, 양자의 준엄한 구별을 끝까지 요구하는 카타리나, 그리고 음탕한 의미로 '한 방 쏘자.'며 다가온 신문기자에게 '좋아요.'라고 대답한 카타리나는 그대로 한 방의 권총을 발사하게 된다.

● 작가의 생애

하인리히 뵐(Heinrich Böll), 현재 독일에서 가장 인기 있는 작가 중의 한 사람. 1917년 쾰른에서 태어났으며, 고등학교 졸업 후 책방에서 점원으로 일했다. 그후 소집영장을 받게 되어 패전까지 6년 동안 군대생활을 했다. 전후의 어려운 생활 속에서 창작활동을 시작했으며, 이름 없는 서민의 입장에서 본 전쟁의 실체를 묘사해 나갔다. 주택난으로 인한 부부 해체의 위기를 묘사하는 가운데 전후 사회의 환부를 날카롭게 파헤친 장편 〈그리고 아무 말도 하지 않았다〉를 통해 작가로서의 확고한 기반을 다졌다. 그후 〈아홉 시 반의 당구〉〈어떤 어릿광대의 의견〉〈부인이 있는 군상〉 등 문제작들을 잇달아 발표하는 한편, 정치나 사회문제에 대해서도 적극적인 태도로 일관했다.

사회적인 약자에 대한 공감과 서민적 정의감을 기조로 한 그의 작품들은 소련이나 서구 여러 나라에서 널리 읽혔으며, 72년에는 노벨 문학상을 수상하는 영예를 안았다. 1985년 사망.

●기억할 만한 명구

우리들은 폐허의 문학이나 불리는 것을 부끄러워해야 할 까닭이 없다.

(전쟁에서 돌아온 젊은 작가들이 전쟁과 전후의 어두운 상황만을 그리는 것을 비난하며 '폐허의 문학'이란 칭호가 쓰여졌을 때, 이에 반발한 그는 자신들의 눈에 보이는 현실이 폐허라면, 그 폐허를 냉철하게 보고 그리는 것이야말로 작가의 의무일 것이라 피력했다.)

✱ 1951, 뵐은 처음으로 참가한 그룹 47회합에서 작품을 낭독하여 상금 1천만 마르크를 획득했다. 얼마 전부터 실직 상태에 있었던 그는 자신과 표를 겨룬 작가 미로 드루에게 1백 마르크를 빌려 준 뒤, 얼른 우체국으로 달려가 나머지 돈을 가족에게 송금했다고 한다.

러시아 문학

> **"**
> 나는 인간을 죽인 것이 아니라
> 주의(主義)를 죽인 거야.
> 도스토예프스키
> **"**

90 예프게니 오네긴(Евгений Онегин)
푸슈킨 (1799~1837)

●**작**품의 줄거리

백부의 죽음으로 많은 재산을 손에 넣은 오네긴은, 오랫동안 몸담았던 사교계에서 벗어나 영지에서 밭과 공장을 관리하는 몸이 된다. 오네긴은 새로운 생활을 진심으로 기뻐했지만, 막상 그것도 사흘째부터는 하품이 터져나오는 매일매일로 이어진다. 자연의 아름다움은 그의 마음에 조금의 위안도 되어 주지 못한다. 그러한 오네긴에게 있어 유일한 즐거움이라면, 자신보다 조금 먼저 이웃 영지로 돌아온 젊은 지주 렌스키와 만나 이런저런 대화를 나누는 일이었다. 두 사람은 말하자면 '심심풀이' 친구인 셈이다. 렌스키는 독일로 유학하여 '괴팅겐 정신'을 몸에 익힌 이상에 불타는 시인이며, 라린가의 둘째 딸 올리거를 열렬히 사랑하고 있었다.

어느 날 오네긴은 렌스키를 따라 라린 가를 방문하며, 올리거와 그의 언니인 타치야나를 소개받는다. 타치야나는 사람들의 눈을 끌 만큼 아름답지는 않았으나 로맨틱한 꿈을 가슴속에 간직한 소박한 시골처녀였다. 그녀는 즉시 오네긴의 세련된 매력의 포로가 되며, 그 간절한 마음을 편지에 옮겨 적는다.

일찍부터 사교계의 총아가 되었고 방탕한 생활을 맛볼 만큼 맛본 오네긴으로서는, 타치야나의 소녀스런 꿈에 마음이 흔들리는 것은 부인할 수 없었지만 그녀와 진지하게 사귀어 볼 마음은 일지 않는다. 타치야나는 오네긴의 태도에 실망과 좌절을 맛본다.

얼마 후 라린 가에서는 타치야나의 명명축일 무도회를 열게 된다. 표정이 어두운 타치야나에게 오네긴은 연민의 정을 금치 못하지만 일시적인 기분으로 보란 듯이 올리거와 춤을 추는데, 이는 렌스키의 질투와 분노를 사게 된다. 이튿날 아침, 오네긴의 집에는 렌스키가 보내 온 결투장이 날아온다. 이윽고 두 사람은 결투를 벌이며, 결과는 렌스키의 불운한 죽음으로 끝난다.

올리거의 행복을 짓밟고 타치야나를 비탄에 몰아넣은 오네긴은, 페테르스부르크를 떠나 몇 년 동안 방탕한 생활에 몸을 맡긴다. 그리고 어느 날 다시 페테르스부르크로 돌아와, 그레밍 공작의 저택에서 개최된 무도회에 모습을 나타낸다. 그는 그곳에서 무척이나 매력적이며 젊고 아름다운 공작 부인을 보게 되는데, 그녀가 바로 과거 자신에게 마음을 쏟았던 타치야나임을 알고 심한 마음의 동요를 느낀다. 오네긴은 괴로운 자신의 심정을 몇 차례나 편지로 고백하지만 타치야나는 옛날의 꿈많던 소녀가 아니었다. 그녀는 오네긴의 열정에 강하게 끌렸으나 남편에 대한 신의를 지키기 위해 그의 사랑을 저버리고 만다.

● **주인공 하이라이트**

오네긴은 넘치는 재능을 지녔지만 현실에서는 어쩔 수 없이 붕괴해 가고 마는 19세기 러시아 인텔리겐치아의 한 전형이라 할 수 있다. 그는 상류사회의 환락에 물들어 세상의 모든 일에 권태를 느끼고 있는데, 이러한 인간상은 데카브리스트의 난(1825년) 이후 니콜라이 1세의 강한 탄압정치 아래서 현저하게 늘어난 타입이었다. 푸슈킨은 이러한 지식인의 모습에 강한 비판을 가하는 한편 깊은 동정도 금할 수 없었던 듯하다. 오네긴은, 즉 푸슈킨이 다른 여러 작품에서 즐겨 다루었듯이 사회 안에서 '겉도는 존재'를 대표하고 있다고 할 수 있다.

한편 타치야나는 서구문화에 물든 지식인의 무력한 모습과는 대조적으로 묘사되어 있다. 그녀는 과거에 순진한 처녀의 마음으로 사랑했던 오네긴으로부터 사랑의 고백을 받고 크게 동요하지만, 본능적으로 그 사랑의 불모성을 감지해 낸다. 러시아의 풍요로운 자연의 품속에서 성장한 타치야나는, 러시아 민중의 소박하면서도 힘찬 정신을 소유한 이상적인 여성상인 것이다.

• **작가의 생애**

알렉산드르 С. 푸슈킨(Александр С. Пушкин), 러시아 문학의 기초를 마련한 국민적 시인. 1799년 모스크바의 명문 귀족가에서 출생했으며, 혈통적으로는 아프리카의 피가 섞여 있다. 어릴 적부터 라신, 볼테르, 루소와 그리스·로마 고전을 탐독했으며, 1817년 6년간의 전문학교 수업을 마치고 외무성 8등관리로 임명받았다. 상류사회에서 화려한 환락에 탐닉하는 한편 이때부터 시작에 몰두했으며, 당시 문단의 중심을 이루었던 이들로부터 재능을 높이 평가받았다.

1820년, 자유주의적인 기분에 가득 찬 격렬한 정치시가 알렉산드르 1세의 분노를 사 남부 러시아로 추방되어 크림, 카프카스, 키시네프, 오디사 등을 전전하다 24년 미하일로프카에 정착했다.

여기서 그는 러시아 민중들과 직접 접촉하며 깊은 공감을 얻게 된다. 이 시기에는 바이런 열풍의 후퇴와 함께 셰익스피어에 대한 경도가 시작되었으며, 〈보리스 고드노프〉를 완성했다. 이듬해인 1825년 농노제 폐지와 공화제의 실현 등을 요구조건으로 내건 데카브리스트 반란이 일어났으며, 전문학교 시절의 친구들 대부분이 여기에 참가한다. 주모자 처형 후, 그는 당국의 명령으로 모스크바에 출두. 여기에서 니콜라이 1세의 직접 심문을 받게 되고, 추방의 몸에서 풀려나지만 여전히 엄한 감시를 받게 된다.

1829년 무도회에서 나탈리아 곤차로바(당시 16세)에게 첫눈에 반해 결혼을 신청한다. 이듬해인 30년 그녀와 약혼. 영지를 둘러보기 위해 볼로디노를 방문하는데, 콜레라의 유행으로 발이 묶여 그곳에서 오랫동안 지내게 된다. 그는 이 기간 동안 〈볼로디노의 가을〉이라 불리는 이상한 상상력의 개화를 경험하며, 8년의 세월을 소비하여 〈예프게니 오네긴〉을 완성했고, 이후 〈돌의 손님〉〈인색한 기사〉〈벨킨 이야기〉 등을 집필한다. 31년에 결혼. 사교계의 꽃이었던 아내 나탈리아의 심한 낭비벽과 여러 가지 문제가 겹쳐 경제적으로나 정신적으로 어려운 처지에 놓인다. 남달리 진보적인 사상을 가졌던 그는 궁정 내부에서의 고립화가 더욱 심화되는 가운데 〈청동의 기사〉〈스페이드 여왕〉〈대위의 딸〉등 만년의 걸작들을 완성한다.

37년, 결혼 후 계속 염문이 끊이지 않았던 나탈리아와 청년 근위병 단테스의 밀통이 표면화되고, 그는 2월 8일 페테르스부르크 교외에서 단테스와 결투, 복부에 치명상을 입어 37세의 나이로 짧은 생을 마감하게 된다.

● 기억할 만한 명구

찰랑찰랑하게 부어진 잔 속의 술을 바닥까지 전부 다 마시지 않고도 인생의 축일과 작별을 고하는 자는 행복하다. (종장)

✽ 〈예프게니 오네긴〉은 푸슈킨이 8년 동안의 세월을 소비하여 완성한 운문체 소설인데, 벨린스키가 '러시아 생활의 백과사전'이라 불렀을 만큼 작품 속에는 당시 러시아 사람들의 생활 모습이 너무나도 생생하게 묘사되어 있다.
✽ 푸슈킨이 결투로 인해 죽음에 이르는 데는, 나탈리아의 미모에 눈이 어두워진 니콜라이 1세의 음모도 한몫했다고 알려진다. 푸슈킨을 죽인 단테스는, 그후 러시아 국민들 사이에서 짐승이나 다름없는 취급을 받아야 하는 운명으로 전락했다고 한다.

91 검찰관(Ревизор)
고골리 (1809~1852)

●**작품의 줄거리**

이 희극은 러시아의 어느 작은 지방도시를 무대로 삼고 있는데, 이 도시는 돈밖에 모르는 비열한 시장과 치사하고 얼빠진 관리가 지배하는 부패할 대로 부패한 도시였다. 수도에서 은밀히 행정 감시관이 파견될 것이라는 소문이 돌아 큰 소동이 벌어지고 있을 때, 헬레스타코프라는 심상치 않아 보이는 타관 젊은이가 이 도시에 하나뿐인 여관에 투숙했고, 아무래도 거동이 범상치 않다는 소문이 떠돈다. 사실 이 청년은 수도에서 도박과 유흥으로 몸을 망치게 되어 고향으로 돌아가는 젊은이에 불과했으나, 모두가 이 사람이야말로 암행 검찰관이 틀림없다고 믿게 된다.

시장은 재빨리 자신의 집에서 화려한 환영회를 개최하고, 청년에게 뇌물을 건네며 하늘처럼 떠받든다. 바람기가 동한 청년은 시장의 딸에게 결혼을 신청해 보기도 하는데, 그러자 시장은 이제 자신은 입신출세의 길이 열렸다며 크게 기뻐한다. 청년은 뜻밖의 선물과 돈으로 안주머니가 두둑해졌으므로, 자신의 정체가 발각되기 전에 삼십육계 줄행랑을 놓는다.

축하 손님들로 떠들썩한 시장 저택에 우편국장이 한통의 편지를 들고 달려들어온다. 청년이 페테르스부르크의 친구 앞으로 보낸 자랑 편지로, 자신을 검찰관으로 오해한 바보들을 실컷 비웃으며 관리 한사람 한사람에게 별명을 붙여 놓은 내용이었다. 시장과 관리들이 아연실색해 있을 때, 이번에는 진짜 검찰관이 도착했다는 전갈이 온다. 일동은 돌처럼 굳어지며, 이윽고 막이 내린다.

● 주인공 하이라이트

작가가 다른 여러 배우들에게 주의하기를 '헬레스타코프는 23살 정도의 호리호리한 청년이며 말하는 것, 행동하는 것에 아무런 사려분별도 없다. 그의 말들은 거의가 단편적이며, 그야말로 나오는 대로 지껄이는 타입'라고 했다. 그는 자기 자랑과 허영에 넘쳐 있으며, 뼛속까지 천박하고 경솔한 인물로, 자신을 중요 인물, 장군 혹은 대작가라 떠들고 다니면서 스스로 자신의 번드르르한 말에 취해 사는 남자이다. 그의 떠벌림은 끝이 없으나 알맹이는 텅 비어 있다. 그는 곧 속된 것 혹은 엄청난 공허의 상징이었다. 고골리는 헬레스타코프를 하나의 타입으로 인정하여, "누구나가 헬레스타코프이다. 적어도 몇 분간은, 아주 짧은 한 순간은. 한 번도 헬레스타코프가 되지 않기란 대단히 어렵다. 말솜씨가 뛰어난 군인도, 정치가도 혹은 죄많은 우리들 작가조차도 때로는 헬레스타코프가 된다"고 말했다.

그후 러시아에서는 '헬레스타코프시티나(시티나는 영어로 –ism에 해당된다)'라는 말이 '자만', '허풍'의 동의어로 쓰이게 되었다.

● 작가의 생애

고골리(Н. В. Гоголу), 소설가이며 극작가. 1809년 우크라이나의 소로친치에서 귀족의 아들로 태어났다. 부친의 영향으로 어린 시절부터 문학을 가까이하며 성장했다. 고등학교를 졸업한 뒤 하급관리로 일하면서 신문이나 잡지에 꾸준히 글을 투고해 오다가 30년에 단편 〈이반 쿠팔라의 전야前夜〉로 주목을 받기 시작했다. 이후 우크라이나 농촌을 무대로 한 단편들을 꾸준히 발표했으며, 35년에는 역사소설 〈타라스 부리바〉를 내놓았다. 이후 풍자적인 경향이 짙어지는 한편, 일상

러시아 문학

생활의 권태나 추악함, 자기 만족 등을 그리고 있는데, 여기에 해당되는 작품으로는 〈광인일기〉〈코〉 등을 꼽을 수 있다. 36년에 발표한 〈검찰관〉은 관료사회의 부패상을 적나라하게 파헤침으로써 사회에 커다란 파문을 일으켰으며, 고골리는 이로 인해 먼 서구의 여행길에 오르게 된다. 그로부터 10년 가까이 외국에서 생활했는데, 그동안 대작인 〈죽은 넋〉 제1부를 집필하면서 악惡만을 들추어 내는 자신의 재능에 의문을 품기 시작하여 점차 종교적·신비적인 정신상태에 빠지게 되었다. 그후 그는 그러한 악덕에서 벗어나 새 삶을 찾는 인간을 그려보기 위해 〈죽은 넋〉 제2부를 집필하기 시작했다가 또다시 실패했으며, 이후 정신착란의 증상을 보이다가 52년 단식으로 숨을 거두었다.

그는 평생 독신으로 지냈으며 집도 소유하지 않고 방랑생활로 한평생을 보낸, 이른바 기인의 부류에 속한다고 할 수 있는데, 사진을 통해서 받게 되는 느낌도 어딘지 여성적인 풍모가 엿보인다. 실제로 그는 병약했고, 신경과민과 불안증에 시달렸으며, 길게 내려온 코, 뾰족한 턱, 창백한 얼굴, 가는 체격, 게다가 여성처럼 높은 음성을 지녔으며, 때로는 순교자 같고, 때로는 광대 같기도 했다고 전해진다.

● **기억할 만한 명구**

그대의 얼굴이 일그러져 있는데, 거울을 탓한다고 무슨 소용이 있겠는가.   (〈검찰관〉의 마지막 장에서 시장이 외치는 대사)

✿ 이 희곡은 궁정에서 막강한 힘을 가졌던 주코프스키의 노력으로 이윽고 햇빛을 보게 되었는데, 종래의 연극과는 너무도 다른 것이었기에 관객들은 몹시도 아연해했으며, 막이 내려지고서야 비로소 우레와 같은 박수의 소용돌이가 일었다고 전해진다.

92 아버지와 아들(Отцы и дети)
투르게네프 (1818~1883)

● **작품의 줄거리**

1859년 봄, 대학을 졸업한 아르카디는 친구인 바자로프를 데리고 아버지 니콜라이의 농장으로 돌아온다. 그리고 그들이 도착한 이튿날부터 신구 양 세대의 세대 차이가 갈등을 빚기 시작한다. 의학도인 바자로프는 이상주의적인 공론만을 일삼으며 무위도식하는 귀족 파벨(니콜라이의 형)에게 증오심을 느끼며, 파벨은 바자로프의 무례한 태도를 참지 못한다. 한편 니콜라이는 아들들의 세대로부터 뒤처지게 된 것을 한탄한다. 아르카디는 편견을 배제하고 관대한 마음으로 자기 만족을 느끼는 가운데, 가정부 페니티카에 대한 아버지의 잘못을 용서한다. 페니티카나 다른 고용인들은 바자로프가 자신들과 같은 평민임을 알고 그에게 호감을 갖는다. 파벨과 바자로프의 논쟁은 정치, 사상, 문화, 예술 등 모든 문제에 걸쳐 끊임없이 전개된다.

어느 날 바자로프와 아르카디는 주지사 저택의 무도회에서 아름다운 미망인 오딘초와를 알게 된다. 연애를 어리석은 짓이라 부정했던 바자로프는 그녀에게 사랑을 고백한다. 그녀도 그에게 강하게 이끌리지만, 평화를 지키려는 마음이 더욱 강했으므로 바자로프의 가슴에 뛰어들기를 주저한다.

상처를 입은 바자로프는 아르카디와 함께 그의 귀향을 기다리고 있는 늙은 양친 곁으로 돌아온다. 그는 집에서 늙은 아버지의 진료를 거들고 있었는데, 어느 날 티프스로 죽은 농부를 해부하다 손에 상처를 입어 패혈증에 걸리고, 의사인 그는 자신의 상태가 절망적임을 깨닫게 된다. 죽음이 임박한 어느 날 오딘초와가 의사를 데리고 그의 병상을 찾는다. 그는 괴로움에 몸부림치면서 희미한 의식을 붙잡고 자신의 사랑을 고백하면서도 그 무의미성을 비웃고, 부모에게는 한마디도 하지 않았지만 그들에 대한 깊은 애정과 연민을 호소한다. 그는 온갖 의지력을 다 짜내 죽음을 부정하다가, 결국 최후까지 죽음의 공포에 굴하지 않고 강한 남자로서 죽어간다. 쓸쓸한 시골 묘지에서 아들의 무덤 앞에 엎드려 일어설 줄 모르는 노부부의 모습은 읽는 이들로 하여금 진한 슬픔을 느끼게 하며, 무덤 위에 핀 꽃은 자연의 위대한 평화와 영원의 화해를 말하고 있는 것이라는 작가의 말로서 이야기는 끝을 맺는다.

• 주인공 하이라이트

이 작품 안에서 바자로프는 아르카디의 입을 빌려 니힐리스트라고 말하고 있는데, 니힐리스트라는 단어는 여기에서 처음으로 등장한 투르게네프의 신조어였다. 그는 의사를 지망하는 젊은 자연과학자로, 새로운 시대의 아직 채 완성되지 않은 여러 가지 감정적·지적 특질을 집약적으로 소유한 투르게네프가 창조한 인물, 가까운 장래에 등장하게 될 미래의 인물이었다.

사상의 완전한 독립과 자유를 위해 도덕·사회·예술에 있어서의 모든 권위를 부정하고, 이성과 논리와 유용성의 한계 내에 있는 것만을 인정하는 '생각하는 리얼리스트'인 그는, 예술에 있어서의 감상주의나 낭만주의·이상주의·신 비주의 등 모든 이즘을 부정한다. 그는 한 켤레의 구두가 셰익스피어보다 중요하며, 그 작업이 실용적인 목적을 가진 까닭에 한 사람의 구두공은 라파엘보다 귀하다고 단언한다.

바자로프로 상징되는 1860년대의 니힐리스트는 과학을 신으로 삼은 무신론자·유물주의자이며, 그것이 주장하는 니힐니즘은 혁명이론의 허무주의와는 달리 주로 도덕적·정치적·개인적인 모든 제약과 국가, 사회, 가정의 모든 권위에 대한 개인적인 반항이었던 셈이다.

●작가의 생애

투르게네프(Тургенев), 소설가. 1818년 중부 러시아의 오룔 시에서 출생했으며, 어머니의 영지인 스하스코예에서 유년 시절을 보냈다. 아버지는 귀족 출신이었지만 가난한 사관이었던 데 반해, 어머니는 5천 명의 농노를 거느린 콧대 높은 여지주로 6살 연상이었다. 결국 폭군 같은 여지주와 학대받는 농노들의 비참한 생활은 감수성이 풍부한 소년의 마음에 깊은 상처를 남기게 되었으며, 그의 아버지나 어머니의 모습은 〈첫사랑〉〈무무〉등의 작품에 묘사되어 있다.

15살 때 모스크바 대학 문학부에 입학했으며, 이듬해 페테르스부르크 대학으로 옮겨갔다. 농노제 폐지를 꿈꾸는 민주적 경향의 청년으로, 문학 서클에 출입하면서 바이런 풍의 낭만주의 시작에 몰두했다. 졸업 후에는 베를린 대학에서 공부했으며, 바쿠닌이나 게르첸 등과 헤겔 철학에 경도되었고, 서구문화의 가치에 대해 눈을 뜸으로써 서구파로서의 입장을 굳건히 했다. 그후 벨린스키의 영향을 받아 러시아의 현실을 날카롭게 주시하는 사실주의 경향이 강해졌으며, 〈사냥꾼 일기〉로 작가로서의 기반을 다졌다.

그는 1840년대부터의 러시아 지식인의 의식의 흐름과 정신사를 썼는데, 그들의 사명을 역사에 정착시키는 것을 자신의 문학적 사명으로 삼았다. 첫번째 장편인 〈루딘〉으로 1840년대 이상주의자들의 모습과 사명을 역사 위에 자리매김했고, 이어 〈귀족의 보금자리〉를 통해 몰락해 가는 귀족들의 영지 생활의 향수를 담아 노래하는 가운데 귀족의 역사적 사명에 종지부를 찍었다. 또 〈아버지와 아들〉로 40년대의 관념 세대와 60년대 잡계급출신인 행동 세대를 그려 러시아를 선도하는 기수의 교체를 확인시켰다. 농노해방 전년에는 〈그 전날밤〉을 통해 새로운 러시아를 짊어질 의지와 행동력을 지닌 이들의 출현을 예고했으며, 농노해방 후의 러시아 혁명파·중도파의 혼란스러운 싸움을 국외에서 바라보며 허무하고 무익한 싸움이라 한탄한 〈연기〉, 나로드니키 운동의 파멸을 그린 〈처녀지〉 등의 장편이 있다.

25살 때 오페라 가수 폴린느 비아르드 부인을 알게 된 이후 항상 부인 곁을 맴돌았으며, 83년 65살의 나이로 부인이 지켜 보는 가운데 파리에서 생을 마감할 때까지 그녀와의 기묘한 우정을 계속해서 지켜나갔다. 평생 결혼을 하지 않았던 그는 나이를 먹어서도 자신의 보금자리를 갖지 못하고, 영혼의 위기에 직면한 이들의 가슴에서 샘솟는 향수의 시라 해야 할 〈산문시〉를 남겼는데, 이는 시인 투르게네프의 대표작이라고 할 수 있다.

● 기억할 만한 명구

귀족주의, 자유주의, 진보, 원리! 어떻습니까, 이 외래의...... 게다가 아무런 도움도 되지 못하는 말들의 번잡! 러시아 인들에게는 공짜로 준다 해도 떡요치 않는 말들일 뿐입니다.

(〈아버지와 아들〉 중 바자로프의 말)

✽ 평생 냉정한 방관자로서의 태도를 견지한 투르게네프를, 러시아 문단을 가장 강력하게 뒤흔들어 놓았던 작가라고 한다면 좀 이상하게 들릴지도 모른다. 하지만 그의 작품, 특히 그 중에서도 〈아버지와 아들〉은 당시의 보수파와 진보파를 정확히 둘로 갈라 놓았던 것이다.
✽ 투르게네프처럼 기묘한 교우관계를 가졌던 작가도 드물 것이다. 그는 톨스토이와는 결투까지 치른 적이 있으며, 도스토예프스키, 곤차로프, 게르첸과도 오랫동안 절교 상태로 지낸 적이 있다. 물론 나중에는 모두 화해를 했지만……

93 오블로모프(Обломов)
곤차로프 (1812~1891)

●**작품의 줄거리**

러시아의 수도 페테르스부르크의 고로호와야 거리에 있는 한 셋방에서, 해가 중천에 떴는데도 여느때와 다름없이 이리야 이리이치 오블로모프는 침대 위에서 뒹굴고 있다.

나이는 32,3살 된 중키의 남자로 이상주의자이며 몽상가인 그는 선량하고 순수한 영혼을 지니고 있다. 페테르스부르크 대학을 졸업하고 잠시 관리로 일한 적이 있으나, 지금은 50살이 넘은 하인의 보살핌을 받으며 무위도식하고 있다. 350명이 넘는 농노가 있는 영지로부터 어느 정도의 수입이 들어오는지도 알지 못하며, 밀린 방값 때문에 집주인이 채근해도 침대에 드러누운 채 이리저리 생각만 굴리고 있을 뿐이다.

어릴 적 친구인 슈트루트는 오블로모프를 나태한 생활로부터 끌어내려고 애쓰며, 그에게 지적이며 아름다운 처녀인 올리거를 소개한다. 오블로모프에게 새로운 삶의 활력과 질서를 잡아 주기 위해 애쓰는 올리거.

마침내 두 사람 사이에 사랑의 감정이 싹트지만, 막상 결혼 이야기가 나오고, 영지를 정리해야 하는 등 여러 가지 번거로운 일들이 닥치게 되자 그는 올리거로부터 도망친다. 결국 그 뒤에도 여전히 안일한 생활을 해나가던 오블로모프는 운동부족으로 심장병에 걸리고, 세상을 뜨고 만다.

러시아 문학

● 주인공 하이라이트

이 소설의 출판은 하나의 사회적 사건이 되었다. 동시대인인 크로포트킨의 말을 빌리면, "이는 투르게네프가 발표한 신작 이상의 대사건이었다. 교육을 받은 러시아 인 모두가 〈오블로모프〉를 읽고 '오블로모프 주의'를 논했다. 누구나가 자신과의 공통점을 오블로모프 속에서 찾아냈으며, 자신의 혈관 속에 깃든 오블로모프 병을 감지했다."고 한다.

오블로모프는 하루 종일 침대 위에서 뒹구는 게으름뱅이고 의지박약한 인간이지만, 동시에 대단히 여린 감수성과 순수한 영혼을 지니고 있다.

그는 막상 결혼이라는 문제에 직면하게 되자 꾀병을 부리기도 하고, 매단 다리가 철거되었다는 구실로 여자로부터 도망을 쳐서, "당신 눈앞에 있는 것은 이제까지 당신이 기다려 왔던 그런 사람이 아닙니다. 지금이라도 그런 사람이 나타난다면 당신도 제정신이 들 것입니다."라며 달아날 구실을 늘어놓는다.

한편 여주인공인 올리거는 러시아 문학이 만들어 낸 히로인의 한 사람으로, 소설이 발표되었을 당시 수천 명의 청년들이 올리거에게 연정을 느꼈고, 올리거가 좋아하는 노래인 〈카스타 디바〉를 애창했다고 전해진다.

● 작가의 생애

곤차로프(**Гончаров**), 작가. 1812년 6월 6일, 볼가 해안의 심비르스크 시(지금의 울리야노프스크)의 부유한 상인의 집에서 태어났다. 모스크바 대학 문학부를 졸업한 뒤 심비르스크 지사의 비서가 되지만, 곧 페테르스부르크로 나와 내무성에서 관료생활을 했다.

그후 검열관, 관보 편집장 등 30여 년동안 관료생활을 한다. 53년에는 부차친 제독의 비서관으로 전함 팔라다 호를 타고 세계를 돌았다.

그 여행기는 귀국 후에 출판한 〈전함 팔라다〉에 실렸다. 초기의 단편과 함께 장편은 〈평범한 이야기〉〈오블로모프〉〈단애〉 등 세 편밖에 남기지 못했으나, 〈오블로모프〉 한 편으로 세계적인 문호의 반열에 들게 되었다. 91년 9월 15일 페테르스부르크에서 생을 마감했다.

● 기억할 만한 명구

오블로모프는 본래 자기 생각대로 행동할 능력을 선천적으로 지니지 못한 그런 인간은 아니다. 그의 태만함과 무관심은 교육과 환경의 결과이다. 즉 여기서 문제가 되는 것은 오블로모프 개인이 아니라, 오블로모프 주의인 것이다. (〈오블로모프 주의란 무엇인가〉에서).

94 죄와 벌 (Преступление и наказание)
도스토예프스키 (1821~1881)

● **작품의 줄거리**

가난 때문에 대학을 중퇴한 청년 라스콜리니코프는 지저분한 작은 방에 갇힌 채 기묘한 이론을 생각해 낸다. 인류는 범인과 비범인으로 크게 나눌 수 있는데, 범인이란 법률에 따르는 대중이고 비범인은 그것을 만드는 선택된 소수이다. 그리고 비범인은 개혁을 위해 장애를 뛰어넘을 권리를 갖고 있다는 것이다.

이러한 이론에 따라서 그는 경제적으로 인류의 행복에 공헌할 수 있다면 해충이나 다를 바 없는 노파를 죽이는 일쯤은 아무것도 아니다, 자신에게는 그럴 권리가 있다고 생각한다. 하지만 이론만으로 살인을 할 수는 없다. 여기에 우연한 요소들이 추가된다. 강도 높은 노이로제, 생활의 괴로움과 누이동생의 약혼(오빠를 위한 희생)을 알리는 어머니의 편지, 주정뱅이 마르메라도프와의 만남, 가엾은 민중의 심볼과도 같은 그의 가족들의 이야기, 술집에서 옆에 앉았던 학생과 사관생의 대화(이는 그의 생각과 전적으로 똑같은 내용이었다.), 골목에서 우연히 듣게 된 노파의 누이동생과 상인의 이야기(그는 내일 밤 7시에 노파가 혼자 있게 된다는 사실을 알게 된다). 이러한 우연의 중첩은 마치 눈에 보이지 않는 운명의 끈이 그를 결행으로 인도하는 것 같았다.

계속되는 우연의 도움으로 그는 차질 없이 범행을 결행하며, 약간의 금품도 손에 넣을 수 있었다. 그러나 이 순간부터 그의 이론은 파멸의 길을 더듬게 된다. 여기에서는 두 가지의 면이 싸움의 주축이 되는데,

그 하나는 예심판사 포르필리와의 지적 결투이다. 3차례의 긴박한 대결을 통해 포르필리는 여러 가지 심리적 증거를 바탕으로 라스콜리니코프를 범인이라 확신하지만 물증을 찾지는 못한다. 포르필리는 체포할 뜻을 비추며 자수를 권유하지만, 라스콜리니코프는 그에 응할 수가 없다. 그것은 현행 질서에 대한 항복이자, 자신의 사상이 파멸하는 것을 의미하기 때문이다. 그러나 이 지적 결투에 의해 라스콜리니코프의 신념에 동요가 일기 시작한다. 그것을 더욱 부채질하는 것이 스비드리가이로프이다. 자신의 욕망을 위해 모든 도덕을 무시해 버리는 절망적인 니힐리스트의 모습에서, 라스콜리니코프는 자신의 이론에 내재한 추악한 그림자를 보게 된 것이다.

또 하나의 축은 소냐와의 대결이다. 범행 직후 라스콜리니코프는 이제 자신은 완전한 고독에 놓여 있음을, 그러한 고독 속에서 인간은 결코 생존할 수 없다는 사실을 깨닫는다. 촛불 하나가 켜져 있을 뿐인 어슴푸레한 방 안에서 〈나자로의 부활〉을 읽는 창부와 그것을 열심히 귀 기울여 듣고 있는 살인자, 이것이 이 작품의 상징적인 장면이다. 라스콜리니코프는 소냐의 발에 입맞춤을 하면서 '나는 그대에게 입맞춤한 것이 아니라, 인류의 고뇌에 입맞춤한 것'이라고 말한다. 소냐는 사랑과 자기 희생에 의해 라스콜리니코프를 구원하고, 신앙의 길로 이끌려고 한다. 라스콜리니코프는 자신의 신념은 버리지 않았지만, 소냐에게 거부되는 것은 영원히 고독해지는 것임을 느끼고 마침내 소냐의 사랑에 굴복하여 자수한다. 그리고 자신은 시베리아에서 수인들에게 소외를 당하지만, 그들이 소냐를 흠모하고 존경하는 것을 지켜 보며, 마침내 자신의 사상이 패배했음을 인정하고 소냐의 진실에 굴복하게 된다.

● **주인공 하이라이트**

작가의 창작 노트에는 소냐의 말로써, "우리들은 바로 죽은 나자로였지요. 그리고 그리스도가 우리를 다시 소생시켜 주신 것입니다."라는 글이 적혀 있다. 이는 바로 소냐의 비밀을 푸는 열쇠가 된다. 한 번은 죽었지만, 자신의 의지로 스스로를 죽였으나 그리스도에 의해 다시 생명을 부여받았다, 즉 사랑에 의해 구원을 펼쳐나가는 것이 소냐의 삶의 길이자 사명이 된 것이다. 라스콜리니코프는 살인에 의해 부와 권력을 손에 쥐려고 했다. 하지만 부와 권력은 목적이 아니라 새로운 예루살렘, 지상의 이상향을 건설하기 위한 수단에 불과했다. 그는 〈나자로의 부활〉을 낭독할 때의 소냐의 태도를 보고 그녀의 비밀을 깨닫는다. 그러므로 서로 향하고 있는 방향은 다르지만, 결국 두 사람이 다다르게 될 곳은 한 곳이며 목적도 같다고 말하는 것이다.

• 작가의 생애

도스토예프스키(Достоевский), 작가. 1821년 모스크바에 있는 빈민 병원 의사의 차남으로 출생, 가부장제의 엄격한 가정환경 속에서 성장한다. 16살 때 페테르스부르크의 공병 사관학교에 입학했으며, 졸업 후에는 육군 중위로 재직했으나 1년을 채우지 못하고 퇴직한 뒤 문필생활에 전념한다.

46년에 처녀작인 〈가난한 사람들〉로 문단에 데뷔했는데, 자연파를 인솔하던 비평가 벨린스키에게 '사실주의적 휴머니즘'의 걸작이라 높은 평가를 받으며 일약 인기작가가 되었다. 그러나 그에 뒤이어 〈분신〉 등 10여 편의 단편은 낭만주의에 대한 경도를 엿볼 수 있으며, 벨린스키의 신랄한 비평을 받고 자연파 그룹에서 멀어지며 공상적 사회주의자 그룹에 접근했다. 그리고 49년 봄, 혁명사상가 페트라셰프스키 사건에 연루되어 사형선고를 받았으나, 총살 직전 황제의 특사로 감형되어 시베리아로 유형되었다.

시베리아의 감옥 안에서 수인들로부터 증오와 적의의 표적이 되면서 그의 사상은 서서히 변하게 된다. 민중으로부터 유리된 공상적 사회주의로부터 민중과의 결합을 기반으로 한 토양주의로 신념이 이행했던 것이다. 출옥 후 군대 근무를 하면서 첫부인인 마리아와 결혼하지만, 병약한 아내와의 결혼생활이 그에게 가져다 준 것은 괴로움과 부담을 지어 준 의붓자식뿐이었다. 1859년말 그는 페테르스부르크로 돌아온다. 농노해방을 앞두고 사회적 분위기가 고양된 시기여서 형과 잡지를 창간하고, 시베리아 감옥의 실태와 수인들의 모습이나 생활을 사실적으로 묘사한 장편〈죽음의 집의 기록〉〈학대받은 사람들〉을 발표함으로써 10년간의 공백을 훌륭하게 극복해 냈다.

64년은 아내와 형의 죽음, 잡지 경영의 실패 등이 겹친 해로 이후 수년간 막대한 빚을 짊어지게 되면서 채권자들의 위협과 도박의 실패, 해외로의 도피 등 파란만장한 삶을 이어가게 된다. 그런 생활 속에서도 그는〈죄와 벌〉〈백치〉〈악령〉등 3대 장편을 완성했다.

최후의 10년은 비교적 안정된 행복을 누린 시기로, 경제적으로나 정신적으로 어느 정도 평온을 회복했으며, 속기사였던 두 번째 아내의 도움으로〈미성년〉〈카라마조프의 형제들〉을 집필했다. 만년의 삶을 장식한 사건으로는, 모스크바의 푸슈킨 동상 제막식 축전에서 그가 강연을 하자 청중들이 그에게 압도적인 환영을 보내 준 일이다. 이 일이 있고 반년 뒤인 81년 그는 파란만장했던 삶을 마감한다.

• 기억할 만한 명구

나는 인간을 죽인 것이 아니라 주의 主義를 죽인 거야.
(라스콜리니코프의 자조적인 독백 중에서)

✸ 작품의 무대가 된 센나야 광장(지금의 평화 광장)이나 페테르스부르크의 뒷골목 스케치는 생생한 사실적 묘사가 돋보인다. 그가 살던 집과 소냐의 집 등, 라스콜리니코프의 발자취를 더듬어볼 수 있는 그 길은 이제 각광을 받는 문학산책 코스 중의 하나가 되었다.

95 카라마조프의 형제들
(Братья Карамазовы)
도스토예프스키 (1821~1811)

● **작**품의 줄거리

이야기는 1860년대 러시아의 지방도시에 사는 벼락부자 카라마조프 가家 사람들을 둘러싸고 전개된다.

아버지 표드르는, 지주 귀족이란 이름뿐으로 선술집이나 고리대금업 등 좋지 못한 사업으로 돈을 번 사람이며, 억제하기 힘든 물욕과 성욕의 소유자이다. 또한 그는 자신뿐만 아니라, 주위에 있는 사람들까지도 타락시키는 시니컬한 독설가이기도 하다.

전처의 아들로 장남인 드미트리히는 아버지가 지닌 억제하기 힘든 정열을 물려받았으나, 동시에 러시아적인 순수함을 지닌 인물이다. 주색에 빠져 헤어나지 못하고 말도 안 되는 사고를 치기도 하지만, 그의 마음속 깊은 곳에는 고결한 것에 대한 동경이 숨쉬고 있다. 그는 그르셴카의 아름다운 육체에 빠져 약혼녀를 버리고, 아버지를 적대시하면서 죽이고 싶을 만큼 증오한다.

차남인 이반은 이과대학을 졸업한 24살의 총명한 청년인데, 그는 신을 부정하며 '신이 창조한 이 세계를 인정하지 않는 이상 인간에게는 모든 것이 허락된다.'는 독자적인 이론을 갖고 있다. 무신론자이며, 동시에 허무주의자이다. 그에게도 역시 카라마조프의 피가 흐르고 있다. 그것은 형 드미트리히의 약혼녀인 카테리나에 대한 광적인 사모에서도 나타난다. 드미트리히가 감정적이라면, 이반은 논리적으로 아버지를 증오하고 있다는 공통점을 지니고 있다.

셋째 아들인 알료샤는 수도원에서 사랑의 가르침을 설파하는 조시마 장로에게 경도된 순진무구한 청년이다. 그는 누구에게나 사랑을 받으며, 심지어 아버지한테까지 사랑을 받으며 천사라고 불린다. 그러나 그의 내부에도 카라마조프 가의 피가 흐르고 있다는 사실은 누구보다 그 자신이 더 잘 알고 있다.

스메르자코프는 아버지 표도르가 백치의 여인에게서 낳은 아들로 간질병을 앓고 있다. 하인처럼 일하며 겉으로는 정직한 체하지만, 천박하고 간계한 성품을 지니고 있다. 차별을 받고 있는 만큼 아버지 표도르를 미워하는 마음은 누구보다도 강렬하다.

이상이 카라마조프 가의 가족인데, 여기에 카테리나와 그르셴카라는 두 젊은 여성이 가담한다. 그르셴카는 표도르와 손잡고 악랄한 장사에 나서는 가운데, 자신에게 열을 올리는 아버지와 아들을 적당히 가지고 놀면서 카테리나를 심술궂게 조롱하는 악녀인데, 알료샤의 맑은 눈이 꿰뚫어보았듯이 마음속 깊은 곳에는 순수함과 정결함이 숨쉬고 있다. 이에 비해 카테리나는 대단히 자긍심이 높은 거만한 여성이다.

이 두 여성을 둘러싸고 아버지와 아들, 형과 아우가 복잡하게 얽혀 애욕의 투쟁을 벌이는 가운데, 아버지 표도르가 누군가에게 살해되는 사건이 발생한다. 형제들 모두에게 각각의 동기는 있으나, 스메르자코프는 그날 밤 간질 발작을 일으켰다는 이유로 용의선상에서 제외된다. 그리고 여러 가지 정황으로 미루어 결국 드미트리히가 그르셴카와 사랑을 나누려는 순간 경찰들에게 끌려간다.

곧 재판이 시작된다. 추리소설적인 흥미를 불러일으키는 긴박한 장면이 이어지는데, 사실 아버지를 죽인 사람은 신만 없다면 모든 것이 허용된다는 이반의 이론에 부추김을 받은 스메르자코프였다. 판결 전날 스메르자코프는 이반을 찾아가 이 사실을 털어놓으며, 결국 아버지를 죽인 사람은 형이라는 말을 남기고 자살한다.

공판이 열렸을 때 그곳에 간 증인 이반은 갑자기, "내가 그 자식을 부추겨 죽이게 한 것입니다."라고 외치며 격렬한 광기의 발작을 일으킨 채 끌려간다. 사랑하는 이반의 증언으로 충격을 받은 카테리나는 드미트리히를 제물로 삼아서라도 이반을 구해 내기 위해, 아버지를 죽일 생각을 품었던 드미트리히의 편지를 내보인다. "드미트리히, 당신의 뱀이 당신을 파멸시킨 것이지요."라며 그르셴카는 분노에 몸을 떨며 외친다. 하지만 그런 그르셴카도 드미트리히의 "용서해 주구려." 하는 한 마디에 카테리나를 용서한다. 드미트리히는 실제로 손을 쓰지는 않았지만, 마음속으로 늘 죽여야겠다고 생각한 것은 죽인 것이나 마찬가지라며 자신의 죄를 담담하게 인정한다.

이것은 작품의 외면적인 줄거리이며, 내면적인 줄거리는 알료샤를 둘러싸고 조시마 장로와 이반 사이에 전개되는 사상의 투쟁, 즉 기독교와 무신론의 대결인 것이다.

● 주인공 하이라이트

이 소설의 핵은 이반의 극시인 〈대심판관〉이라고 일컬어진다. 선술집에서 알료샤와 마주앉은 이반이 이 극시를 낭독한다.

15세기 카톨릭의 이단 심문이 한창이던 시절 스페인의 세빌랴가 그 무대이다. 이단자들을 화형에 처하는 광장에 그리스도가 모습을 나타낸다. 사람들은 그가 그리스도임을 금방 알아차린다. 대심판관의 명령으로 그리스도는 체포되고 옥에 갇힌다. 그리고 그날 밤, 대심판관은 감옥에서 그리스도와 대결한다.

오래전 그리스도는 황야에서 악마로부터 빵과 기적과 권위라는 세 가지 시험을 당하여, "사람은 빵으로만 사는 것이 아니며……." "주, 너의 하나님을 시험치 말라." "주 너의 하나님을 경배하고 다만 그를 섬기라."는 대답으로 이를 물리쳤다. 하지만 그때 돌을 빵으로 바꾸었다면 모든 사람이 그의 발 아래 엎드려 세계의 통일까지도 이룰 수 있였을 것이다. 그럼에도 그리스도는 인간의 자유를 빼앗지 않기 위해 그것을 거부했는데, 인간은 자유라는 무거운 짐을 견딜 만한 존재가 되지 못한다. 그들은 끊임없이 자유를 대신하여 빵을 줄만한 상대를 찾아 헤매며, 그 앞에 엎드리기를 바라는 것이라며 대심판관은 그리스도를 탄핵한다. 또한 대심판관은, 바로 그렇기 때문에 자신은 그들을 자유의 무거운 짐으로부터 해방시키고 빵을 내려주었다. 이제 사람들은 그들의 자유를 포기함으로써 자유로워졌으며, 기적과 신비와 권위라는 세 가지 힘 위에 지상의 왕국을 건설한 것이라고 주장한다.

이러한 대심판관의 탄핵에 대해 그리스도는 한마디 말도 하지 않는다. 시종일관 침묵을 고수하고 있을 뿐이다. 그리고 마지막으로 말없이 대심판관에게 입을 맞춘다.

이는 무엇을 의미하는 것일까? 대심판관이 민중을 대신해서 스스로의 몸에 짊어진 무거운 짐에 입을 맞춘 것일까? 아마도 그리스도는 자신을 탄핵하는 대심판관이 마음속 깊은 곳에서는 그리스도의 옳음을 믿고 있으면서도, 현세에서 물질적 행복을 구하는 조급한 민중에게 그것을 보증하기 위해서는 어디까지나 자신의 지배논리를 관철할 수밖에 없다고 자각하고 있음을 꿰뚫어보고 있었기 때문일 것이다.

● **기억할 만한 명구**

겸허한 사랑은 무서운 힘을 갖고 있다. (조시마 장로의 말)

인간이란 늘 남에게 속기보다 스스로 자신에게 거짓말을 시키고 싶어하는 존재지요. 그리고 물론 남의 거짓말보다는 자신의 거짓말에 더욱 잘 넘어가구요. (〈악령〉중 선동가인 조토르의 말)

✽ 민중에게 자유의 무거운 짐을 지게 했다고 그리스도를 탄핵하는 백발의 대심판관은 톨스토이를 염두에 두고 쓴 것이라 일컬어진다. 인류에게 길을 제시해 주려 했던 톨스토이에 대한 도스토예프스키의 빈정거림이었을까? 이는 어디까지나 일설이지만, 무척 흥미롭다.

96 전쟁과 평화 (Война и мир)
톨스토이 (1828~1910)

● **작**품의 줄거리

1805년, 나폴레옹에게 인솔되어 유럽을 석권한 프랑스 군과 러시아 사이에 전쟁이 발발한다. 청년 공작 안드레이 보르콘스키는, 영지에 은거해 있는 아버지와 누이동생 마리아에게 몸이 무거운 아내를 부탁한 뒤 크투조프 장군의 부관으로서 전쟁터로 향한다. 그리고 이 전쟁이야말로 자신에게 화려한 미래와 영광을 가져다 줄 것이라 믿는다.

안드레이의 친구로 외국 유학에서 막 돌아온 피에르는 모스크바 굴지의 자산가인 베즈호프 백작의 사생아였는데, 백작의 사후 그의 유언에 따라 전재산을 상속받고 일약 사교계의 스타가 되었다. 재산에 눈독을 들인 후견인 클라긴 공작은, 미인이기는 하나 품행과 관련된 소문이 끊이지 않는 영양 엘렌을 그에게 시집보내려 애썼고, 그 계획은 멋지게 성공한다.

그해 11월, 안드레이는 아우스터리츠 전투에서 패한 러시아 군을 만나 홀로 군기를 들고 적진으로 돌진했다가 중상을 입는다. 문득 정신을 차려 보니 머리 위에는 푸른 하늘이 흰 구름을 안은 채 장대하게 흐르고 있었는데, 그는 그 장엄한 모습에서 커다란 감명을 받는다. 그리고 지금까지 자신이 품었던 야심이나 명예욕, 위대한 인물이라 숭배해 왔던 나폴레옹 등이 하찮고 의미 없게 여겨진다.

한편 피에르는 결혼 후 곧 아내 엘렌과 친구인 돌로호프 사이에 미묘한 소문이 나돌자 명예를 지키기 위해 결투를 신청하고, 상대를 쓰러뜨린 뒤 아내와 별거한다. 그후 그는 선악이나 생사의 문제에 대해 고뇌하다 프리 메이즌의 지도자와 알게 되어 새로운 신앙생활에 들어간다.

전사한 줄 알았던 안드레이가 불쑥 돌아온 그날 밤, 아내 리자는 사내아이를 낳고 그대로 숨을 거둔다. 안드레이는 이제 자신의 인생이 끝났다고 여기고 영지에서 일생을 보내기로 결심한다.

1807년 6월 러시아와 프랑스는 강화를 맺었고, 드디어 평화로운 나날이 찾아온다.

1809년 봄, 안드레이는 귀족 회의 때문에 로스토프 백작 가를 방문했다가 그 집의 딸인, 생명력이 넘치는 젊은 아가씨 나타샤에게 강하게 마음이 이끌린다. 그해 겨울 무도회에서 재회한 두 사람은 서로 사랑을 느끼게 되어 약혼을 하지만, 노공작의 강한 반대로 1년간의 유예 기간을 갖기로 하고 안드레이는 외유에 나선다.

하지만 젊은 나타샤는 외로움을 견디지 못하고, 엘렌의 오빠 아나톨리의 유혹에 넘어간다. 그리고 그와 함께 달아날 약속까지 함으로써 약혼은 깨지고 만다.

1812년 다시 프랑스와의 사이에 전쟁이 시작되고, 안드레이는 볼로디노의 전투에서 중상을 입는다. 러시아 군은 퇴각을 거듭하다 이윽고 모스크바까지 비워 주게 된다. 로스토프 가에서는 값나갈 물건들을 운반하기 위해 조달한 마차로 부상병을 수송하기로 하는데, 나타샤는 그 속에서 빈사의 안드레이를 발견하고, 자신의 죄를 사죄하는 마음으로 온 정성을 다해 그를 간호한다. 하지만 그런 보람도 없이 안드레이는 죽고 만다.

피에르는 모스크바에 머물며 농부 차림으로 분장한 나폴레옹을 암살하려고 기회를 엿보지만, 뜻을 이루지 못하고 프랑스 군에 잡혀 포로가 된다. 그리고 아내 엘렌은, 전쟁의 불길 속에서도 난행을 계속하다 낙태약 복용이 잘못되어 목숨을 잃는다.

드디어 전쟁은 러시아의 승리로 끝난다. 우여곡절 끝에 모스크바에서 나타샤와 만나게 된 피에르는 그녀를 깊이 사랑하고 있음을 깨닫고 두 사람은 결혼하며, 안드레이의 여동생 마리아도 나타샤의 오빠인 니콜라이와 결혼하여 각기 행복한 가정을 이룬다.

● 주인공 하이라이트

〈전쟁과 평화〉에서는 특정한 주인공을 찾기는 힘들지만, 작품의 중심을 이루고 있는 것은 로스토프 가의 영양 나타샤라고 할 수 있다. 나타샤는 이 작품에서 톨스토이가 부여한 생명긍정의 사상을 체현하는 존재이다.

그녀는 천지난만하기 이를 데 없으며, 귀족에게서 흔히 찾아볼 수 있는 작위도 없으며, 항상 자연 그대로 행동한다. 백작 가의 딸로서 엄격한 교육을 받고 자랐음에도 사냥이 끝나면 가난한 지주인 백부의 집에서 민요에 맞춰 멋지게 춤을 춘다. 그녀는 모든 러시아 인의 마음속에 녹아 있는 것들을 삶 속에서 배웠고, 그것을 다시 자신의 삶 속에서 발현시켰던 것이다.

은둔생활을 보낸 뒤 그녀와 알게 된 안드레이 공작이 '나의 인생은 아직 끝난 것이 아니다.'라고 느끼고, '그녀를 떠올리는 것만으로도 인생 전체가 새로운 빛에 감싸인다.'며 강력한 생의 의지를 갖게 되는 것도 모두 그녀의 긍정적이면서 순진무구하게 열린 영혼의 힘 때문이다. 나타샤는 토박이 러시아 여성의 전형이며, 러시아 문학에 그려진 여성상 가운데서도 가장 생생한 매력을 지닌 인물로 남아 있다.

● 작가의 생애

레프 H. 톨스토이(Лев Н. Толстой), 작가이며 사상가. 1828년 명문 백작 가문에서 출생. 어린 나이에 부모와 조모 등을 여의고 내성적인 소년으로 성장한다. 16살 때 카잔 대학에 입학했으나 '대학은 학문의 무덤'이라 생각하여 2학년 때 중퇴, 모스크바에서 2백 킬로미터 정도 떨어진 곳에 있는 영지 야스나야 팔랴나로 들어가 농사개혁을 시도했으나 무참한 실패로 끝났으며, 자포자기에 빠져 방탕한 생활로 들어간다. 그러나 52년에 형 니콜라이에게 이끌려 카프카스로 들어갔으며, 그곳에서 포병대 장교로 근무하는 한편, 문학 활동을 개시하여 처녀작 〈유년 시대〉가 잡지 〈현대인〉에 발표됨으로써 작가로서의 길로 들어섰다.

크림 전쟁에서는 세바와스트폴의 격전에 참가했으며, 또한 〈소년 시대〉와 그밖의 작품들을 잇달아 완성시켜 55년 페테르스부르크로 귀환했을 때는 빛나는 신예작가가 되어 있었다.

이듬해인 1857년 군대에서 나와 최초의 유럽 여행에서, 그는 기요틴을 이용한 사형집행을 목격하고 서구문명에 깊은 절망을 느낀다. 귀국 후에는 교육활동도 활발히 벌이기 시작했으며, 62년에는 궁정의사의 딸로 당시 18살이었던 소피아와 결혼했다. 이후 새로운 경지를 개척하여 대작 〈전쟁과 평화〉〈안나 카레니나〉를 완성했으나, 이 무렵부터 인생의 의의나 신의 존재에 관해 심각한 사상적 동요를 경험하게 되며, 마침내 종교에서 구원을 발견해 낸다.

그리고 〈참회〉〈나의 신앙〉 등의 논문을 통해, 근대문명이나 국가를 부정하며 자연으로 돌아가라고 주장한 그의 독자적인 아나키즘을 확립했다.

만년에는 〈크로이체르 소나타〉〈부활〉 등의 작품을 썼는데, 구도자로서의 자기 모순과 소피아와의 갈등에 괴로움을 느껴 1910년 10월 새벽에 가출하여 방랑의 여행길에 나섰다. 그러나 여행지에서 병을 얻어, 11월 7일 아스타포보(지금의 톨스토이 역) 역의 역장 관사에서 82세를 일기로 생을 마감했다.

러시아 문학

● 기억할 만한 명구

어째서 지금까지 이 높은 하늘이 눈에 들어오지 않았던 것일까? 하지만 이제 겨우 이것을 깨달았고, 나는 진실로 행복하다. 앞, 그렇고 말고! 이 가없은 하늘 위에는 모든 것이 허무하고, 모든 것이 기만에 불과하다. 이 하늘 이외에 그 무엇 하나, 아무것도 존재하지 않는 것이다……

(아우스터리츠의 전투에서 중상을 입고 쓰러진 안드레이 보르콘스키가 의식을 회복하고, 머리 위의 푸른 하늘을 바라보면서 마음속으로 중얼거리는 말.)

✸ 원래 이 소설의 제목은 〈전쟁과 평화〉가 아니라 〈전쟁과 세계〉(혹은 〈전쟁과 민중〉)였다는 설이 있다. 미르mir라는 러시아 어에는 〈평화〉와 〈세계〉라는 의미가 있기 때문이다.
✸ 톨스토이의 〈전쟁과 평화〉에 등장하는 인물은 실제로 559명에 이르는데, 이는 아마도 문학작품 중 등장인물이 가장 많은 소설이라고 할 수 있을 것이다.

97 안나 카레니나 (Анна Каренина)
톨스토이 (1828~1910)

● **작품의 줄거리**

아름다운 부인 안나는 연상인 고관 카레닌에게 시집와서 평화로운 나날을 보내고 있다. 어느 날, 그녀는 오빠인 오브론스키와 그의 아내 도리이의 가정에 닥친 위기를 함께 극복해 보기 위해 페테르스부르크에서 모스크바로 오던 길에 기차 안에서 청년 장교인 브론스키와 알게 된다. 브론스키는 도리이의 동생인 키티의 약혼 상대라고 모두가 알고 있는 청년이다. 우연히 오브론스키의 친구인 레빈도 키티에게 구혼하기 위해 시골에서 상경하지만, 브론스키에게 마음이 기울어져 있던 그녀는 레빈의 프로포즈를 거절한다. 그러나 브론스키는 안나를 처음 본 순간 벗어날 길 없는 사랑의 포로가 되어 버리며, 그녀를 쫓아 페테르스부르크로 달려감으로써 키티의 마음에 깊은 상처를 준다.

처음 얼마 동안은 자신을 억제하고 있던 안나도 점차 브론스키에 대한 사랑을 강렬하게 자각하고, 마침내 두 사람은 맺어져 안나는 그의 아기를 임신하게 된다. 브론스키는 당장 남편과 헤어질 것을 요구하지만, 그녀는 외동아들인 세리오자를 생각하며 마음의 결정을 내리지 못한다. 브론스키가 출장하는 경마에 남편 카레닌과 함께 구경을 갔던 안나는, 그가 장애물 레이스에서 낙마했을 때 이성을 잃고 그의 안전을 염려함으로써 남편에게 모든 것을 들키고 만다. 그러고는 돌아오는 길에 남편에게 이제까지의 일을 모두 털어놓는다.

실연의 상처로 건강을 해친 키티는 독일의 온천지에서 요양을 한 뒤 다시 건강을 회복하여 러시아로 돌아온다. 한편 키티에게 거절당하고 시골로 돌아간 레빈은 농촌 생활에 몰두하지만 마음의 공백을 메울 길이 없어 괴로워한다. 농업문제로 유럽을 시찰하고 돌아오는 길에 모스크바에 들른 레빈은 오브론스키의 집에서 키티와 재회하고, 그녀에 대한 자신의 사랑이 조금도 달라지지 않았을 뿐 아니라 오히려 더욱 그녀를 원하고 있는 자신을 깨닫는다. 키티 역시 그의 성실한 인품에 진심으로 존경의 마음을 품게 되고, 이윽고 지난날의 무례를 사죄한다. 급속하게 가까워진 두 사람은 이윽고 주위 사람들의 축복 속에 결혼식을 올린다.

한편 안나가 모든 것을 고백했음에도 불구하고, 카레닌은 세상의 이목을 생각하여 이혼은 절대 할 수 없다고 말한다. 이윽고 그녀는 딸을 낳지만 산욕열로 인해 중태에 빠진다. 그녀는 남편과 브론스키에게 화해를 요청하고, 죽음과 싸우는 그녀에게 감동하여 남편은 모든 것을 용서하겠노라고 약속한다. 절망한 브론스키는 권총 자살을 기도하지만 다행히 목숨을 건지게 된다. 병상에서 회복한 브론스키는 전임을 명령받고 안나에게 작별인사를 하기 위해 방문하는데, 만난 순간 두 사람은 자신들의 열정을 억제하지 못하고 모든 것을 버린 채 함께 유럽으로 사랑의 도피를 벌인다.

긴 유럽 여행을 마치고 러시아로 돌아온 두 사람은 이제 더이상 사교계에 발을 들여놓지 못하고, 도망치듯 브론스키의 영지로 떠나 시골생활을 시작한다. 하지만 원래 활동적인 사람이었던 브론스키에게 시골생활은 견디기 힘든 답답한 것이었으며, 그는 점차 귀족회의 등의 일을 보기 위해 집을 비우는 일이 많아진다. 가정도, 아이도, 세상의 지위도 모두 버리고 오직 브론스키만이 유일한 생의 보람이 된 안나는 육체적인 쾌락으로 그를 붙잡아 두려고 하며, 그 사랑은 점점 에고이스틱한 것이 되어가면서 이상스러울 만큼 질투심도 깊어진다. 예전과 다름없이 안나를 사랑하는 브론스키였지만, 지나치게 자신의 자유를 구속하려 드는 그녀가 때로는 짐스럽게 느껴진다. 그러던 어느 날, 브론스키의 어머니가 그에게 혼담을 주선했음을 알게 된 안나는, 더이상 살아갈 희망을 잃고 달리는 기차에 몸을 던져 자살을 한다. 그녀가 자살한 지 2개월 뒤, 브론스크는 세르비아의 독립전쟁에 참가하기 위해 자비로 의용군을 편성하고 전쟁터로 떠나 버린다.

●주인공 하이라이트

안나 카레니나는 세련된 미모의 여성으로, 싱싱한 젊음과 넘치는 매력을 고스란히 간직하고 있다. 브론스키는 역에서 처음으로 안나와 만났을 때, 그녀의 시선에서 강한 생명력을 느낀다. 톨스토이는 그 장면을 이렇게 묘사하고 있다. '그 짧은 시선 속에서 브론스키는, 재빨리 그녀의 얼굴에서 춤추고 있는 억제할래야 억제할 수 없는 생기를 보았다. 그것은 빛나는 눈과 붉은 입술을 벙글어지게 하는 아련한 미소 사이를 마구 뛰어 돌아다니고 있었다. 마치 남아도는 무엇인가가 전신에 흘러넘치며, 그녀의 의지와는 상관없이 빛나는 눈과 미소 속에 그 모습을 드러내는 것 같았다. 그녀는 의식적으로 눈빛을 죽였으나, 의지에 반하여 그 빛은 어렴풋이 알 수 있을 정도의 미소 속에서 세차게 빛나고 있었다…….' 안나가 지닌 최대의 매력은, 실로 끊임없이 타오르는 '생명의 불꽃'을 그녀의 내부에서 삭이며 불태우고 있는 듯한 젊음 그 자체였다.

안나는 또한 풍부한 지성과 교양을 갖춘 여성이기도 했다. 밤기차 안에서도 어느 사이엔가 자신이 작품의 주인공이 된 듯 몰두하여 영국 소설을 읽어 내려간다. 또한 남편과 자식을 버리고 브론스키의 곁으로 달려온 뒤에도 소설이든 무엇이든 세상의 주목을 받고 있는 것이라면 전부 다 읽어내고, 외국의 신문이나 잡지에서 추천하는 책은 한 권도 빼놓지 않고 독파한다. 게다가 그녀의 지적 관심은 단순히 문학에만 향해져 있는 것이 아니다. 브론스키가 관심을 기울이는 대상은 모두 잡지나 전문서적을 통해 공부하여, 당사자인 브론스키가 조언을 구하려 들 정도이다.

하지만 이런 그녀도 브론스키와의 격렬한 사랑의 폭풍에 휘말리게 되자 한낱 보통의 여자가 되어 버린다. 그녀가 그토록 사랑하던 외아들 세리오자의 일조차도 브론스키와의 시골생활 속에서는 더이상 떠올리려 하지 않는다. 본래 안나는 가정과의 끈이 대단히 미약한 여성이었다. 그리고 브론스키와 맺어지게 된 것도 정신적·지적인 결속이라기보다는 '남아 도는 무엇인가가 전신에 흘러 넘치며, 그녀의 의지와 상관없이' 그녀를 브론스키의 품에 던져넣었다고 할 수 있다. 육체적인 쾌락의 추구만을 목적으로 한 남녀의 이러한 관계는 애당초 비극으로 끝날 수밖에 없는 것인지도 모른다.

• 기억할 만한 명구

행복한 가정의 행복한 모습은 모두 비슷비슷하지만, 불행한 가정의 불행한 모습은 모두 제각각이다.

(〈안나 카레니나〉의 첫머리에 나오는 너무도 유명한 말)

명마名馬는 낙인을 보면 알 수 있고, 사랑하는 사람은 눈을 보면 알 수 있다.

(키티에게 프로포즈하기 위해 상경한 레빈에게 오브론스키가 하는 말이다.)

✤ 1872년 1월 톨스토이의 이웃에 사는 비비코프의 아내가, 남편과 미모의 가정교사 사이를 질투하여 달리는 기차에 뛰어들어 자살한 사건이 이 〈안나 카레니나〉를 집필하게 한 동기의 하나가 되었다고 한다.

✤ 러시아 혁명의 지도자인 레닌은 〈안나 카레니나〉를 표지가 너덜너덜해질 정도로 몇 번이나 되풀이해서 읽었다고 한다.

98 부활(Воскресение)
톨스토이 (1828~1910)

● **작품의 줄거리**

어느 날, 네플류도프 공작은 지방 재판소 배심원으로 법정에 출두한다. 재판은 살인강도 사건으로, 어느 매춘부가 손님에게 독약을 마시게 해서 죽인 뒤 그의 돈과 반지를 훔쳤다고 했다.

네플류도프는 피고의 얼굴과, 카추샤 마슬로바라는 그녀의 이름을 듣고 너무 놀라 넋을 잃는다. 그는 청년 시절 백부의 저택에 놀러 갔다가 그곳에 있는 아름답고 청순한 하녀를 유혹하여 데리고 논 뒤 돈을 주어 그 일을 마무리한 일이 있는데, 지금 눈앞에 있는 피고가 바로 그 카추샤였기 때문이다. 그녀는 그후 타락의 길을 걷다가 결국 매춘부가 되기에 이르렀으며, 이번 사건에는 아무 죄도 없었으나 징역 4년의 형이 확정되어 시베리아로 보내지게 된다.

네플류도프는 자신으로 인해 한 여자가 파멸된 데 대해 깊은 죄의식을 느껴 어떻게든 그녀를 구해 보기로 결심한다. 그래서 형무소로 그녀를 찾아가 용서를 빈 뒤, 변호사를 고용하고 유력한 인사에게 도움도 청해 보았으나 일단 내려진 판결을 번복할 수는 없었다. 마침내 카추샤가 시베리아로 향하게 되자 네플류도프도 귀족의 사치스러운 생활을 포기하고 그녀 뒤를 따라간다.

시베리아에서 네플류도프는 가까스로 판결취소를 얻어낼 수가 있었다. 그는 그 소식을 듣고 카추사에게 달려간다. 이제 자유의 몸이 된 그녀와 새로운 마음으로 결혼을 할 작정이었다. 그러나 카추샤는 정치

러시아 문학

범인 시몬슨이란 혁명가와 결혼하기로 이미 마음을 정해 둔 뒤 네플류도프에게 조용히 허락을 구한다. 그녀 역시 마음속에서는 네플류도프를 사랑하고 있었고 그에게 깊은 감사의 마음을 갖고 있었지만, 그의 장래를 생각하여 일부러 새로운 길을 선택한 것이다.

네플류도프는 복잡한 심정으로 그녀를 축복한다. 그리고 그는 이후 성서를 읽는다. 그러다가 마침내 성서 속에 이야기되어지는 무한한 사랑에 감화를 받으며, 앞으로는 그러한 진실을 찾아서 살아가기로 결심한다.

● 주인공 하이라이트

카추샤 마슬로바는 떠돌이 집시 남자와 농노 사이에서 태어난 사생아이다. 3살 때 그녀의 어머니가 죽자, 여지주는 대신 그녀를 맡아 사랑으로 키운다. 그녀는 저택에서 절반은 양녀이고, 절반은 집안일을 거드는 존재였기 때문에 호칭도 카챠(비칭)라든가 카체니카(애칭)가 아니라 그 중간인 카추샤로 불리고 있었다.

네플류도프를 처음 만났을 때 그녀는 16살의 검은 눈이 아름답게 빛나는 순진한 처녀였다. 아니, 3년 뒤에 그와 재회했을 때도 카추샤는 전과 다름없이 여전히 천진했으며, 얼핏 사시처럼 보이는 검은 눈동자로 무심하게 사람을 올려다보는 모습도 예전과 똑같았다. 그녀는 그 시절, 지순한 마음으로 네플류도프를 연모했지만, 네플류도프는 그녀의 마음을 이용하여 하룻밤 쾌락의 대상으로 삼았다가 그녀를 버린 것이다.

매춘부로 타락한 뒤에도 카추샤는 영혼의 가장 깊은 곳에 있는 아름다움을 잃지 않았다. 그렇기 때문에 그녀는 자신의 죄를 참회한 네플류도프를 진심으로 용서하고 함께 새로운 삶의 길을 찾아나간다. 그녀의 갱생에 의해 네플류도프 또한 참다운 인간으로 부활하는 것이다.

● **기억할 만한 명구**

　인간이란 강물과 같은 존재이다. 어떤 강이든 물이라는 것은 똑같으며, 어디까지 거슬러 오르더라도 역시 같은 물이라는 데는 다름이 없다. 하지만 그 강도 폭이 좁을 때가 있는가 하면 빨리 흐를 때도 있고, 넓은 곳이 있는가 하면 조용한 곳도 있으며, 때로는 맑고, 때로는 차갑고, 어느 날은 흐리고, 또 어느 날은 따뜻해지기도 한다. 사람도 이와 다를 바가 없다.

✿ 〈부활〉은 병역을 거부한 죄로 탄압을 받아 미국으로 이주하게 된 두호보르 교수의 구명 자금을 마련키 위해, 톨스토이가 저작물에 대해서는 돈을 받지 않겠다는 맹세를 깨고 출판사에 판 소설이었다.
✿ 톨스토이는 이 작품에서 그리스 정교를 비판했다는 이유로, 1901년 종무성에서 파면 처분을 받아야만 했다.

99 고요한 돈 강(Тихий Дон)
숄로호프 (1905~1984)

● **작품의 줄거리**

돈 강 연안의 타타르스키 부락에 사는 코자크 청년 그리고리 이 메레호프는 이웃에 사는 정열적인 유부녀 아크시냐와 사랑에 빠진다. 두 사람의 불 같은 사랑은 곧 부락 전체에 알려지게 되며, 걱정이 된 메레호프의 아버지는 그에게 부농의 딸인 나탈리아를 아내로 맞게 한다. 얌전하고 착한 나탈리아는 가족들의 마음에는 들었지만, 메레호프의 만족을 채워 주지는 못한다. 아내를 맞아들인 보람도 없이 메레호프와 아크시냐는 다시 예전으로 돌아간다. 화가 난 아버지와 메레호프는 크게 충돌하고, 두 사람은 사랑의 도피를 벌여 리스트니츠키 장군의 집에서 일을 하게 된다. 절망한 나탈리아는 자살을 기도하지만 미수에 그치고, 얼마 뒤 메레호프는 징병되어 군에 입대한다.

제1차 세계대전이 발발하자 그는 전선으로 나가 용감하게 싸운다. 그러나 메레호프가 없는 사이, 아크시냐는 젊은 주인에게 유혹을 받고 두 사람은 곧 깊은 관계를 맺는다. 부상을 당해 집으로 돌아온 메레호프는 그 사실을 알고는 크게 격노하고, 나탈리아가 기다리는 아버지의 집으로 돌아온다. 그가 십자훈장을 단 병사로서 전쟁터로 되돌아간 뒤, 아내는 쌍둥이를 낳는다. 그러던 중 혁명이 일어나자 코자크들은 군을 버리고 부락으로 돌아오지만, 메레호프는 적군에 가담하여 대장으로서 백군과 싸운다. 하지만 다시 부상을 입고 고향으로 돌아온다.

내전의 폭풍은 점차 돈 지방에까지 몰려오고, 코자크들은 적군의 공격으로부터 마을을 지키기 위해 궐기한다. 집에서 요양중이던 메레호프도 하는 수 없이 여기에 가담한다. 이때부터 돈 지방에서는 적군과 백군 사이의 피로써 피를 씻는 치열한 전투가 계속되고, 메레호프의 운명도 시시각각으로 달라진다. 그리고 동난의 와중에서 그는 아크시냐와 재회하고, 두 사람은 다시 강하게 맺어진다. 이윽고 그는 반란군 사단장으로 적군과의 싸움을 위해 나서는데, 그의 아이를 임신하고 있던 아내 나탈리아는 남편의 마음이 또다시 아크시냐에게 옮겨가 있음을 깨닫고 낙태를 하려다가 결국 목숨을 잃고 만다. 적군은 점차 돈 지방을 압도해 오고, 반란군에 가담한 메레호프는 아크시냐를 데리고 피난민들 틈에 섞여 도망을 치려 하지만, 노보로시스크에서 적군에게 길이 막혀 항복한 뒤 다시 그들의 무리에 가담하게 된다.

피난 도중 티프스에 걸려 타타르스키 부락으로 되돌아와 있던 아크시냐 곁으로 적군을 제대한 메레호프가 돌아오지만, 이미 반혁명 행위로 체포될 위기에 놓였음을 알고는 도망을 친다. 그리고 의적단에 들어가 다시 적군과 싸우게 될 처지에 놓인다. 하지만 의적단 역시 도덕적으로 와해되자 메레호프는 더이상 견딜 수 없게 되어 아크시냐와 둘이서 신천지를 찾아 달아나기로 한다. 하지만 야밤을 틈타 말을 달리던 두 사람은 적군에게 발견되고, 아크시냐는 총에 맞아 세상을 뜨고 만다. 살아갈 희망을 잃어버린 메레호프는 각지를 떠돌아다니다가 몸도 마음도 피폐해져 돈 지방으로 돌아온다. 혁명의 와중에서 아버지도, 어머니도, 형제도, 아내도, 딸까지도 잃어버리게 된 그에게 남겨진 것이라곤 어린 아들 미샤트카뿐이었다.

● **주인공 하이라이트**

그리고리이 메레호프는 혁명과 내전의 폭풍에 휘말려 결국 모든 것을 잃고 만 비극적인 인물이지만, 그는 본래 넘치는 생명력과 강한 정의감을 지닌 성실한 청년이다. 또한 불 같은 열정의 소유자이기도 했다. 이웃에 사는 유부녀 아크시냐와 사랑을 나누면서도 그는 자신의 감정을 억제할 수가 없어 끝없이 빠져들고 만다. 바람기에는 너그러웠지만 가정을 버리는 일만은 용서치 않았던 코자크 사회의 계율에 비추어 볼 때 자신들의 행동이 결코 받아들여질 수 없다는 것을 알면서도, 그는 자신의 감정에 충실하게 살려고 했던 것이다.

봉건적인 코자크 사회의 인간이면서도 혁명과 함께 그가 적군에 가담한 것은 소박한 전쟁 부정관과 정부에 대한 증오 때문이다. 그러한 그가 적군의 전열에서 이탈한 가장 큰 이유는 적군 대장의 오만방자함에 대한 인간적 반감이나 포로인 백군 장교에 가한 무재판 학살에 대한 정의감의 발로였으며, 나아가 인민의 편이어야 할 적군 내 불량분자들의 폭행과 약탈을 목도한 데서 오는 불신감 등이었다. 같은 이유로 그리고리이는 백군도 옳다고 인정할 수 없었다. 서로 적대시하는 두 진영 사이에서 그 어느 쪽도 옳다고 손을 들어 줄 수 없었던 그는 어느 틈엔가 운명이 휘두르는 대로 양 진영 사이를 왔다갔다하는 신세가 되고 만다. 아내인 나탈리아와 두 아이를 그는 그 나름대로 사랑하고는 있었지만 자신의 전 생명을 맡기지는 못했다. 그가 그래도 마지막까지 자신의 모든 것을 허락한 상대는 격렬한 사랑을 나누었던 아크시냐였던 셈이다.

● 작가의 생애

미하일 알렉산드로비치 숄로호프(**Михаил А. Шо́лохов**), 작가. 1905년 돈 강 연안의 코자크 마을에서 출생했다. 혁명과 내전으로 중학교 4학년까지밖에 공부를 하지 못했으나, 20년 돈 지방에 소비에트 정권이 들어서자 식량조달 위원회의 일원으로 중요한 책임을 떠맡게 되었다. 당시에는 내전의 여파가 돈 지방을 뒤흔들고 있었던 탓에 그 역시 토벌대에 참가하는 한편 단편을 쓰기 시작했는데, 24년 단편 〈검정 사마귀〉로 문단에 데뷔했다. 그리고 2년 동안 그는 〈목동〉 〈어린 말〉

〈남빛 광야〉 등 24편의 단편과 중편 〈길〉을 썼는데, 이러한 단편은 모두가 피로써 피를 부른 혁명과 내전 당시의 비극을 테마로 한 것들이다. 여기에 다시 세계를 확대하여 긴 역사적 안목으로 돈 코자크라는 특수한 계층의 운명을 의미 지우며 그 성격을 명확히 하려 한 것이 대장편 〈고요한 돈 강〉이었다. 1928년 제1부가 발표되고 나서 40년에 제4부가 완결되기까지 실로 십수년을 소요한 이 작품은 소비에트 문학 최고 걸작의 하나가 되었다. 그는 또한 제2의 장편 〈파헤쳐진 처녀지〉 제1부를 32년에 발표했다.

제2차 세계대전 중에는 종군작가로서 전선에 투입되었으며, 단편 〈미움의 교훈〉이나 르포르타주를 발표하는 한편, 장편 〈그들은 조국을 위해 싸웠다〉를 쓰기 시작했으나 미완성으로 끝나고 말았다. 60년에는 〈파헤쳐진 처녀지〉 제2부를 완성하여 레닌 문학상을 받았으며, 65년에는 노벨 문학상을 수상했다. 최고회의 대의원으로서 각별한 대우를 받았으며, 작가대회나 당대회에서 종종 체제의 대변자격인 발언을 하여 자유파 문학자들로부터 세찬 비판을 받기도 했다.

● **기억할 만한 명구**

가축에게 짓밟혀 쓰러졌던 보리도 마침내는 다시 일어선다. 이슬을 맞고, 햇빛을 쏘여, 대지에 짓이겨졌던 줄기는 다시 일어선다. 처음에는 힘에 감당키 어려운 무게로 녹초가 된 사람처럼 허리를 굽히고 있지만, 이윽고 기력을 되찾아 받듯이 머리를 쳐든다. 태양은 또 다시 전처럼 세찬 빛의 비를 내리고, 바람도 전처럼 살랑살랑 불어오는 것이다…….

✱ 솔제니친은 소련에서 추방된 뒤, 〈고요한 돈 강〉은 내전 때 죽은 코자크의 작가 크리포프의 작품이며, 숄로호프가 그것을 자기 이름으로 발표한 것이라는 주장과 함께 자료를 첨부하여 제출함으로써 커다란 물의를 불러일으키기도 했다.

100 도둑(Bop)
레오노프 (1899~   )

● **작**품의 줄거리

　체크 무늬 코트를 입은 한 남자가 모스크바의 뒷골목인 브라그샤에서 전철을 내렸다. 그는 혁명의 폭풍이 지나간 자리에서 살아가는 인간 군상을 묘사하기 위해 이곳에 찾아온 작가 피르소프였다. 브라그샤에는 미치카 백신이란 유명한 도둑이 있었다. 미치카는 내전 당시 적군의 뛰어난 지휘관이었으나, 그후 갑작스럽게 부상한 신경제정책(NEP)을 혁명에 대한 배신이라 생각했고, 아나키즘적인 반항심을 일으켜 뒷골목에 몸을 던진 뒤 지금은 금고털이의 명수가 되어 있다. 그리고 소년 시절의 그의 지순한 사랑의 대상이었던 마샤도 지금은 살인청부업자인 아게이의 정부가 되어 '떠버리 마니카'라 불리는 암흑가의 여왕이 되어 있다. 그리고 피르소프는 그들을 모델로 삼아 소설을 쓰기 시작한다.

　미치카는 어릴 적 헤어진 누나와 오랜만에 재회했는데, 누나는 게라라는 이름의 서커스 배우로 활약하고 있었다. 게라는 시골에서 한밑천 잡아 보기 위해 모스크바로 올라온 니코르카에게 반해 서둘러 약혼을 결정한다. 하지만 상대는 게라와 육체 관계를 맺자 점차 장사에만 열중하고 그녀에게 냉담해져 간다. 미치카는 그러한 니코르카나 신정권의 대변자 역할을 하는 관료 치키로프를 마음속 깊이 증오하지만 현실적으로는 아무런 조치도 취하지 못하고 그러한 무리들은 점점 더 세력을 키워 간다.

미치카는 과거에 자신의 부하였으며 현재 암흑가에서도 충실한 하수인 노릇을 하는 사니카가 이 바닥에서 발을 씻고 새 사람이 되려는 것을 눈치채고는, 그가 애써 모은 '깨끗한 돈'을 빌려 모두 써버림으로써 깊은 원한을 사게 된다.

이윽고 암흑가가 무너져내리는 날이 찾아온다. 가장 아끼던 부하인 사니카에게 결국 복수 어린 배신을 당한 미치카는, 자신의 첫사랑인 떠버리 마니카에게까지 진실한 사랑을 무참히 짓밟히는 불운의 사나이가 된다. 그러자 이제 모든 것을 잃게 된 그는 홀로 시베리아로 여행을 떠난다. 피르소프의 소설도 미치카가 여행을 떠나는 데서 막을 내린다.

● 주인공 하이라이트

미치카는 혁명을 믿고 있었으나 신경제정책의 모순을 보고는 혁명의 이상을 잃어버리고 만다. 하지만 그가 암흑가로 굴러떨어지게 된 것은 단순한 반항심 때문만은 아니었다. 그는 내전의 와중에서 자신에게 결여되어 있는 것, 즉 자기의 내면적 공허를 깨닫지만 그것을 채울 방법을 알지 못한 채 현실로부터 도피한 것이다. 작품이 종반으로 치달으며 그는 모든 사람들에게서 배신을 당하는데, 그것은 '사니카의 모든 것을 빼앗고, 거기에다 영혼까지 빼앗아 버린' 데 대한 그 자신이 마땅히 치러야 할 죄값이었으나, 어쩌면 미치카 역시 역사의 희생자였는지도 모른다.

● 작가의 생애

레오니드 M. 레오노프(Леонид M. Лебнов), 작가. 1899년 모스크바에서 출생했다. 중학교를 마치자마자 적군에 들어갔으며, 신문통신원으로 전국 각지를 떠돌았다. 22년 단편〈브루이카〉로 데뷔, 24년에 발표한 장편〈오소리〉로 작가로서의 지위를 굳혔다. 도스토예프스키의

러시아 문학

영향을 강하게 받은 그는 제2의 장편 〈도둑〉을 발표했지만 이 작품은 오랜 세월 금서나 마찬가지의 취급을 받았다. 그러던 것이 스탈린 비판 후 59년, 전면적으로 개작되어 햇빛을 보게 되었다.

이외에도 〈소치〉〈스쿠타레프스키 교수〉 등을 발표했으며, 스탈린 사후에는 장편 〈러시아의 숲〉으로 작가적 역량을 과시했다. 그후에도 시나리오풍의 SF소설 〈매킨리 씨의 도망〉 등을 발표하여 지칠 줄 모르는 창작 의욕을 과시하고 있다.

● *기억할 만한 명구*

그 어느 누구도 자신에게 부가된 슬픔으로부터 도망칠 수는 없다. 일단 한번 금이 가기 시작하면 그 어떤 것으로도 치유할 수가 없다.

✱ 1959년에 발표된 〈도둑〉의 개작판은 제1판에 비해 양적으로도 5할 이상 늘어나 있는데, 30년이 지난 뒤에 개작을 한 예는 문학사에서 그 유례를 찾아보기 어렵다.

101 닥터 지바고(Доктор Живаго)
파스테르나크 (1890~1960)

● **작**품의 줄거리

유리 지바고는 시베리아의 부유한 사업가 가정에서 태어났으나, 10살 때 어머니가 세상을 뜨자 이미 아버지까지 고인이 되어 있던 지바고의 가문은 몰락의 길을 걷게 된다. 고아가 된 지바고는 모스크바의 지식인 가정에 맡겨진다. 이때는 러시아에서 막 혁명의 물결이 일어나려던 시기였으며, 이윽고 철도 노동자들의 파업이 시작되고 1905년에는 모스크바의 프레스니야 지구에서 무장봉기가 일어난다.

지바고는 의학을 공부한 뒤 결혼한다. 제1차 세계대전이 시작되자 종군의사로서 전선에 나가게 된다. 거기서 부상을 당한 지바고는 간호사로 일하던 라라와 알게 된다. 라라의 일은 지바고의 먼 기억 속에 아련히 남아 있었다. 라라는 소녀 시절 지바고의 집을 파산시킨 변호사 코마로프스키에게 능욕을 당하고, 그후에도 줄곧 육체 관계를 맺어오다가 권총으로 사살하려던 적도 있었다. 지금 라라는 코마로프스키와 헤어져 다른 남자와 결혼한 몸이었으나, 그 남자도 전쟁에서 행방불명이 되어 있다. 이윽고 지바고와 라라 사이에는 숙명적인 사랑이 싹튼다.

어느덧 전쟁에서 혁명으로 사태가 바뀌었고, 17년의 러시아 혁명은 전국으로 번져간다. 지바고는 3년 만에 처자가 있는 모스크바로 돌아오지만, 혁명 직후의 혼란한 모스크바의 생활에 가망이 없음을 느끼고는 가족과 함께 황폐한 러시아를 가로질러 우랄의 시골 마을로 피난을 떠난다. 하지만 그곳에서도 안정은 찾을 수 없었다. 시를 쓰고 싶다고 생각해 왔던 지바고는 도서관이 있는 이웃 읍에 나갔다가 우연히 라라와 재회하게 되고, 두 사람의 사랑은 세차게 불타오른다. 라라에 대한 열정은 지바고의 생활을 온통 뒤흔들어 놓는다.

그는 아내 몰래 라라의 집을 드나들다가 파르티잔의 포로가 되며, 강제로 의사 일을 하면서 시베리아의 각지를 전전하는 신세가 된다. 그 사이 지바고의 아내와 자식은 난을 피해 파리로 떠난다. 파르티잔을 탈주한 지바고는 다시 라라의 곁으로 돌아오고, 두 사람은 애정에 넘치는 공동생활을 시작했지만 그것도 그리 오래 가지는 못한다. 혁명군의 지도자가 되어 있던 라라의 남편이 군법회의에 붙여질 상황에서 도망을 치다가 총살되는 사건이 일어나 라라까지도 위험한 상황에 몰리게 된 것이다.

그녀는 이르쿠츠크로 피신한다. 라라와 헤어지고 혼자가 된 지바고는 걸어서 모스크바로 돌아오고, 결국 지병인 심장발작을 일으켜 파란만장하고도 불운했던 생을 마감게 된다.

• 주인공 하이라이트

〈닥터 지바고〉는 역사의 거센 풍랑에 휩쓸려 희롱당하는 지바고와 라라의 사랑의 비극을 주제로 삼고 있으나, 주인공 지바고와 라라의 개인적인 삶에도 역사의 어두운 그림자가 짙게 드리워져 있다. 지바고는 지식인 가정에서 성장하며, 상류계급과 그 문화의 전형적인 체현자 體現者가 된다. 그럼에도 감수성은 지극히 유연하다. 또한 뛰어난 의사이면서 철학이나 문학을 연구하고, 이 장편의 마지막에 24편의 시가 발표되어 있듯이 시인이기도 하다. 그리고 그러한 시인으로서 자연과 역사를 보는 관점은 이 작품을 이해하는 중요한 열쇠가 되고 있다.

지바고는 자신을 둘러싼 전쟁과 혁명을 하나의 운명으로 받아들이며, 그 안에서 정신의 독립을 유지하려 한다. 전쟁도 혁명도 그의 정신

깊숙한 곳까지는 들어오지 못하며, 처음에는 그것에 대해 강한 괴리감도 느끼지 못한 상태에서 생활을 사랑하며 진지하게 살아간다. 그러나 어느덧 혁명이 그의 깊은 정신에까지 지령을 내리려 하자 그는 자신의 자유를 사수하지 않을 수 없게 된다. 그리고 그 자유를 확인할 수 있는 장소는 바로 라라와의 사랑 이외에는 아무 데도 없었다.

파스테르나크는 정치는 일시적인 외적 요인일 뿐이며, 인간의 정신 감정이나 창조성이 본질적인 요인이라 간주하는 가운데 그것을 왜곡시키고 파괴하는 정치적 힘에 대해 끝임없이 이의신청을 제기한다. 그리고 혁명의 폭력에 반대하여 "선량함을 통해서만 우리는 지고의 선에 도달할 수 있다."고 말하고, 마르크스주의를 '사실로부터 멀리 떨어져 그 기반이 불확실한 자기 중심적 운동'이라며, 권력자는 '자기 무류성無謬性의 신화'를 강조하기 위해 '진실을 무시하는 일에 전력을 다한다'고 지적한다.

불행한 소녀 시절을 거쳐 결혼 후에도 행복을 맛보지 못했던 라라, 지바고에게 있어서는 '뭐라고 이름을 붙이거나, 이러니저러니 심사할 수 없는', 편협된 아름다움을 넘어선 존재인 그녀와 지바고의 우연한 만남은 아름답고도 비극적인 사랑 그 자체이다. 그리고 라라의 형상은 푸슈킨 이래의 전통이 되어 있는 근대 러시아 문학의 여성상에서 줄기가 뻗어나온, 극히 시적인 여성상의 하나로 영원히 남아 있을 것이다.

• 작가의 생애

보리스 Л. 파스테르나크(Борис Л. Пастернак), 시인이며 소설가. 1890년 고명한 화가인 아버지와 피아니스트인 어머니 사이에서 태어났다. 출생지는 모스크바. 풍부한 예술적 환경 속에서 성장하며 일찍부터 미술과 음악에 재능을 보였으며, 소년 시절에는 스크랴빈에게 사사받으며 음악가가 될 것을 꿈꾸었다. 1909년 음악가의 길을 단념하고, 모스크바 대학에 입학하여 철학을 공부, 이후 독일로 유학을 가기도 했다.

미래파 그룹에도 열심히 참가하여 처녀시집 〈구름 속의 쌍둥이〉 〈보루를 넘어서〉 등의 시집을 냈으며, 상징주의를 넘어선 시인으로 주목받았다. 시집 〈나의 누이, 인생〉으로 일약 시인으로서의 명성을 높였다. 독창적인 비유, 문장법에 의해 러시아 20세기 시의 하나의 정점을 이룩했다. 54년 10년간의 노작 〈닥터 지바고〉를 완성했으나, 소련에서는 발표하지 못하고 57년 이탈리아에서 출판, 그 이듬해 노벨 문학상을 수상했다. 그러나 그것을 사퇴하고 작가동맹으로부터 제명되기까지, 소련 문학계에서는 그의 거센 비판운동이 전개되어 불운한 나날들을 보내다 60년에 세상을 떠났다. 산문으로는 〈슈베루스의 유년시절〉 〈안전통행증〉 〈자전적 에세이〉 등이 있다.

● **기억할 만한 명구**

삶이여, 허위의 이름을 버리고 어느 날인가는 우주의 사랑을 끌어당기라. 미래의 부름을 들으라. 그리고 그것을 위해서만 살라.

(파스테르나크가 만년에 쓴 시의 한 구절인데, 〈닥터 지바고〉의 주인공처럼 불운한 역경의 시대를 헤치고 살아온 시인이 최후에 이르러 느끼는 자신의 심경을 담담히 토론하고 있다.)

✱ 노벨 문학상을 사퇴한 작가로서는 사르트르가 유명한데, 파스테르나크의 경우는 그의 자유의지였다고는 볼 수 없다. 수상에 즈음하여 개인적으로는 이미 흔쾌히 승낙했으나, 그의 비판 운동이 거세게 일어나자 더이상 자신의 뜻을 펼 수가 없었던 것이다.

102 이반 데니소비치의 하루
(Один день Ивана Денисовича)
솔제니친 (1918~   )

● **작품의 줄거리**

1951년 초, 라게리(수용소) 생활 8년째를 맞이한 이반 데니소비치 슈호프는 언제나처럼 오전 5시, 기상신호로 레일을 두드리는 망치소리에 잠이 깬다. 기상에서 점호까지의 1시간 반은 자신만의 시간으로 슈호프는 이제까지 그것을 헛되이 쓴 적이 한 번도 없다. 그러나 오늘은 아무래도 몸을 일으킬 수가 없다. 어제부터 몸 상태가 좋지 않았고, 오한이 계속되고 있다. 그렇더라도 작업에는 나가야 한다.

만원인 식당에서 생선뼈와 썩은 양배추 잎사귀가 둥둥 떠 있는 것이 전부인 아침식사. 550g의 빵을 둘로 나누어 그 한쪽을 이불 밑에 감춰 둔다. 극지의 혹한 속에서 치르는 점호와 신체검사. 슈호프가 소속된 104반은 경찰견과 자동소총을 갖춘 간수의 감시 아래 작업장을 향해 천천히 행진한다. 모자와 가슴과 무릎, 게다가 등뒤에 번호를 단 수인들은 황야에 있는 발전소 건설장으로 향하는데, 대열을 흐트러뜨리면 간수는 발포하게 되어 있다.

오늘 작업은 시멘트를 이기고 벽돌을 쌓는 등, 2달 동안이나 방치되어 있던 발전소의 벽과 지붕을 만드는 일이다. 반장은 수인들을 제설반, 기재나 물, 모래나 시멘트를 운반하는 반, 벽돌쌓기 반, 모르타르 만들기 반 등으로 나누어 일을 시킨다. 점심을 먹기 위한 짧은 휴식 시간. 슈호프는 작업장의 요리사를 속여 2인분의 음식을 타는 데 성공한다. 오후부터는 점호 뒤 다시 벽돌쌓기. 이렇게 해서 날이 저문 뒤 겨우 숙사로 돌아온다. 저녁식사 때는 묽지만 국자 한 가득 수프를 얻어 먹을 수도 있다. 그리고 또다시 점호와 신체검사. 중노동과 자질구레한 일들이 있었던 하루가 저물고 잠자리에 들었을 때, 슈호프는 병이 더이상 심해지지도 않았고, 중영창에도 들러가지 않았으며, 밥을 1인분 더 얻어먹을 수 있었다는 데 큰 만족감을 느낀다. 이렇게 해서 '거의 행복하다고 할 수도 있는 하루'가 지난 것이다.

'이와 같은 날이 슈호프에게는 365일이나 있었다…….'

〈이반 데니소비치의 하루〉는 '조국에 대한 배신'이라는 죄명으로 라게리에 수용된 이반 데니소비치 슈호프의 극히 사소한 일상까지도 모두 담은 하루를 묘사하고 있다. 이로써 스탈린 시대의 부정적인 면의 상징이었던 라게리의 실태가 낱낱이 폭로된 것이다. 이는 스스로 라게리를 체험했던 작가 솔제니친의 처녀작으로 1962년에 발표되어 '해빙'과 함께 개화한 소련 문학의 정점을 보여 준 작품이다. 발표 후 즉각 전세계 어로 번역되었으며 높은 평가를 받았다.

● 주인공 하이라이트

이반 데니소비치 슈호프는 다른 수인들과 아무런 차이점도 없는 그저 평범한 러시아의 한 농민이다. 그는 소박한 인물이면서, 선천적인 치밀함과 실리적인 정신을 가진 일꾼이다. 비록 강제노동일지라도 모르타르 반죽을 하라는 명령을 받으면 정신없이 그 일에 몰두한다. 과거 전쟁 중에 슈호프 부대는 독일군에게 포위되었고, 그 역시 포로가 된다. 그가 도망을 쳐서 아군의 전선에 가까스로 도착하자, 적을 위해 첩자 노릇을 했다는 명목으로 라게리로 보내 버린 것이다. 그는 코르호즈에 처자가 있었음에도 아무런 반항도 하지 않고 현실을 자신의 운명으로 받아들인다. 그리고 그날 그날의 목숨을 이어나가는 일에서 행복을 발견해 낸다.

작가는 라게리의 하루라는 지옥과 같은 비정상적인 생활 속에서 독자들에게 평범한 일상을 전달해 주고 있다. 주인공뿐만 아니라 라게리에 수용되어 노동에 종사해야 하는 수인들은 한 마디로 짐승처럼 대접받고 일하며, 사소한 실수까지도 고발당해야 하는 권력의 희생물들이다. 이 작품은 희망을 빼앗긴 그러한 이름 없는 민중의 생명력과 소외된 에너지를 작품 속에 충분히 풀어 놓음으로써, 읽는 이들에게 러시아 문학의 전통이 부활했음을 느끼게 해준다.

• 작가의 생애

알렉산드르 И. 솔제니친(Алекса́нлр И. Солженйцин), 러시아. 소비에트의 작가. 1918년 코카서스의 키슬로봇스크 시에서 태어나, 돈 강변의 로스토프 나 도누에서 소년 시절을 보냈다. 그가 태어나기 6개월 전에 독일 전선에서 아버지가 전사한 탓에 홀어머니의 손에서 성장해야 했다. 로스토프 대학에서는 물리와 수학을 전공했으며, 1941년 독소 전쟁과 함께 자원입대하여 포병 중대장으로 전선에서 활약, 전공을 인정받아 2차례나 훈장을 수상했다. 그러나 종전 직전, 근거 없는 정치적 고발로 8년형을 선고받고 라게리로 보내진다.

솔제니친 자신의 말에 따르면 '스탈린을 비판했다는 이유로' 체포된 것인데, 문학수업을 쌓을 작정으로 쓴 일기나 친구에게 써보낸 편지가 문제가 된 듯하다. 1956년 스탈린 비판 개시 후 드디어 석방되었으며, 이듬해인 57년 '범죄사실 없음'을 인정받고 정식으로 명예가 회복되었다. 그는 자신의 라게리 체험과 그 배후에 있는 소련의 현대사의 의미를 묻는 데서 작가가 되었다고 해도 과언이 아닐 것이다.

처녀작인 〈이반 데니소비치의 하루〉 이후 사회주의 사회에 현존하는 모순과 비인도성을 고발하는 러시아 문학의 전통을 정식으로 계승, 20세기의 인간의 존재에 대한 근원적인 질문을 던진 작품들을 계속해서 쓰고 있다. 그러나 그로 인해 소련 당국으로부터 탄압을 받아 장편 〈암병동〉 1부 완성까지 〈마트료나의 집〉〈프레체토프카 역에서 생긴

러시아 문학

일〉〈공공을 위하여는〉〈자바르 카리타〉 등 4편의 단편이 발표되었으나 〈연옥 속에서〉의 몰수, 〈암병동〉의 출판 불허라는 수난이 시작된다. 67년 제4회 소련 작가동맹 앞으로 검열제도 폐지를 호소하는 공개장을 보냈으나 무시되었으며, 69년 작가동맹으로부터 제명되었다.

70년 노벨 문학상 수상. 71년 〈1914년 8월〉이 파리에서 출판되었고, 73년 〈수용소 군도〉의 원고가 KGB(국가안전위원회)에 압수되었다. 그해 말에는 이 작품의 제1권이 파리에서 출판되어 74년 2월에 체포되었으며, 이때 시민권의 박탈과 함께 서독으로의 외국 추방 처분을 받았다. 추방 후에 〈수용소 군도〉를 완성했고, 회상록인 〈송아지, 떡갈나무를 들이받다〉 등을 발표했다. 현재는 미국에서 살고 있다.

• *기억할 만한 명구*

이곳에는 많이지, 모두의 규율이라고 한다면 멀렀이 있을 뿐이지. 하지만 어찌됐든 진지한 삶을 사는 인간은 있는 거야. 라게리에서 몸을 맹치는 녀석, 그것은 식기를 핥아대는 녀석이나 의무실을 멀는 녀석, 그리고 그 수군대는 자들을 먹고하는 녀석이지.

(〈이반 데니소비치의 하루〉에서)

✽ 〈이반 데니소비치의 하루〉의 잡지 게재의 최종적인 결단은 당 중앙위원회에 부쳐졌다. 그곳에서도 찬반양론이 팽팽히 맞섰으나, 당시의 수상 흐루시초프의 단안에 의해 활자화될 수 있었다고 전한다.
✽ 솔제니친은 〈이반 데니소비치의 하루〉를 완성한 후 몇몇 잡지사나 출판사에 의향을 물어 보았으나, 한 군데서도 긍정적인 대답을 주지 않았다. 라게리가 주제가 되어 있었기에 당연히 발표가 불가능할 것이라 여겨졌기 때문이다.

103 암병동(Раковый Коричс)
솔제니친 (1918~)

● **작품의 줄거리**

스탈린의 죽음, 베리야의 처형, 말렌코프의 해임을 거쳐 스탈린 시대로부터 '해빙' 무드로 전환해 가는 1955년, 산업관리국에 근무하던 루사노프는 악성종양으로 중앙 아시아에 있는 타슈켄트의 암병동에 입원한다.

그가 수용된 큰 방에는 여러 다양한 인생을 살아온 쇠약한 환자들이 가득했다. 강가르트와 드체바라는 두 여성 의사를 중심으로 간호사들은 헌신적으로 환자들을 보살피지만 절대 안정만이 있을 뿐 확실한 치료법은 없다.

어느 비오는 날, 라게리에서 온 코스트그로토프가 입원을 하게 된다. 그는 수술이나 의미 없는 치료에서 벗어나, 그가 과거 추방되었을 때 살았던 '아름다운 땅' 우시 테레크에서의 생활을 꿈꾸며 병원 생활을 한다. 그런 가운데 간호사인 졸가와의 연애를 경험하며, 여의사인 강가르트에게 동경을 품는다.

암병동에 수용되어 죽음의 공포에 휩싸여 있으면서도 여전히 삶에 집착하는 환자들은, 유한한 삶에 직면하여 얼마 남지 않은 생을 어떻게 살 것인가를 심각하게 생각하기도 하고 혹은 태도를 바꾸어 현재를 향락하려고도 한다. 퇴원을 강요받는 가망 없는 환자, 가슴 절단수술을 권유받고 절망하는 아름다운 소녀. 하지만 코스트그로토프에게 있어 암병동은 라게리보다는 훨씬 자유로운 장소였다. 과거 숙청작업에 협력했던 루사노프는 숙청된 사람들의 명예회복이 무르익어 가는 분위기에 공포를 느끼고 있다.

코스트그로토프와 루사노프의 격렬한 논쟁. 이윽고 루사노프는 그의 무죄를 주장하는 딸에게서 위안과 힘을 얻어 퇴원한다. 코스트그로토프도 얼마 후 병원을 나간다.

그때 역시 암에 걸려 있던 여의사 강가르트가 자신의 집에 머물도록 그에게 권유하지만, 코스트그로토프는 그녀에게 감사를 담은 작별의 편지를 쓰고는 우시 테레크로 가는 기차에 몸을 싣는다.

이 작품은 암 병동을 무대로 다채로운 인간들을 등장시켜 나가며 스탈린주의가 인간의 의식에 남기고 간 흔적, 사회주의의 왜곡과 자유의 억압, 인간에 대한 모독 등을 대담하게 파헤친 장편이다. 1967년에 완성되었으나, 소련 체제의 몰락까지 발표 금지된 작품이다.

● 주인공 하이라이트

〈암병동〉에는 암에 걸려 타슈켄트의 병원에 입원한 작가 솔제니친의 자전적인 부분도 포함되어 있으나, 두 사람의 대립적인 인간이 주인공으로 등장하고 있다. 라게리 체험을 거쳐 오랜 세월 동안 유형의 괴로움을 맛본 코스트그로토프와, 입신출세의 길을 걸어온 당 관료로 죽음에 직면해서도 여전히 지위나 특권만이 의미가 있다고 믿어 의심치 않는 루사노프이다.

'인간의 얼굴을 가진 사회주의'에 공감하여 도덕적으로 건전한 사회에 대한 희망을 잃지 않고 있는 코스트그로토프와, 밀고나 숙청은 필요악이며 거기에 가담한 것은 자기 한 사람뿐이 아니라고 주장하는 루사노프의 대립 속에서 소련 사회의 환부患部가 집약적으로 묘사되고 있다.

● **기억할 만한 명구**

그 누구도 진실로 향하는 길을 막을 수는 없으며, 이 진행을 위해 나는 죽음까지도 받아들일 각오가 되어 있다. 그렇더라도 작가가 살아 있는 한 그의 펜을 멈추게 해서는 안 된다는 교훈을 이제까지 우리는 몇 번이나 배워 오지 않았는가. 그와 같은 행위가…… 우리의 역사에 아름다움을 더한 예는 지금까지 단 한 번도 없지 않았는가.

(《소련 작가동맹 제4회 대회 앞으로 보낸 편지》 중에서)
(검열에 의해 문학 표현의 자유를 빼앗고 있는 소련 당국에 대해서 검열의 폐지와 〈암병동〉의 발매금지 조치를 포함하여 그 자신에게 가해진 박해를 호소하며 솔제니친이 1967년에 발표한 공개장이다.)

✱ 라게리는 독일어로는 라게르(lager)라 하여 강제수용소를 가리키는데, 제2차 세계대전 중 나치가 유태인을 격리수용한 곳으로도 유명하다.
✱ 소련의 모순과 부정적인 면을 신랄하게 지적하고 있는 이 작품은 소련 내에서는 발표가 허가되지 않아 외국에서 출판되었으며, 이 일로 인해 그는 작가동맹으로부터 제명처분을 당해야 했다.

그 밖의 여러 나라 문학

> "다른 사람의 빵이 얼마나 쓰고,
> 다른 사람의 계단이 얼마나 가파른지는
> 그대 스스로가 겪어 보아야 알 것이다."
> — 단테

104 일리아스·오디세이 (Ilias, Odysseia)
호메로스 (?~?)

● **작품의 줄거리**

〈일리아스〉. 작품의 첫머리에 나오는 것처럼 이 작품의 주제는 '아킬레우스의 분노'이다. 트로이 공격전도 이윽고 10년을 맞이해 가는 9년째의 종반 무렵. 그리스 군의 총사령관인 아가멤논은 1천 척의 배를 이끌고 트로이를 공격하지만 좀처럼 성은 함락되지 않는다. 자신의 딸 헬레네가 포로가 된 데 격노한 아폴로는 벌로 돌림병을 내려보내고, 이 일을 수습하기 위해 만났다가 아가멤논에게 모욕을 당한 그리스 최고의 영웅 아킬레우스는 분노하여 싸움에서 손을 떼고 만다.

아킬레우스의 어머니인 바다의 님프 테티스는 자식의 명예회복을 위해 제우스에게 신들이 더이상 양쪽 군을 원조하지 않도록 도와달라고 애원하고, 아킬레우스의 은퇴를 그럴 듯하게 장식하려는 생각에서 그리스 군에게 불리한 전황이 초래되도록 획책한다. 궁지에 빠진 아가멤논은 아킬레우스에게 화해를 제의하지만, 아킬레우스는 이를 거절한다. 전황은 점점더 중대한 양상을 보이게 되고, 이를 보다 못 한 아킬레우스의 친구인 파트로클로스는 마침내 아킬레우스의 무구를 빌려 그 대신 전장에 나가 싸우지만, 결국 트로이 제일의 용장인 헥토르에게 토벌되고 무구까지 빼앗긴다.

아킬레우스는 자신이 끝까지 고집을 피워 결국 친구의 죽음을 불러왔음을 뉘우치고, 아가멤논과 화해한 뒤 어머니가 새로 마련한 무구로 몸을 감싸고 전장으로 나가 마침내 헥토르를 무찔러 친구의 원수를 갚는다.

 헥토르를 잃은 트로이의 운명은 이미 끝난 것이나 다름없다. 트로이의 늙은 왕 프리아모스는 야음을 틈타 아킬레우스의 진영을 찾아와 아들의 유해를 인수하고, 그의 장례와 함께 〈일리아스〉는 막을 내린다.

 〈오디세이아〉. 트로이 몰락 후 고국으로 돌아온 그리스의 여러 장군들은 각기 여러 가지 고난을 겪게 되는데, 그 중에서도 오디세우스의 운명이 가장 가혹하여 귀국할 때까지 10년 동안 각지를 표류하게 된다. 이야기는 그러한 표류가 거의 끝나갈 무렵, 오디세우스가 님프인 칼리소프의 섬에 붙잡혀 있던 시점에서부터 시작된다. 〈일리아스〉의 이야기가 직선적으로 진행되는 데 비해, 〈오디세이아〉는 두 가지의 상황이 복선적으로 나란히 진행된다. 즉 오디세우스의 표류와, 그와 나란히 고국 이티카에선 방약무도한 구혼자들로 인해 괴로움을 겪는 그의 아내 페넬로페와 아들 텔레마코스의 고난이 하나로 모인다. 그리고 오디세우스가 그의 아들 텔레마코스와 힘을 합쳐 악인들을 물리치는 데서 이야기는 끝을 맺는다.

 제1장부터 제4장까지의 노래는 아버지의 소식을 묻는 아들 텔레마코스를 주인공으로 삼고 있으며, 제9장에서 제12장까지의 노래는 파이에크스 인의 섬에서 오디세우스 자신이 이야기하는 여러 가지 모험담으로 이루어져 있다. 이야기는 이밖에도 메르헨풍의 설화들로 가득 차 고대 영웅들의 순수하면서도 당당한 일면이 여실하게 드러나 있다.

● 주인공 하이라이트

 〈일리아스〉의 주인공은 말할 나위도 없이 아킬레우스인데, 그는 그리스 제일의 영웅이면서 아직 소년다운 순진무구함을 지닌 격정적이고도 다감한 청년으로 묘사되어 있다. 친구 파트로클로스에 대한 깊은 우정은 말할 것도 없고, 굴욕과 공포를 견디며 아들 헥토르의 유해를 찾으러 온 트로이의 왕 프리아모스의 모습에서 자신의 늙은 아버지를 느끼며 연민의 정을 금치 못하는 순수한 젊은이의 일면도 있다.

그리고 아킬레우스에 뒤지지 않을 만큼 중요한 역할을 하는 것은 트로이의 장군 헥토르이다. 그는 지용을 겸비했으며, 또한 풍부한 인정을 지닌 이상적인 영웅이다. 미움을 받는 헬레네에 대해 마음을 쓰면서, 남편과 아버지로서의 온후한 성격이 묘사되는 제6장의 후반부에서는, 아내 안드로마케와 아들 아스티아나쿠스와의 이별 장면이 읽는 이들에게 가슴 뭉클한 감동을 불러일으킨다.

〈오디세이아〉는 그 제목에서도 알 수 있듯이 오디세우스를 주인공으로 삼으며, '오디세우스의 노래'라는 의미를 지니고 있다. 〈일리아스〉의 주인공인 격정에 휘말리기 쉬운 순수한 청년 아킬레우스에 비해, 이미 중년을 넘은 그는 심오한 이성으로 어떠한 위기도 헤쳐나갈 수 있는 중후한 영웅으로 묘사된다. 이 또한 아킬레우스와 함께 고대 그리스 인들이 이상으로 삼았던 인물상이다.

특히 고국 이타카에 귀환한 후 그가 은밀히 아들 텔레마코스와 두 사람의 충실한 부하들을 이끌고, 아내에게도 정체를 밝히지 않은 채 어떻게 그 교활하고 흉포한 적들을 물리치는지, 그의 특성인 지모와 용맹이 〈오디세이아〉 후반의 초점이 되고 있다.

텔레마코스도 복선적으로 진행되는 전반부에서 아버지와 어깨를 겨루는 주역으로 등장한다. 아버지의 귀국을 앞두고 이제까지는 거의 무력한 소년이었던 그가 급속히 성장하여, 어머니를 보호하면서 의연히 악인들의 음모에 맞선다. 그러다 이윽고 귀국한 아버지와 손잡고 악인들을 징벌하는데, 이러한 그의 인간적 성장도 〈오디세이아〉의 중요한 모티브라 할 수 있다.

한편 오디세우스는 그리스 비극 등에서 오히려 간교한 음모가처럼 다루어지는 예가 많은데, 지모가가 음모가로 변하는 것도 그리 이해하기 힘든 일은 아닐 것이다.

● **작가의 생애**

 호메로스라는 이름을 가진 시인이 실재했는지 어떤지는 명확하지 않다. 〈일리아스〉와 〈오디세이아〉가 동일 작가에 의해 쓰여졌는지 아닌지 또한 확인되지 않고 있다. 다만 오늘날에는 작가가 각기 따로 있으며, 〈일리아스〉는 기원전 8세기 중엽, 〈오디세이아〉는 반 세기 정도 후에 완성되었다는 설이 유력한데, 이 역시 물론 확실한 것은 아니다. 그리스의 영웅 서사시의 원형이 이미 미케네 시대에 존재했음은 의심의 여지가 없으며, 그것이 수세기에 걸쳐 전승되는 동안 작시 기법이 점차 세련되어졌으며 시의 규모도 커져 간다. 그 전승자들은 아오이도스라 불리는 음유시인들로서, 단순히 완성된 시를 낭독하는 것만이 아니라 그때 그때 자신의 연구와 고안을 가미하여 일종의 창작을 행한 것이라 생각된다. 그러한 오랜 전통을 발판으로 기원전 8세기에 〈일리아스〉와 〈오디세이아〉를 거의 오늘날 우리들이 읽는 형태로 마무리한 것이 호메로스라 불리는 천재 시인이었다고 보는 것이 무난하다고 여겨진다.

 한편 호메로스의 전기라 일컬어지는 것이 고대로부터 여러 편 전해져 왔는데, 물론 그것들은 역사적 인물의 전기와는 종류를 달리한다. 그 가운데 헤로도토스의 작품이라 전해지는 것이 가장 길며, 이 역시 호메로스를 주인공으로 한 민요풍의 설화라 해야 할 것이다. 그러나 여기에는 각지를 전전하며 자작시 낭독으로 어렵게 생계를 꾸려나가는 고독한 음유시인의 모습이 상당히 사실적으로 묘사되어 있는데, 고대 아오이도스의 실정을 엿볼 수가 있다. 이밖에 〈호메로스와 헤시오도스의 시 겨루기〉라는 제목으로 된 작자 미상의 소품도 전해지고 있는데, 고대 서사시 2대 유파의 대표적 시인인 두 사람이 시 겨루기를 벌여 헤시오도스가 승리를 거두는 이 이야기 또한 고대 음유시인들의 생활을 보여 주고 있어 무척 흥미롭다.

그밖의 여러 나라 문학

• **기억할 만한 명구**

　이윽고 언젠가는 성스러운 일리아스(트로이)가 멸망하는 날이 오고야 말 것이다.　　　　　　(일리아스 제4가, 164. 제6가, 448)
　(제4가歌에서는 아가멤논의 입을 통해서, 그리고 제6가에서는 헥토르의 입을 통해 전해지는 말인데, 헥토르의 입에서 나온 말이 한층 더 비극적이고 극적인 울림을 전해 준다. 이 구절은 후일 로마의 장군인 스키비오가 카르타고의 폐허를 눈앞에 두고, 로마도 이윽고 그러한 운명의 날을 맞게 될 것이라고 깊은 감회를 담아 이런 말을 중얼거렸다고 전해진다.)

✻ 〈일리아스〉는 10년이라는 트로이 전쟁 기간 중 불과 51일간에 초점을 맞추고 있으며, 〈오디세이아〉도 마찬가지로 10년이라는 장구한 세월 동안의 표류와 귀국 가운데서 마지막 41일만을 밀도 있게 그리고 있다.
✻ 알렉산더 대왕이 〈일리아스〉를 늘 베갯머리에 놓고 밤낮으로 읽었다는 이야기는 널리 알려져 있다. 스승인 아리스토텔레스의 영향도 있었을 것이며, 젊은 영웅이 아킬레우스 모습에서 자신의 미래의 모델을 발견했으리라는 것은 쉽게 짐작할 수 있는 일이다.

105 오이디푸스 왕 *(Oidipus Tyrannos)*
소포클레스 (B.C.496?~406)

● **작품의 줄거리**

　무대는 돌림병에 시달리고 있는 테베. 과거 스핑크스의 수수께끼를 풀어내 나라를 고난에서 해방시킴으로써 왕위에 오르게 된 오이디푸스가 시민들의 탄원에 귀를 기울이고 있다.

　그는 예전에 '아버지를 죽이고, 어머니와 맺어 아이를 얻는다.'는 신탁을 받고는 그 불안으로부터 도망치기 위해 고향인 코린토스를 떠나왔으나, 방랑 중에 포키스의 세 갈래 길에서 초로의 남자를 살해한 적이 있다. 그런데 지금 왕비의 남동생인 크레온이 받은 신탁에 의하면, 돌림병의 원인은 선왕 라이오스 살해로 인한 부정한 피 때문이며, 그것을 구제할 수 있는 방법은 그 하수인을 추방하든가, 피로써 보상하는 방법뿐이다. 왕은 범인 탐색에 나서고, 제일 먼저 맹인 예언가인 테이레시아스를 부른다.

　침묵을 지키던 예언가는 마침내 왕의 모욕에 분노하여, 왕 자신이 바로 그 하수인으로 어머니를 아내로 맞아 아이를 낳은 몸이며, 이윽고 장님이 되어 세상을 떠돌게 될 운명이라는 암시적인 예언을 내린다. 이 말은 크레온의 음모에 의한 것이라 추측한 왕은 크레온과 논쟁을 벌인다.

　이때 왕비인 이오카스테가 중재에 나서며, 왕을 달랠 심산으로 자신들이 받은 신탁, '라이오스 왕은 자신의 아이에게 살해된다.' 는 실현되지 않았다는 것, 즉 아이는 산 속에 버려졌으며, 왕은 여행 도중 도둑

떼의 습격으로 살해되었다는 것을 이야기한다. 그러나 오이디푸스는 무언가 짚이는 구석이 있어 불안에 떤다.

때마침 코린토스로부터 온 사자使者의 말에 의해 오이디푸스가 키타이론 산 속에서 라이오스 왕의 양치기로부터 이 사자의 손에 넘겨진 버려진 아이였음이 판명된다. 사태를 눈치채고 탐색을 중지하도록 권유하는 왕비의 말을, 오이디푸스는 자신의 천한 신분을 수치스러워하는 여자의 속좁은 소견이라 여기고, 유일한 산 증인인 라이오스 왕의 늙은 양치기를 불러 끝까지 진실을 캐묻는다. 그리고 마침내 모든 것이 사실임을 깨닫게 된 왕은, 이미 스스로 목숨을 끊고 만 어머니이자 아내인 이오카스테의 옷에 달린 금 브로치로 자신의 두 눈을 몇 번이나 찌르는 것이었다.

● 주인공 하이라이트

'인간 가운데 가장 뛰어난 자'이며 '스스로 은총이 가득한 운명을 타고난 자식이라 믿는다.'고 공언한 오이디푸스였지만 그 역시 기구한 운명의 덫으로부터 도망칠 수는 없었다. 파멸을 마다하지 않고 나라를 구하려는 충심과 열의, 그리고 "아무리 천박한 핏줄일지라도 자신의 태생을 어찌 끝까지 밝혀내지 않을 수 있겠는가?" 하는 끈질긴 집착에 의해 결국 비참한 자기 발견에 이른 그는, 인간이 맛볼 수 있는 최고의 영광과 극도의 비참함 모두를 체험했던 인물이라고 말할 수 있다.

● 작가의 생애

소포클레스(Sophokles), 그리스 3대 비극시인 중의 한 사람. 기원전 496(?)년 아테네에서 출생. 소년기에는 음악을 공부하여 살라미스 전승 기념 축하연 때 합창대를 인솔했으며, 또한 자신의 작품에 배우로 출연하여 신화적 시인 타미리스를 연기하며 현금을 타는 모습은 벽화에도 묘사되어 있다. 공적인 경력도 화려하여 재무관, 장군, 제관 등의 요직을 두루 역임했다. 동시에 123편의 극을 써서 24회나 우승했으며, 2등 아래로 내려간 적이 한 번도 없었다고 한다. 현재 전해지는 작품은 모두 7편으로 〈안티고네〉〈엘렉트라〉, 그의 백조의 노래이자 〈오이디푸스 왕〉의 속편이라 해야 할 〈콜로노이의 오이디푸스〉가 유명하다. 독설가로 유명한 희극작가 아리스토파네스에 의해서도 그 조화로운 고결한 인격이 높은 찬사를 받았던 것처럼, 보수주의자였던 그의 작품에는 항상 조화와 질서가 중심을 이루었다. 그는 사상가나 지식인이라기보다는 탁월한 한 사람의 드라마티스트였다. 기원전 406년, 90세의 나이로 세상을 떠났다.

• 기억할 만한 명구

이제까지 꿈 속에서 어머니와 잠자리를 같이했던 사람은 얼마든지 많습니다.　　　　　　　　　　　　　　(〈오이디푸스 왕〉 중에서)

(프로이트 이론을 2천 년 이상 선취한 유명한 문구이다.)

✿ 오이디푸스라는 이름의 유래는, 양친이 그를 산 속에 버렸을 때 두 발이 부어오를 만큼 꽁꽁 묶어 '부어오른 다리'(붓다:오이데인, 다리:프스), 즉 오이디푸스라 불린 것이다.

106 아라비안 나이트(Arabian Nights)
작자 미상

● **작품의 줄거리**

아라비아 어의 원제인 〈아르프 라이라 와 라이라〉라는 명칭은 180여 편에 이르는 장·단편의 이야기가 1001일 밤 동안 이야기되는 데서 붙여지게 된 것이라고 한다. 여기서 왜 1001이라는 숫자가 선택되었는지는 분명치 않으나, 터키 어로 1001은 '많음'을 의미하는데 거기에 영향을 받은 것이라는 설도 있다. 그 처음과 끝에 하나의 틀을 이루며 놓여지는 이야기의 줄거리는 다음과 같다.

중세 페르시아의 샤하리얄 왕은 사마르칸드의 왕인 동생 샤자만을 만나고 싶어서 자신의 수도로 부른다. 동생은 형의 도시를 향해 출발했으나, 도중에 잊고 온 것이 있어 되돌아가 보니 왕비가 흑인 노예와 불륜을 저지르고 있는 게 아닌가! 그는 두 사람을 죽인 뒤 형에게로 갔으나 마음은 참잡하기 그지없다. 형이 사냥을 나가자고 권유해도 거절하고 궁전에 혼자 머문다.

그런데 형의 아내인 왕비 또한 남편이 자리를 비운 사이 흑인 노예와 불륜을 저지르고 있는 장면을 창문으로 목격하고, 이와 같은 일이 자기 자신에게만 일어나는 것이 아님을 알고는 원기를 회복한다. 사냥에서 돌아온 형은 예전처럼 활기찬 동생의 모습을 보고 그 이유를 묻는다. 그리고 그는 동생이 시킨 대로 일단 궁전을 나갔다가 은밀히 되돌아와, 왕비가 노예와 밀통하고 있는 장면을 보게 된다.

그 뒤 두 사람은 세상이 모두 이런 것인가 한탄하며 여행을 떠나는

데, 악마신들을 모시는 미녀들에게 유혹을 당하는 에피소드(그녀는 마신이 잠들어 있는 사이에 570명의 남자와 밀통을 했노라고 자랑한다.)가 들어 있으며, 샤하리얄 왕은 동생과 함께 궁전으로 되돌아와 부정한 왕비와 노예, 그리고 이를 흉내내고 있는 남녀 신하들을 모두 죽게 한다.

이렇게 해서 여자들에게 깊은 불신감을 품게 된 왕은 매일 한 명씩 처녀들을 데려와 동침한 뒤 목을 베어 버렸다. 마지막으로 대신의 두 딸인 세하라자데와 돈야자데밖에 남지 않게 되었는데, 동생인 세하라자데가 무척 재미 있는 이야기를 들려주었으므로 왕은 그 이야기를 도중에 끊을 수가 없어서 계속 듣다가 1001일이 흘러갔다. 그러는 사이 여자들에 대한 원한도 사라지게 되어, 세하라자데를 왕비로 맞아들이고 행복하게 살았다(그 사이 3명의 왕자를 낳았다는 텍스트도 있다.)는 것이다.

한편 이 다양한 이야기들을 열거하는 일만도 쉽지가 않은데, 대체로 세 종류, ①모험담 ②연애담 ③우화·설화로 분류할 수 있다.

아마도 이러한 이야기들 중에 가장 널리 알려져 있는 〈신드바드의 항해〉가 모험담 속에 속하며, 〈알리바바와 40명의 도둑〉〈알라딘과 마술 램프〉도 여기에 속한다. 후자의 두 가지는 첫번째 번역자인 갈랑이 본래의 〈아라비안 나이트〉에는 없는 아라비아 이야기를 번역하여 임의로 삽입한 것이다.

〈신드바드의 항해〉에 나온 7번의 항해 중 마지막 두 번에는 살란디브(실론 섬 : 지금의 스리랑카)라는 지명이 나오고 있어 이 근방을 이야기의 배경으로 삼고 있음이 확실한데, 〈청동의 도시〉이야기처럼 가공의 지명들도 종종 등장한다.

사랑의 이야기로는 〈바스라의 하산〉과 같은 페르시아 계 이야기 외에도 이란 계와 이집트 계가 들어 있다. 전자의 대표로는 〈미친 사랑의 노예 가님 이븐 아이유브의 이야기〉〈아지즈와 아지자〉 등이 있다.
　우화나 설화에는 인도 계의 동물우화나 페르시아 계, 이집트 계의 다소 호색적인 이야기 외에, 바그다드 전성시대의 이슬람 교주인 하룬 아르 라시드나 그밖의 아랍 명사들을 주인공으로 한 수많은 일화나 전설도 포함되어 있다.
　앞에서도 언급했듯이 〈아라비안 나이트〉는 본래의 아랍 이외에 인도, 페르시아 혹은 그리스의 영향까지도 받고 있으며, 거기에 등장하는 인물들도 실로 다양하다. 또한 수많은 신들과 괴상한 새들, 램프나 반지를 문지르면 나오는 거인, 주문을 외우면 열리는 문과 하늘을 나는 양탄자 등 광범위한 환상의 세계가 펼쳐져 있다.

● 주인공 하이라이트

　〈아라비안 나이트〉는 중세 페르시아에 있었던 〈하자르 압사나〉(천의 이야기)를 토대로 만들어졌다고 일컬어지는데, 인도나 페르시아 계의 이야기들은 이슬람교 이전의 전통적 모습들을 지니고 있는 데 반해, 이집트 계라든가 십자군 시대를 다룬 것들은 상당히 후대의 모습을 보이고 있다. 이것으로 추측컨대, 〈아라비안 나이트〉는 최종적으로는 14~15세기에 이집트에서 정리된 것이라 보여진다. 이와 같이 오랜 시대에 걸친 다양한 이야기들이 포함되어 있는 이 작품의 주요 무대는 이슬람교 지배하의 이라크와 이집트이며, 〈아브 루 하산과 여자 노예 타와도드〉와 같이 이슬람교의 영향을 강하게 지니고 있다.
　대부분의 모험담에는 대양을 건너 먼 나라로 간 항해자나 상인들이 자주 등장하며, 또한 먼 곳에서 가지고 돌아오는 진귀한 물건의 열거를 통해 동서간의 왕래가 빈번했음을 엿볼 수 있다. 따라서 〈아리비안 나이트〉는 중세 이슬람 세계를 이해하는 데 귀중한 자료가 되고 있다.
　이러한 매력적인 이야기의 집성이 유럽에 전해지고 오늘날 세계문학의 하나로 꼽히게 된 것은, 프랑스 인인 앙트완 갈랑이 18세기 초에 이 이야기의 일부를 번역하여 출판한 데서 시작된다. 당시 동방 세계에 눈길을 돌리기 시작한 유럽 인들은 이 환상적인 이야기를 기꺼이 환영하며 맞아들였다. 그리고 다시 렌의 영역과 와일의 독일어역, 페인의 영역으로 이어지며, 19세기 후반에 들어서는 유명한 R.F. 버튼의 영역이 나오게 되었다.

✽ 〈아라비안 나이트〉의 〈신드바드의 항해〉에 나오는 괴상한 새 루프는 그 모델이 있었던 듯하다. 마르코 폴로의 〈동방견문록〉에도 소개되고 있으며, 그 날개는 길이가 15m나 되었다고 한다.

107 신곡 *(Divina Commedia)*
단테 (1265~1300)

● **작품의 줄거리**

1300년 4월 7일, 단테 알리기에리가 35살이 되던 해의 부활제 직전 성聖 목요일의 일이다. 그는 우연히 '암흑의 숲'으로 들어가게 되었다. 그리고 가까스로 그 '암흑의 숲'을 벗어나자 이번에는 눈앞에 솟아 있는 연옥산을 오르게 되었다.

하지만 표범과 사자, 이리들이 달려들어 그가 절대절명의 위기를 맞았을 때, 천상의 성모 마리아에게서 생명을 받은 베아트리체가 로마의 시인 베르길리우스의 영혼을 불러내어 단테를 구제하도록 부탁한다. 현장으로 달려간 베르길리우스는, 현세로 돌아오기 위해서는 지옥과 연옥과 천당을 순례해야 한다는 것을 설명하고, 두 사람은 피안의 세계를 여행하기 시작한다.

맨 처음 〈지옥편〉은 1권에서 9권까지로 구성되어 있으며, 점점 아래로 내려갈수록 죄가 무거운 사람들이 벌을 받고 있었다. 예를 들어, 생전에 낭비벽이 심했던 사람들은 무거운 금화가 가득 든 자루에 깔려 있었으며, 이단자들은 석관 속에 넣어져 불태워지고 있었다. 또 부정을 저지른 자는 펄펄 끓는 코르타르 죽으로 변해 있었으며, 전쟁을 도발한 자는 악마의 검에 살을 잘리고 있었다. 지옥의 맨 밑바닥에는 세 개의 얼굴을 가진 악마대왕 루치페로가 세 사람의 반역자인 유다와 부르토, 카시오를 물어뜯고 있었다.

이어 터널을 빠져나와 두 사람이 다다른 곳은 어느 섬의 해변으로,

그곳은 연옥산의 기슭이었다. 이윽고 천사가 나타나 단테의 얼굴에 죄를 의미하는 P라는 문자를 7개 새겨 주었으나 산을 오르자니 그것은 점차 희미해져 갔다.

산은 모두 9개의 층으로 이루어져 있었고, 정상에는 지상의 낙원이 마련되어 있었다. 산을 오르는 도중 단테는 여러 가지 죄들이 정화되는 모습들을 보게 된다. 예를 들어 두 번째 층에 있는 영혼은 선망의 죄를 지은 자들인데 눈꺼풀이 철사로 꿰매어져 있었으며, 여섯 번째 층의 식탐의 죄를 저지른 영혼의 눈앞에는 물과 과실의 환상이 어른거리다 사라져 갔다. 지상의 낙원에는 과거를 잊게 해주는 레테의 강과 선행을 상기시켜 주는 에우노에 강이 흐르고 있었으며, 단테는 이 두 강에 몸을 적신다.

이윽고 수레를 탄 베아트리체가 모습을 드러내고, 천국 여행에 대비하여 자신과 그리핀의 눈에 비친 태양빛을 단테의 눈에 반사시켜 눈을 단련시켜 준다. 제1천(월천), 제2천(수성천), 제3천(금성천), 제4천(태양천), 제5천(화성천), 제6천(목성천), 제7천(토성천), 제8천(항성천), 제9천(원동천), 제10천(지고천)의 순으로 차례차례 순례하게 되고, 제6천에서는 증조부로부터 피렌체의 미래에 대한 예언을 듣는다. 그리고 마침내 그는 지고천에 이르러서, 한순간 신의 성스러운 모습을 우러르게 된다는 것이 전체의 줄거리이다.

● 주인공 하이라이트

주를 달아가며 이 책을 번역한 보카치오에 따르면, 단테는 약간 새우등에다 피부는 검은 편이었고 머리카락이 곱슬거렸다고 한다. 한 독설가는 그것이 지옥불에 그을려 그렇게 된 것이라는 험담을 했다고 기록하고 있는데, 실제 〈신곡〉 안에는 단테의 용모가 그리 명확하게 묘사되어 있지 않다. 단, 〈지옥편〉 제30장에서 베아트리체가, "그대는 나의 말을 듣고 상심하는가? 머리카락을 들라……."라는 구절이 있는 것을 보면 머리를 기르고 있었음을 알 수 있다.

그러나 그는 스스로 자신이 거만한 결점을 갖고 있음을 자각한 것만은 분명히 알 수 있다. 연옥계에서 그는 무거운 짐을 짐으로써 거만의 죄를 씻고 있는 자를 보고 난 뒤, 선망의 죄를 지은 자가 철사로 눈꺼풀을 꿰매고 앉아 있는 것을 보게 되었는데, 그 자리에서 "죽으면 나의 시력도 여기서 잃게 되겠지만, 그것은 아주 잠시일 뿐이리라. 왜냐하면 난 그다지 남을 선망한 편은 아니었으니까. 하지만 그보다는 무거운 짐을 지고 있는 시간이 더 길 텐데, 그것이 나를 불안하게 한다."고 말하고 있다.

작중의 단테가 가장 강력하게 분노를 표한 것은 청렴결백해야 할 성직자들이 세속적인 욕망에 눈이 어두워, 자신의 영달만을 꾀하거나 돈을 끌어 모으는 일에 골몰해 있는 모습이었다. 거기서 그는 그들이 왜 그렇게 되어 버렸을까를 여러 가지로 궁리해 보기도 하고, 청빈한 덕을 강조하며 몸소 그것을 실천했던 성 프란체스코를 칭송하기도 한다.

또한 동시에 단테의 관심은 피렌체의 장래에 집중되어 있었다. 때문에 그는 지옥계와 연옥계, 천당계를 순례하면서 미래를 예언하는 능력을 가진 사람들의 영혼과 만나게 되면 당장 그것에 대해 묻는다. 그리고 어두운 예언을 들을 때마다 크게 낙담을 하는데, 이는 그가 열렬한 카톨릭 신자인 동시에 피렌체의 애국자였음을 말해 주고 있어 흥미롭다.

● 작가의 생애

단테 알리기에리(Dante Alighieri), 이탈리아의 시성詩聖. 1265년 피렌체에서 출생했다. 그의 집안은 귀족의 말석을 차지하고 있었으나 생활은 어려웠다. 74년 5월, 그는 9살이 된 베아트리체와 만나 이 아름다운 소녀에게 사랑을 느꼈는데, 그때 단테의 나이도 9살이었다. 두 사람은 9년 뒤 다시 해후하고, 이후 90년에 그녀가 죽기까지, 아니 그 이후에도 그녀는 계속 단테의 영원한 여성으로 자리했다.

92년에 처녀작〈신생〉을 썼는데, 그것은 그녀와의 연애를 주제로 한 자서전적인 작품으로 운문과 산문이 혼합되어 있다. 피렌체에서 초등교육을 받은 뒤, 85년부터 2년간 볼로냐 대학에서 수사학과 철학, 의학 등을 공부했다. 89년 피레체가 아레초 시를 맹주로 한 기베린 당 군과 싸웠을 때 단테는 기병대의 일원으로 참전했다. 90년 베아트리체가 아름다움의 절정기에 이르러 요절하자, 그는 깊은 슬픔에 잠겨 보에티우스의〈철학의 위안〉등에 빠져들었다.

그는 당시의 관습에 따라 12살 때 도나티 경의 딸인 젬마와 약혼, 95년에 결혼했다. 귀족의 취업금지를 정한 '정의의 정령政令'이 완화되자 관직에서 일했으며, 정치활동도 시작하여 1300년에는 통령에 선출되었다. 당시 정계는 기베린 당과 겔프 당으로 나뉘어져 있었으며 겔프는 다시 흑당과 백당으로 갈라져 싸웠는데, 단테는 백당에 속해 있었다. 흑당은 이때 로마 교황인 보니파티우스 8세의 야심을 이용하여 세력을 잡으려 했으며, 이에 단테는 교황과 교섭하기 위해 로마로 나왔는데, 그 사이 피렌체의 흑당이 쿠테타를 일으켜 1300년 3월 10일 단테를 추방했다.

그는 이후 각지를 떠돌며〈향연〉〈속어론〉〈제정론〉〈신곡〉등을 저술했는데,〈신곡〉은 그 중에서도 내용이나 규모면에서 중세 이후 르네상스에 걸쳐 최고의 걸작으로 꼽히고 있다. 1317년 영주인 구이도 폴렌타의 초청으로 라벤나로 건너갔으며, 이후 가족을 그곳으로 불러들여 조용한 문필생활을 영위하다 21년 9월 13일 그곳에서 생을 마감했다.

•기억할 만한 명구

다른 사람의 빵이 얼마나 쓰고, 다른 사람의 계단이 얼마나 가파른지 그대 스스로가 겪어 봐야 알 것이다. (〈천당편〉제17가 중에서)

그밖의 여러 나라 문학

내 뒤를 따르라. 그리고 사람들이 말하는 대로 맡겨 두라.

(마르크스는 이 문구를 자본론 서문 속에 다음과 같이 변용시켜 인용하고 있다. "그대의 길을 가라. 그리고 사람들이 말하는 대로 맡겨 두라."라고.)

✽ 단테는 아내 젬마와의 사이에 3남 2녀를 두었는데, 한 딸에게 베아트리체라는 이름을 붙여 주고 그의 첫사랑이자 평생 동경의 대상이었던 베아트리체를 그리워했다.
✽ 피렌체에서 추방당한 단테는 이탈리아 전역을 떠돌아다녔는데, 볼로냐에서 그에게 명예로운 월계관을 수여해 주겠노라고 했지만, 피렌체에서의 영예밖에 염두에 없었던 단테는 이를 거절해 버렸다.

108 데카메론(Decameron)
보카치오 (1313~1375)

● 작품의 줄거리

1348년 이탈리아를 습격한 페스트가 마침내 피렌체까지 퍼졌을 때, 이 도시의 성 마리아 노벨라 교회의 미사에 참가한 7명의 귀부인들은 서로 잘 아는 3명의 신사를 부추겨 전염병이 잠잠해질 때까지 교외 별장에서 조용히 지내기로 한다. 그리고 그들은 무료함을 달래기 위해 각자 매일 한 가지씩, 10일 동안 100가지의 재미있는 이야기를 하게 된다.

〈데카메론〉은 그러한 이야기를 종합한 형식을 취하고 있는데, 데카메론이란 말 역시 '10일 이야기'라는 의미를 지니고 있다. 이야기의 등장인물은 실로 다양하여 교황에서 추기경, 왕, 제후, 귀족, 신사, 숙녀, 기사, 병사, 수도원장, 재판관, 시장, 예술가, 고리대금업자, 공증인, 의사, 장인, 요리사, 농부, 도둑 등 사회 각 계층의 사람들을 총 망라하고 있다.

또한 이 작품의 특징은 대화 형식으로 설화를 구성한 것인데, 그것은 반드시 보카치오가 발명한 것이라기보다 〈아라비안 나이트〉류의 영향으로 생겨난 것이다. 그러나 〈데카메론〉의 정연한 형식미는 보카치오에게만 귀속되는 것으로, 10일 동안 10명의 화자가 이야기를 하는 데 있어서도 매일 한 명의 사회자를 선출하여, 그 사회자의 지휘에 따라 노래를 부르기도 하고 춤을 추기도 하면서 하루의 행사를 마치는 모습은 실로 감탄을 자아낼 만하다.

당시 높은 평가를 받았던 단테의 〈신곡〉이 신의 길을 주장한 데 비해, 〈데카메론〉은 인간의 본능과 악덕, 허영 등을 폭로하고 있는 데서 〈인곡人曲〉이라고 불렸다.

하지만 보카치오는 인문주의자이기도 했으므로 인간, 특히 여성의 예지를 높이려고 노력한 점을 엿볼 수 있으며, 그가 절대적인 영향을 받았던 오비디우스나 호라티우스의 스타일을 모방하여 페르시아, 인도, 중국 등의 진귀한 이야기들을 엮어 넣음으로써 스케일을 넓혔다.

예로부터 〈데카메론〉은 호색적인 책이라 일컬어졌는데, 3일째 제10화인 악마를 지옥으로 몰아넣는 방법에 관한 이야기나, 9일째의 제10화인 부인을 암말로 만드는 이야기 등은 호색적이란 말을 들어도 어쩔 수가 없다. 그러나 10일째의 제10화에 등장하는 정숙한 여인 그리셀다에 관한 미담 등을 생각하면 한마디로 단정짓기는 어려울 듯하다.

● 주인공 하이라이트

우선 화자를 먼저 검토해 보기로 하자. 가장 나이 많은 여성인 팜피네아는 '엄숙한 여자'라는 우의적인 의미를 지니고 있으며 시종 당당한 태도로 좌중을 리드해 간다. 필로디나는 '노래를 좋아하는 여자'라는 의미로 팜피네아의 위성과도 같은 존재. 에리사는 로마 시대부터 내려온 고전적인 이름으로 카르타고의 여왕인 디드의 별명이기도 하다. 네이피레는 '사랑에 새로운 여자'라는 의미. 에밀리아는 '매력적인 여성', 라우레타는 '작은 월계수'. 피아메타는 보카치오의 연인이었던 나폴리 로베르토 왕의 딸과 같은 이름으로 '조그마한 불길'이란 뜻이다.

남자들 쪽을 살펴보면, 필로코로는 다른 문학 작품에도 등장하는 이름으로 '온몸의 사랑'이라는 의미. 필로스트라토도 보카치오의 다른 작품의 제목으로 등장하며 '사랑에 혼줄이 난 남자'라는 의미이다. 마지막의 디오네오는 제우스의 아내 디오네에게서 따온 이름으로 그녀의 딸이 아프로디테(비너스)인 데서 그 역시 호색적인 인물로 되어 있다.

이상 10명의 화자의 성격을 알아보았는데, 이들이 말하는 이야기 속의 등장인물 가운데에도 독특하고 출중한 이들이 상당히 들어 있다.

우선 피렌체의 화가로서, 사람이 너무 좋은 탓에 늘 속고 손해만 보는 카란드리노라는 인물이 있다. 그는 누구에게나 애정을 느끼게 하는 사람이며, 그를 속이는 간교한 악인역으로는 부르노, 부파르마코가 있다. 또한 자신의 연인에게 학의 넓적다리 하나를 떼어 주고는 그대로 상에 냈다가 주인에게 추궁당하자 즉석에서 위기를 모면하는 요리사 키키비오나, 아름다운 한 미망인에게 마음을 두고 있지만 그녀에게 다른 애인이 있어 겨울밤 눈밭 위에서 바람을 맞고는, 그 화풀이로 그녀를 속여 7월 한낮에 알몸으로 탑 위에 오르게 하여 모기나 파리에게 시달리게 하는 젊은 리니에리 등 서로 지혜를 겨루는 이야기들이 꽤 많은데, 그러한 등장인물은 하나같이 유쾌하고 활발한 성격을 지닌 전형적인 이탈리아 인들이다.

● 작가의 생애

조반니 보카치오(Giovanni Boccaccio), 이탈리아의 작가, 소설의 시조. 1313년에 피렌체 근교의 체르탈도에서 태어났다. 아버지 보카치노 디 케리노는 상인으로, 파르디 상회의 이사를 지낸 적도 있다. 어머니는 프랑스 인으로 보카치오가 어렸을 때 세상을 떠났다. 그의 나이 20살 때 아버지는 조반니를 상인으로 만들 결심을 하며 파르디 상회의 나폴리 지점으로 보내 일을 배우도록 했으나, 그는 장사에 전혀 취미를 느끼지 못했다. 어느 날 성 로렌초 교회에서 나폴리 로베르트 왕의 서출인 마리아를 만나 사랑에 빠진다. 이후 그녀는 그의 작품에 피아메타라는 이름으로 등장하게 되며, 그는 그녀의 주선으로 나폴리 궁정에 출입하는 문인이나 학자들과 사귀게 되었다.

작품을 열거하면 〈사랑의 괴로움〉 〈사랑에 혼줄이 난 남자〉 〈테세우스의 노래〉 〈아메트의 샘〉 〈사랑의 환영〉 〈마돈나 피아메타의 비

그밖의 여러 나라 문학

가〉〈피에졸래의 샘〉〈단테론〉 등이 있으며, 〈목가〉〈저명한 남자 열전〉〈저명한 여자 열전〉〈신들의 계보〉〈산림, 샘 등의 명칭〉이 있다.
　50년 프란체스코 페트라르카와 만났으며, 이후 두 사람은 인문주의 운동에 매진하게 된다. 그는 주로 문인, 학자로서 일생을 살았는데, 때로는 아비뇽의 교황 이노센트 6세를 알현하기도 하고, 각지의 궁정으로 피렌체 특파 대사로서 부임하기도 했다. 또한 라벤나의 성 스테파노 데리 울리바 수도원에서 베아트리체라 이름을 바꾸어 수녀로 봉직하고 있던 단테의 딸 안토니아와 만난 적도 있다. 73년 피렌체의 성 스테판 교회에서 단테의 〈신곡〉 강의를 했는데, 도중에 병이 나는 바람에 〈지옥편〉 17가에서 중지했다. 만년에는 고향인 체르탈도에서 은거하고 있었으며, 75년 12월 21일 62세의 나이로 세상을 떠났다.

● **기억할 만한 명구**
　우매함은 종종 행복한 경지에서 끌어내려 커다란 불행 속으로 빠뜨리며, 예지는 위기에서 사람을 구축하고 훌륭하고 안정된 평온 속으로 데려다 준다.　　　　　　　　(첫째 날, 세 번째 이야기)

✱ 〈데카메론〉의 서문에도 극명하게 묘사되어 있는 페스트는 '흑사병'이라고도 불리며, 특히 1348년 무렵에 크게 유행했다. 당시에는 치사율 100%로 사람들이 가장 공포에 떠는 병이었다.

109. 돈 키호테 (El Ingenioso Hidalgo Don Quijote de La Mancha)
세르반테스 (1547~1616)

● **작품의 줄거리**

라 만차의 시골 마을에 사는 50세의 시골 선비는 기사도 이야기를 너무 많이 읽어 광기에 사로잡히게 된다. 그의 광기는 이 소설의 본질과 관련된 두 개의 커다란 축을 이루고 있다. 그것은 먼저 황당무계한 이야기에 적혀 있는 것을 역사적 사실과 혼동한 점, 그리고 17세기의 초두에 중세 기사도 이념을 소생시키는 것이 가능하다고 굳게 믿는 것이다. 그리고 이를 실행하기 위해 낡은 갑옷으로 몸을 감싸고 스스로를 기사 돈 키호테라 이름한 그는, 근처에 사는 농부 산초 판사를 종자로 삼고 형편없이 야윈 말 로시난테를 타고 여행에 나선다.

광기가 마구 뒤섞인 이 기사는 여관에 묶으며 그곳을 성이라 여기고, 풍차는 거인으로, 노를 젓기 위해 가는 수인들은 폭정의 희생자라 간주하면서, 조그마한 '불의'나 '악'과 맞닥뜨리게 되면 자신이 기필코 그것을 바로잡아야 한다고 굳게 믿는다. 그리고 가는 곳곳마다 여러 가지 모험을 감행하지만, 매번 좌충우돌하여 대부분이 실패와 좌절로 끝난다. 그리고 나중에는 마을 친구들의 책략으로 감옥에 들어가게 되자 자신은 마법에 걸린 것이라 믿으며 마을로 되돌아온다.

'후편'의 편력에서는 돈 키호테와 산초에 대한 공작 부인의 우롱이 중심을 이루는데, 거기에 전개되는 몇 가지 에피소드 중 압권은 산초의 바라타리아 섬의 태수 취임 장면이다. 그밖에도 '사자의 모험', '몬테스노스 동굴의 모험', '마법의 배에서의 모험' 등 명 장면이 이어지며, 마지막 '은달의 기사'와의 결투에서 패해 편력의 기사를 그만두게 된다. 그리고 고향으로 돌아온 돈 키호테는 병으로 자리에 누워 이윽고 꿈에서 깨어나며, 본래의 선량한 아론소 키하노로 돌아와 생을 마치게 된다.

세르반테스는 이 작품의 맺음말에서, 〈돈 키호테〉는 당시 권세를 자랑하던 기사도 이야기를 타도하기 위해 쓰여졌다고 작품 의도를 밝힌 바 있다. 즉 패러디를 통한 과거 시대 이야기의 부정이었던 것이다. 하지만 진짜 소설은 소설에 대해 발하는 부정에 의해 시작된다. 이렇게 해서 〈돈 키호테〉는 기사도 이야기 타도라는 당초의 목적을 훨씬 뛰어 넘어서, 이야기(기사도 이야기)가 현세(17세기 초기의 스페인)에 있어 유효한가 하는 서적과 현실의 관계에 대한 테마에 이름으로써 근대 문학의 새로운 장을 열었으며, 이는 오늘날까지도 여전히 문학 전체를 통해 주요한 테마가 되어 오고 있다.

● 주인공 하이라이트

세르반테스 시대의 스페인에서는 '성직자나 병사가 한 명도 없는 가정은 한 집도 없다.'고 일컬어지는데, 이는 카톨릭에 의한 세계 제패라는 야망에 사로잡혀 있던 당시 스페인을 잘 말해 주고 있다. 콜럼버스에 의한 신대륙 발견에 따라 세계에 진출한 스페인은 펠리페 2세의 치세에 이르러 '태양이 지지 않는 대제국'을 수립했다. 하지만 이러한 영광도 그리 오래 가지 못한 채 1588년 '무적함대'의 파멸과 함께 급격히 쇠락해 간다. 이러한 조국과 운명을 함께 하며 실의에 빠진 50대 중반의 세르반테스가, 스페인과 자신의 영웅시대를 쓸쓸한 미소 속에서 돌아보며 쓰기 시작한 것이 〈돈 키호테〉일 것이다.

'이 철의 시대에 황금시대를 되살리기 위해 하늘의 뜻에 따라 태어났다.'고 하는 사명감을 갖고 말라빠진 말에 올라타 비틀비틀 걸어가는 초로의 기사 돈 키호테는, 기사도 이야기광에 대한 풍자인 동시에 지나치게 세력을 떨치려 했던 스페인과 자기 자신에 대한 애정이 담긴 풍자이기도 했다. 여러 차례의 좌절을 맛본 뒤 돈 키호테는 고향으로 돌아가 꿈에서 깨어난 뒤 세상을 뜨는데, 그때 카톨릭에 의해 세계 정복의 꿈이 깨어진 스페인도 이미 세계사의 무대 전면에서 모습을 감추고 있었던 것이다.

● 작가의 생애

미구엘 데 세르반테스(Miguel de Cervantes), 스페인의 작가. 1547년 마드리드 근교의 대학촌인 알칼라 데 에나레스에서 출생했다. 아버지는 외과의사였으나, 각지를 전전하는 불안정한 생활을 하고 있었다. 그로 인해 정규 교육은 거의 받지 못했으나, 69년 인문학자인 로페스 데 오요스가 편집한 펠리페 2세의 왕비 추도 시문집에는 세르반테스의 시가 3편이나 수록되어 있다.

70년 이탈리아로 건너가 군대에 들어갔으며, 이듬해 역사상 유명한 '레판토 해전'에서 영웅적인 활약을 했으나, 총에 맞아 그의 왼팔은(그의 말을 빌리면 '오른손의 영예를 높이기 위해') 평생 말을 듣지 않게 되었다. 전공을 인정받아 제독인 돈 후안 데 아우스트리아에게서 감사장을 받고 돌아오던 도중 터키의 갈레 선의 공격을 받아 포로가 되었으며, 그후 5년간 알제리에서 노예생활을 하게 된다. 그 사이 시도한 4차례의 탈주는 모두 실패로 끝났으며 그로 인해 사형의 위기에 놓이기도 했으나, 항상 동료들을 감싸는 그의 호탕함이 적까지도 감복시켜 살아남을 수 있었다. 이윽고 그곳에서 풀려나 11년 만에 스페인으로 돌아오는데, 여기서 세르반테스의 생애에 있어 영웅적인 시기는 막을 내린다. 그때까지의 공적이 무시되고, 바라던 관직도 얻지 못하게 되자 세르반테스는 문필로 자립하기로 결심하여 희곡을 썼지만 성공하지 못했다. 84년 18세 연하의 카탈리나 데 팔라시오스와 결혼. 그녀의 지참금으로 생활이 소강 상태를 보였던 것도 잠시, 85년 아버지의 죽음에 의해 가족들을 부양해야 될 처지에 놓이자 붓을 놓고 '무적함대'의 식량징발 계원, 그리고 징세원으로 전락하여 안달루시아 지방을 헤매고 다녔다. 그러는 동안 주교의 영지에서 지나친 징발을 했다가 교회로부터 파문을 당하기도 하고, 공금을 맡겨 둔 은행가가 실종됨으로써 옥에 갇히기도 했다. 이는 세르반테스의 생애에 있어 굴욕의 시기였으나, 이러한 역경 속에서 〈돈 키호테〉가 생겨났던 것이다.

1605년 58세의 나이에 발표한 이 작품은 출판과 동시에 대단한 평판을 얻었고 각지에서 판을 거듭했지만, 판권을 헐값에 팔아넘긴 탓에 생활은 조금도 나아지지 않았다. 그러나 이러한 성공 후, 16년 죽음에 이르기까지 정력적인 창작 활동을 멈추지 않았으며, 12편의 단편소설을 모은 〈모범 소설집〉〈돈 키오테 후편〉, 그리고 사후에 출판된 〈페르실레스와 시히스문다의 모험〉이라는 대표작들은 모두 만년에 집중되어 있다.

● 기억할 만한 명구

오오, 질투여! 무한한 악의 근원, 덕을 좀먹는 벌레여! 어떠한 악이든 거기에는 일말의 기쁨이 따라오지만, 질투가 가져오는 것이란 불쾌와 원망, 분노뿐이다.　　　　　　　(〈돈 키호테 후편〉 제8장)

전쟁에서 받은 상처는 그 어떤 명예로써도 보상받지 못한다.
　　　　　　　　　　　　　　　　　　(〈돈 키호테 후편〉 서문)

✱ 세르반테스는 어린 시절부터 길가에 떨어진 종이 조각이라도 글자가 적혀 있는 것이면 반드시 주워서 읽어 볼 만큼 독서광이었다고 한다.
✱ 투르게네프는 돈 키호테를 '신념의 상징'이라고 호의적으로 해석한 데 비해 햄릿은 '의심의 상징'이라고 평했는데, 이러한 2대 성격을 창조해 낸 셰익스피어와 세르반테스는 우연히도 같은 날인 1616년 4월 23일 세상을 떠났다.

110 인형의 집 (Et Dukkehjem)
입센 (1828~1900)

● 작품의 줄거리

노라는 결혼한 지 8년째를 맞고 있으며, 지금은 세 아이의 어머니이다. 남편 헤르멜은 '아무리 어려워도 헛된 꿈은 꾸지 않는다.'는 주의를 가진 성실하고 정직한 노력가이며, 이제 해가 바뀌면 은행 이사로 취임할 예정이다. 게다가 남편은 자신을 사랑하고, 자신도 또한 남편을 믿고 사랑한다.

가족의 앞날은 무척 밝으며, 만일 '그것'만 남편이 눈치채지 못하도록 잘 처리한다면 아내로서, 그리고 어머니로서 자신만큼 행복한 여자도 없을 것이라고 여기고 있다. '그것'이란 결혼한 지 얼마 안 됐을 무렵, 남편의 병을 치료하기 위해 이탈리아로 요양을 떠난 적이 있는데, 그때 형편이 다급해서 고리대금업자인 크로커스타라는 인물로부터 아무도 모르게 돈을 빌린 일이다.

그녀는 살림을 알뜰히 꾸려 가고 남편 몰래 작은 부업을 하여 조금씩 그 돈을 갚아 나갔는데, 그녀에게 그것은 이제 '즐거운 비밀'이자 '긍지'이기도 했다. 그런데 그때 그녀는 차용증서의 보증인 난에 자신의 아버지 이름을 적고 자신이 대신 서명을 했다.

어느 날 그 사실을 알게 된 크로커스타는 이 일을 공표하면 그녀는 위증죄로 걸리게 된다고 위협한다. 그의 이러한 위협은 사실 다른 이유가 있기 때문이다. 현재 노라의 남편이 취임하게 될 은행에 다니고 있는 그는, 그녀의 남편이 부임에 앞서 해고자 명단에 자신의 이름을 올려놓은 사실을 알고 그것을 막아 보려는 속셈이다. 그러나 노라는 '딸에게는 아버지한테 걱정을 끼치지 않을 권리가 있고, 아내에겐 남편의 생명을 구할 권리가 있는 것'이라고 항변한다.

마침내 크로커스타의 본뜻을 알게 된 노라는 하는 수 없이 남편에게 그를 해고하지 말아 달라고 간청하지만, 강직한 성품을 지닌 남편은 노라의 청을 일언지하에 거절하고 해고 발령을 내버린다. 그러자 크로커스타는 남편에게 편지를 보내 노라의 '비밀'을 폭로해 버리고, 사실을 알게 된 남편은 격분하여 입에 담지 못할 폭언을 아내에게 퍼붓는다. 하지만 노라의 옛친구인 린데 부인의 노력으로 차용증서를 되돌려 받자, 남편은 "노라, 우린 이제 살았어!"라며 태도를 일변하여 다시 노라의 부드럽고 충실한 '보호자'가 되어 주려 한다.

하지만 노라에게는 그러한 남편이 이제 타인으로만 비쳤다. 지금까지 자신은 단순히 인형처럼 취급되어 귀여움을 받고 살아온 데 불과하다는 생각이 든 것이다. 이렇게 해서 그녀는 결혼반지를 남편에게 빼어 준 뒤 세 아이를 남겨 둔 채 집을 나온다. 그것은 바로 자신이 인형 같은 역할을 하는 아내이자 여자이기 이전에, '무엇보다 먼저 인간'이고 싶다는 자각에서 비롯된 것이다.

●주인공 하이라이트

세 아이를 남겨 두고 가출한 노라의 행위는 이 희곡이 발표될 당시(1879년) 시끌벅적한 사회적 반향을 불러일으켰다. 그 중 하나는 노라를 감히 여성의 말석에도 앉힐 수 없는 그런 자로 모는 비난이며, 또 하나는 노라야말로 새로운 여성의 전형이라고 하는 찬양이었다. 입센은 노르웨이의 현대 사회를 무대로 삼아 이 작품을 쓴 것인데, 이 시대가 세계적인 사상의 대전환기에 있었기 때문에 전유럽의 주목을 받게 되었다. 또한 노라뿐만 아니라 입센 자신도 여성 해방 운동의 선구자로 간주되었으며, 작품 자체도 이른바 사회극·문제극의 명작으로 평가

되기에 이르렀다.

 그러나 입센이 이 작품에서 의도한 것은 결혼이란 무엇인가, 사랑이란 무엇인가, 인간의 행복이란 무엇인가 하는 영원의 문제였다. 입센은 그것을 가정극 형식으로 묘사함으로써 근대 사실극의 확립을 꾀하려고 했다. 이 희곡이 3막극이며, 무대가 헤르멜 가로 한정되고, 크리스마스를 사이에 둔 3일 동안에 모든 것이 끝난다는 응축된 구조를 지닌 것도 그 때문이다. 그 대신 입센은 등장인물의 의상이나 소도구에도 극의 움직임을 암시하는 상징적인 수법을 사용했다.

● **작가의 생애**

 헨릭 입센(Henrik lbsen), 노르웨이의 시인·극작가. 1828년 노르웨이 남부의 조그만 항구 도시 시엔에서 부유한 상인의 아들로 태어났다. 7살 때 아버지가 파산하자 15살 때 역시 작은 항구 도시인 그림스타로 나와 약국 견습 사원으로 일하며 대학 입학 자격시험 준비를 했으나 대학 입시에 실패했다. 그 사이 시작을 시작하게 되었으며, 30살 때 처녀희곡〈카탈리나〉를 완성하여 친구의 도움으로 자비 출판했다. 이후 희곡, 시, 평론으로 내셔널리즘 운동의 일익을 담당했다. 베르겐에 국민극장이 설립되자 그는 곧 무대감독 겸 전속작가로 맞아들여졌다. 본격적인 극작 수업에 들어간 것은 이때부터였다.

 29살 때 수도인 크리스타니아(지금의 오슬로)의 노르웨이 극장 예술감독으로 취임하였으나 극장은 경영난으로 곧 폐쇄되었다. 이 무렵 이미 베르겐의 목사 딸인 스잔나와 결혼하여 아이까지 둔 그는 앞길이 막막해져 자살까지 생각하기도 했다. 36살 때 겨우 정부의 여행자금을 손에 넣어 로마로 향한다. 이후 그는 27년간 이탈리아, 독일을 유랑하면서〈브랑〉〈페르 귄트〉〈인형의 집〉〈유령〉〈민중의 적〉〈들오리〉〈로스메르 저택〉〈바다에서 온 부인〉〈헤다 가블러〉등 많은 걸작을 써서 서구 근대극의 일인자로 세계적 명성을 얻게 되었으나, 오랜 세월에 걸친 이러한 외국 생활을 그 스스로는 '자기 망명'이라 칭하고 있다.

1891년 63살의 나이로 고국에 돌아와 크리스타니아에 정착했는데, 이 무렵부터 신비주의적·상징주의적 경향이 농후한 작품을 발표하게 되었다. 〈건축가 솔네스〉〈조그만 이욜프〉〈욘 가브리엘 보르크만〉, 그리고 '3막의 극적 에필로그'라는 부제가 붙은 〈우리들 죽은 자가 눈뜰 때〉라는 네 작품이 이에 해당한다. 1990년 72살의 나이에 동맥경화증으로 사망했으며, 국장의 예를 받았다.

✽ 어느 날 북구의 한 부인이 남편과 아이를 버리고 연인과 함께 로마로 사랑의 도피를 했다. 그런데 그곳에 사는 교포들로부터 따돌림을 당하자, 그녀는 입센에게 울며 매달렸다. 그러자 입센은 이렇게 대답했다고 한다. "하지만 저의 노라는 혼자서 집을 나왔지요."

✽ "진실로 요구되어야 할 것은 인간 정신의 혁명입니다"──이것이 입센의 모티브였다. 그와 친교가 있었던 덴마크의 명 문예비평가인 브란데스는 이 편지를 받고, 이것이 입센의 '시적 강령의 모든 것'이라고 인정했다.

111 퀴 바디스 (Quo Vadis)
솅키에비치 (1846~1916)

●**작**품의 줄거리

1세기 중엽의 로마 제국. 퇴폐적이고 호화로운 궁정생활을 하며 환락과 폭식에 젖어 사는 폭군 네로는 시적 감흥을 얻기 위해 로마에 불을 지르고, 그 책임을 신흥 종교인 기독교에 전가하여 신자들을 대학살하는 만행을 저지른다. 그러나 사랑의 가르침대로 사는 기독교 신자들의 정신적 우월성까지 억압할 수는 없었다.

한편 청년 귀족인 비니키우스는 유복한 환경 속에서 직정적이고 저돌적인 무인으로 살아오다가 헬레니즘 세계로부터 기독교의 가르침 속에서 회심하게 된다. 그 계기가 된 것은 인질로 잡혀 온 이민족의 왕의 딸 리기아 때문이었다. 처음에 그는 그녀의 육체적인 아름다움에 넋을 빼앗긴 것이었지만, 점차 열렬한 기독교 신자인 그녀와 가까워짐에 따라 사랑은 지극히 정신적인 것으로 고양되어 간다. 이렇게 해서 두 사람은 굳게 맺어지지만, 곧 대학살의 여파로 리기아가 체포되고, 물소뿔과 대결하기 위해 투기장으로 끌려가는 신세가 된다. 하지만 그녀의 충실한 부하였던 우르스스의 괴력에 힘입어 기적적으로 소생하고, 이에 감동한 신하들은 그녀를 살려 주도록 간청한다.

이윽고 군대의 반란이 계속되고 모든 신하들이 등을 돌리자, 네로는 스스로 자신의 목을 찔러 죽음을 택한다. 비니키우스와 리기아는, 베드로와 바울의 순교를 뒤로 하고 황폐한 로마를 떠나 사랑과 평화가 넘치는 곳에서 새로운 생활을 시작하게 된다.

● 주인공 하이라이트

봄날처럼 다사롭고, 오로라처럼 아름다우며, 내부에 불 같은 정열을 지니고 있으면서도 조용하고 온건한 리기아――이는 작가에 의해 이상화된 히로인이라고 해야 할 것이다. 그녀가 현재의 폴란드 령에 해당하는 북방 주민인 슬라브 족 출신이라는 설정만 보아도 그것을 짐작할 수 있을 듯하다. 리기아는 얼핏 보기에는 연약해 보이지만 굳건한 신앙심을 통해 자신과 주변 사람들을 올바른 길로 이끌어 주는 강인함을 지닌 여성이다.

그리고 군인답게 무골이며 외모 또한 늠름한 미남인 비니키우스는 리기아와 가까워짐으로써 방탕한 생활로부터 진실한 사랑의 세계에 눈을 뜨게 된다. 이런 기독교적인 세계와 헬레니즘 세계를 대표하는 주인공으로서는, 네로의 신하이며 〈사티리콘〉의 작자로 알려진 페트로니우스가 있다.

● 작가의 생애

헨릭 솅키에비치(Henryk Sienkiewicz), 폴란드의 작가. 1846년, 러시아의 점령하에 있던 포드리아의 소귀족 가문에서 출생했다. 바르샤바 대학을 마친 뒤 1876년 미국을 여행했으며, 일찍부터 작가생활을 시작하여 사실적인 장·단편 작품을 꾸준히 발표했다. 사상적으로는, 잇따른 반란의 실패 후 경제기술의 진보와 초계급적인 봉사를 통해 내일의 희망을 발견하려 한 폴란드 실증주의의 영향을 강하게 받았다. 그의 본령은 어디까지나 역사소설이라 할 수 있는데, 17세기 국난시대의 민족적 저항을 그린 〈대홍수〉를 정점으로 한 3부작(1884~88년) 등이 국민문학으로 널리 사랑을 받았다. 1905년 〈쿼 바디스〉에 의해 노벨 문학상을 수상하는 영예를 안았다. 이 작품 역시 박해받는 정의의 궁극적인 승리를 그림으로써 당시 독립을 잃고 있던 폴란드 국민을 격려할 목적으로 썼다고 보아도 무방할 것이다. 제1차 세계대전 중 난민구제 활동과 독립을 위해 애쓰다가, 목전에 다가온 조국 독립을 보지 못한 채 1916년 스위스에서 객사했다.

●기억할 만한 명구

쿼 바디스 도미네 *Quo vadis, Domine?* (주여, 어디로 가시나이까?)

(사도인 베드로가 광기 어린 기독교도 사냥으로 인해 아수라장으로 변한 로마를 빠져나와 길을 걷다가 문득 예수의 모습을 발견하고 놀라서 물은 말이다. "네가 백성을 버린다면 내가 가서 다시 십자가에 매달리겠노라." 하는 예수의 대답을 듣고 베드로는 다시 로마로 돌아가 순교했다. 소설의 제목은 바로 여기서 따온 것이다.)

✽ 로마 시대를 다룬 문학작품은 이미 〈쿼 바디스〉가 나오기 전, 유명·무명의 작가에 의해 100편 이상의 작품들이 나와 있었다. 이로 인해 발표 당시 표절시비로 한때 소란한 논의가 일기도 했으나, 경이적인 베스트셀러를 기록한 것은 이 작품뿐이었다.

■부록 1 – 노벨 문학상 수상자 일람표

1901 R.F.A. 쉴리프뤼돔(프랑스) 시인. 〈미술에 있어서의 표현에 관하여〉
1902 T. 몸젠(독일) 역사가. 〈로마사〉〈라틴비문집(碑文集)〉〈로마공법〉
1903 B. 뵈른손(노르웨이) 시인·소설가. 〈고대 북유럽 가요의 연구〉
1904 F. 미스트랄(프랑스) 시인. 〈미레이오〉
　　 J. 에체가라이(스페인) 극작가. 〈보복자의 처〉〈광기냐 신성이냐〉
1905 H. 솅키에비치(폴란드) 소설가. 〈쿠오 바디스〉
1906 G. 카르두치(이탈리아) 시인. 〈청춘시집〉〈악마송가〉〈신시집〉
1907 R. 키플링(영국) 소설가·시인. 〈고원설화〉〈정글북〉〈킴〉〈일곱 개의 바다〉〈퇴장(退場)의 노래〉
1908 R. 오이켄(독일) 철학자. 〈대사상가의 인생관〉〈정신적 생활 내용을 위한 투쟁〉
1909 S.O.L. 라게를뢰프(스웨덴) 여류작가. 〈괴스타 베를링 이야기〉〈예루살렘〉〈닐스 소년의 신비로운 여행〉〈환상의 마차〉
1910 P. 폰 하이제(독일) 소설가·극작가. 〈라라비아타〉〈낙원에서〉〈메란 단편집〉
1911 M. 마테를링크(벨기에) 시인·극작가. 〈파랑새〉〈빈자의 보물〉〈지혜와 운명〉
1912 G. 하우프트만(독일) 소설가·시인·극작가. 〈해뜨기 전〉〈직조공〉〈가련한 하인리히〉〈에르가〉
1913 R. 타고르(인도) 시인·소설가. 〈기탄잘리〉〈우체국〉〈금으로 만든 작은 배〉〈고라〉
1914 수상자 없음
1915 R. 롤랑(프랑스) 소설가·극작가·평론가. 〈장 크리스토프〉〈베토벤의 생애〉〈매혹된 영혼〉
1916 G.V. 폰 헤이덴스탐(스웨덴) 소설가. 〈칼왕의 부하〉
1917 K. 겔레루프(덴마크) 소설가. 〈순례자 카마노타〉〈이상주의자〉
　　 H. 폰토피단(덴마크) 〈약속된 땅〉〈운 좋은 페어〉〈사자(死者)의 왕국〉
1918 수상자 없음
1919 C. 슈피텔러(스위스) 소설가·시인. 〈올림피아의 봄〉〈코란트 중위〉
1920 K. 함순(노르웨이) 소설가. 〈토지의 혜택〉〈굶주림〉〈세겔포스의 리〉〈빅토리아〉
1921 A. 프랑스(프랑스) 소설가. 〈신들

은 목마르다〉〈붉은 백합〉〈흰돌 위에서〉
1922 J. 베나벤테(스페인) 극작가.〈조작된 이해(利害)〉〈사모님〉〈바다를 난 나비〉〈토요일밤〉
1923 W.B. 예이츠(아일랜드) 시인·극작가.〈어신의 방랑〉〈최후의 시집〉
1924 W. 레이몬트(폴란드) 소설가·폴란드 최대의 국민작가.〈농민〉〈약속된 땅〉
1925 G. B. 쇼(영국) 극작가·소설가·비평가.〈인간과 초인〉〈메슈젤라에 돌아오라〉〈홀아비의 집〉
1926 G. 델레다(이탈리아) 여류소설가.〈엘리아스 포루톨루〉〈코지마〉〈바람에 흔들리는 갈대〉〈동방의 별〉
1927 H. 베르그송(프랑스) 철학자.〈의식에의 직접여건론〉〈물질과 기억〉〈창조적 진화〉
1928 S. 운세트(노르웨이) 여류작가.〈크리스틴 라브란스 다테르〉〈말타올리에 부인〉〈아우둔의 아들 울라브〉
1929 T. 만(독일) 소설가.〈부덴브로크 가(家) 의 사람들〉〈베니스에서 죽다〉〈마(魔) 의 산〉
1930 S. 루이스(미국) 소설가.〈메인 스트리트〉〈애로 스미스〉〈엘머 갠트리〉〈도즈워스〉
1931 E. A. 카를펠트(스웨덴) 시인.〈프리돌린의 노래〉〈프리돌린이 놀던 뜰〉〈플로라와 벨로나〉
1932 J. 골즈워디(영국) 소설가·극작가.〈포사이트 가(家) 의 이야기〉〈현대 희극〉〈말장(末章)〉
1933 I. A. 부닌(소련) 소설가.〈마을〉〈낙엽〉
1934 L. 피란델로(이탈리아) 소설가·극작가.〈엔리코 4세〉〈고(故) 마티아 파스칼〉〈1, 무(無), 10만(萬)〉
1935 수상자 없음
1936 E. G. 오닐(미국) 극작가.〈느릅나무 그늘에서의 욕망〉〈지평선 너머〉〈이상한 막간(幕間)〉〈상복(喪服)이 어울리는 엘렉트라〉
1937 R. 마르탱 뒤 가르(프랑스) 소설가·극작가.〈티보 가(家) 의 사람들〉〈장바로아〉
1938 펄 벅(미국) 여류소설가.〈대지〉〈아들들〉〈갈대는 바람에 시달려도〉〈분열된 가정〉〈이 자랑스러운 마음〉〈향토〉
1939 F. E. 실란페(핀란드) 소설가.〈인생과 태양〉〈요절(夭折)〉〈사나이의 길〉〈여름밤의 사람들〉
1940 세계대전으로 시상 중단
1943 수상자 없음
1944 J. V. 옌센(덴마크) 소설가·시인.〈긴 여행〉
1945 G. 미스트랄(칠레) 여류시인·교육자.〈비수(悲愁)〉〈개간〉〈상냥함〉
1946 H. 헤세(스위스) 소설가·시인.〈수레바퀴 밑에서〉〈데미안〉〈유리알 유희〉
1947 A. 지드(프랑스) 소설가·평론가.〈좁은문〉〈전원교향악〉〈배덕자〉

〈앙드레 왈테르의 수기〉〈사전군들〉
1948 T. S. 엘리엇(영국) 시인·평론가. 〈황무지〉〈칵테일 파티〉〈4개의 4중주곡(四重奏曲)〉
1949 W. 포크너(미국) 소설가. 〈음향과 분노〉〈성단(聖壇)〉〈8월의 양광(陽光)〉〈압살롬, 압살롬!〉
1950 B. A. W. 러셀(영국) 철학자·평론가. 〈철학에 있어서의 과학적 방법〉〈자유와 조직〉〈권위와 개인〉
1951 P. 라게르크비스트(스웨덴) 소설가·시인. 〈바라바〉〈불끈 쥔 주먹〉〈난쟁이〉
1952 F. 모리악(프랑스) 소설가. 〈테레스 데케이루〉〈문둥이에의 키스〉〈사랑의 사막〉〈검은 수첩〉
1953 W. L. S. 처칠(영국) 정치가. 〈제2차 세계대전 회고록〉
1954 E. 헤밍웨이(미국) 소설가. 〈태양은 다시 떠오른다〉〈무기여 잘 있거라〉〈누구를 위하여 종은 울리나〉〈노인과 바다〉
1955 H. K. 락스네스(아이슬랜드) 소설가. 〈독립된 백성〉〈영웅 이야기〉〈아이슬랜드의 기록〉
1956 J.R. 히메네스(스페인) 시인. 〈프라테로와 나〉〈신혼 시인의 일기〉〈엘레지〉
1957 A. 카뮈(프랑스) 소설가·극작가·평론가. 〈이방인〉〈페스트〉〈오해〉〈시지프스의 신화〉〈전락(戰落)〉〈반항적 인간〉
1958 B. L. 파스테르나크(소련) 시인·소설가. 〈닥터 지바고〉〈구름 속의 쌍생아〉(사퇴)
1959 S. 콰지모도(이탈리아) 시인. 〈인생은 꿈이 아니다〉〈시인과 정치〉
1960 생종 페르스(프랑스) 외교관·시인. 〈찬가〉〈원정〉
1961 I. 안드리치(유고슬라비아) 〈드리나 강의 다리〉〈보즈니어 이야기〉
1962 J. E. 스타인벡(미국) 소설가. 〈에덴의 동쪽〉〈분노의 포도〉〈울적한 겨울〉〈생쥐와 사람〉
1963 G. 세페리스(그리스) 시인·외교관. 〈분기점(分岐點)〉〈항해일지 A,B,C〉〈연습장〉〈개똥지빠귀〉
1964 J. P. 사르트르(프랑스) 작가·평론가·철학자. 〈구토〉〈존재와 무〉〈자유에의 길〉〈악마와 신〉〈변증법적 이성비판〉
1965 M. A. 숄로호프(소련) 소설가. 〈고요한 돈 강〉〈증오의 학문〉〈인간의 운명〉
1966 S. Y. 아그논(이스라엘) 소설가. 〈혼례(婚禮)〉〈공포의 하루〉〈바다의 한가운데서〉
N. 작스(스웨덴) 여류시인·극작가. 〈엘리〉〈죽음의 집에서〉
1967 M. A.아스투리아스(과테말라) 소설가. 〈과테말라 전설집〉〈대통령 각하〉
1968 가와바타 야스나리(일본) 소설가. 〈설국(雪國)〉〈천우학(千羽鶴)〉
1969 S. 베켓(아일랜드) 소설가·극작가. 〈고도를 기다리며〉〈승부의 종말〉
1970 A. I. 솔제니친(소련) 소설가. 〈암병동〉〈이반 데니소비치의 하루〉

〈수용소 군도〉
1971 P. 네루다(칠레) 시인·외교관. 〈황혼의 세계〉〈포도와 바람〉〈세계의 종말〉
1972 H. 뵐(독일) 작가. 〈기차는 늦지 않았다〉〈카타리나 블룸의 잃어버린 명예〉
1973 P. 화이트(호주) 소설가. 〈아주머니 이야기〉〈폭풍의 눈〉〈보스〉
1974 H. E. 마르틴손(스웨덴) 소설가·시인. 〈아니아라〉〈케이프여 안녕〉
E. O. V. 욘손(스웨덴) 소설가. 〈해변의 파도〉
1975 E. 몬탈레(이탈리아) 시인. 〈기회〉〈폭풍과 기타〉〈71년과 72년의 일기〉
1976 S. 벨로(미국) 소설가. 〈험볼트의 선물〉〈희생자〉
1977 V. 알레익산드레(스페인) 시인. 〈마음의 역사〉〈파괴, 또는 사랑〉〈인식의 대화〉
1978 I. B. 싱거(미국) 작가. 〈고레이의 사탄〉〈짧은 금요일과 그밖의 이야기〉
1979 O. 엘리티스(그리스) 시인. 〈방향〉〈제1의 태양〉〈알바니아에서 쓰러진 소위에게 바치는 애도의 노래〉
1980 C. 미워슈(폴란드) 시인·수필가. 〈한낮의 밝음〉〈이시의 계곡〉〈사로잡힌 마음〉
1981 E. 카네티(영국) 소설가·사상가. 〈현운(眩暈)〉〈결혼식〉〈군집(群集)과 권력〉
1982 G. 마르케스(콜롬비아) 소설가. 〈백년 동안의 고독〉〈족장의 가을〉
1983 W. 골딩(영국) 소설가. 〈파리 대왕〉〈상속자들〉
1984 야로슬라프 사이페르트(체코) 시인. 〈비너스의 손〉〈어머니〉
1985 클로드 시몽(프랑스) 소설가. 〈사기꾼〉〈바람〉〈플랑드르로 가는 길〉
1986 오레 소잉카(나이지리아) 극작가·소설가·교육자. 〈사라와 보석〉〈숲의 춤〉〈통역〉
1987 Y. A. 브로드스키(소련) 소련 출신 유태계 미국 시인. 〈존 던에게 바치는 비가〉〈연설 한 토막〉〈하나도 채 못 되는〉
1988 나기브 마흐푸즈(이집트) 작가. 〈우리동네 아이들〉〈수색자〉〈미라마르〉
1989 카밀로 호세 셀라(스페인) 소설가. 〈파스쿠알 두아르테의 가족〉〈요양소〉〈벌집〉
1990 옥타비오 파스(멕시코) 시인. 〈격렬한 계절〉〈언어상의 자유〉〈동사면〉
1991 나딘 고디마(남아프리카) 여류소설가. 〈금요일의 발자국〉〈낯선 자의 세계〉
1992 데릭 월콧(세인트 루시아), 시인이며 극작가·화가. 〈오메로스〉〈또 다른 인생〉〈원숭이 산에서의 꿈〉

■ 부록 2 – 문학사 연표

연대	세계 문학의 명저	연대	세계 사회사상 명저	연대	세계의 정치·사회사
기원전		기원전		기원전	
800경	호메로스 〈일리아스〉〈오디세이아〉	1000	〈리그 베다〉완성	492	페르시아 전쟁(그리스 대 폴리스 연합)
		600	〈아베스타〉완성		
599경	아이소포스 〈이솝 우화집〉	430	헤로도토스〈역사〉	444	아테네 최성기를 맞이함
		420	투키디데스〈역사〉		
431	소포클레스 〈오이디푸스 왕〉	350	플라톤 〈소크라테스의 변명〉〈국가론〉	431	펠로폰네소스 전쟁
				334	알렉산더 대왕, 동방원정 개시
411	아리스토파네스 〈여인의 평화〉	300	아리스토텔레스 〈형이상학〉〈정치학〉	264	포에니 전쟁 시작
200경	발미키〈라마야나〉	270	아르키메데스 〈액체에 뜨는 물체에 관하여〉	273	스파르타쿠스의 반란
				260	로마, 제1회 삼두정치
			유클리드 〈기하학 원론〉	258	카이사르, 갈리아 원정
		149	카토〈농업론〉	227	로마 제정 시작
		148	카이사르 〈갈리아 전기〉		
기원		기원		기원	
1100경	〈아라비안 나이트〉	17	리비우스〈로마 건국사〉	64	네로 황제, 기독교도 박해
1200경	하르트만 〈가련한 하인리히〉	80	타키투스 〈게르마니아〉	391	테오도시우스 황제, 기독교를 국교화
1307	단테〈신곡〉(~53)	100	〈그리스 신화〉가 집대성됨	395	로마 제국 동서로 분열
1348	보카치오 〈데카메론〉(~53)		플루타르크 〈플루타르크 영웅전〉	476	서로마 제국 멸망
1393	초서〈캔터베리 이야기〉			1077	카노사의 굴욕
		200	〈신약성서〉이 무렵에 완성	1096	제1회 십자군 출발
				1215	(영)마그나 카르타를 제정
		413	아우구스티누스 〈신국론〉〈고백론〉	1338	영불 백년전쟁 발발
		534	유스티니아누스 〈로마법 대전〉	1347	유럽에 페스트 유행
				1451	동로마 제국 멸망

연 대	세계 문학의 명저	연 대	세계 사회사상 명저	연 대	세계의 정치·사회사
		1265	토마스 아퀴나스 〈신학대전〉 마르코 폴로 〈동방견문록〉	1479	에스파니아 제국 성립
		1400	이탈리아 르네상스 시작됨		
		1440	크사누스 〈무지의 지〉		
1522	라블레 〈팡타그뤼엘 이야기〉	1511	에라스무스 〈우신예찬〉	1517	루터의 종교개혁 시작됨
1534	라블레 〈가르강튀아 이야기〉	1516	토머스 모어 〈유토피아〉	1519	마젤란, 세계일주 출발
1592	말로 〈포스터스 박사의 비극〉	1520	루터 〈기독교인의 자유〉	1524	독일 농민전쟁 발발
1595	셰익스피어 〈로미오와 줄리엣〉	1532	마키아벨리 〈군주론〉	1536	칼뱅 종교개혁에 착수
1959경	셰익스피어 〈베니스의 상인〉	1536	칼뱅 〈기독교 요강〉	1558	(영)엘리자베스 1세 즉위
		1543	코페르니쿠스 〈천구의 회전에 관하여〉		
		1576	보댕 〈국가론〉		
1602	셰익스피어 〈햄릿〉	1609	케플러 〈신천문학〉	1600	(영)동인도회사 설립
1604	셰익스피어〈오셀로〉	1620	베이컨 〈노붐 오르가눔〉	1620	메이플라워 호에서 영국 청교도 북미에 상륙
1605	세르반테스〈돈 키호테〉(~15)	1625	그로티우스 〈전쟁과 평화의 법〉		
1606	셰익스피어〈맥베스〉	1628	코크〈영국법 제요〉	1628	(영)권리청원
1637	코르네이유〈르 시드〉	1632	갈릴레이 〈천문학 대화〉	1642	(영)퓨리턴 혁명
1664	몰리에르〈타르튀프〉	1637	데카르트〈방법서설〉	1648	베스트팔렌 조약 체결 (스위스·네덜란드 독립승인)
1666	몰리에르〈인간혐오〉	1641	데카르트〈성찰〉		
1667	밀턴〈실락원〉	1651	홉스〈리바이어던〉	1649	(영)공화제 선언
1669	그리멜스하우젠 〈바보이야기〉	1670	파스칼〈팡세〉	1660	(영)왕정복고
1677	라신〈페드르〉		스피노자 〈정치신학론〉	1670	(러)스텐카 라진 농민반란을 일으킴
1678	라 하예트부인〈클레브 공작 부인〉	1686	라이프니츠 〈형이상학서설〉	1688	(영)명예혁명
	버니언〈천로역정〉	1689	뉴턴 〈프린카피아〉	1689	(영)권리장전
		1690	존 로크 〈통치론〉〈인간지성론〉		(러)표트르 1세 즉위

연대	세계 문학의 명저	연대	세계 사회사상 명저	연대	세계의 정치·사회사
1719	디포 〈로빈슨 크루소〉	1711	니부르 〈로마사〉	1701	프러시아 왕국 창립
1726	스위프트 〈걸리버 여행기〉	1720	라이프니츠 〈단자론〉		스페인 왕위계승 전쟁
		1726	그로트 〈그리스 사〉	1707	대영제국 성립
1731	프레보 〈마농 레스코〉	1734	볼테르 〈철학서간〉	1733	폴란드 계승전쟁 발발
		1735	린네 〈자연의 체계〉	1740	(프) 프리드리히 대왕 즉위
		1739	흄 〈인성론〉		
		1746	디드로 〈철학단상〉	1756	프러시아, 오스트리아 7년전쟁 발발
1749	필딩 〈톰 존스 이야기〉	1748	몽테스키외 〈법의 정신〉		
1762	디드로 〈라모의 조카〉			1774	(불)루이 14세 즉위
1774	괴테 〈젊은 베르테르의 슬픔〉	1751	디드로, 달랑베르 등 〈백과전서〉 간행	1773	미국에서 보스턴 차 사건
1779	실러 〈군도〉	1755	루소 〈인간 불평등 기원론〉	1775	미국 독립전쟁 발발
1782	라클로 〈위험한 관계〉				
1784	보마르셰 〈피가로의 결혼〉	1758	케네 〈경제표〉	1776	미국 독립선언을 발표
		1762	루소 〈사회경제론〉〈에밀〉	1783	파리조약(영, 미의 독립승인)
1789	생 피엘 〈폴라 비르지니〉	1764	볼테르 〈철학사전〉	1789	프랑스 혁명 발발, 인권선언
1797	휠더린 〈히페리온〉		벡카리아 〈범죄와 형벌〉	1789	워싱턴 미국 초대대통령 취임
		1767	스튜어트 〈경제학 원리의 연구〉	1792	프랑스 왕정폐지 및 공화국 선언
		1776	스미스 〈국부론〉		
		1776	기번 〈로마제국 쇠망사〉	1793	(불)루이 14세 처형
		1781	칸트 〈순수이성비판〉		
			페스탈로치 〈게르트루트〉	1794	(불)테르미도르의 쿠데타
		1789	시에예스 〈제3신분이란 무엇인가〉	1795	제3회 폴란드 분할 (폴란드 멸망)
			벤담 〈도덕과 입법의 원리 서설〉	1798	(불)나폴레옹, 이집트 원정
		1790	버크 〈프랑스 혁명의 성찰〉	1798	대불동맹
		1791	토마스 페인 〈인간의 권리〉	1799	나폴레옹 전쟁 시작
		1794	콩도르세 〈인간정신의 전보사〉		
			피히테 〈전지식학의 기초〉		
		1798	맬서스 〈인구론〉		

연대	세계 문학의 명저	연대	세계 사회사상 명저	연대	세계의 정치·사회사
1801	샤토브리앙〈아탈라〉	1801	가우스〈정수론〉	1801	(영)아일랜드 합병
1802	노발리스〈푸른 꽃〉	1809	헤겔〈정신현상학〉	1804	나폴레옹, 황제에 즉위
	샤토브리앙〈르네〉	1808	푸리에〈4운동과 일반운동의 이론〉		나폴레옹 법전 성립
1808	괴테〈파우스트 제1부〉				
1811	클라이스트〈깨어진 항아리〉		피히테〈독일 국민에게 고함〉	1805	트라팔가르의 해전
				1806	신성로마제국 멸망
1813	오스틴〈오만과 편견〉	1809	셸링〈인간적 자유의 본질〉	1808	(미)노예무역 금지
1814	호프만〈황금 단지〉			1812	나폴레옹 군 러시아 원정 패퇴
1815	콩스탕〈아돌프〉	1812	헤겔〈대윤리학〉〈엔티클로페디〉		
1819	스콧〈아이반호〉			1813	대불제국민해방전쟁 발발
	어빙〈스케치북〉	1813	오언〈신사회관〉		
1823	푸슈킨〈예프게니 오네긴〉(~30)	1817	리카도〈경제학 및 과세의 원리〉	1814	연합군 파리 입성, 나폴레옹 퇴위
1826	쿠퍼〈모히칸 족의 최후〉	1819	시스몽디〈정치경제학 신원리〉		빈 회의 개막
				1815	나폴레옹 백일천하 신성동맹, 4국동맹 결성(영, 독, 러, 오)
	만조니〈약혼자〉		쇼펜하우어〈의지와 표상으로서의 세계〉		
1830	스탕달〈적과 흑〉				
1831	괴테〈파우스트 제2부〉				
1834	발자크〈골리오 영감〉	1821	헤겔〈법철학 요강〉	1818	아헨 열국회의 (5국동맹)
	포〈검은 고양이〉	1823	생 시몽〈산업자의 교리문답〉		
1835	발자크〈골짜기의 백합〉				(불)산업혁명기에 들어감
		1825	호지스킨〈노동옹호론〉		
1836	고골리〈검찰관〉			1823	(미)먼로주의 선언
1839	포〈어셔 가의 몰락〉	1826	플레베르〈인간의 교육〉	1825	(러)데카브리스트의 반란
	스탕달〈파르므의 수도원〉	1827	기조〈유럽 문명사〉	1829	그리스, 터키로부터 독립
1842	고골리〈죽어가는 영혼〉	1830	콩트〈실증주의강의〉(~42)	1830	(불)알제리아 점령 7월혁명 발발
1844	뒤마〈몽테크리스토 백작〉(~45)	1832	칼라일〈의복철학〉		벨기에 독립
		1835	토크빌〈미국에 있어서의 민주주의〉	1831	독일 관세공맹 성립
1845	E. 브론테〈폭풍의 언덕〉			1834	
		1836	에머슨〈자연론〉	1837	(영)빅토리아 여왕 즉위
	S. 브론테〈제인 에어〉	1837	칼라일〈프랑스 혁명사〉		
				1838	(영)차티스트 운동 시작
	메리메〈카르멘〉	1839	다윈〈비글호 항해기〉		
1848	뒤마〈춘희〉	1840	사비니〈로마법 대계〉	1839	이집트 사건
1849	디킨스〈데이비드 커퍼필드〉	1841	포이에르바흐〈기독교의 본질〉	1846	미국·멕시코 전쟁 발발(~48)

연 대	세계 문학의 명저	연 대	세계 사회사상 명저	연 대	세계의 정치·사회사
	상드 〈사랑과 요정〉	1841	리스트 〈경제학의 국민적 체계〉	1848	(미)캘리포니아에서 금광 발견
1850	호손 〈주홍글씨〉				(불)2월혁명(제2공화제)
1851	멜빌 〈백경〉	1843	키에르케고르 〈이것이냐, 저것이냐〉		
1852	스토 〈톰 아저씨의 오두막〉	1844	마르크스 〈경제학·철학 초고〉	1850	오스트레일리아에서 금광 발견, 자유이민 유입
1853	켈러 〈녹색의 하인리히〉	1845	마르크스, 엥겔스 〈독일 이데올로기〉	1851	런던 세계 박람회
	네르발 〈실비〉				
1854	소로 〈숲의 생활〉	1846	플루돈 〈경제적 제모순의 체계〉	1852	(불)루이 나폴레옹 즉위(제2제정)
1855	투르게네프 〈루딘〉				
1857	플로베르 〈보바리 부인〉	1847	미슐레 〈프랑스 혁명사〉	1854	크림 전쟁 발발
				1855	파리 만국박람회 개최
1859	디킨스 〈두 도시 이야기〉		마르크스 〈철학의 빈곤〉	1856	파리 열국회의 (파리조약)
	곤차로프 〈오블로모프〉	1848	마르크스, 엥겔스 〈공산당선언〉	1857	유럽의 경제공황 확대, 세포이의 반란
	오스트로프스키 〈뇌우〉		밀 〈경제학 원리〉	1858	(영)인도 합병
		1849	키에르케고르 〈죽음에 이르는 병〉	1859	수에즈 운하 기공
1861	투르게네프 〈아버지와 아들〉			1861	이탈리아 왕국 성립
		1851	쇼펜하우어 〈인생론〉		(러)농노해방 선언을 공포
1862	위고 〈레 미제라블〉	1859	밀 〈자유론〉		
1864	톨스토이 〈전쟁과 평화〉(~69)		다윈 〈종의 기원〉		(미)남북전쟁 발발
			마르크스 〈경제학 비판〉	1863	(미)링컨 노예해방 선언을 발표
1866	도스토예프스키 〈죄와 벌〉	1860	부르크하르트 〈이탈리아·르네상스기의 문화〉	1864	제1인터내셔널 결성
1873	톨스토이 〈안나 카레니나〉			1866	프러시아·오스트리아 전쟁 발발
	레스코프 〈매혹된 나그네〉	1861	메인 〈고대법〉	1869	수에즈 운하 개통
		1866	멘델 〈식물의 잡종에 관한 연구〉	1870	독불전쟁 발발
1877	졸라 〈목로주점〉			1871	독일제국 성립
1879	도스토예프스키 〈카라마조프의 형제들〉	1867	마르크스 〈자본론 제1권〉		(불)파리 코뮌 성립
				1877	러시아·터키 전쟁 발발
		1868	기르케 〈독일 단체법〉		
	입센 〈인형의 집〉	1869	밀 〈여성의 해방〉	1878	(독)사회당 진압법을 제정, 베를린 열국회의
	뷔히너 〈보이체크〉	1870	딜타이 〈정신과학 서설〉		
1881	제임스 〈어느 여인의 초상〉		니체 〈비극의 탄생〉	1879	독일·오스트리아 동맹 결의
1883	가르신 〈붉은 꽃〉				

연 대	세계 문학의 명저	연 대	세계 사회사상 명저	연 대	세계의 정치·사회사
1884	모파상 〈여자의 일생〉 트웨인 〈허클베리 핀의 모험〉	1872 1873	바쿠닌 〈국가와 아나키〉 롬브로소 〈범죄인〉		(불)라 마르세에즈 국가로 채택 (러)니힐리스트의 처형
1886	스티븐슨 〈지킬 박사와 하이드 씨〉	1877 1878	모르강 〈고대사회〉 파브르 〈곤충기〉	1881	(러)알렉산드르 2세 암살
1888	스트린드베리 〈영양 줄리〉		니체 〈인간적인, 너무나도 인간적인〉	1882	독일·오스트리아·이탈리아 3국동맹 결성
1889	하우프트만 〈해뜨기.전〉	1879	베벨 〈여성과 사회주의〉		
1891	와일드 〈도리언 그레이의 초상〉 하디 〈테스〉	1881 1882 1883	랑케 〈세계사〉 바쿠닌 〈신과 국가〉 니체 〈차라투스트라는 이렇게 말했다〉	1884	(불)청불전쟁 발발 아프리카 분할에 관한 베를린 열국회의 (~85)
1893	르나르 〈홍당무〉			1885	파나마 운하 기공 (94실패)
1894	단눈치오 〈죽음의 승리〉 키플링 〈정글 북〉	1887	베벨 〈부인론〉 텐니스 〈게마인샤프트와 게젤샤프트〉	1889 1890	제2인터내셔널 결성 독일 사회민주당 성립
1895	슈니츨러 〈연애 삼매〉	1889	베르그송 〈시간과 자유〉	1891	러시아·프랑스 동맹체결
1896	셍키에비치 〈쿠 바디스〉	1890	마샬 〈경제학 원리〉		
1897	로스탕 〈시라도 드 벨즈락〉	1894	르나르 〈박물지〉	1894	(불)드레퓌스 사건 발발
1899	톨스토이 〈부활〉	1899	베른슈타인 〈사회주의의 제전제와 사회민주당의 임무〉 레닌 〈러시아에 있어서의 자본주의 연구〉	1896 1897 1898 1899	제1회 국제 올림픽 대회 개최(아테네) (영)노동자보호법 아메리카·에스파니아 전쟁 발발 (미)대중국 문호개방 선언
1900 1902 1903	필립 〈비비 드 몽파르나스〉 고리키 〈심연〉 체호프 〈벚꽃 동산〉 런던 〈야성의 부름 소리〉	1900 1902	프로이트 〈꿈의 해석〉 포앵카레 〈과학과 가설〉 홉슨 〈제국주의론〉	1902 1903 1904	영일 동맹 체결 시베리아 철도 완성 러시아 사회민주당 분열 러일전쟁 발발 영불협상 체결

연 대	세계 문학의 명저	연 대	세계 사회사상 명저	연 대	세계의 정치·사회사
1904	로맹 롤랑 〈장 크리스토프〉(~12) 콘래드 〈노스트로모〉	1903	파블로프 〈조건반사에 관한 강의〉 엘렌 케이 〈연애와 결혼〉	1905	제1차 러시아 혁명 포츠머스 조약 성립 (러일강화)
1905	O. 헨리 〈마지막 잎새〉	1904	웨블렌 〈기업의 이론〉	1908	불가리아, 터키로부터 독립
1906	헤세 〈수레바퀴 밑에서〉	1905	웨버 〈프로테스탄트의 윤리와 자본주의 정신〉	1911	이탈리아·터키 전쟁 발발
1908	바르뷔스 〈지옥〉			1912	제1차 발칸 전쟁 발발(그리스, 불가리아, 세르비아, 몬테니그로의 4국, 터키에 선전포고)
1909	지드 〈좁은 문〉	1907	제임스 〈프래그머티즘〉		
1910	릴케 〈말테의 수기〉 베르이 〈은 비둘기〉	1908	소렐 〈폭력론〉		
1912	A. 프랑스 〈산들은 목마르다〉	1909	크로포트킨 〈프랑스 혁명사〉	1914	제1차 세계대전 발발
1913	프루스트 〈잃어버린 시간을 찾아서〉(~27) 쇼 〈퍼그말리온〉 로렌스 〈아들과 연인〉	1910	프로이트 〈정신분석〉		파나마 운하 개통
		1911	뒤기 〈헌법론〉	1917	러시아 4월, 10월혁명(레닌 정권장악)
		1912	스탈린 〈마르크스주의와 민족문제〉 파구 〈부와 후생〉 후설 〈현상학적 철학서설〉	1918	(미)윌슨 대통령 14개조 발표 각국의 반혁명군 러시아에 침입 독일혁명 발생
1915	몸 〈인간의 굴레〉	1913			
1916	카프카 〈변신〉 로렌스 〈사랑하는 여인들〉		에를리히 〈법사회학의 기초이론〉	1919	강화회의 개최 대독일 베르사유 조약 성립 (독)바이마르 헌법 발포
1919	몸 〈달과 6펜스〉	1915	아인슈타인 〈일반상대성 이론〉		
1920	뒤아멜 〈사라반의 생활과 모험〉(~30) A. 톨스토이 〈고뇌 속을 걷는다〉(~41)	1916	레닌 〈국제주의론〉 듀이 〈민주주의와 교육〉	1920	국제연맹 발족
				1921	소비에트 신경제정책 〈네프〉 채용
		1917	레닌 〈국가와 혁명〉 프로이트 〈정신분석학 입문〉	1922	(이)무솔리니, 수상에 취임
1921	하세크 〈병사 슈베이크의 모험〉 피란델로 〈작가를 찾는 6명의 등장인물〉	1918	지멜 〈생의 철학〉 슈펭글러 〈서양의 몰락〉	1925	스탈린 권력 확립
				1928	파리부전 조약 성립 (이)파시스트 당 1당 독재를 결의 (소)제1차 5개년
1922	조이스 〈율리시스〉	1919	러셀 〈수리철학 서설〉		

연 대	세계 문학의 명저	연 대	세계 사회사상 명저	연 대	세계의 정치·사회사
1923	맨스필드 〈원유회〉 라디게 〈육체의 악마〉 콜레트 〈푸른 보리〉	1920 1922	호이징가 〈중세의 가을〉 피구 〈후생경제학〉 베버 〈지배의 사회학〉 비트겐슈타인 〈철학연구〉	1929 1933 1935	계획 발표 세계경제공황 발생 히틀러 내각 성립 (미)뉴딜정책 개시 코민테른, 인민전선 채용
1924	토마스 만 〈마의 산〉 포스터 〈인도로 가는 길〉 오닐 〈느릅나무 그늘의 욕망〉	1923 1925	루카치 〈역사와 계급의식〉 히틀러 〈나의 조국〉	1936	베를린·로마 추축 형성 스페인에서 프랑코 군의 반란
1925	드라이저 〈아메리카의 비극〉 울프 〈댈러웨이 부인〉 피츠제럴드 〈위대한 개츠비〉 레오노프 〈도둑〉	1926 1927	로렌스 〈지혜의 7기둥〉 로스트체프 〈헬레니즘의 세계사회경제사〉 하이데거 〈존재와 무〉	1937 1939	독·일·이 방공협정 체결 스탈린의 숙청 이어짐 독소 불가침 조약 체결 제2차 세계대전 발발(불영, 대독 선전포고)
1928	로렌스 〈채털리 부인의 연인〉 브레히트 〈서푼짜리 오페라〉 숄로호프 〈고요한 돈 강〉(~40) 지로두 〈지그프리트〉 A. 헉슬리 〈연애대위법〉	1928 1930 1932	슈미트 〈헌법론〉 켈젠 〈자연법과 법실증주의〉 트로츠키 〈영속혁명론〉〈러시아 혁명사〉 오르테가 〈민중의 반란〉 라투브루흐 〈법철학 요강〉	1940 1941	미, 중립선언 (이)불영에 선전포고 독·일·이 3국 군사동맹 결성 태평양전쟁 발발(일본 영·미에 선전포고)
1929	모라비아 〈무관심한 사람들〉 콕토 〈무서운 아이들〉 헤밍웨이 〈무기여 잘 있거라〉 포크너 〈음향과 분노〉 T.울프 〈천사여 고향을 보라〉	1933 1935 1936	토인비 〈역사의 연구〉 화이트헤드 〈관념의 모험〉 야스퍼스 〈이성과 실존〉 마르셀 〈존재와 소유〉 케인스 〈이자·화폐의 일반이론〉	1942 1944	독일군, 소련령에 진군 독일군, 볼고그라드에서 패퇴 연합군 이탈리아 상륙 이탈리아 항복 카이로 선언(미, 영, 중) 연합군, 노르망디

연 대	세계 문학의 명저	연 대	세계 사회사상 명저	연 대	세계의 정치·사회사
1929	케셀 〈메꽃〉		마이네케 〈역사주의의 성립〉		상륙
1930	도스 패소스 〈U.S.A〉(~36)		케넌 〈제1차 세계대전과 혁명〉	1945	얄타 회담 (미, 영, 소)
	무실 〈특성 없는 남자〉(~33)		페르미 〈중성자의 발견과 연구〉		포츠담 회의 (미, 영, 소, 중)
1931	펄 벅 〈대지〉(~35)	1937	오파린 〈생명의 기원〉		독일 항복, 히로시마, 나가사키에 원폭 투하
	생 텍쥐페리 〈야간비행〉		그람시 〈옥중 노트〉		일본 항복
	포크너 〈생크추어리〉	1938	듀이 〈논리학-탐구의 이론〉		국제연합 성립
1932	셀린 〈밤이 다할 때까지의 여로〉		모택동 〈실천론〉	1947	코민포름 결성(소련, 동구 제국)
1933	말로 〈인간의 조건〉		〈모순론〉	1948	베를린 봉쇄 (미소 대립 격화)
	골드웰 〈신들의 작은 땅〉	1939	힉스 〈가치와 자본〉		
			루페블 〈변증법적 유물론〉	1949	NATO 결성
1936	미첼 〈바람과 함께 사라지다〉	1941	프롬 〈자유로부터의 도피〉		독일 연방공화국, 독일 민주공화국 성립
	몽테를랑 〈젊은 아가씨들〉	1942	슘페터 〈자본주의·사회주의·민주주의〉		중국혁명
1937	크로닌 〈성채〉		S.노이먼 〈대중국가와 독재〉		
	뒤 가르 〈티보 가의 사람들〉		F.노이먼 〈비히모스〉		
1938	사르트르 〈구토〉				
	듀 모리아 〈레베카〉				
1939	헨리 밀러 〈남회귀선〉	1943	사르트르 〈존재와 무〉		
	스타인벡 〈분노의 포도〉		스메들리 〈중국의 메아리〉		
1940	헤밍웨이 〈누구를 위하여 종은 울리나〉	1945	폰티 〈지각의 현상학〉		
	라이트 〈아메리카의 아들〉		스타인 〈연안〉		
		1946	이린 〈인간의 역사〉		
1942	카뮈 〈이방인〉		사르트르 〈실존주의는 휴머니즘이다〉		
1943	보부아르 〈초대받은 여자〉	1947	프랑클 〈밤과 안개〉		
		1948	처칠 〈제2차 세계대전 회고록〉		
1944	아누이 〈안티고네〉				

연대	세계 문학의 명저	연대	세계 사회사상 명저	연대	세계의 정치·사회사
1945	오웰 〈동물농장〉 브로흐 〈베르길리우스의 죽음〉		위너 〈사이버네틱스〉	1950	한국전쟁 발발
		1949	보부와르 〈제2의 성〉	1951	미일 강화조약
1946	레마르크 〈개선문〉 매컬러즈 〈결혼식의 참석자〉	1950	카 〈소비에트 혁명〉		미일 안보조약 조인
		1951	라이헨바흐 〈과학철학의 형성〉	1954	제네바 극동 평화회의 개최
1947	테네시 윌리엄스 〈욕망이라는 이름의 전차〉	1954	버날 〈역사에 있어서의 과학〉	1956	스탈린 비판 개시 헝가리에서 반소 폭동
1948	메일러 〈나자와 사자〉		브로흐 〈희망의 원리〉	1957	(소)인공위성 제1호 발사 성공
	주네 〈도둑 일기〉	1955	새뮤얼슨 〈경제학〉	1959	쿠바 혁명
	아서 밀러 〈세일즈맨의 죽음〉		샤르댕 〈현상으로서의 인간〉	1960	(소)미국의 U2기 격추
1949	그린 〈제3의 사나이〉	1956	밀스 〈파워 엘리트〉	1962	(미)쿠바 해상봉쇄 선언
1951	샐린저 〈호밀밭의 파수꾼〉		니덤 〈중국의 과학과 문명〉	1963	케네디 대통령 암살
1952	엘리슨 〈보이지 않는 인간〉	1957	촘스키 〈문법의 구조〉	1965	미군, 북베트남 폭격
1953	베켓 〈고도를 기다리며〉	1959	포퍼 〈과학적 발견의 윤리〉	1966	중국문화 대혁명
1954	사강 〈슬픔이여 안녕〉	1960	사르트르 〈변증법적 이성비판〉	1967	중동전쟁 발발(아랍 제국 대 이스라엘)
	톨킨 〈반지 이야기〉 (~56)		브루너 〈교육의 과정〉	1968	체코 민주화 투쟁 파리 〈5월 위기〉
1957	파스테르나크 〈닥터 지바고〉	1962	레비 스트로스 〈야성의 사고〉	1969	(미)아폴로 11호 달 착륙
	로브 그리예 〈질투〉		마르쿠제 〈이성과 혁명〉	1971	(소)화성 연속착륙 성공
	뷔토르 〈변심〉		푸코 〈광기와 문화〉	1973	베트남 평화협정 조인
1958	카포티 〈티파니에서 아침을〉	1964	마르쿠제 〈일차원적 인간〉	1975	미소 우주선 도킹 인도차이나 전쟁 종결
1959	그라스 〈양철북〉	1965	첸 〈모택동과 중국혁명〉		수에즈 운하 재개
	욘존 〈야곱에 관한 추측〉	1967	갈브레이스 〈새로운 산업사회〉	1976	모택동·주은래 등 중국 지도자 잇달아 사망
1960	이오네스코 〈코뿔소〉	1969	하이젠베르크 〈부분과 전체〉		남북 베트남 통일
	시몽 〈플랑드르로 가는 길〉				

연 대	세계 문학의 명저	연 대	세계 사회사상 명저	연 대	세계의 정치·사회사
1961	업다이크 〈달려라, 토끼〉	1970	밀레트 〈성과 정치학〉 푸코 〈지의 고고학〉	1977	사다트 대통령, 이스라엘 방문
1962	볼드윈 〈또 하나의 나라〉 솔제니친 〈이반 데니소비치의 하루〉 올비 〈누가 버지니아 울프를 두려워하랴〉				
1966	솔제니친 〈암병동〉				
1969	오츠 〈그들〉				
1974	알렉스 헤일리 〈뿌리〉 (~77) 뵐 〈카타리나 블룸의 잃어버린 명예〉				

■부록 3 – 찾아보기

(ㄱ)
개선문 315
걸리버 여행기 144
검은 고양이 213
검찰관 361
고도를 기다리며 110
고리오 영감 29
고요한 돈 강 363
골짜기의 백합 34
구토 95
군도 292

(ㄴ)
남회귀선 261
누가 버지니아 울프를 두려워하랴 276
누구를 위하여 종은 울리나 246

(ㄷ)
닥터 지바고 370
달과 6펜스 184
달려라, 토끼 273
대지 248
댈러웨이 부인 191
데카메론 427
도둑 367
도둑일기 107
도리언 그레이의 초상 169
돈키 호테 404
동물농장 203

두 도시 이야기 161
(ㄹ)
레 미제라블 55
레베카 200
로미오와 줄리엣 128
로빈슨 크루소 140

(ㅁ)
마농 레스코 16
마의 산 311
마지막 잎새 236
말테의 수기 302
맥베스 132
목로주점 60
몽테크리스토 백작 37
무기여 잘 있거라 242

(ㅂ)
바람과 함께 사라지다 252
바보 이야기 281
백경 219
베르길리우스의 죽음 318
변신 307
보바리 부인 50
부활 360
분노의 포도 256

(ㅅ)
성채 197